MULHERZINHAS
SEGUNDA PARTE

Louisa May Alcott

MULHERZINHAS
SEGUNDA PARTE
BOAS ESPOSAS

Tradução
Thalita Uba

1ª edição

Rio de Janeiro | 2022

CIP-BRASIL. CATALOGAÇÃO NA PUBLICAÇÃO
SINDICATO NACIONAL DOS EDITORES DE LIVROS, RJ

A332m

Alcott, Louisa May, 1832-1888
  Mulherzinhas : segunda parte : boas esposas / Louisa May Alcott ; tradução Thalita Uba. – 1 ed. – Rio de Janeiro : José Olympo, 2022.

  Tradução de: Good wives
  ISBN 978-65-5847-067-0

  1. Romance americano. I. Uba, Thalita. II. Título.

22-76425
  CDD: 813
  CDU: 82-31(73)

Meri Gleice Rodrigues de Souza – Bibliotecária – CRB-7/6439

Copyright © Editora José Olympio, 2022.
Copyright de tradução © Thalita Uba, 2022.

Reprodução da tradução publicada pela Editora José Olympio autorizada por Thalita Uba. Editora José Olympio é uma empresa do Grupo Editorial Record.

Texto revisado segundo o novo Acordo Ortográfico da Língua Portuguesa.

2022
Impresso no Brasil
Printed in Brazil

Todos os direitos reservados. Não é permitida a reprodução total ou parcial desta obra, por quaisquer meios, sem a prévia autorização por escrito da Editora.

Direitos exclusivos de publicação em língua portuguesa
somente para o Brasil adquiridos pela:
EDITORA JOSÉ OLYMPIO LTDA.
Rua Argentina, 171 – 3º andar – São Cristóvão
20921-380 – Rio de Janeiro – RJ
Tel.: (21) 2585-2000 – Fax: (21) 2585-2084

Atendimento e venda direta ao leitor:
sac@record.com.br

SUMÁRIO

24	Mexericos 7
25	O primeiro casamento 22
26	Experimentos artísticos 30
27	Lições literárias 43
28	Experiências domésticas 53
29	Visitas 72
30	Consequências 88
31	Nossa correspondente internacional 103
32	Ternas preocupações 115
33	O diário de Jo 130
34	Uma amiga 145
35	Coração partido 164
36	O segredo de Beth 178
37	Novas impressões 185
38	Na prateleira 199

39   Laurence, o Preguiçoso   215
40   O vale das sombras   233
41   Aprendendo a esquecer   241
42   Completamente sozinha   257
43   Surpresas   268
44   Milorde e milady   289
45   Daisy e Demi   296
46   Debaixo do guarda-chuva   304
47   Época de colheita   322

24

MEXERICOS

Para podermos começar do zero e ir ao casamento de Meg com a cabeça fresca, é melhor começarmos com uns mexericos sobre os March. E, destarte, permitam-me pressupor que, se algum dos leitores mais velhos pensa que há "romance" demais na história, como receio que possa pensar (não imagino que os jovens farão tal objeção), posso apenas corroborar com o que diz a sra. March:

— O que poderíamos esperar, com quatro garotas cheias de vida dentro de casa e um vizinho jovem e vistoso no caminho?

Os três anos que se passaram trouxeram poucas mudanças à pacata família. A guerra acabou, e o sr. March está em casa, em segurança, ocupado com seus livros e com a pequena paróquia que encontrou nele um ministro tanto por índole quanto por dom — um homem quieto, estudioso, abastado com uma sabedoria melhor que a erudição: a caridade de quem chama toda a humanidade de "irmão", a devoção que desabrocha em sua personalidade, tornando-o augusto e adorável.

Tais atributos, a despeito da pobreza e da integridade ferrenha que o mantinham afastado das bonanças mais mundanas, atraíam diversos admiradores com a mesma naturalidade com que as ervas-doces atraem abelhas. E também com total naturalidade, ele lhes provia o mel que nem mesmo cinquenta anos de privações haviam amargado. Rapazes sérios percebiam o estudioso grisalho tão jovem de espírito quanto eles próprios; mulheres meditativas ou perturbadas levavam instintivamente suas dúvidas até ele, certas de encontrar a mais gentil empatia, o conselho mais sábio. Pecadores contavam seus pecados ao senhor de coração puro e eram tanto repreendidos quanto salvos. Homens inteligentes encontravam nele uma companhia. Homens ambiciosos vislumbravam ambições mais nobres que as deles próprios, e até mesmo pessoas mundanas admitiam que as crenças do sr. March eram belas e verdadeiras, embora "não compensassem".

Para pessoas de fora, as cinco mulheres enérgicas pareciam comandar a casa, e assim o era em muitas situações. Contudo, o tranquilo estudioso, sentado em meio a seus livros, ainda era o chefe da família, a consciência do lar, sua âncora e seu alento, pois era a ele que as mulheres atarefadas e ansiosas sempre recorriam em tempos turbulentos, encontrando-o, no sentido mais verdadeiro dessas palavras sagradas, esposo e pai.

As meninas entregavam o coração aos cuidados da mãe, a alma, aos cuidados do pai, e a ambos, que viviam e trabalhavam com tanto afinco em prol delas, davam um amor que crescia à medida que elas também cresciam e os unia ternamente com o mais doce dos laços, que abençoa a vida e sobrevive à morte.

A sra. March continua tão alegre e jovial, embora bem mais grisalha, quanto quando a vimos pela última vez e, agora, anda tão absorta com os assuntos de Meg que os hospitais e lares ainda lotados de "garotos" e viúvas de soldados certamente sentem falta das visitas da missionária maternal.

John Brooke cumpriu seu dever por um ano de maneira viril, feriu-se, foi mandado para casa e proibido de retornar. Ele não recebeu estrelas ou condecorações, embora as merecesse, pois arriscou de bom grado tudo o que tinha, e a vida e o amor são muito preciosos quando estão no auge. Perfeitamente conformado com sua dispensa, ele se dedicou a recuperar-se, preparar-se para o trabalho e arranjar uma casa para Meg. Munido com o bom senso e a independência resoluta que lhe eram característicos, ele recusou as ofertas mais generosas do sr. Laurence e aceitou o emprego de guarda-livros, sentindo-se mais satisfeito por começar com um salário ganho honestamente do que correndo qualquer risco com dinheiro emprestado.

Meg havia passado o tempo de espera trabalhando, tornando-se mais feminina em sua personalidade, destra nas artes domésticas e mais bonita do que nunca, pois o amor é um embelezador poderoso. Tinha suas ambições e esperanças de menina, e sentia certa decepção pela forma humilde como sua nova vida começaria. Ned Moffat tinha acabado de se casar com Sallie Gardiner, e Meg não conseguia deixar de comparar a bela casa e a carruagem do casal, os muitos presentes e as roupas maravilhosas com o que ela mesma tinha, e, secretamente, desejava poder ter o mesmo. Mas, de alguma forma, a inveja e o descontentamento desapareciam rapidamente quando ela pensava em todo o amor e trabalho que, de forma paciente, John dedicara à casinha que a aguardava. E, quando eles se sentavam juntos sob o crepúsculo, conversando sobre seus humildes planos, o futuro sempre parecia tão lindo e reluzente que ela se esquecia da pompa de Sallie e sentia-se a garota mais rica e mais feliz do mundo todo.

Jo nunca mais voltou à casa da Tia March, pois a velha afeiçoou-se tanto a Amy que a subornou com promessas de aulas de desenho com uma das melhores professoras da região, e para usufruir desse benefício Amy teria servido a uma patroa muito mais severa. Então ela dedicava as manhãs ao trabalho, as tardes ao lazer, e estava progredindo bem. Enquanto isso, Jo devotava-se à literatura e a Beth, que continuava frágil muito tempo depois de a febre ter passado. Não era, exatamente, uma inválida, mas nunca mais voltou a ser a criatura saudável e corada que costumava ser, embora sempre esperançosa, feliz e serena, ocupada com as singelas tarefas que amava, sendo amiga de todos e um anjo dentro de casa, muito antes que aqueles que mais a amavam aprendessem a percebê-lo.

Enquanto *The Spread Eagle* lhe pagasse um dólar por sua coluna de "lixo", como ela costumava chamar, Jo sentia-se uma mulher abastada e seguia escrevendo seus singelos romances diligentemente. Planos grandiosos, no entanto, fermentavam em seu cérebro atarefado e em sua mente ambiciosa, e a velha lata de cozinha no sótão continha uma pilha vagarosamente crescente de páginas de um manuscrito que um dia colocaria o nome "March" no rol da fama.

Laurie, tendo ido obedientemente à faculdade, para agradar ao avô, agora a cursava da maneira mais relaxada possível, para agradar a si mesmo. Sendo benquisto por todos, graças a seu dinheiro, seus modos, o enorme talento e o coração extremamente gentil, que sempre colocava seu dono em apuros ao tentar ajudar as outras pessoas a saírem deles, ele corria um risco enorme de se tornar mimado — e provavelmente acabaria se tornando mesmo, como tantos outros garotos-prodígio, se não possuísse um talismã contra o mal na lembrança do bom senhor que apostava em seu sucesso, na amiga maternal que cuidava dele como se fosse um filho e, por último, mas não menos importante, de forma alguma, na ciência de que quatro garotas inocentes o amavam, admiravam e acreditavam nele de todo o coração.

Sendo apenas um "jovem humano glorioso", é claro que ele se divertia e flertava; que se tornava requintado, nadador, sentimental ou ginasta, conforme ditasse a tendência universitária; passava e recebia trotes; falava gírias; e, mais de uma vez, chegou perigosamente perto de ser suspenso e expulso. Mas, como o bom humor e o gosto pela diversão eram as causas de tais travessuras, ele sempre conseguia se esquivar com confissões francas, reparações honrosas ou o poder irresistível de persuasão de que ele dispunha à perfeição. Na verdade, ele até se orgulhava de escapar por pouco de tais situações e gostava de atiçar as garotas com relatos detalhados de seus triunfos sobre tutores irados, professores imponentes e inimigos derrotados. Os "homens da minha classe" eram heróis aos olhos das garotas, que nunca se cansavam das façanhas dos "nossos camaradas" e frequentemente tinham a oportunidade de se deliciar com os sorrisos de tais criaturas maravilhosas, quando Laurie as levava para casa consigo.

Amy, em especial, regozijava-se com tamanha honra e tornou-se uma verdadeira beldade para eles, pois sua senhoria logo percebeu o dom da sedução que lhe era nato e aprendeu a fazer bom uso dele. Meg estava absorta demais em seu próprio John para preocupar-se com qualquer outro "senhor da criação", e Beth era tímida demais para fazer qualquer coisa além de espiá-los furtivamente e perguntar-se como Amy ousava mandar e desmandar neles daquela maneira. Jo, no entanto, sentia-se bastante à vontade e achava bem difícil abster-se de imitar as atitudes, frases e proezas masculinas, que pareciam mais naturais para ela do que os decoros exigidos de jovens moças. Todos eles gostavam tremendamente de Jo, mas nunca se apaixonaram por ela, embora poucos conseguissem ir embora sem pagar o tributo de soltar um ou dois suspiros no santuário de Amy. E falar em sentimentos nos leva, naturalmente, ao "Ninho".

Esse era o nome da casinha marrom que o sr. Brooke havia preparado para ser o primeiro lar de Meg. Laurie o tinha batizado, alegando tratar-se de um local altamente adequado para um casal apaixonado que "seguia junto como um par de rolinhas, primeiro roçando os bicos e, depois, arrulhando". Tratava-se de uma casa pequenina, com um jardinzinho nos fundos e um gramado na parte da frente tão grande quanto um lenço de bolso. Ali, Meg pretendia ter uma fonte, arbustos e uma abundância de belas flores, embora, naquele momento, a fonte fosse representada por uma urna desgastada pelo tempo, muito similar a uma tigela de mingau deteriorada, os arbustos consistissem em vários pés de lariço que não sabiam se deveriam viver ou morrer, e houvesse apenas uma alusão à abundância de flores nas fileiras de varetas que indicavam onde as sementes haviam sido plantadas. Mas, do lado de dentro, estava tudo encantador, e a feliz noiva não enxergava defeito algum, do porão ao sótão. É verdade que o corredor era tão estreito que era sorte eles não terem um piano, pois jamais conseguiriam passá-lo por ali; a sala de jantar era tão pequena que mal acomodava seis pessoas; e a escadinha que levava à cozinha parecia ter sido construída com o propósito específico de derrubar tanto a criadagem quanto a louça, em uma cambulhada, dentro da carvoeira. Mas, depois que se acostumava com esses pequenos reveses, nada poderia ser mais completo, pois o bom senso e o bom gosto transpareciam na mobília, e o resultado era imensamente satisfatório. Não havia mesas com tampo de mármore, grandes espelhos ou cortinas de renda na pequena sala de visitas, mas móveis simples, vários livros, um ou outro quadro bonito, uma floreira na janela saliente e, espalhados por todos os lados, os lindos presentes que eles receberam de mãos amigas e que eram os mais belos, por conta das mensagens adoráveis que transmitiam.

Não acho que a estátua de mármore presenteada por Laurie perdesse uma única gota de sua beleza por estar exposta sobre o suporte construído por John, que qualquer tapeceiro teria dependurado as cortinas simples de musselina com mais graciosidade do que a mão artística de Amy ou que qualquer despensa estivesse abastecida com mais bons votos, palavras alegres e esperanças felizes do que aquela na qual Jo e sua mãe guardaram as poucas caixas, barris e pacotes de Meg, e tenho certeza absoluta de que a cozinha novinha em folha jamais pareceria tão aconchegante e organizada se Hannah não tivesse organizado cada pote e panela uma dúzia de vezes e deixado o forno a lenha pronto para ser aceso no minuto em que "a sra. Brooke chegasse em casa". Também duvido que qualquer jovem senhora tenha começado a vida com um estoque tão vasto de espanadores, pegadores e sacolas, pois

Beth juntou uma quantidade suficiente para durar até as bodas de prata, além de criar três tipos diferentes de pano de prato expressamente para cuidar da louça do casal.

As pessoas que contratam alguém para fazer tudo isso por elas nunca sabem o que perderam, pois as tarefas mais caseiras tornam-se embelezadas quando feitas por mãos de pessoas queridas, e Meg encontrou tantas provas disso que cada item de seu pequeno ninho, do rolo de macarrão ao vaso prateado na mesa da sala, exibia eloquentemente o amor da família e os cuidados carinhosos.

Que tempos felizes foram aqueles que eles passaram planejando tudo, como foram solenes os passeios de compras, como eles cometeram erros engraçados, sem contar as gargalhadas provocadas pelos presentes insanos de Laurie. Em seu amor pelas troças, o jovem cavalheiro, embora estivesse quase concluindo a faculdade, era mais criança do que nunca. Sua mais nova extravagância era levar consigo, nas visitas semanais, algum artigo novo, útil e engenhoso para a jovem dona de casa. Um dia, um pacote de ótimos alfinetes de roupa; em outro, um maravilhoso ralador de noz-moscada que se despedaçou no primeiro uso; um limpador de facas que estragou todas as facas; ou uma vassoura que arrancava lindamente a penugem do carpete e deixava a sujeira para trás; um sabão que facilitava o trabalho e arrancava a pele das mãos das pessoas; colas infalíveis que grudavam com firmeza em absolutamente nada além dos dedos do comprador iludido; e tudo quanto é tipo de lataria, de um cofrinho de brinquedo para moedas pequenas até uma caldeira maravilhosa que era capaz de lavar peças de roupa no próprio vapor, mas ameaçava explodir a qualquer instante durante o processo.

Em vão, Meg lhe pedia que parasse. John ria dele, e Jo o chamava de "sr. Quiqueriqui". Ele estava tomado por uma mania de aproveitar-se da criatividade ianque e garantir que seus amigos estivessem devidamente providos. Então, toda semana, ele aparecia com um absurdo diferente.

Tudo estava finalmente pronto, Amy tinha até colocado sabonetes de cores diferentes para combinar com os tons de cada cômodo e Beth havia posto a mesa para a primeira refeição.

— Está satisfeita? Parece com um lar. Você sente que será feliz aqui? — perguntou a sra. March, enquanto ela e a filha caminhavam pelo novo reino de Meg de braços dados, pois, naquele momento, elas pareciam mais ternamente unidas do que nunca.

— Sim, mamãe, perfeitamente satisfeita, graças a todos vocês, e tão feliz que nem consigo expressar — respondeu ela com uma expressão que valia muito mais do que quaisquer palavras.

— Seria ótimo se ela tivesse ao menos uma ou duas criadas — comentou Amy, saindo da sala de visitas, onde estava tentando decidir se o Mercúrio de bronze ficava melhor na estante ou na cornija da lareira.

— Mamãe e eu já conversamos sobre isso, e eu decidi tentar a sugestão dela primeiro. Haverá tão pouco a fazer, com Lotty realizando meus afazeres e me ajudando aqui e ali, que correrei o risco de me tornar preguiçosa ou de sentir saudades de casa com tão pouco trabalho — respondeu Meg com tranquilidade.

— Sallie Moffat tem quatro — ponderou Amy.

— Se Meg tivesse quatro criadas, a casa não comportaria todas, e o senhor e a senhora da casa precisariam acampar no jardim — intrometeu-se Jo, que, envolta em um avental azul enorme, polia as maçanetas das portas uma última vez.

— Sallie não é a esposa de um homem humilde, e sua casa requintada requer várias criadas. Meg e John estão começando modestamente, mas tenho a sensação de que haverá tanta felicidade na casinha pequenina quanto no casarão. É um erro enorme pensar que jovens moças como Meg não tenham mais nada a fazer além de se vestir, dar ordens e mexericar. Logo que me casei, eu ansiava para que minhas roupas novas se desgastassem, de modo que eu pudesse ter o prazer de remendá-las, pois fiquei imensamente enjoada de fazer tricô e enfeitar meu lenço de bolso.

— Por que você não ia para a cozinha fazer badernas, como Sallie diz que faz para se distrair, apesar de nada do que ela cozinha ficar bom e de as criadas rirem dela? — perguntou Meg.

— Eu comecei a fazer isso, depois de um tempo, não para "fazer baderna", mas para aprender com Hannah como as coisas deveriam ser feitas, para que minhas criadas não precisassem rir de mim. Era por diversão, na época, mas chegou um momento em que eu me sentia verdadeiramente grata não apenas por ter vontade de cozinhar, mas também saber como preparar pratos saudáveis para as minhas menininhas e me arranjar sozinha quando não pudemos mais bancar a criadagem. Você está começando sua vida no outro extremo, minha querida Meg, mas as lições que aprender agora serão úteis futuramente, quando John for um homem mais rico, pois a senhora de uma casa, por mais esplendorosa que seja, deveria saber como convém o trabalho ser feito, se quiser ser servida bem e de forma honesta.

— Sim, mamãe, não tenho dúvidas — respondeu Meg, ouvindo respeitosamente o breve sermão, pois as melhores mulheres estão sempre dispostas a conversar sobre assuntos relativos aos cuidados domésticos. — Sabe que este é meu cômodo preferido da minha pequena casinha? — acrescentou Meg após um minuto, enquanto elas subiam as escadas e ela olhava em seu bem abastecido armário de roupas de cama, mesa e banho.

Beth estava lá, colocando as pilhas de peças delicadamente nas prateleiras e regozijando-se com a bela organização. As três riram quando Meg disse aquilo, pois o armário era minúsculo. Veja, ao dizer que, se Meg se casasse com "aquele tal de Brooke", ela não herdaria um único centavo de seu dinheiro, Tia March viu-se em um certo dilema depois que, com o passar do tempo, sua raiva amainou e ela se arrependeu da promessa. Ela nunca voltou atrás no que dissera e matutou um bocado para conseguir encontrar uma saída, até que, por fim, concebeu um plano que a satisfez. A sra. Carrol, mãe de Florence, recebeu ordens para comprar, mandar confeccionar e bordar uma quantidade generosa de artigos de cama e mesa e enviar como um presente seu, o que fez diligentemente, mas o segredo foi descoberto, divertindo imensamente a família, visto que Tia March tentou parecer totalmente alheia e insistiu que não poderia dar nada além das antiquadas pérolas há muito prometidas à primeira que se casasse.

— Aí está um gosto de dona de casa que fico feliz em ver. Eu tinha uma jovem amiga que começou a vida doméstica com seis lençóis, mas tinha diversas tigelas dessas para limpar os dedos durante as refeições, e isso a satisfazia — contou a sra. March, alisando as toalhas de mesa de damasco com uma apreciação verdadeiramente feminina por seu requinte.

— Não tenho uma única tigela de limpar dedos, mas este enxoval durará minha vida toda, segundo Hannah.

E Meg parecia bem contente, como deveria mesmo estar.

Um jovem alto, de ombros largos, cabelos curtíssimos, um chapéu arredondado de feltro e um casaco folgado veio marchando rua abaixo rapidamente, saltou por cima da cerca baixa sem parar para abrir o portão, foi direto até a sra. March, com ambas as mãos estendidas e um caloroso:

— Aqui estou, mamãe! Sim, está tudo bem.

As últimas palavras foram em resposta ao olhar que a senhora lançou em direção a ele, um olhar docemente questionador que os belos olhos encararam com tanta franqueza que a breve cerimônia se encerrou com um beijo maternal, como de costume.

— Para a sra. John Brooke, com votos de felicidade e os cumprimentos do fabricante. Saúde, Beth! Como é reconfortante vê-la, Jo. Amy, você está ficando bonita demais para uma moça solteira.

Enquanto falava, Laurie entregou um embrulho de papel pardo para Meg, puxou o laço do cabelo de Beth, fitou o avental de Jo e assumiu uma atitude de arrebatamento fingido diante de Amy, então cumprimentou todas com um aperto de mãos e eles começaram a conversar.

— Onde está John? — perguntou Meg, ansiosa.

— Foi pegar a licença para amanhã, senhora.

— Quem venceu a última partida, Teddy? — perguntou Jo, que insistia em seu interesse por esportes masculinos, a despeito de seus 19 anos de idade.

— Nós, é claro. Gostaria que você estivesse lá para ver.

— Como está a adorável srta. Randal? — perguntou Amy com um sorriso sugestivo.

— Mais cruel do que nunca. Não percebeu como estou definhando?

E Laurie deu um sonoro tapa no próprio peito, suspirando melodramaticamente.

— Qual a nova brincadeira? Abra o embrulho e veja, Meg — pediu Beth, olhando para o pacote saliente com curiosidade.

— É algo útil para se ter em casa em situação de incêndio ou de ladrões — comentou Laurie quando o objeto se revelou uma matraca de vigia, provocando o riso das garotas. — Sempre que John estiver ausente e você sentir medo, sra. Meg, é só sacudir o instrumento na janela da frente e toda a vizinhança despertará em um instante. Excelente, não é mesmo?

E Laurie fez uma demonstração da potência do objeto que as obrigou a cobrir as orelhas.

— Você deveria ficar agradecida! E, por falar em gratidão, preciso dizer que você pode agradecer a Hannah por salvar seu bolo de casamento da ruína. Eu o vi sendo levado para a sua casa quando estava a caminho daqui e, se ela não o tivesse defendido com fervor, eu teria dado uma provadinha, pois parecia extraordinariamente delicioso.

— Fico imaginando se você, um dia, crescerá, Laurie — disse Meg em um tom matronal.

— Estou fazendo o melhor que posso, senhora, mas receio não conseguir ficar muito mais alto, visto que 1,83m parece ser a altura máxima a que os homens conseguem chegar nesses tempos decadentes — respondeu o jovem cavalheiro, cuja cabeça alcançava o pequeno lustre. — Suponho que seria uma profanação comer qualquer coisa neste ninho novinho em folha, então, como estou tremendamente faminto, proponho que continuemos esta conversa mais tarde — acrescentou ele logo em seguida.

— Mamãe e eu vamos esperar por John. Ainda restam alguns ajustes finais a serem feitos — respondeu Meg, se afastando às pressas.

— Beth e eu vamos à casa de Kitty Bryant para pegar mais flores para amanhã — informou Amy, colocando um chapéu pitoresco sobre os cachos pitorescos e deliciando-se com o efeito tanto quanto todos os demais.

— Jo, por favor, não abandone um camarada. Estou em tamanho estado de exaustão que não consigo chegar até em casa sem ajuda. Não tire o avental, faça o que fizer, é peculiarmente adequado — disse Laurie, enquanto Jo enfiava o terrível presente no bolso enorme e oferecia o braço para conferir apoio aos passos vacilantes do rapaz.

— Ouça, Teddy, quero conversar a sério com você sobre amanhã — declarou Jo, enquanto eles se afastavam juntos. — Você precisa prometer que se comportará e não pregará qualquer peça que possa estragar nossos planos.

— Nem uma única.

— E não diga coisas engraçadas nos momentos que requererem seriedade.

— Eu nunca faço isso. Você é quem costuma fazer.

— E imploro que você não olhe para mim durante a cerimônia. Eu certamente cairei no riso se você olhar.

— Você nem sequer me verá, pois chorará tanto que seus olhos ficarão embaçados, obscurecendo sua visão.

— Eu nunca choro, a não ser em situações de grande aflição.

— Quando, por exemplo, um amigo vai para a faculdade, certo? — brincou Laurie, dando uma risada sugestiva.

— Não se pavoneie. Eu apenas choraminguei de leve para fazer companhia às meninas.

— É claro. Diga-me, Jo, como está o vovô esta semana? Bastante amigável?

— Muito. Por quê? Você andou aprontando e quer saber como ele reagirá? — perguntou Jo em um tom pungente.

— Ora, Jo, você acha que eu olharia sua mãe nos olhos e diria que está tudo bem se não estivesse?

E Laurie parou imediatamente de andar, com uma expressão ofendida.

— Não, não acho.

— Então deixe de ser desconfiada. Só quero pedir dinheiro — explicou Laurie, voltando a caminhar, sentindo-se acalentado pelo tom amigável da voz dela.

— Você gasta muito, Teddy.

— Bendita seja, não sou eu quem gasta, o dinheiro se gasta sozinho, de alguma forma, e acaba antes mesmo que eu perceba.

— Você é tão generoso e tem um coração tão bom que deixa as pessoas pegarem emprestado e não consegue dizer "não" a ninguém. Ficamos sabendo sobre Henshaw e tudo que você fez por ele. Se você sempre gastasse seu dinheiro dessa forma, ninguém o culparia — afirmou Jo calorosamente.

— Ah, ele fez tempestade em copo d'água. Você não gostaria que eu deixasse aquele bom rapaz matar-se de trabalhar apenas por uma pequena ajuda, sendo que ele vale uma dúzia de nós, sujeitos preguiçosos, gostaria?

— É claro que não, mas também não vejo por que você precisa ter dezessete coletes, incontáveis gravatas e um chapéu novo toda vez que vem para casa. Pensei que tivesse superado aquela fase dândi, mas, volta e meia, ela vem à tona sob novos aspectos. Agora, ser horroroso é que está na moda: deixar a cabeça da pessoa parecida com uma escova de esfrega, usar camisa de força, luvas alaranjadas e botas pesadas de bico quadrado. Se fosse uma feiura barata, eu não diria coisa alguma, mas custa tanto quanto peças bonitas, e eu não fico nada satisfeita com isso.

Laurie jogou a cabeça para trás e soltou uma risada tão extasiada diante daquele ataque que seu chapéu de feltro caiu, e Jo pisou nele, um insulto que só serviu para conferir a ele a oportunidade de defender as vantagens do traje rústico, enquanto dobrava o maltratado chapéu e o enfiava no bolso.

— Basta desse sermão, tenha piedade! Eu já ouço sermões suficientes durante a semana e gosto de me divertir quando venho para casa. Independentemente das despesas, estarei bem-posto amanhã e serei motivo de orgulho para meus amigos.

— Eu o deixarei em paz, se você deixar seu cabelo crescer. Não sou aristocrática, mas não gosto de ser vista com alguém que parece um jovem lutador — observou Jo com severidade.

— Este estilo despretensioso ajuda nos estudos, é por isso que o adotamos — retrucou Laurie, que certamente não podia ser acusado de ser vaidoso, pois havia sacrificado voluntariamente os belos cachos em prol dos fios rentes. — Aliás, Jo, acho que o pequeno Parker está ficando realmente desesperado com relação a Amy. Ele fala dela sempre, escreve poemas e vive no mundo da lua, de um jeito extremamente suspeito. Seria melhor se ele abafasse essa paixão singela logo no início, não? — acrescentou Laurie em um tom confidencial, de irmão mais velho, após um minuto de silêncio.

— Certamente. Não queremos mais nenhum casamento nesta família por muitos anos. Misericórdia, o que passa na cabeça desses fedelhos?

Jo parecia tão escandalizada como se Amy e Parker ainda fossem crianças.

— É uma idade em que tudo acontece muito rápido, e não sei aonde chegaremos, senhora. Você não passa de uma menina, mas será a próxima, Jo, e nós ficaremos nos lamentando — observou Laurie, meneando a cabeça diante da decadência dos tempos.

— Não se aflija. Não sou do tipo casadoiro. Ninguém me quererá, e isso é um alento, pois sempre deveria haver uma solteirona na família.

— Você não dá chance alguma a ninguém — protestou Laurie, olhando-a de lado e com um rubor ainda mais intenso em seu rosto bronzeado. — Você se recusa a exibir o lado meigo da sua personalidade, e se algum rapaz acaba por descobri-lo por acidente e não consegue evitar gostar do que vê, você o trata como a sra. Gummidge tratou o amado: joga água fria nele e fica tão espinhosa que ninguém ousaria tocá-la ou olhar para você.

— Não gosto desse tipo de coisa. Estou ocupada demais para me preocupar com besteiras e acho terrível separar famílias desse jeito. Agora, não diga mais uma única palavra a esse respeito. O casamento de Meg enlouqueceu todos nós, e não se fala em outra coisa além de amores e tais absurdos. Não quero me irritar, então mudemos de assunto.

E Jo parecia bastante disposta a jogar água fria à mais leve provocação.

Quaisquer que fossem os sentimentos de Laurie, o rapaz encontrou uma válvula de escape para eles em um longo assobio e no terrível prenúncio, quando eles se despediram ao portão:

— Escute o que eu digo, Jo, você será a próxima.

25
O PRIMEIRO CASAMENTO

As rosas de junho do alpendre despertaram cedo e radiantes naquela manhã, regozijando-se profundamente sob o sol no céu sem nuvens, como as vizinhas adoráveis que eram. Bastante coradas de entusiasmo estavam suas faces vermelhas, enquanto balançavam ao vento, contando umas para as outras aos sussurros o que haviam visto, pois algumas espiaram pelas janelas da sala de jantar, onde o banquete tinha sido servido; algumas se erguiam para cumprimentar e sorrir para as irmãs enquanto elas vestiam a noiva, outras acenavam as boas-vindas àqueles que iam e vinham, cumprindo diversos afazeres no jardim, no alpendre e no corredor, e todas, da flor mais rosada e plena ao botãozinho mais pálido, prestavam seu tributo de beleza e perfume à boa moça que as amava e delas cuidara por tanto tempo.

A própria Meg se parecia muito com uma rosa, pois tudo o que havia de melhor e mais doce no coração e na alma parecia florescer no rosto dela naquele dia, tornando-o belo e terno, com um encanto mais lindo do que a beleza. Nem seda, nem rendas, nem flores alaranjadas ela aceitara.

— Não quero um casamento requintado, mas apenas aqueles que amo ao meu redor, e para eles desejo ser e aparentar como realmente sou.

Assim, ela mesma fez seu vestido de noiva, cosendo nele as ternas esperanças e os romances inocentes de um coração de menina. As irmãs trançaram-lhe o bonito cabelo, e os únicos ornamentos que usava eram os lírios-do-vale, as flores preferidas de "seu John".

— Você está do jeitinho que sempre é, querida Meg, tão doce e adorável que eu deveria abraçá-la, se não fosse amarrotar seu vestido! — exclamou Amy, observando-a com gosto quando tudo estava pronto.

— Então estou satisfeita. Mas, por favor, abracem-me e beijem-me, todos vocês, e não se importem com o meu vestido. Quero que fique todo amassado, hoje, por esse motivo.

E Meg abriu os braços para as irmãs, que a enlaçaram, com o rosto iluminado, por um minuto, sentindo que o novo amor não mudara o antigo.

— Agora, vou dar o nó na gravata de John e depois passarei alguns minutos tranquilos com o papai no escritório.

E Meg correu para realizar essas pequenas cerimônias e depois seguir a mãe para onde quer que fosse, consciente de que, apesar dos sorrisos no rosto dela, havia uma tristeza secreta escondida no coração materno diante do voo do primeiro pássaro do ninho.

Enquanto as meninas mais novas permanecem juntas, dando os últimos retoques em seus trajes simples, talvez seja uma boa hora para contar algumas mudanças que três anos provocaram em sua aparência, pois todas estão mais belas do que nunca.

Os ângulos de Jo suavizaram-se muito, ela aprendeu a mover-se com leveza, embora não com graciosidade. Os cabelos encaracolados alongaram-se em cachos espessos, mais adequados à pequena cabeça no topo da figura alta. Há um novo rubor em suas faces morenas, um brilho suave nos olhos, e apenas palavras delicadas são proferidas hoje por sua língua afiada.

Beth tornou-se mais esguia, pálida e silenciosa do que nunca. Os olhos bonitos e amáveis estão maiores, e neles reside uma expressão que entristece, embora não seja triste em si mesma. É a sombra da dor que toca o rosto jovem com uma paciência patética, mas Beth raramente se queixa e fala sempre, esperançosamente, de "estar melhor em breve".

Amy é, com razão, considerada "a flor da família", pois, aos 16 anos, tem o ar e o porte de uma mulher adulta, não bonita, mas possuidora desse encanto indescritível chamado "graciosidade". Via-se, nos contornos de sua figura, o feitio e o movimento das mãos, a fluidez do vestido, o caimento do cabelo — tudo inconsciente, porém harmonioso, e tão atraente para muitos como a própria beleza. O nariz de Amy ainda a afligia, pois jamais seria grego, assim como a boca, que era demasiado larga, além do queixo decidido. Essas características ofensivas conferiam personalidade a seu rosto, mas ela não conseguia perceber, e consolava-se com a tez maravilhosamente bela, os olhos azuis perspicazes e cachos mais dourados e abundantes do que nunca.

Todas três usavam trajes de um tecido cinza-prateado fino (seus melhores vestidos de verão), com rosas vermelhas no cabelo e no colo, e todas três pareciam exatamente o que eram: moças jovens e de coração feliz, parando por um momento suas vidas atarefadas para ler com olhos ansiosos o capítulo mais doce do romance da feminilidade.

Não haveria qualquer cerimônia complexa, tudo devia ser o mais natural e acolhedor possível, por isso, quando Tia March chegou, ficou escandalizada ao ver a noiva correndo em sua direção para recebê-la e conduzi-la até o local da cerimônia, ao encontrar o noivo recolocando um enfeite que havia caído e ao avistar o paternal ministro marchando escada acima, com o semblante sério e uma garrafa de vinho debaixo de cada braço.

— Deus do céu, que caos é esse? — gritou a velha senhora, tomando o assento de honra preparado para ela e alisando as dobras do vestido lavanda ruidosamente. — Você não deveria ser vista até o último minuto, criança.

— Não sou nenhum espetáculo, tia, e ninguém veio para me observar, para criticar o meu vestido ou para calcular o custo do almoço. Estou demasiado feliz para me importar com o que qualquer pessoa diga ou pense e terei meu modesto casamento tal como desejo. John, querido, aqui está o seu martelo.

E Meg afastou-se para ajudar "aquele homem" em sua tarefa altamente imprópria.

O sr. Brooke nem sequer disse "obrigado", mas, ao inclinar-se para pegar a ferramenta nada romântica, beijou sua noivinha atrás da porta dobrável, com um olhar que fez com que Tia March tirasse o lenço do bolso por conta das lágrimas repentinas nos velhos olhos penetrantes.

Um estrondo, um grito e uma risada de Laurie, acompanhados pela exclamação indecorosa, "Mas que diabos! Jo está mexendo no bolo novamente!", causou um furor momentâneo, que mal havia cessado quando um rebanho de primos chegou e "a festança começou", como Beth costumava dizer quando criança.

— Não deixe aquele jovem imenso aproximar-se de mim, ele preocupa-me mais do que os mosquitos — sussurrou a velha senhora a Amy, enquanto os cômodos se enchiam de gente e a cabeça escura de Laurie se elevava acima de todos.

— Ele prometeu comportar-se hoje e sabe ser perfeitamente elegante quando quer — retrucou Amy, afastando-se para avisar a Hércules que tivesse cuidado com o dragão, um alerta que o levou a perseguir a velha senhora com uma dedicação que quase a entonteceu.

Não houve procissão nupcial, mas um silêncio súbito pairou sobre a sala quando o sr. March e o jovem casal tomaram seus lugares sob o arco verde. A mãe e as irmãs permaneceram por perto, como que relutando em abrir mão de Meg. A voz paterna vacilou mais de uma vez, o que só pareceu tornar a cerimônia mais bela e solene. A mão do noivo tremia visivelmente, e ninguém ouviu suas respostas. Meg, no entanto, olhou diretamente nos olhos do marido e disse "Eu aceito!" com uma confiança tão terna no rosto e na voz que o coração de sua mãe se alegrou e Tia March fungou audivelmente.

Jo não chorou, embora tenha chegado bem perto disso, e só foi salva do embaraço por saber que Laurie estava olhando fixamente para ela, com uma mistura cômica de alegria e emoção em seus maliciosos olhos pretos. Beth manteve o rosto escondido no ombro da mãe, mas Amy permaneceu como uma estátua graciosa, com um raio de sol extremamente lisonjeiro tocando sua testa alva e a flor em seu cabelo.

Não era o mais apropriado a se fazer, receio, mas assim que se viu casada, Meg gritou:

— O primeiro beijo será na mamãe!

E, virando-se, beijou-a com todo o amor do mundo. Durante os quinze minutos seguintes, ela se parecia mais com uma rosa do que nunca, pois todos valeram-se ao máximo de seus privilégios, desde o sr. Laurence até a velha Hannah, que, enfeitada com um toucado ao mesmo tempo maravilhoso e pavoroso, atirou-se sobre ela no salão, soluçando de chorar e sorrindo.

— Abençoada seja, minha *quirida*, uma centena *di* vezes! O bolo *tá* inteirinho e tudo *tá* lindo.

Todos se acalmaram depois disso e disseram algo inteligente — ou tentaram fazê-lo, o que teve o mesmo efeito, pois o riso está sempre a postos quando os corações estão leves. Não houve exibição de presentes, pois todos já estavam na casinha, nem um café da manhã elaborado, mas, sim, um almoço abundante e um lindo bolo decorado com flores. O sr. Laurence e Tia March encolheram os ombros e sorriram um para o outro quando descobriram que água, limonada e café eram os únicos tipos de néctar que as três Hebes levavam de um lado para outro. Ninguém disse nada, até que Laurie, que insistiu em servir algo à noiva, apareceu diante dela, com uma bandeja cheia na mão e uma expressão confusa no rosto.

— Por acaso a Jo quebrou todas as garrafas por acidente — sussurrou ele — ou estaria eu meramente vivendo uma ilusão de ter visto algumas garrafas de vinho por aí esta manhã?

— Não, seu avô gentilmente nos ofereceu os melhores que tinha e Tia March também mandou alguns, mas meu pai guardou um pouco para Beth e despachou o restante para o Lar do Soldado. Você sabe que ele pensa que o vinho deve ser usado apenas em casos de enfermidade, e minha mãe diz que nem ela nem suas filhas jamais oferecerão bebidas alcoólicas a qualquer jovem rapaz sob seu teto.

Meg falou com seriedade e esperava que Laurie franzisse o cenho ou caísse no riso, mas ele não o fez, pois, depois de observá-la por um instante, ele disse, com seu jeito impetuoso:

— Gostei disso! Pois já vi estragos suficientes a ponto de desejar que outras mulheres pensassem como vocês.

— Espero que tal sabedoria não seja fruto da sua própria experiência...

Havia um toque de ansiedade na voz de Meg.

— Não. Eu lhe dou minha palavra. Também não pense que sou algum santo; essa apenas não é uma das minhas tentações. Tendo sido criado onde o vinho é tão comum quanto a água e quase tão inofensivo, não é algo que me apeteça, mas, quando uma moça bonita o oferece, ninguém gosta de recusar, você sabe.

— Mas você recusará, para o bem dos outros, se não pelo seu próprio. Vamos, Laurie, prometa e dê-me mais um motivo para considerar este o dia mais feliz da minha vida.

Uma exigência tão repentina e tão séria fez o jovem hesitar um instante, pois o ridículo é, muitas vezes, mais difícil de suportar do que a abnegação. Meg sabia que, se prometesse, ele manteria a palavra a todo custo e, sentindo o poder que detinha, utilizou-o como uma mulher faria pelo bem de um amigo. Ela não falou, apenas olhou para ele com uma expressão que transbordava felicidade e um sorriso que dizia: "Hoje ninguém pode me recusar nada."

Laurie certamente não podia, e, com um sorriso de resposta, ele lhe deu a mão, dizendo calorosamente:

— Eu prometo, sra. Brooke.

— Eu lhe agradeço muitíssimo.

— E eu faço um brinde à sua resolução, Teddy! — exclamou Jo, batizando-o com respingos de limonada, enquanto agitava o copo e sorria em aprovação.

Após o brinde, a limonada foi bebida e o juramento foi feito e fielmente mantido, apesar de muitas tentações, pois, com uma sabedoria instintiva, as meninas haviam escolhido um momento feliz para prestar um serviço a seu amigo, pelo qual ele lhes foi grato por toda a vida.

Depois do almoço, as pessoas passearam, em duplas e trios, pela casa e pelo jardim, desfrutando o sol nas áreas interna e externa. Meg e John estavam juntos no meio do gramado quando Laurie foi tomado por uma inspiração que deu o toque final ao casamento pouco convencional.

— Todas as pessoas casadas, deem as mãos e dancem ao redor dos novos esposos, como fazem os alemães, enquanto nós, solteiros e solteiras, desfilamos aos pares do lado de fora! — gritou Laurie, caminhando pela trilha com Amy, com entusiasmo e habilidade tão contagiantes que todos seguiram o exemplo sem pestanejar. O sr. e a sra. March, a tia e o tio Carrol começaram, e outros se juntaram a eles rapidamente; até Sallie Moffat, após um momento de hesitação, jogou a cauda do vestido sobre o braço e arrastou Ned para a roda. Mas a cena mais engraçada foi a protagonizada pelo sr. Laurence e pela Tia March, pois, quando o velho e majestoso senhor aproximou-se solenemente da idosa, ela simplesmente enfiou a bengala debaixo do braço e saiu saltitando para dar as mãos aos demais e dançar em torno dos noivos, enquanto os jovens percorriam o jardim como borboletas em um dia de verão.

A falta de fôlego pôs fim ao baile improvisado, e então as pessoas começaram a ir embora.

— Desejo-lhe felicidades, minha querida, desejo-lhe felicidades de todo o coração, mas acho que você se arrependerá — disse Tia March a Meg, acrescentando ao noivo, enquanto ele a conduzia até o coche: — Você tem um tesouro, meu jovem, faça por merecê-lo.

— Esse foi o casamento mais bonito de que participei em muito tempo, Ned, e não entendo por quê, pois não havia sofisticação alguma — comentou a sra. Moffat para o marido, enquanto eles iam embora em seu coche.

— Laurie, meu rapaz, se um dia quiser usufruir desse tipo de coisa, consiga a ajuda de alguma daquelas meninas, e eu ficarei perfeitamente satisfeito — disse o sr. Laurence, acomodando-se na poltrona para descansar depois da agitação da manhã.

— Farei o meu melhor para agradá-lo, senhor. — Foi a resposta incomumente obediente de Laurie, enquanto retirava com cuidado a flor que Jo havia colocado em sua botoeira.

A casinha não ficava longe, e a única viagem nupcial que Meg encarou foi o passeio tranquilo com John da velha casa para a nova. Quando ela desceu as escadas, parecendo uma bela quacre com seu conjunto cinza e seu *bonnet* de palha amarrado com fita branca, todos se reuniram em torno dela para se despedir, com a mesma ternura como se ela estivesse partindo em uma longa jornada.

— Não sinta que estou separada da senhora, mamãe querida, ou que a amo menos por amar tanto John — disse ela, agarrada à mãe, com os olhos cheios d'água por um momento. — Eu virei todos os dias, papai, e espero manter meu antigo lugar no coração de vocês, embora esteja casada. Beth passará muito tempo comigo, e as outras meninas aparecerão de vez em quando para rir das minhas lides domésticas. Obrigada a todos vocês por tornarem o dia do meu casamento feliz. Adeus, adeus!

Eles a observaram, com o rosto cheio de amor, esperança e orgulho terno, enquanto ela se afastava, apoiando-se no braço do marido, com as mãos cheias de flores e o sol de junho iluminando-lhe o rosto feliz — e assim começou a vida de casada de Meg.

26
EXPERIMENTOS ARTÍSTICOS

As pessoas levam muito tempo para aprender a diferença entre talento e genialidade, especialmente moças e rapazes ambiciosos. Amy estava aprendendo essa distinção por meio de muitas tribulações; por confundir entusiasmo com inspiração, ela experimentava cada ramo da arte com uma audácia juvenil. Durante um bom tempo, houve uma pausa nas atividades dos "bolos de lama", e ela se dedicou ao mais refinado desenho a bico de pena, no qual demonstrou tanto bom gosto e habilidade que seu gracioso trabalho manual provou-se agradável e lucrativo. Mas o cansaço nos olhos fez com que o bico de pena fosse deixado de lado para uma tentativa ousada de desenhar com carvão. Enquanto durou esse acesso, a família vivia com medo constante de uma conflagração, pois o cheiro da lenha queimando permeava a casa o tempo todo, a fumaça que saía do sótão e do galpão espalhava-se com uma frequência alarmante, os carvões em brasa jaziam desordenadamente por toda parte, e Hannah nunca ia para a cama sem um balde d'água e o sino que usava para avisar que as refeições estavam prontas do lado de sua porta, em caso de incêndio. O rosto de Rafael foi descoberto, em uma audaciosa execução, na parte inferior da tábua de moldagem e o de Baco, no tampo de um barril de cerveja. Um querubim cantando enfeitava a tampa do pote de açúcar, e tentativas de retratar Romeu e Julieta serviram de lenha por algum tempo.

Do fogo ao óleo foi uma transição natural para os dedos queimados, e Amy iniciou na pintura com ardor inabalado. Um amigo artista a equipou com as paletas, pincéis e cores que não usava mais, e ela se lambuzava toda, produzindo paisagens pastoris e marinhas como jamais foram vistas em terra ou no mar. As monstruosidades que criava ao retratar o gado teriam sido premiadas em uma feira agrícola, e a inclinação perigosa de suas embarcações teria causado enjoo até mesmo no maior admirador do mar, se o completo desrespeito a todas as regras conhecidas da construção naval e do cordame não o fizesse cair na gargalhada à primeira olhada. Garotos morenos e Madonas de olhos escuros, olhando para você de um canto do estúdio, lembravam Murillo; sombras de rostos castanhos oleosos com uma pincelada sombria no lugar errado conduziam a Rembrandt; senhoras corpulentas e bebês hidrópicos, a Rubens; e Turner aparecia em tempestades de trovões azuis, relâmpagos alaranjados, chuva marrom e nuvens roxas, com um salpico cor de tomate no meio, que poderia ser o sol ou uma boia, uma camisa de marinheiro ou uma túnica de rei, conforme o que desejasse o espectador.

Em seguida, vieram os retratos a carvão, e toda a família foi dependurada em uma fileira, parecendo tão louca e imunda como se tivesse sido evocada de uma carvoaria. Suavizados em esboços de giz de cera, todos ficaram melhores, pois as semelhanças eram mais precisas, e o cabelo de Amy, o nariz de Jo, a boca de Meg e os olhos de Laurie ficaram "maravilhosamente" destacados. Na sequência, ela retomou o barro e o gesso, e os bustos fantasmagóricos de seus conhecidos assombravam os cantos da casa, ou tombavam das prateleiras do armário na cabeça das pessoas.

Crianças eram convidadas a posar como modelos, até que seus relatos incoerentes das ações misteriosas da srta. Amy fizeram com que ela passasse a ser considerada um bicho-papão de saias. Seu trabalho nessa linha, no entanto, foi bruscamente encerrado por um acidente infeliz, que extinguiu seu ardor. Como passou um tempo sem encontrar outros modelos, ela resolveu fazer moldes de seu belo pé e, certo dia, a família alarmou-se com batidas estranhas e uma gritaria e correu ao seu resgate, encontrando a jovem entusiasta saltitando loucamente pelo alpendre com o pé preso em uma panela cheia de gesso, que tinha endurecido com uma rapidez inesperada. Ela foi resgatada com muita dificuldade e certo perigo, pois Jo foi tomada pelo riso enquanto escavava que sua faca foi longe demais, cortou o pé da pobrezinha e deixou uma marca duradoura de uma experiência, no mínimo, artística.

Depois disso, Amy se aquietou, até que uma mania de esboçar a natureza a levou a procurar rios, campos e bosques, para estudos pitorescos, e a ansiar, aos suspiros, por ruínas para rabiscar. Ela pegou incontáveis resfriados por sentar-se na grama úmida para capturar um "lugarzinho delicioso", composto de uma pedra, um toco de árvore, um cogumelo e um talo de verbasco quebrado, ou "uma massa celestial de nuvens", que parecia, finalizada no papel, uma exibição de colchões de penas. Ela sacrificou a própria pele ao boiar no rio sob o sol do ápice do verão para estudar a luz e a sombra e ficou com uma ruga no nariz depois de testar "pontos de vista", ou seja lá como se chama o processo de semicerrar os olhos e focar em alguma coisa.

Se "genialidade é eterna paciência", como afirma Michelangelo, Amy tinha algum direito a reivindicar o atributo divino, pois perseverou, apesar de todos os obstáculos, fracassos e desencorajamentos, acreditando firmemente que, com o tempo, conseguiria fazer algo digno de ser chamado de "obra de arte".

Enquanto isso, ia aprendendo, fazendo e desfrutando outras coisas, pois tinha decidido ser uma mulher atraente e realizada, mesmo que nunca se tornasse uma grande artista. Foi nesse ponto que obteve mais sucesso, pois era uma dessas felizes criaturas que agradam sem muito esforço, fazem amigos em todos os lugares e levam a vida com tanta graça e leveza que almas menos afortunadas são tentadas a acreditar que tais pessoas nascem sob uma estrela da sorte. Todos gostavam dela, pois entre seus dotes estava o tato. Ela possuía um senso instintivo do que era agradável e adequado, sempre dizia a coisa certa para a pessoa certa, fazia exatamente o que se adequava à hora e ao lugar e tinha tanto autocontrole que suas irmãs costumavam dizer: "Se Amy comparecesse diante de um tribunal sem nenhum ensaio prévio, ela saberia exatamente o que fazer."

Uma de suas fraquezas era o desejo de participar de "nossa melhor sociedade", sem ter certeza do que era realmente melhor. Dinheiro, posição, exibições de elegância e modos refinados eram coisas muito desejáveis aos seus olhos, e ela gostava de se relacionar com aqueles que as possuíam, muitas vezes confundindo o falso com o verdadeiro e admirando o que não era admirável. Nunca esquecendo que vinha de família nobre, ela cultivava seus gostos e sentimentos aristocráticos para que, quando a oportunidade chegasse, pudesse estar pronta para tomar o lugar do qual a pobreza, naquele momento, a excluía.

"Milady", como seus amigos a chamavam, desejava sinceramente ser uma dama genuína — e já o era, em seu coração —, mas ainda não tinha aprendido que o dinheiro não pode comprar a sofisticação natural, que a posição nem sempre confere nobreza e que a verdadeira estirpe vem à tona, a despeito dos reveses externos.

— Quero pedir-lhe um favor, mamãe — disse Amy, entrando certo dia com um ar importante.

— Ora, minha filha, o que é? — respondeu a mãe, aos olhos de quem a jovem majestosa ainda era "seu bebê".

— Nossa aula de desenho termina na próxima semana e, antes que as meninas se separem para aproveitar o verão, quero convidá-las para passar um dia aqui. Elas são loucas para ver o rio, desenhar a ponte quebrada e copiar algumas das coisas que admiram em meu caderno. Elas têm sido muito gentis comigo de muitas maneiras, e eu sou grata, pois todas elas são ricas e eu sei que sou pobre, mas elas nunca fizeram diferença.

— Por que deveriam? — indagou a sra. March daquele jeito que as meninas chamavam de seu "ar de Maria Teresa".

— A senhora sabe tão bem quanto eu que isso faz diferença para quase todos, então não se exalte como uma adorável mãe galinha quando seus pintinhos são bicados por pássaros mais espertos. O patinho feio tornou-se um cisne.

E Amy sorriu sem amargura, pois tinha um temperamento feliz e um espírito esperançoso.

A sra. March riu e abrandou seu orgulho materno ao perguntar:

— Pois bem, meu cisne, qual é o seu plano?

— Gostaria de convidar as meninas para almoçar na próxima semana, levá-las de coche aos lugares que elas querem ver, talvez passear de barco no rio e fazer uma pequena festa artística para elas.

— Parece-me viável. O que você quer para o almoço? Bolo, sanduíches, frutas e café bastariam, suponho?

— Oh, céus, não! Além disso, precisamos servir língua fria e frango, chocolate francês e sorvete. As meninas estão acostumadas a tais coisas, e eu quero que meu almoço seja adequado e elegante, embora eu trabalhe para me sustentar.

— Quantas moças seriam? — indagou a mãe, começando a parecer séria.

— Doze ou catorze na classe, mas ouso dizer que nem todas virão.

— Meu Deus, minha filha, você terá de fretar um ônibus para levá-las para passear.

— Ora, mãe, como pode pensar uma coisa dessas? Não mais do que seis ou oito provavelmente virão, por isso alugarei um carrinho para transporte na praia e pedirei emprestado o "chérabã" do sr. Laurence. (Pronúncia de Hannah de *char-à-banc*.)

— Tudo isso custará caro, Amy.

— Não muito. Calculei os custos e eu mesma pagarei.

— Você não acha, querida, que por essas meninas estarem acostumadas a tais coisas nem mesmo o melhor que pudermos oferecer será novidade para elas? Um plano mais simples seria mais agradável e, no mínimo, muito melhor para nós do que comprar ou pedir emprestado o que não precisamos e ostentar um estilo de vida não condizente com nossas circunstâncias.

— Se eu não puder fazer como quero, prefiro simplesmente não fazer. Sei que posso organizar tudo perfeitamente bem, se a senhora e as meninas ajudarem um pouquinho, e não vejo por que eu não poderia, visto que estou disposta a bancar os custos — afirmou Amy, com uma determinação que qualquer opinião contrária poderia transformar em obstinação.

A sra. March sabia que a experiência era uma excelente professora e, sempre que possível, deixava que as filhas aprendessem sozinhas as lições que ela teria facilitado de bom grado, se elas não se opusessem a aceitar conselhos tanto quanto resistiriam a tomar um purgante.

— Está bem, Amy, se o seu coração está decidido e você acha que conseguirá organizar tudo sem um gasto excessivo de dinheiro, tempo e paciência, eu não direi mais nada. Converse com as meninas, e seja qual for a sua decisão, farei meu melhor para ajudá-la.

— Obrigada, mamãe, a senhora é sempre muito gentil.

E lá se foi Amy, expor o plano às irmãs.

Meg concordou imediatamente e prometeu ajudá-la, oferecendo de bom grado qualquer coisa que tivesse, desde sua pequena casa até suas melhores colherinhas. Mas Jo desaprovou todo o projeto e não quis, a princípio, se envolver com coisa alguma relacionado a ele.

— Por que é que você vai gastar seu dinheiro, assoberbar sua família e virar a casa de cabeça para baixo por um bando de meninas que não se importam nem um pouquinho com você? Eu achava que você tinha orgulho e sensatez suficientes para não bajular qualquer mulher mortal só porque ela usa botas francesas e anda de cupê — esbravejou Jo, que, tendo sido interrompida enquanto se aproximava do clímax trágico de seu romance, não estava com muita disposição para empreendimentos sociais.

— Eu não bajulo e detesto ser tratada com condescendência tanto quanto você — retrucou Amy, indignada, pois as duas ainda brigavam quando questões dessa natureza vinham à tona. — As meninas gostam de mim, sim, e eu gosto delas, e há muita gentileza, sensatez e talento entre elas, apesar do que você chama de "tolices requintadas". Você não se importa em fazer as pessoas gostarem de você, em entrar para a alta sociedade e em cultivar bons modos e bons gostos. Eu me importo e quero aproveitar ao máximo todas as oportunidades que surgirem. Você pode passar o resto da vida distribuindo cotoveladas, manter o nariz empinado e chamar tal atitude de "independência", se quiser. Esse não é o meu jeito.

Quando Amy afiava a língua e dizia o que pensava, ela em geral levava a melhor, pois raramente deixava de ter o bom senso a seu lado, ao passo que Jo levava o amor pela liberdade e o ódio às convencionalidades a tal extremo que, naturalmente, acabava sobrepujada nas discussões. A definição de Amy da ideia de independência de Jo foi tão precisa que ambas acabaram rindo, e a discussão tomou um rumo mais amigável. Muito contra sua vontade, Jo consentiu em sacrificar um dia da sra. Grundy e ajudar a irmã no que considerava ser "um negócio sem sentido".

Os convites foram enviados, quase todos aceitos, e a segunda-feira seguinte foi reservada para o grande evento. Hannah estava de mau humor porque seu planejamento semanal fora perturbado, e profetizou que "*si* a roupa *num* fosse lavada e passada do jeito *di* sempre, nada *ia dá* certo". Esse retardamento na marcha habitual da maquinaria doméstica teve um efeito negativo em todo o evento, mas o lema de Amy era "*Nil desperandum*", e, já tendo decidido o que fazer, ela prosseguiu, apesar de todos os obstáculos. Para começar, a comida preparada por Hannah não ficou boa. O frango estava duro; a língua, muito salgada; e o chocolate não espumou direito. Além disso, o bolo e o sorvete custaram mais do que Amy esperava, assim como o carrinho de transporte, e várias outras despesas que pareciam insignificantes no início somaram-se de forma bastante alarmante depois. Beth pegou um resfriado e ficou de cama. Meg recebeu um número incomum de visitas aquele dia, o que a manteve em casa, e Jo estava em um estado de espírito tão dividido que os objetos quebrados, acidentes e erros estavam incomumente numerosos, graves e desagradáveis.

Se o tempo não estivesse bom na segunda-feira, as jovens iriam na terça-feira, um arranjo que desagradou a Jo e Hannah ao extremo. Na manhã de segunda-feira, o tempo estava naquele estado indeciso que é mais exasperante do que uma torrente constante. Chuviscava um pouquinho, o sol aparecia rapidamente, ventava de leve, e ele não se decidiu até que já fosse tarde demais para que qualquer outra pessoa se decidisse. Amy acordou ao amanhecer, apressando as pessoas para que se levantassem da cama e tomassem logo o café da manhã, para que a casa pudesse ficar em ordem. A sala de visitas lhe pareceu incomumente surrada, mas sem parar para lamentar pelo que não tinha, ela habilmente fez o melhor que podia, posicionando cadeiras sobre os pontos gastos no tapete, cobrindo as manchas nas paredes com esculturas de fabricação doméstica, o que conferiu um ar artístico ao cômodo, assim como os adoráveis vasos de flores que Jo havia espalhado por ali.

O almoço estava com um aspecto ótimo e, enquanto o analisava, Amy esperava sinceramente que o gosto também estivesse bom, e que os copos, a louça e a prataria emprestados voltassem para casa em segurança. Os veículos foram prometidos, Meg e a mãe estavam a postos para fazer as honras, Beth pôde ajudar Hannah nos bastidores, Jo tinha se comprometido a ser tão animada e amável quanto permitisse sua mente distraída, a cabeça dolorida e uma desaprovação muito decidida de tudo e de todos e, enquanto se vestia, já cansada, Amy animava-se com a expectativa do momento feliz em que, após o almoço bem-sucedido, ela sairia com as amigas para uma tarde de deleites artísticos, pois o "chérabã" e a ponte quebrada eram seus pontos fortes.

Depois vieram as horas de suspense, durante as quais ela ia e vinha sem parar entre a sala e a varanda, enquanto o tempo variava tanto quanto um cata-vento. Um aguaceiro forte às onze horas evidentemente minguara o entusiasmo das jovens, que chegariam às doze, pois ninguém apareceu, e, às duas, a exausta família sentou-se sob o sol forte para consumir os alimentos perecíveis da festa, a fim de que nada fosse desperdiçado.

— Não há dúvidas quanto ao tempo hoje; elas certamente virão, então devemos nos apressar e estar prontas para recebê-las — disse Amy quando o sol a despertou na manhã seguinte.

Ela falou com vigor, mas secretamente, em sua alma, desejava não ter dito nada sobre terça-feira, pois seu interesse, assim como o bolo, estava ficando um pouco rançoso.

— Eu não consegui comprar lagostas; você terá de ficar sem salada hoje — disse o sr. March, chegando meia hora depois, com uma expressão de desespero plácido.

— Então use o frango; o fato de estar duro não importará em uma salada — aconselhou a esposa.

— Hannah o deixou na mesa da cozinha por um minuto e os gatinhos comeram tudo. Sinto muito, Amy — acrescentou Beth, que ainda era uma padroeira dos gatos.

— Então, preciso de uma lagosta, pois só a língua não serve — afirmou Amy decididamente.

— Devo correr até a cidade e exigir uma? — perguntou Jo, com a magnanimidade de um mártir.

— Você traria a lagosta para casa debaixo do braço, sem nenhum papel, só para me aborrecer. Eu mesma irei — respondeu Amy, cujo bom humor estava começando a vacilar.

Enrolada em um véu grosso e armada com uma bela cesta de viagem, ela partiu, sentindo que a saída no dia frio acalmaria seu espírito agitado e a prepararia para os trabalhos do dia. Após algum atraso, o objeto de seu desejo foi adquirido, bem como um frasco de molho, para evitar mais perda de tempo em casa, e ela partiu novamente, bastante satisfeita com a própria previdência.

Como havia apenas um outro passageiro no ônibus, uma senhora adormecida, Amy enfiou o véu no bolso e distraiu o tédio do trajeto tentando descobrir onde tinha gastado todo o seu dinheiro. Estava tão ocupada com seu cartão cheio de números teimosos que não percebeu a presença do recém-chegado, que entrara com o veículo em movimento, até que uma voz masculina disse:

— Bom dia, srta. March.

Ao olhar para cima, ela viu um dos mais elegantes colegas de universidade de Laurie. Esperando com fervor que ele descesse do ônibus antes dela, Amy ignorou a cesta a seus pés e, parabenizando a si mesma por estar trajando o novo vestido de passeio, respondeu à saudação do jovem com sua doçura e seu carisma habituais.

Eles se entenderam maravilhosamente bem, pois o receio principal de Amy logo foi apaziguado ao saber que o cavalheiro desceria primeiro, e ela estava conversando em um tom peculiarmente altivo quando a idosa levantou-se para saltar. Ao cambalear até a porta, ela atingiu a cesta, e — ah, que horror! — a lagosta, em todo o seu tamanho vulgar e lustroso, foi revelada diante dos olhos bem-nascidos de um Tudor!

— Meu Deus, ela esqueceu o jantar! — gritou o jovem inconscientemente, enfiando o monstro escarlate em seu devido lugar com a bengala e preparando-se para entregar a cesta à senhora.

— Por favor, não... É... É minha — murmurou Amy, com o rosto quase tão vermelho quanto a lagosta.

— Ah, peço mil perdões. É um exemplar de uma beleza incomum, não é? — comentou o Tudor, com grande presença de espírito e um ar de interesse solene que fez honra à sua linhagem.

Amy logo se recuperou, colocou a cesta corajosamente no assento e disse, rindo:

— Você não gostaria de experimentar um pouco da salada desta lagosta e ver as encantadoras jovens que a comerão?

Essa foi uma bela demonstração de tato, pois duas das fraquezas da mente masculina foram tocadas: a lagosta foi imediatamente cercada por uma auréola de lembranças agradáveis e a curiosidade sobre "as encantadoras jovens" desviou a mente do rapaz do cômico contratempo.

"Imagino que ele rirá e fará troças com Laurie depois, mas eu não estarei lá para ver, isso é um alento", pensou Amy, enquanto o Tudor fazia uma reverência e ia embora. Ela não mencionou esse encontro em casa (embora tenha descoberto que, graças ao incidente, seu vestido novo ficara muito estragado devido ao molho que escorrera pela saia), mas seguiu em frente com os preparativos que, naquele momento, pareciam mais incômodos do que antes, e, às doze horas, tudo estava pronto novamente. Sentindo que os vizinhos estavam interessados na movimentação, ela desejou apagar a lembrança do fracasso do dia anterior com um grande sucesso aquele dia, então mandou trazer o "chérabã" e partiu, majestosamente, para receber e acompanhar suas convidadas para o banquete.

— Estou ouvindo o barulho do motor, elas estão chegando! Vou até o alpendre para recepcioná-las. Será um gesto hospitaleiro, e quero que minha pobre filha se divirta depois de tanto trabalho — disse a sra. March, encaminhando-se imediatamente para lá.

No entanto, após uma breve olhada, ela entrou novamente em casa, com uma expressão indescritível, pois parecendo bastante perdidas na grande carruagem estavam Amy e apenas uma moça.

— Corra, Beth, e ajude Hannah a tirar metade das coisas da mesa. Seria absurdo demais servir um almoço para doze pessoas diante de uma única garota — gritou Jo, correndo para os fundos da casa, agitada demais até mesmo para parar e soltar uma gargalhada.

Amy entrou, muito calma e encantadoramente cordial com a única convidada que havia cumprido a promessa. O restante da família, em um estado de espírito dramático, desempenhou seu papel igualmente bem, e a srta. Eliott achou todos alegríssimos, pois era impossível controlar por completo a euforia que os possuía. O almoço remodelado foi alegremente partilhado; o estúdio e o jardim, visitados; e a arte, discutida com entusiasmo. Amy, então, pediu uma charrete (adeus ao elegante "chérabá") e passeou com a amiga de forma tranquila pela região até o pôr do sol, quando "a festa acabou".

Ao entrar em casa, parecendo muito cansada, mas composta como sempre, ela observou que todos os vestígios do infeliz evento haviam desaparecido, exceto por um esboço de sorriso nos cantos da boca de Jo.

— A tarde estava linda para o seu passeio, querida — disse a sra. March, tão respeitosamente como se as doze moças tivessem comparecido.

— A srta. Eliott é uma garota muito doce e pareceu se divertir, eu achei — observou Beth, em um tom incomumente caloroso.

— Você poderia me dar um pedaço do seu bolo? Eu realmente preciso, pois recebo muitas visitas, e não consigo fazer coisas tão deliciosas como as suas — perguntou Meg, muito séria.

— Leve tudo. Sou a única aqui que gosta de doces, e o bolo mofará antes que eu consiga consumi-lo por inteiro — respondeu Amy, pensando, com um suspiro, na quantidade de provisões de que dispusera para tudo acabar daquele jeito.

— É uma pena que Laurie não esteja aqui para nos ajudar — começou Jo, enquanto se sentavam para tomar sorvete e comer salada pela segunda vez em dois dias.

Um olhar de advertência da mãe coibiu quaisquer outros comentários, e toda a família comeu em um silêncio heroico, até que o sr. March observou delicadamente:

— A salada era um dos pratos favoritos dos antigos, e Evelyn...

E então uma explosão geral de risos encurtou a "história das saladas", para grande surpresa do sábio senhor.

— Coloquemos tudo em uma cesta e mandemos aos Hummels. Os alemães gostam de comida. Estou cansada de ver esses pratos, e não há razão para que todos vocês sejam sacrificados com o excesso porque eu fui tola — lamentou-se Amy, limpando os olhos.

— Eu pensei que morreria quando vi vocês duas sacolejando no seja-lá-como-se-chama, como duas nozes em uma casca enorme, e mamãe esperando majestosamente para receber a multidão — disse Jo, suspirando, exausta de tanto rir.

— Sinto muito que você tenha ficado decepcionada, querida, mas todos nós fizemos o nosso melhor para satisfazê-la — pontuou a sra. March, em um tom cheio de pesar materno.

— Estou satisfeita. Fiz o que me comprometi a fazer, e não é minha culpa que tenha falhado. Eu me conformo com isso — disse Amy, com a voz levemente embargada. — Agradeço muito a todos vocês por me ajudarem, e agradecerei ainda mais se não fizerem alusão a esse ocorrido por um mês, pelo menos.

Ninguém o fez durante vários meses, mas a palavra "banquete" sempre provocava um sorriso geral, e o presente de aniversário de Laurie para Amy foi uma miniatura de lagosta de coral — um berloque para que usasse na corrente do relógio.

27
LIÇÕES LITERÁRIAS

A fortuna sorriu de repente para Jo e deixou cair uma moedinha da sorte em seu caminho. Não exatamente uma moedinha de ouro, mas duvido que até mesmo meio milhão teria proporcionado a ela uma felicidade mais real do que a pequena soma recebida.

A cada poucas semanas, ela se fechava no quarto, vestia o uniforme de trabalho e "entrava em transe", como ela mesma definiu, escrevendo seu romance com todo o vigor, pois, até que estivesse terminado, ela não conseguiria ter paz. O "uniforme de trabalho" consistia em um avental de lã preto no qual ela podia limpar a pena à vontade e um gorro do mesmo material, adornado com um alegre laço vermelho, no qual ela enfiava os cabelos quando estava tudo pronto para a ação. A touca era como um sinalizador aos olhos questionadores da família, que, durante esses períodos, mantinha a devida distância, apenas aparecendo ocasionalmente para perguntar, com interesse:

— A genialidade arde, Jo?

Nem sempre eles se aventuravam a fazer tal pergunta, apenas observavam o gorro rapidamente e logo tiravam suas conclusões. Se a expressiva peça de vestuário estivesse encobrindo boa parte da testa, era um sinal de que um trabalho árduo estava em andamento; em momentos de agitação, ficava jovialmente inclinado; e, quando o desespero tomava conta da autora, era arrancado completamente e lançado ao chão. Em tais momentos, o intruso se retirava em silêncio, e ninguém ousava se dirigir a Jo até que o laço vermelho fosse visto alegremente erguido sobre sua cabeça talentosa.

Ela não se achava, de modo algum, um gênio, mas, quando a inspiração a arrebatava, ela se entregava de corpo e alma e passava a levar uma vida feliz, sem consciência de qualquer necessidade, preocupação ou mau tempo; segura e contente em um mundo imaginário, cheio de amigos quase tão reais e queridos para ela como qualquer outro de carne e osso. O sono abandonava seus olhos, as refeições perdiam o sabor, o dia e a noite ficavam muito curtos para desfrutar a felicidade que só a abençoava em tais momentos e fazia com que esses momentos valessem a pena viver, mesmo que não rendessem nenhum outro fruto. A inspiração divina geralmente durava uma ou duas semanas, e então ela emergia de seu "vórtice", faminta, sonolenta, irritada ou desanimada.

Jo ainda estava se recuperando de um desses ataques quando foi convencida a acompanhar a srta. Crocker a uma aula e, em troca de sua boa ação, foi recompensada com uma nova ideia. Era uma aula sobre pirâmides em um Curso Popular e Jo estava se questionando sobre a escolha de tal tema para aquele público, mas concluiu que algum grande mal social seria remediado ou alguma grande necessidade seria suprida pelo desdobramento das glórias dos faraós para uma plateia cujos pensamentos eram tomados pelo preço do carvão e da farinha, e cujas vidas eram gastas na tentativa de resolver enigmas mais difíceis do que os da Esfinge.

Elas chegaram cedo, e, enquanto a srta. Crocker endireitava o calcanhar da meia, Jo divertiu-se examinando o rosto das pessoas que ocupavam o banco com elas. À sua esquerda estavam duas matronas com testas imensas e *bonnets* que combinavam com elas, discutindo os Direitos das Mulheres e fazendo *frivolité*. Além delas, havia um humilde casal de namorados, desajeitadamente de mãos dadas; uma lúgubre solteirona comendo balas de hortelã de um saco de papel; e um senhor idoso tirando seu cochilo preparatório, escondido atrás de um lenço amarelo. À sua direita, seu único vizinho era um rapaz de ar estudioso, absorto em um jornal.

Era uma folha ilustrada, e Jo examinou a obra de arte mais próxima dela, ociosamente perguntando-se qual concatenação fortuita de circunstâncias requereria a ilustração melodramática de um índio em traje de guerra completo, tombando sobre um precipício com um lobo abocanhando-lhe a garganta, enquanto dois jovens cavalheiros enfurecidos, com pés bizarramente pequenos e olhos grandes, esfaqueavam-se nas proximidades e uma mulher desgrenhada fugia, ao fundo, com a boca escancarada. Pausando para virar uma página, o rapaz a percebeu olhando e, com uma bondade infantil, ofereceu metade de seu jornal, dizendo sem rodeios:

— Quer ler? É uma história soberba.

Jo aceitou com um sorriso, pois nunca havia superado seu gosto por rapazes, e logo se viu envolvida no labirinto habitual de amor, mistério e assassinato, pois a história pertencia àquela classe de literatura leve na qual as paixões tiram férias e, quando a imaginação do autor falha, uma grande catástrofe tira do palco metade dos personagens, deixando a outra metade a exultar com a derrocada dos demais.

— Excelente, não é? — perguntou o rapaz, enquanto os olhos dela percorriam o último parágrafo.

— Acho que você e eu poderíamos produzir algo tão bom quanto isso, se tentássemos — respondeu Jo, surpresa com a admiração dele por aquela porcaria.

— Eu me julgaria um homem de muita sorte, se conseguisse. Ela ganha a vida com essas histórias, pelo que dizem.

E ele apontou para o nome da sra. S.L.A.N.G. Northbury, sob o título do conto.

— Você a conhece? — perguntou Jo, com súbito interesse.

— Não, mas li todos os contos dela e conheço um rapaz que trabalha na redação desse jornal.

— Você disse que ela ganha uma boa quantia com histórias como esta?

E Jo olhou com mais respeito para a imagem do agitado grupo e os pontos de exclamação espessos que adornavam a página.

— Imagino que ganhe! Ela sabe exatamente do que as pessoas gostam e é bem paga para escrevê-las.

A aula então começou, mas Jo prestou pouca atenção, pois, enquanto o professor Sands discorria incansavelmente sobre Belzoni, Quéops, escaravelhos e hieróglifos, ela anotava secretamente o endereço do jornal, decidindo, cheia de audácia, tentar o prêmio de cem dólares oferecido em suas colunas por uma história sensacional. Quando a aula terminou e a plateia acordou, ela já havia acumulado uma esplêndida fortuna para si mesma (não a primeira com base em papel) e já estava profundamente envolvida na elaboração de sua história, sem conseguir decidir se o duelo deveria acontecer antes da fuga ou depois do assassinato.

Ela não disse nada de seu plano em casa, mas começou a trabalhar já no dia seguinte, para inquietação de sua mãe, que sempre parecia um pouco ansiosa quando "o gênio começava a arder". Jo nunca tentara aquele estilo antes, contentando-se com romances muito amenos para *The Spread Eagle*. Sua experiência e leitura variada agora eram úteis, pois lhe davam alguma noção de efeito dramático e forneceram trama, linguagem e figurinos. Sua história era tão cheia de desespero e desesperança quanto seu conhecimento limitado daquelas emoções desconfortáveis lhe permitia, e, tendo-a ambientado em Lisboa, Jo arrematou a narrativa com um terremoto, um final surpreendente e apropriado. O manuscrito foi enviado em sigilo, acompanhado de uma nota, dizendo modestamente que, se o conto não ganhasse o prêmio, que a escritora nem tinha expectativas de arrebatar, ela ficaria muito contente em receber qualquer quantia que fosse considerada merecida.

Seis semanas é muito tempo para esperar e um tempo ainda mais longo para uma garota guardar um segredo, mas Jo fez as duas coisas e começava a perder toda a esperança de voltar a ver seu manuscrito quando recebeu uma carta que quase lhe tirou o fôlego, pois, ao abri-la, um cheque de cem dólares caiu em seu colo. Por um instante, ela o encarou como se fosse uma cobra. Então, leu a carta e começou a chorar. Se o amável cavalheiro que escreveu aquele simpático bilhete soubesse da felicidade intensa que proporcionou a um semelhante, certamente dedicaria suas horas vagas, se tivesse alguma, a esse divertimento, pois Jo valorizou mais a carta do que o dinheiro, já que era encorajadora, e, depois de anos de esforço, foi extremamente agradável descobrir que ela havia aprendido a fazer algo, embora se tratasse apenas de escrever uma história sensacionalista.

Raras vezes se vira uma jovem mulher mais orgulhosa do que ela quando, tendo se recomposto, eletrizou a família ao aparecer diante deles com a carta em uma das mãos e o cheque na outra, anunciando que havia ganhado o prêmio. Claro que houve uma grande euforia, e quando a história foi publicada todos a leram e elogiaram, embora seu pai, depois de dizer que a linguagem era boa; a trama, original e interessante; e a tragédia, bastante emocionante, tenha meneado a cabeça e falado, com seu jeito erudito:

— Você pode fazer melhor do que isso, Jo. Busque chegar ao topo e não se preocupe com o dinheiro.

— Eu acho que o dinheiro é a melhor parte. O que você fará com essa fortuna? — quis saber Amy, fitando o mágico pedacinho de papel com um olhar reverente.

— Mandar Beth e a mamãe para a praia por um ou dois meses — respondeu Jo prontamente.

Para o litoral elas foram, depois de muita discussão, e, embora Beth não tenha voltado para casa tão gorducha e corada quanto se desejava, ela estava muito melhor, ao passo que a sra. March declarou sentir-se dez anos mais jovem. Então Jo ficou satisfeita com o investimento de seu prêmio monetário e mergulhou no trabalho com espírito alegre, decidida a ganhar mais daqueles deliciosos cheques. Ela ganhou vários naquele ano e começou a sentir-se poderosa dentro de casa, pois, por meio da magia de uma pena, seu "lixo" transformava-se em conforto para todos eles. *A filha do duque* pagou a conta do açougueiro, *Uma mão fantasma* bancou um tapete novo e *A maldição dos Coventry* resultou em uma verdadeira bênção para os March na forma de mantimentos e roupas.

A riqueza é, certamente, algo muito desejável, mas a pobreza tem seu lado positivo, e um dos benefícios da adversidade é a satisfação genuína que decorre do trabalho entusiasmado da cabeça ou das mãos. É à inspiração da necessidade que devemos metade das bênçãos de sabedoria, beleza e utilidade deste mundo. Jo sentiu um gostinho dessa satisfação e deixou de invejar as meninas mais ricas, consolando-se enormemente na percepção de que poderia suprir seus desejos sem precisar pedir um só tostão a ninguém.

Suas histórias não chamaram muita atenção, mas encontraram um mercado. Encorajada por esse fato, Jo resolveu fazer uma tentativa ousada no caminho da fama e da fortuna. Após copiar seu romance pela quarta vez, ler para todos os amigos próximos e submetê-lo, cheia de medo e tremor, a três editoras, ela finalmente encontrou quem o publicasse, com a condição de que eliminasse um terço da história e omitisse todas as partes que ela particularmente admirava.

— Agora, preciso enfiar meu original novamente na lata da cozinha e deixar lá mofando até poder pagar para imprimi-lo por conta própria ou reduzir a história para adequá-la aos editores e conseguir o máximo que puder por ela. A fama é uma coisa muito boa, mas o dinheiro é mais conveniente e, por isso, desejo saber a opinião de todos sobre essa questão importante — disse Jo, convocando um conselho familiar.

— Não estrague seu livro, minha filha, pois é mais valioso do que você imagina, e a ideia está bem trabalhada. Vamos esperar e deixá-lo amadurecer. — Este foi o conselho de seu pai; e ele praticava o que pregava, tendo esperado pacientemente trinta anos para que seu próprio fruto amadurecesse, sem ter pressa em colhê-lo mesmo agora, que já estava doce e maduro.

— Parece-me que Jo lucrará mais com a publicação do que com a espera — ponderou a sra. March. — A crítica é o melhor teste para um trabalho como esse, pois mostrará tanto seus méritos quanto as falhas de que não tinha consciência e a ajudará a obter um resultado melhor na próxima vez. Somos muito parciais, mas os elogios e as censuras dos estranhos serão úteis, mesmo que ela receba pouco dinheiro.

— Sim — concordou Jo, franzindo as sobrancelhas. — É isso mesmo. Há tanto tempo me preocupo com isso que realmente não sei se é bom, ruim ou indiferente. Será de grande ajuda ter pessoas alheias e imparciais para dar uma olhada e me dizer o que pensam.

— Eu não tiraria nem uma única palavra. Você estragará tudo se o fizer, pois o interesse da história está mais na mente das pessoas do que em suas ações, e tudo ficará confuso se você não der explicações à medida que a trama avança — defendeu Meg, que acreditava firmemente que aquele era o romance mais memorável já escrito.

— Mas o sr. Allen diz: "Deixe as explicações de lado, torne-o conciso e dramático e faça os personagens contarem a história" — lembrou Jo, olhando para o bilhete do editor.

— Faça o que ele diz. Ele sabe o que vai vender, e nós não sabemos. Faça um livro bom e popular e receba o máximo de dinheiro que puder. Quando seu nome for conhecido, você poderá se dar ao luxo de divagar e colocar personagens filosóficos e metafísicos em seus romances — afirmou Amy, que tinha uma visão estritamente prática do assunto.

— Bem — disse Jo, rindo —, se meus personagens são "filosóficos e metafísicos", não é culpa minha, pois nada sei sobre tais coisas, exceto o que ouço papai, às vezes, dizer. Se embuti algumas de suas sábias ideias em meu romance, tanto melhor para mim. Agora, Beth, o que você diz?

— Eu gostaria muito de vê-lo publicado logo. — Foi tudo o que Beth comentou, sorrindo ao dizê-lo.

Havia, contudo, uma ênfase inconsciente na última palavra e uma expressão melancólica naqueles olhos que nunca perderam a candura infantil que arrepiaram Jo por um momento, com um medo inquietante, e a fizeram decidir partir "logo" em sua pequena aventura.

Assim, com uma firmeza espartana, a jovem autora colocou seu primogênito sobre a mesa e cortou-o tão impiedosamente como se fosse uma bruxa. Na esperança de agradar a todos, ela aceitou todos os conselhos e, como o velho e seu jumento da fábula, não satisfez ninguém.

O pai gostava da veia metafísica que inconscientemente se embrenhara no livro, então essa parte não foi cortada, embora Jo tivesse dúvidas a esse respeito. Sua mãe achava que havia mesmo um pouco de descrições em excesso, então quase tudo foi cortado, bem como diversos elos necessários à trama. Meg admirava a tragédia, então Jo aumentou o nível de agonia para agradá-la, enquanto Amy se opunha aos elementos divertidos e Jo, com as melhores intenções do mundo, eliminou as cenas espirituosas que aliviaram o caráter sombrio da história. Então, para complicar a tragédia, ela o cortou em um terço e enviou, cheia de confiança, o pobre romancezinho, como um tordo depenado, para o vasto e agitado mundo, para tentar a sorte.

Bem, a obra foi publicada, e Jo recebeu trezentos dólares por ela, bem como muitos elogios e críticas, ambos em quantidades tão acima do esperado que ela entrou em um estado de perplexidade do qual levou algum tempo para se recuperar.

— A senhora disse, mamãe, que as críticas me ajudariam. Mas como poderiam, quando são tão contraditórias que não sei se escrevi um livro promissor ou se quebrei todos os dez mandamentos? — esbravejou a pobre Jo, folheando uma pilha de artigos cuja leitura, em um minuto, a enchia de orgulho e alegria e, no outro, a levava à ira e ao desânimo. — Este homem diz: "Um livro requintado, cheio de verdade, beleza e seriedade. Tudo é doce, puro e saudável" — continuou a perplexa autora. — O seguinte: "A teoria do livro é ruim, cheia de fantasias mórbidas, ideias espiritualistas e personagens antinaturais." Ora, como eu não tinha nenhuma teoria de qualquer tipo, não acredito no espiritualismo e baseei meus personagens na vida real, não vejo como esta crítica pode estar correta. Outro diz: "É um dos melhores romances americanos dos últimos anos" (não cairei nessa), e o próximo afirma que "embora seja original e tenha sido escrito com grande força e sentimento, é um livro perigoso". Não é! Alguns troçam dele, outros elogiam em demasia e quase todos insistem em dizer que eu tinha uma teoria profunda para expor, sendo que o escrevi apenas pelo prazer e pelo dinheiro. Eu gostaria de ter publicado o texto completo ou não ter publicado nada, pois odeio ser tão mal interpretada.

A família e os amigos a consolavam e louvavam liberalmente. No entanto, foi um momento difícil para a sensível e espirituosa Jo, que tinha tão boas intenções e, aparentemente, saíra-se tão mal. No fim das contas, toda aquela situação acabou fazendo bem a ela, pois aqueles cuja opinião tinha valor real lhe fizeram críticas que são o melhor aprendizado para um autor, e, quando passou a dor inicial, ela conseguiu rir de seu pobre livrinho, embora ainda acreditasse nele, e sentir-se mais sábia e mais forte pelas pancadas que recebera.

— Não sendo um gênio, como Keats, nada disso me matará — afirmou ela com firmeza. — E, para mim, é uma grande piada que justamente as partes que foram tiradas da vida real tenham sido consideradas impossíveis e absurdas, ao passo que as cenas que inventei na minha cabeça tola são enaltecidas como "encantadoramente naturais, ternas e verdadeiras". Então, eu me consolarei com isso e, quando estiver pronta, me erguerei novamente e tentarei mais uma vez.

28
EXPERIÊNCIAS DOMÉSTICAS

Como a maioria das jovens esposas, Meg começou a vida de casada decidida a ser uma dona de casa modelo. John deveria achar sua casa um paraíso, sempre ver um rosto sorridente, comer maravilhosamente bem todos os dias e nunca perceber a perda de um botão sequer. Ela colocou tanto amor, energia e alegria em seu trabalho que, apesar de alguns obstáculos, só poderia ser bem-sucedida. Seu paraíso não era tranquilo, pois a mulherzinha, ansiosa demais por agradar, agitava-se como uma verdadeira Marta, assoberbada com muitos cuidados. Às vezes sentia-se cansada demais até mesmo para sorrir. John ficou dispéptico por comer apenas pratos requintados, e, ingratamente, passou a exigir uma alimentação mais simples. Quanto aos botões, ela logo aprendeu a se perguntar onde teriam ido parar, a menear a cabeça diante do descuido dos homens e a ameaçar fazer com que ele próprio os pregasse e verificasse, posteriormente, se seu trabalho resistiria mais que o dela aos puxões impacientes e a dedos desajeitados.

Eles estavam muito felizes, mesmo depois de terem descoberto que não podiam viver só de amor. John não achou que a beleza de Meg diminuíra, embora ela sorrisse para ele por detrás da familiar cafeteira. Meg também não sentia falta de romantismo ao despedir-se do marido diariamente, pois, depois de beijá-la, ele sempre perguntava de um jeito terno:

— Devo mandar entregar vitela ou carneiro para o jantar, minha querida?

A casinha deixou de ser um ninho glorificado, tornando-se um lar, e o jovem casal logo sentiu que aquela era uma mudança para melhor. No início, eles brincavam de tomar conta da casa e faziam travessuras por toda parte, como crianças. Depois, John empenhou-se no trabalho, sentindo nos ombros a responsabilidade de ser um chefe de família, e Meg despiu-se dos roupões de cambraia, vestiu um grande avental e dedicou-se ao trabalho, como dito anteriormente, com mais energia do que discernimento.

Enquanto durou a mania de cozinhar, ela percorreu o *Livro de receitas da sra. Cornelius* como se fosse um exercício matemático, resolvendo os problemas com paciência e cuidado. Às vezes, sua família era convidada para ajudar a comer um banquete demasiado abundante de sucessos culinários, ou Lotty era despachada sigilosamente com uma fornada de fracassos, que deveriam ser escondidos de todos os olhos nos convenientes estômagos dos pequenos Hummels. Uma noite analisando os livros de contabilidade com John geralmente provocava uma pausa temporária no entusiasmo culinário, seguida por um acesso de frugalidade durante o qual o pobre homem era obrigado a comer pudim de pão, picadinho e café requentado, o que lhe doía na alma, embora ele suportasse com uma fortaleza louvável. Antes que o meio-termo fosse encontrado, porém, Meg acrescentou a seus pertences domésticos algo que os jovens casais raramente dispensam por muito tempo: um pote de conservas caseiras.

Inflamada com um desejo típico de dona de casa de ver sua despensa bem estocada de conservas caseiras, Meg decidiu produzir sua própria geleia de groselha. John foi incumbido de mandar entregar em casa uma dúzia de potes pequenos e uma quantidade extra de açúcar, pois as groselhas que eles cultivavam estavam maduras e precisavam ser colhidas de imediato. Como John acreditava firmemente que "minha esposa" era capaz de fazer qualquer coisa e tinha um orgulho natural de sua habilidade, por isso resolveu que ela seria agraciada, e sua única colheita de frutas utilizada de forma muito agradável para ser consumida no inverno. À casa chegaram quatro dúzias de belos potinhos, meio barril de açúcar e um garoto para colher as groselhas para ela. Com os lindos cabelos enfiados em uma touquinha, os braços despidos até o cotovelo e um avental de xadrez que, apesar do peitilho, tinha um aspecto coquete, a jovem dona de casa dedicou-se a trabalhar, sem ter a menor dúvida sobre o sucesso iminente — então não vira Hannah fazer aquilo centenas de vezes? A fileira de potes a surpreendeu de início, mas John gostava tanto de geleia e os belos potinhos ficariam tão bonitos na prateleira superior que Meg resolveu encher todos e passou um longo dia colhendo, cozinhando, esforçando-se e inquietando-se por causa de sua geleia. Ela fez o seu melhor, pediu conselhos à sra. Cornelius, fritou os miolos para lembrar o que Hannah fazia que deixara de fazer, tornou a cozinhar, colocou mais açúcar e reduziu a quantidade, mas aquela coisa horrível não "geleiava".

Ela teve muita vontade de correr para casa, de avental e tudo, e pedir à mãe que lhe desse uma ajuda, mas John e ela tinham combinado que jamais perturbariam ninguém com suas preocupações, experiências ou brigas particulares. Eles haviam rido quando falaram em "brigas", como se a ideia fosse a mais absurda, mas se mantiveram firmes em sua decisão e iam tocando sem ajuda sempre que podiam, e ninguém interferia, pois fora a própria sra. March quem assim aconselhara. Então, Meg lutou sozinha com o doce teimoso durante todo aquele dia quente de verão e, às cinco horas sentou-se na cozinha, juntou as mãos lambuzadas, gritou e chorou.

Levada pelo entusiasmo inicial da nova vida, várias vezes ela dissera:

— Meu marido sempre poderá se sentir livre para trazer um amigo para casa quando quiser. Sempre estarei preparada. Não haverá nenhuma afobação, nenhuma repreensão, nenhum desconforto, mas, sim, uma casa arrumada, uma esposa alegre e um bom jantar. John, querido, você nunca precisa pedir minha licença, convide quem quiser e tenha certeza de que seu convidado será bem recebido.

Muito encantador, com certeza! John transbordava de orgulho ao ouvi-la dizer aquilo e sentia-se abençoado por ter uma esposa excepcional. Mas, embora eles tenham recebido visitas de vez em quando, nunca aconteceu de ser inesperado, e Meg nunca tivera a oportunidade de mostrar seus méritos até aquele momento. Sempre há, em meio a esse vale de lágrimas, uma inevitabilidade sobre tais coisas que só podemos lamentar e suportar da melhor forma que pudermos.

Se John não tivesse tirado a geleia da cabeça completamente, teria sido de fato imperdoável da parte dele escolher aquele dia, de todos os dias do ano, para levar um amigo para jantar em casa inesperadamente. Congratulando-se por ter encomendado um belo repasto naquela manhã, certo de que estaria pronto para quando chegasse, e entregando-se às agradáveis expectativas do impacto encantador que causaria quando sua linda esposa saísse correndo ao seu encontro, ele levou o amigo até a casa, com a satisfação irreprimível de um jovem anfitrião e marido.

O mundo é repleto de decepções, como John descobriu ao chegar ao Ninho. A porta da frente geralmente ficava aberta de forma hospitaleira. Naquele dia, não estava apenas fechada, mas trancada, e a lama do dia anterior ainda enfeitava os degraus. As janelas e cortinas da sala de visitas estavam cerradas, e não havia sinal algum da bela esposa costurando na varanda, de branco, com um pequeno laço no cabelo, ou de uma anfitriã de olhos brilhantes, dando um sorriso tímido ao cumprimentar o convidado. Nada dessa natureza, pois não se avistava vivalma além de um menino de aparência sanguinolenta dormindo sob os pés de groselha.

— Receio que algo tenha acontecido. Venha até o jardim, Scott, enquanto eu procuro a sra. Brooke — disse John, alarmado com o silêncio e a solidão.

Ele contornou a casa apressadamente, conduzido por um cheiro pungente de açúcar queimado, com o sr. Scott atrás dele, estampando uma expressão estranha no rosto. Ele parou discretamente, a certa distância, quando Brooke desapareceu, mas podia ver e ouvir, e, sendo um solteirão, gostou muito dessa perspectiva.

Na cozinha, reinava a confusão e o desespero. Parte da geleia fora passada para os potinhos; outra estava no chão; e uma terceira queimava alegremente no fogão. Lotty, com fleuma teutônica, comia pão e bebia vinho de groselha com calma, pois a geleia ainda estava em um estado desesperadamente líquido, enquanto a sra. Brooke, com o avental sobre a cabeça, soluçava inconsolável.

— Minha menina querida, qual é o problema? — gritou John, entrando às pressas, com visões terríveis de mãos escaldadas, notícias repentinas de alguma aflição e uma consternação secreta, ao pensar no convidado aguardando no jardim.

— Ah, John, estou tão cansada, morrendo de calor, irritada e preocupada! Tentei até ficar exausta. Venha me ajudar ou morrerei!

E a exaurida dona de casa lançou-se nos braços do marido, recebendo-o com doçura em todos os sentidos da palavra, pois seu avental havia sido batizado com o doce de groselha da mesma forma que o chão.

— O que a aflige, querida? Aconteceu alguma coisa terrível? — perguntou o ansioso John, beijando ternamente a parte de cima da touca, que estava toda torta.

— Sim — respondeu Meg, soluçando desesperadamente.

— Conte-me de uma vez, então. Não chore. Qualquer coisa será melhor que isso e eu posso suportar. Conte logo, meu amor.

— A... A geleia se recusa a "geleiar", e eu não sei o que fazer!

John Brooke riu como nunca mais ousou rir novamente, e o zombeteiro Scott sorriu involuntariamente ao ouvir aquela gargalhada, que foi o golpe mortal para a pobre Meg.

— É só isso? Atire-a pela janela e não se preocupe mais com isso. Se quiser, eu lhe compro quilos de geleia, mas, pelo amor de Deus, não fique histérica, pois eu trouxe Jack Scott para jantar aqui e...

John não continuou, pois Meg o empurrou e apertou suas mãos em um gesto trágico enquanto desabava em uma cadeira, exclamando, em um tom de indignação mesclada com censura e consternação:

— Um convidado para o jantar, e tudo uma desordem! John Brooke, como você pôde fazer tal coisa?

— Fale baixo, ele está no jardim! Esqueci-me da maldita geleia, mas agora é tarde — disse John, analisando, ansioso, a situação.

— Você deveria ter mandado um recado, ou me avisado esta manhã, e deveria ter se lembrado de como eu estava ocupada — continuou Meg petulantemente, pois até mesmo as rolinhas dão bicadas quando estão arrufadas.

— Eu não sabia, esta manhã, que o traria e não tive tempo para mandar notícias, pois o encontrei ao sair. Nem pensei em pedir licença, pois você sempre me disse para fazer o que quisesse. Nunca havia experimentado antes, e Deus me livre de tornar a fazê-lo! — acrescentou John, com um ar aborrecido.

— Espero que não! Leve-o embora imediatamente. Não posso vê-lo, e não há jantar algum.

— Ora essa! Onde estão a carne e os legumes que mandei para casa, e o pudim que você prometeu? — exclamou John, correndo até a despensa.

— Eu não tive tempo de cozinhar nada. Pretendia jantar na casa da mamãe. Sinto muito, mas eu estava tão ocupada...

E as lágrimas de Meg voltaram a cair.

John era um homem pacato, mas era humano, e depois de um longo dia de trabalho, chegar cansado, faminto e esperançoso e encontrar uma casa caótica, a mesa vazia e uma esposa irritada não era exatamente uma situação que levasse à tranquilidade da mente ou dos modos. No entanto, ele se conteve, e a pequena tempestade poderia ter sido evitada, se não fosse por uma única infeliz palavra.

— É um percalço, reconheço, mas se você der uma mãozinha, nós contornaremos e teremos uma ótima noite. Não chore, querida, apenas se esforce um pouco e prepare algo para comermos. Estamos ambos com tanta fome que comeríamos um boi inteiro, então não nos importaremos com o cardápio. Pode ser carne fria, pão e queijo. Não pediremos geleia.

A intenção era fazer uma brincadeira inofensiva, mas aquela palavra selou o destino de John. Meg achou cruel demais mencionar aquele triste fracasso, e sua última gota de paciência esvaiu-se ao ouvir aquilo.

— Vire-se para sair dessa enrascada. Estou exausta demais para me "esforçar" por qualquer um. É bem típico de um homem propor servir osso, queijo e um simples pão para uma visita. Não aceitarei nada disso na minha casa. Leve esse Scott até a casa da mamãe e diga-lhe que estou fora, doente, morta, qualquer coisa. Eu não o verei, e vocês dois podem rir de mim e da minha geleia tanto quanto quiserem. De mim, não conseguirão mais nada.

E, tendo feito seu desafio de um só fôlego, Meg arrancou o avental e precipitadamente deixou o campo de batalha para chorar sozinha em seu quarto.

O que aquelas duas criaturas fizeram em sua ausência, ela nunca soube, mas o sr. Scott não foi levado "à casa da mamãe", e, quando Meg desceu, depois de eles terem saído juntos, encontrou vestígios de um jantar improvisado que a apavoraram. Lotty relatou que eles tinham comido "muito e rido um bocado", e que "o patrão mandou que ela jogasse fora todo o doce e escondesse os potinhos".

Meg ansiava por ir contar à mãe, mas um sentimento de vergonha por suas falhas, de lealdade a John, "que podia ser cruel, mas ninguém deveria saber disso", a conteve, e depois de uma limpeza sumária, ela se vestiu lindamente e sentou-se para esperar John voltar, a fim de perdoá-lo.

Infelizmente, John não voltou, pois não partilhava dessa visão. Ele tinha tratado o assunto com Scott como uma boa piada, desculpou-se por sua pequena esposa o melhor que pôde e bancou o anfitrião de forma tão hospitaleira que seu amigo gostou do jantar improvisado e prometeu retornar, mas John ficou furioso, embora não tenha demonstrado, pois sentiu que Meg o havia abandonado em um momento de necessidade. "Não era justo dizer a um homem que ele podia levar pessoas para casa a qualquer hora, com total liberdade, e quando ele o fazia, zangar-se e jogar a culpa em cima dele, deixando-o em apuros, para ser ridicularizado ou digno de pena. Não, por Deus, não era justo! E Meg devia saber disso."

Ele estava fumegando por dentro durante o jantar, mas, quando a poeira baixou e ele voltou para casa, depois de se despedir de Scott, um estado de espírito mais ameno o dominou. "Pobrezinha! Foi difícil para ela, sendo que se esforçou tanto para me agradar. Por um lado, ela está errada, é claro. Por outro, ela é jovem. Devo ser paciente e ensiná-la." John esperava que ela não tivesse ido para a casa da mãe — ele odiava fofocas e interferências. Por um minuto, ficou novamente perturbado só de pensar naquilo, e então o medo de que Meg adoecesse de tanto chorar amoleceu seu coração e o fez apressar o passo, resolvendo ser calmo e bondoso — embora firme, bastante firme — e mostrar-lhe onde ela havia falhado em seu dever para com o esposo.

Meg também resolveu ser "calma e bondosa, porém firme", e mostrar-lhe seu dever. Ela ansiava por correr ao encontro dele, pedir perdão e ser beijada e acalentada, como tinha certeza de que seria, mas, é claro, não fez nada disso e, quando viu John chegando, começou a cantarolar naturalmente, enquanto se balançava e costurava, como uma dama sofisticada em sua melhor sala de visitas.

John ficou um pouco decepcionado por não encontrar uma Níobe afável, mas, sentindo que sua dignidade exigia o primeiro pedido de desculpas, não fez nada, apenas entrou de forma calma e deitou-se, fazendo um comentário singularmente relevante:

— Teremos lua nova, querida.

— Não tenho objeção alguma. — Foi o comentário igualmente tranquilizador de Meg.

Alguns outros tópicos genéricos foram introduzidos pelo sr. Brooke e desencorajados pela sra. Brooke, e a conversa esmaeceu. John foi até uma janela, abriu um jornal e embrulhou-se nele, figurativamente falando. Meg foi até a outra janela e coseu novas rosetas para enfeitar seus chinelos como se fossem uma necessidade urgente. Nenhum dos dois falou. Ambos pareciam bastante "calmos e firmes" e ambos se sentiam desesperadamente desconfortáveis.

"Oh, céus", pensou Meg, "a vida conjugal é muito difícil e requer paciência infinita, assim como o amor, como diz mamãe". A palavra "mamãe" a lembrou de outros conselhos maternos dados há muito tempo e ouvidos com protestos incrédulos.

— John é um bom homem, mas tem seus defeitos, e você precisa aprender a percebê-los e suportá-los, lembrando-se dos seus próprios. Ele é muito decidido, mas nunca será obstinado se você ponderar com delicadeza, sem se opor impacientemente. Ele é muito preciso e particular sobre a verdade; uma boa característica, embora você o chame de "exagerado". Nunca o engane com olhares ou palavras, Meg, e ele lhe dará a confiança que você merece, o apoio de que você precisa. Ele tem um gênio forte, não como o nosso, de explodir e então se acalmar rapidamente, mas uma raiva pacata, quieta, que raramente se descontrola, mas que uma vez acesa é difícil de apagar. Tenha cuidado, tenha muito cuidado para não despertar a raiva dele contra você, pois a paz e a felicidade dependem de manter o respeito dele. Controle-se, seja a primeira a pedir perdão se ambos errarem e proteja-se contra as pequenas mágoas, os mal-entendidos e as palavras precipitadas que muitas vezes abrem caminho para a tristeza amarga e o arrependimento.

Essas palavras — especialmente a última — voltaram à cabeça de Meg enquanto ela costurava sob o pôr do sol. Aquele fora o primeiro desentendimento sério dos dois; suas palavras impensadas soavam tolas e indelicadas, à medida que se lembrava delas; sua raiva agora parecia infantil, e pensar no pobre John voltando para casa e se deparando com aquela cena derreteu seu coração. Ela o fitou com lágrimas nos olhos, mas ele não as viu. Meg largou o trabalho e se levantou, pensando "Serei a primeira a pedir perdão", mas ele não pareceu ouvi-la. Ela atravessou a sala muito lentamente, pois o orgulho era difícil de engolir, e parou ao lado dele, mas John não virou a cabeça. Por um minuto, ela teve a impressão de que de fato não conseguiria fazer aquilo; e então veio o pensamento: "Este é só o começo. Farei minha parte e não terei nada do que me censurar." E, inclinando-se, deu um beijo doce na testa do marido. É claro que a questão foi plenamente resolvida. O beijo penitente foi melhor do que todas as palavras do mundo, e John colocou-a em seu joelho por um instante, dizendo com ternura:

— Foi horrível rir dos pobres potinhos de geleia. Perdoe-me, querida. Nunca mais farei isso!

Mas ele riu, sim, graças a Deus. Centenas de vezes. E Meg também. Ambos declaravam ser a geleia mais doce que um dia fizeram, pois a paz familiar foi preservada naquele pequeno pote de conserva.

Depois disso, Meg enviou um convite especial ao sr. Scott para jantar e serviu um belo banquete, sem uma "esposa apimentada" de entrada — ocasião em que foi tão alegre e graciosa e fez tudo correr tão agradavelmente bem que o sr. Scott disse a John que ele era um homem de sorte e voltou para casa meneando a cabeça diante das inconveniências da solteirice durante todo o caminho.

No outono, Meg viveu novas provações e experiências. Sallie Moffat voltou a ser sua amiga, vivia correndo à casinha para fazer suas fofocas ou convidando "a pobrezinha" para passar o dia em sua mansão. Era agradável, pois, quando o tempo estava fechado, Meg muitas vezes sentia-se sozinha. Todos na casa de seus pais estavam ocupados, John trabalhava fora até a noite e não havia nada para fazer a não ser costurar, ler ou zanzar de um lado para outro. Por isso, foi natural que Meg se habituasse a vaguear e mexericar com a amiga. Ver as coisas bonitas de Sallie a fazia ansiar por também tê-las e sentir pena de si mesma por não ter. Sallie era muito bondosa e, muitas vezes, oferecia-lhe as cobiçadas ninharias, mas Meg as recusava, sabendo que John não iria gostar, e então a mulherzinha tola fez coisas que desagradaram ao marido infinitamente mais.

Ela sabia qual era a renda do marido e adorava sentir que ele confiava nela, não só sua felicidade, mas algo que certos homens parecem valorizar mais — seu dinheiro. Ela sabia onde ficava guardado, era livre para pegar quanto quisesse, tudo o que ele pedia era que ela anotasse cada centavo, pagasse as contas uma vez por mês e se lembrasse de que era a esposa de um homem pobre. Até então, ela havia se saído bem, tinha sido prudente e precisa, mantinha seus pequenos livros de contabilidade ordenados e os mostrava a ele todos os meses sem medo. Mas naquele outono a serpente adentrou o paraíso de Meg e a tentou, como uma Eva moderna, não com maçãs, mas com vestidos. Meg não gostava de ser fitada com pena e de se sentir pobre. Irritava-se, mas tinha vergonha de confessar e, de vez em quando, tentava consolar-se comprando algo bonito para que Sallie não pensasse que ela precisava economizar. Ela sempre se sentia mal depois disso, pois coisas bonitas raramente eram necessárias. Entretanto, custavam tão pouco que não valia a pena se preocupar, e então os supérfluos foram aumentando inconscientemente e, nas idas às compras, ela já não era mais uma observadora passiva.

Mas as ninharias custavam mais do que poderia imaginar, e quando ela fez as contas, no fim do mês, a soma total a assustou bastante. John estava ocupado naquele mês e deixou as contas para ela pagar. No mês seguinte, ele estava ausente, mas no terceiro fez um grande acerto de contas que Meg jamais esqueceu. Alguns dias antes, ela havia feito uma coisa terrível, que estava pesando em sua consciência. Sallie comprara sedas, e Meg ansiava por um vestido novo, bonito e leve, para festas. Seu vestido de seda preta era comum demais, e trajes noturnos de tecidos finos só eram adequados para meninas. Tia March geralmente dava às garotas um presente de vinte e cinco dólares para cada uma no ano-novo. Faltava apenas um mês para a ocasião, e ali estava uma bela seda violeta que era uma verdadeira pechincha. Meg tinha o dinheiro, bastava usá-lo. John sempre dizia que o que era dele era dela, mas será que acharia certo se ela gastasse, além dos vinte e cinco dólares do futuro presente, mais vinte e cinco do fundo doméstico? Essa era a questão. Sallie a instigara a comprar, oferecera-se para emprestar o dinheiro e, com as melhores intenções possíveis, havia tentado Meg além de suas forças. Em um momento terrível, o vendedor ergueu as belas e cintilantes dobras do tecido e disse:

— Uma pechincha, eu lhe garanto, madame.

Ela respondeu:

— Eu levarei.

O tecido foi cortado, ela pagou, Sallie comemorou, ela riu como se fosse algo sem consequências e foi embora, sentindo-se como se tivesse roubado algo e a polícia estivesse atrás dela.

Quando chegou em casa, Meg tentou aliviar a dor do remorso estendendo a bela seda. Agora, contudo, parecia menos prateada, não ficava bem nela, e as palavras "cinquenta dólares" pareciam estampadas como um padrão em cada centímetro do tecido. Ela guardou a peça, mas não parava de pensar nela — não com prazer, como deveria acontecer com um vestido novo, mas com pavor, como o fantasma de uma loucura do qual não era fácil livrar-se. Quando John pegou os livros naquela noite, Meg sentiu um aperto no peito e, pela primeira vez em sua vida de casada, sentiu medo do marido. Os olhos castanhos e bondosos pareciam poder ser severos, e, embora ele estivesse excepcionalmente alegre, ela imaginava que ele a tivesse descoberto, mas não pretendesse deixar que ela soubesse. As contas da casa estavam todas pagas, os livros estavam todos em ordem. John a elogiara e preparava-se para abrir a velha carteira que eles chamavam de "banco" quando Meg, sabendo estar vazia, deteve-lhe a mão, dizendo nervosamente:

— Você ainda não viu meu livro de despesas pessoais.

John nunca pediu para vê-lo, mas ela sempre insistia que ele o fizesse e costumava divertir-se com seu espanto masculino diante das coisas estranhas que as mulheres compravam, fazendo-o adivinhar o que era "rolotê", indagando furiosamente o significado de "ilhós" ou observando-o perguntar-se como uma coisinha composta de três botões de rosa, um pedacinho de veludo e dois cordões poderia ser um chapéu e custar seis dólares. Naquela noite, ele parecia disposto a se divertir zombando das contas de Meg e fingindo estar horrorizado com suas extravagâncias, como fazia frequentemente, mas estando, no fundo, muito orgulhoso de sua prudente esposa.

O livrinho foi trazido lentamente e colocado diante dele. Meg ficou atrás da cadeira de John, com o pretexto de suavizar as rugas de sua testa cansada, e ali, parada, disse, com o pânico aumentando a cada palavra:

— John, querido, tenho vergonha de lhe mostrar meu livro porque tenho mesmo sido terrivelmente extravagante nos últimos tempos. Saio tanto que preciso ter coisas, sabe, e Sallie me aconselhou a comprar isso, então eu comprei. Meu dinheiro do ano-novo pagará parte da compra, mas eu me arrependi após tomar a decisão, pois sabia que você julgaria errado.

John riu e puxou-a para seu lado, dizendo de forma bem-humorada:

— Não se esconda. Não lhe darei uma surra só porque você comprou um par de botas. Tenho bastante orgulho dos pés de minha esposa e não me importo se ela pagar oito ou nove dólares por suas botas, se forem boas.

Essa tinha sido uma de suas últimas "comprinhas", e os olhos de John fitaram os calçados da esposa enquanto ele falava. "Oh, o que ele dirá quando vir esses terríveis cinquenta dólares?", pensou Meg, com um arrepio.

— É pior que botas, é um vestido de seda — confessou ela, com a calma do desespero, pois queria que o pior passasse de uma vez.

— Bem, querida, o que é o "maledito total", como diz o sr. Mantalini?

John não costumava falar assim, e ela sabia que ele a estava olhando com aquela expressão franca que ela sempre estava pronta para retribuir com um olhar igualmente franco, até aquele momento. Ela virou a página e a cabeça ao mesmo tempo, apontando para a soma que já seria alta o suficiente sem os cinquenta dólares, mas que era terrível para ela com aquele acréscimo. Por um minuto, a sala ficou muito silenciosa. Então, John disse devagar — mas ela pôde sentir que ele precisou se esforçar tremendamente para não expressar nenhum aborrecimento:

— Bem, não sei se cinquenta dólares é muito para um vestido, com todos os folhos e aviamentos usados no acabamento hoje em dia.

— Ainda não está costurado ou adornado — explicou Meg, suspirando de leve, pois a lembrança repentina das despesas que ainda incorreriam a assolou por completo.

— Vinte e cinco metros de seda parecem muito para cobrir uma mulher pequena, mas não tenho dúvida de que minha esposa ficará tão elegante quanto a de Ned Moffat quando usar esse vestido — disse John secamente.

— Sei que você está com raiva, John, mas não há nada que eu possa fazer. Não pretendo esbanjar seu dinheiro e não pensei que essas pequenas coisas resultassem em uma despesa tão alta. Não posso resistir a elas quando vejo Sallie comprando tudo o que quer e sentindo pena de mim por eu não poder fazer o mesmo. Tento ficar contente, mas é difícil, e estou cansada de ser pobre.

As últimas palavras foram ditas tão baixinho que ela pensou que John não as tivesse ouvido, mas ele ouviu-as e ficou profundamente magoado, pois se privava de muitos prazeres por causa de Meg. Ela quis morder a língua assim que terminou de falar, pois John empurrou os livros e levantou-se, dizendo, com a voz um pouco embargada:

— Sempre tive medo disso. Eu faço o melhor que posso, Meg.

Se ele a tivesse repreendido, ou mesmo sacudido, não teria partido seu coração como aquelas poucas palavras o fizeram. Ela correu até ele e o abraçou, chorando lágrimas arrependidas.

— Ah, John, meu querido, gentil e trabalhador rapaz. Eu não quis dizer isso! Foi tão perverso, tão falso e ingrato, como pude dizê-lo? Ah, como pude dizê-lo?

Ele foi muito bondoso, perdoou-a prontamente e não a repreendeu de forma alguma, mas Meg sabia que havia feito e dito algo que não seria esquecido rapidamente, embora ele talvez nunca mais fizesse alusão àquilo. Ela prometera amá-lo nos bons e nos maus momentos; e então ela, sua esposa, o reprovara por sua pobreza, depois de gastar seus ganhos de forma imprudente. Era horrível, e o pior de tudo foi que, depois disso, John continuou tão calado como se nada tivesse acontecido, mas passou a ficar até mais tarde na cidade e a trabalhar à noite, chegando depois que ela se recolhia para chorar até pegar no sono. Uma semana de remorso quase adoeceu Meg, e a descoberta de que John cancelara o pedido de um novo sobretudo para ele a reduziu a um estado de desespero patético de se ver. Ele tinha simplesmente dito, em resposta a seu questionamento surpreso sobre o cancelamento:

— Não tenho dinheiro para isso, minha querida.

Meg não disse mais nada, mas, alguns minutos depois, ele a encontrou no corredor com o rosto enterrado no velho sobretudo, chorando como se seu coração fosse partir.

Eles tiveram uma longa conversa naquela noite, e Meg aprendeu a amar ainda mais o marido por sua pobreza, pois ela parecia tê-lo transformado em um homem, dando-lhe força e coragem para abrir caminho por conta própria e ensinando-lhe a ter uma terna paciência para suportar e consolar os anseios e fracassos naturais daqueles que amava.

No dia seguinte, ela enfiou o orgulho no bolso, foi até Sallie, contou a verdade e pediu que comprasse a seda dela como um favor. A bem-humorada sra. Moffat o fez de boa vontade e teve a delicadeza de não devolver o tecido imediatamente, como um presente. Então, Meg encomendou o sobretudo e, quando John chegou em casa, ela o vestiu e perguntou-lhe o que ele tinha achado de seu novo vestido de seda. Pode se imaginar que resposta ele deu, como recebeu o presente e a felicidade que daí resultou. John voltou a chegar cedo em casa, Meg parou de passear tanto, e o sobretudo era colocado pela manhã por um marido muito feliz e tirado à noite por uma esposa muito dedicada. Assim, o ano se passou e, no meio do verão, Meg foi presenteada com uma nova experiência, a mais profunda e terna da vida de uma mulher.

Laurie entrou sorrateiramente na cozinha do Ninho em um sábado, com uma expressão animada, e foi recebido com o estrondo de címbalos, pois Hannah batia palmas com uma panela em uma das mãos e a tampa na outra.

— Como vai a mãezinha? Onde estão todos? Por que vocês não me contaram antes de eu voltar para casa? — disse Laurie em um sussurro alto.

— Feliz feito uma rainha, nossa criatura mais amada! Eles *tão* tudo lá em cima, em adoração. A gente *num* queria nenhum bafafá. Agora vai *pra* sala que eu *vô avisá* que o *sinhô chegô*. — Foi a resposta um tanto atrapalhada de Hannah, que desapareceu soltando risinhos de êxtase.

Jo apareceu logo em seguida, carregando orgulhosamente uma trouxa de flanela repousada sobre um grande travesseiro. O rosto de Jo estava muito sério, mas os olhos cintilavam e havia um som estranho em sua voz, algum tipo de emoção contida.

— Feche os olhos e estique os braços — disse ela de forma convidativa.

Laurie recuou precipitadamente para um canto e colocou as mãos atrás do corpo, fazendo um gesto de súplica.

— Não, obrigado. Prefiro não segurar. Vou largá-lo ou esmagá-lo, com toda a certeza.

— Então não verá seu sobrinho — afirmou Jo em um tom decidido, virando-se como se fosse embora.

— Eu pego! Eu pego! Mas você será responsável pelos danos.

E, obedecendo às ordens, Laurie fechou heroicamente os olhos enquanto algo era colocado em seus braços. Uma explosão de risos de Jo, Amy, da sra. March, Hannah e John fez com que ele os abrisse no minuto seguinte e se visse com dois bebês nos braços, em vez de um.

Não era à toa que riam, pois a expressão no rosto de Laurie era cômica o bastante para abalar um quacre, enquanto ele permanecia em pé, olhando com desespero para os bebezinhos adormecidos, os espectadores morriam de rir com tamanha consternação que Jo se sentou no chão e berrou.

— Gêmeos, meu Deus do céu! — Foi tudo o que ele disse por um minuto. Depois, voltando-se para as mulheres com um olhar suplicante comicamente digno de pena, acrescentou: — Alguém pegue essas crianças, depressa! Vou rir e os deixarei cair!

Jo resgatou os bebês e marchou para cima e para baixo com um em cada braço, como se já estivesse iniciada nos mistérios da criação de recém-nascidos, enquanto Laurie ria até as lágrimas lhe escorrerem pelas bochechas.

— É a melhor piada da temporada, não é? Não quis que contassem a você, pois decidi fazer-lhe uma surpresa e estou satisfeita por ter conseguido — disse Jo quando recuperou o fôlego.

— Nunca estive tão chocado na minha vida. Não é engraçado? São meninos? Como se chamarão? Vamos dar outra olhada. Segure-me, Jo, pois, por Deus, dois são demais para mim — respondeu Laurie, observando os bebês como um grande e benevolente terra-nova olhando para um par de gatinhos pequeninos.

— Menino e menina. Eles não são lindos? — disse o orgulhoso papai, sorrindo para as criancinhas vermelhas que se contorciam como se fossem anjos implumes.

— As crianças mais maravilhosas que já vi. Qual é qual?

E Laurie se curvou como uma cegonha para examinar os prodígios.

— Amy pôs uma fita azul no menino e uma cor-de-rosa na menina. É assim que fazem os franceses, para distingui-los. Além disso, um deles tem olhos azuis e o outro, castanhos. Dê um beijo neles, tio Teddy — sugeriu a travessa Jo.

— Receio que não vão gostar — respondeu Laurie, com uma timidez incomum nessas questões.

— Claro que gostarão. Agora já estão acostumados. Beije-os de uma vez — comandou Jo, temendo que ele pudesse propor um substituto.

Laurie fez uma careta e obedeceu, dando uma bitoquinha rápida em cada bochechinha, provocando outra gargalhada e fazendo os bebês soltarem gritinhos agudos.

— Olhem só, eu sabia que eles não iriam gostar! Aquele é o menino, vejam como chuta e movimenta os punhos como um bom rapaz. Escute aqui, jovem Brooke, por que não vai bater em alguém do seu tamanho?! — exclamou Laurie, encantado com o soco que recebeu no rosto, proferido por um punho pequenino que se agitava sem parar.

— Ele se chamará John Laurence e a menina, Margaret, em homenagem à mãe e à avó. Vamos chamá-la de Daisey, para não ter duas Megs, e suponho que o rapazinho será Jack, a menos que encontremos um nome melhor — disse Amy, com jeitinho de tia.

— Chamem-no de Demijohn, apelido "Demi" — sugeriu Laurie.

— Daisy e Demi, perfeito! Eu sabia que Teddy resolveria tudo! — exclamou Jo batendo palmas.

Daquela vez, Teddy realmente resolveu, pois os bebês acabaram mesmo sendo chamados de "Daisy" e "Demi".

29

VISITAS

— Venha, Jo, está na hora.
— De quê?
— Não me diga que esqueceu que prometeu fazer algumas visitas comigo hoje?

— Já fiz muitas coisas imprudentes e tolas na vida, mas acho que nunca estive louca o suficiente para dizer que faria seis visitas em um mesmo dia, sendo que uma única já me aborrece por uma semana.

— Sim, você disse, foi um acerto entre nós. Eu deveria terminar o retrato de Beth em giz de cera para você e você deveria ir comigo, bem-comportada, retribuir as visitas dos nossos vizinhos.

— Se o tempo estivesse bom, isso fazia parte do acordo, e eu levo as cláusulas ao pé da letra, Shylock. Há uma porção de nuvens a leste. O tempo não está bom, e eu não vou.

— Ora, você está quebrando sua palavra. Está um dia lindo, sem qualquer previsão de chuva, e você se orgulha de cumprir suas promessas; então seja honrada e venha realizar seu dever. Depois, ficará em paz por mais seis meses.

Naquele momento, Jo estava particularmente absorta costurando, pois era a chefe da costura de mantôs da família e orgulhava-se muito de si mesma por saber usar a agulha tão bem quanto uma pena. Era muito irritante ser interrompida justo no ato de uma primeira prova, com ordens para fazer visitas, usando seu melhor traje, em um dia quente de julho. Ela detestava visitas formais e nunca as fazia até Amy obrigá-la com algum trato, suborno ou promessa. Naquele caso, não havia escapatória e, depois de bater com a tesoura em um ato de rebeldia, enquanto protestava que iria trovejar, ela cedeu, guardou o trabalho e, pegando o chapéu e as luvas, com um ar de resignação, disse a Amy que a vítima estava pronta.

— Jo March, você é tão teimosa que irritaria um santo! Não pretende fazer as visitas desse jeito, espero! — exclamou Amy, examinando-a com espanto.

— Por que não? Estou limpa, fresca e confortável, bem adequada para uma caminhada no meio da poeira em um dia quente. Se as pessoas se importam mais com minhas roupas do que comigo, eu não quero vê-las. Você pode se vestir bem o bastante por nós duas e ficar tão elegante quanto quiser. Para você, vale a pena apresentar-se assim. Para mim, não. Além disso, os babados só me aborrecem.

— Oh, céus — lamentou Amy com um suspiro. — Agora ela está em um verdadeiro acesso de teimosia e me deixará maluca antes mesmo que eu consiga arrumá-la adequadamente. Claro que não é nenhum prazer, para mim, fazer isso hoje, mas é uma dívida que temos com a sociedade, e não há ninguém para pagá-la a não ser você e eu. Eu farei tudo por você, Jo, se você apenas se vestir adequadamente e vier me ajudar a ser cortês. Você sabe falar tão bem, fica tão aristocrática quando usa suas melhores roupas e, quando se esforça, comporta-se tão maravilhosamente que sinto orgulho de você. Tenho medo de ir sozinha, venha também e tome conta de mim.

— Você é uma garotinha muita esperta, lisonjeando e engabelando sua velha irmã rabugenta desse jeito. Imagine só, eu aristocrática e bem-educada, e você, com medo de ir a qualquer lugar sozinha! Não sei qual é o mais absurdo. Bem, eu irei, se for preciso, e farei o meu melhor. Você será a comandante da expedição, e eu a obedecerei cegamente. Ficará satisfeita assim? — perguntou Jo, com uma mudança súbita da teimosia para a submissão de um cordeirinho.

— Você é um verdadeiro anjo! Agora, coloque suas melhores roupas, e eu lhe direi como se comportar em cada lugar, para que cause uma boa impressão. Quero que as pessoas gostem de você, e elas gostarão, basta tentar ser um pouco mais simpática. Arrume seu cabelo de um jeito bonito e coloque a rosa cor-de-rosa no chapéu. Fica bonito, e você parece séria demais com seu vestido simples. Pegue as luvas claras e o lenço bordado. Pararemos na casa da Meg e pediremos a sombrinha branca emprestada. Você pode usar a minha cinza.

Enquanto Amy se vestia, ia proferindo suas ordens, e Jo as obedecia — não sem protestar, no entanto, pois suspirou enquanto se enfiava no novo e farfalhante vestido de organdi; franziu a testa para si mesma enquanto amarrava os cordões do chapéu em um laço perfeito; lutou ferozmente com os alfinetes enquanto colocava o colarinho; franziu o rosto inteiro enquanto sacudia o lenço, cujo bordado irritava tanto seu nariz quanto aquela missão irritava seus sentimentos; e, depois de comprimir as mãos nas luvas apertadas, com três botões e uma borla, como o último toque de elegância, virou-se para Amy com uma expressão imbecil no semblante e disse de forma meiga:

— Sinto-me completamente infeliz, mas, se você me considera apresentável, morrerei feliz.

— Você está muito satisfatória. Vire-se lentamente e deixe-me analisá-la com cuidado.

Jo girou, e Amy fez uns ajustes aqui e ali, depois afastou-se, com a cabeça inclinada para um lado, comentando delicadamente:

— Sim, você está ótima. Sua cabeça está esplêndida, pois esse *bonnet* branco com a rosa é formidável. Endireite os ombros e movimente as mãos com leveza, por mais que as luvas piniquem. Se há uma coisa que você sabe fazer bem, Jo, é usar um xale. Já eu não sei, mas é muito bom ver em você. Estou muito feliz que a Tia March tenha lhe dado aquele lindo. É simples, porém bonito, e as dobras sobre o braço são realmente artísticas. A ponta da minha capa está no meio? Amarrei meu vestido por igual? Gosto de exibir minhas botas porque meus pés são bonitos, embora meu nariz não seja.

— Você é sempre a personificação da beleza e da alegria — afirmou Jo, olhando através da mão, com o ar de conhecedora, para a pena azul nos cabelos dourados. — Por favor, devo arrastar meu melhor vestido pela poeira ou também amarrá-lo, madame?

— Segure-o quando andar, mas deixe-o solto dentro de casa. O estilo comprido lhe cai melhor, então você deve aprender a arrastar graciosamente suas saias. Você não acabou de abotoar um dos punhos das suas mangas, abotoe de uma vez. Você jamais parecerá bem-arrumada se não tiver cuidado com os pequenos detalhes, pois são eles que compõem um todo agradável.

Jo suspirou e começou a abrir os botões da luva com força, enquanto abotoava os do punho, mas, finalmente, ambas estavam prontas e saíram deslizando, "*bunitas* feito pintura", disse Hannah, ao abrir a janela superior para observá-las.

— Agora ouça, Jo, querida. Os Chester consideram-se pessoas muito elegantes, então quero que você se comporte de forma exemplar. Não faça nenhuma de suas observações bruscas nem qualquer coisa estranha, está bem? Apenas fique calma, tranquila e quieta, isso é seguro e feminino, e você conseguirá se manter assim facilmente durante quinze minutos — instruiu Amy ao se aproximarem da primeira residência, já tendo pegado emprestado a sombrinha e sido inspecionadas por Meg, que carregava um bebê em cada braço.

— Deixe-me ver. "Calma, tranquila e quieta", sim, acho que posso prometer isso. Já interpretei o papel de uma jovem cerimoniosa no palco e tentarei novamente. Meu talento é grande, como você verá, então fique tranquila, minha criança.

Amy parecia aliviada, mas a malandra Jo levou-a ao pé da letra, pois, durante a primeira visita, sentou-se com todos os membros do corpo graciosamente posicionados; cada dobra do vestido, cuidadosamente drapeada; calma como o mar no verão; fria como um monte de neve; e quieta como uma esfinge. Em vão, a sra. Chester referiu-se ao seu "romance encantador", e as senhoritas Chester falaram de festas, piqueniques, da ópera e da moda. A resposta a tudo foi um sorriso, um aceno de cabeça e um recatado "sim" ou "não", com a mesma frieza. Em vão, Amy telegrafou a palavra "fale", tentou fazer com que se manifestasse e cutucou-a disfarçadamente com o pé. Jo permaneceu ali sentada como se estivesse inconsciente de tudo, com um comportamento parecido com o rosto de Maud, "gelidamente regular, esplendidamente nulo".

— Que criatura arrogante e desinteressante é aquela srta. March mais velha! — Foi o comentário infelizmente audível de uma das senhoras, quando a porta se fechava após a saída das visitas. Jo riu em silêncio enquanto atravessava o saguão, mas Amy parecia aborrecida com o fracasso de suas instruções e, muito naturalmente, pôs a culpa em Jo.

— Como pôde me entender tão mal? Eu queria apenas que você fosse devidamente digna e composta, e você parecia uma estátua. Tente ser sociável com os Lamb. Mexerique, como fazem as outras meninas, e mostre-se interessada por roupas, flertes e qualquer outra bobagem que vier à tona. Eles frequentam a melhor sociedade, são pessoas que valem a pena conhecermos, e eu não gostaria, por nada neste mundo, de deixar de causar uma boa impressão.

— Serei agradável. Farei mexericos, soltarei risinhos e manifestarei horror e êxtase diante de qualquer tolice que você queira. Até me divirto com isso, e agora imitarei o que as pessoas chamam de "uma garota encantadora". Posso fazer isso, pois tenho May

Chester como modelo e minha interpretação será ainda melhor. Veremos se os Lamb não dirão: "Que criatura animada e simpática, essa Jo March!"

Amy ficou ansiosa, como bem deveria ficar, pois, quando Jo dava asas à excentricidade, não havia como saber onde ela iria parar. O rosto de Amy ficou plenamente atento quando ela viu a irmã entrar deslizando na sala de visitas seguinte, beijar todas as moças efusivamente, sorrir graciosamente para os jovens cavalheiros e entrar na conversa com uma animação espantosa. A sra. Lamb apossou-se de Amy, que era a sua preferida, e ela foi forçada a ouvir um longo relato do último ataque de Lucretia, enquanto três encantadores cavalheiros jovens rondavam por perto, esperando por uma pausa para poderem se aproximar e resgatá-la. Do local em que estava, ela não conseguia controlar Jo, que parecia possuída por um espírito travesso e falava tão voluvelmente quanto a velha senhora. Várias cabeças se aglomeraram em torno dela, e Amy esforçou-se para ouvir o que estava acontecendo, pois as frases fragmentadas a enchiam de curiosidade e as frequentes gargalhadas a deixavam louca para participar da diversão. Pode se imaginar seu sofrimento ao ouvir fragmentos deste tipo de conversa:

— Ela cavalga esplendidamente. Quem a ensinou?

— Ninguém. Ela praticava montaria segurando as rédeas e sentando-se em cima de uma sela velha em uma árvore. Hoje em dia, cavalga de tudo, pois não sabe o que é medo, e o cavalariço permite que ela monte em todos os cavalos, porque ela os treina muito bem para conduzir mulheres. Sua paixão é tamanha que, muitas vezes, eu lhe digo que, se todo o resto falhar, ela pode ser domadora de cavalos e ganhar a vida dessa forma.

Amy teve dificuldade em se conter diante dessa terrível declaração, pois a impressão que estava sendo passada era de que ela era uma jovem muito audaciosa, o que a desagradava tremendamente. Mas o que ela poderia fazer? A velha senhora estava no meio de sua história e, muito antes que terminasse, lá continuava

Jo, fazendo mais revelações engraçadas e cometendo erros ainda mais temíveis.

— Sim, Amy estava desesperada naquele dia, pois todos os animais bons haviam saído e, dos três que ficaram, um era coxo, outro era cego e o terceiro, tão empacador que era preciso botar lama em sua boca para ver se saía do lugar. Belo animal para um passeio, não é mesmo?

— Qual ela escolheu? — perguntou um dos risonhos cavalheiros, que estava se divertindo com o assunto.

— Nenhum deles. Ela tinha ouvido falar de um cavalo novo na fazenda do outro lado do rio e, embora ele nunca tivesse sido montado por uma mulher, ela resolveu tentar, porque o animal era bonito e esperto. Seus esforços foram realmente patéticos. Não havia ninguém para selar o cavalo, então ela levou a sela até ele. Pobre criatura, atravessou o rio a remo, colocou a sela sobre a cabeça e caminhou até o celeiro, para espanto total do velho!

— E ela montou o cavalo?

— Claro que sim, e divertiu-se tremendamente. Pensavam que o animal a traria para casa aos pedaços, mas ela o domou perfeitamente e foi a alegria do passeio.

— Isso é que eu chamo de coragem!

E o jovem sr. Lamb lançou um olhar de aprovação na direção de Amy, perguntando-se o que sua mãe poderia estar dizendo para deixar a menina tão vermelha e constrangida.

Ela ficou ainda mais vermelha e constrangida um momento depois, quando uma reviravolta repentina na conversa introduziu o assunto "vestuário". Uma das jovens perguntou a Jo onde ela conseguira o bonito *bonnet* drapeado que usava no piquenique, mas a estúpida Jo, em vez de mencionar o lugar onde fora comprado, dois anos antes, parecia precisar responder com uma franqueza desnecessária:

— Ah, Amy o pintou. Não se consegue encontrar esses tons suaves à venda, então pintamos os nossos da cor que queremos. É uma maravilha ter uma irmã artista.

— Que ideia original! — exclamou a srta. Lamb, que achava Jo muito engraçada.

— Isso não é nada em comparação com algumas de suas brilhantes realizações. Não há nada que essa menina não saiba fazer. Ora, ela queria um par de botas azuis para a festa de Sallie, então simplesmente pintou suas botas brancas sujas com o mais lindo tom de azul-celeste que já se viu. Ninguém diria que não eram de cetim — acrescentou Jo, com um ar de orgulho pelas realizações da irmã, o que exasperou Amy a ponto de sentir que seria um alívio arremessar sua carteira nela.

— Outro dia, lemos uma história sua de que gostamos muito — comentou a srta. Lamb mais velha, desejando elogiar a dama literata, que, era preciso admitir, não estava se encaixando muito bem nessa imagem naquele momento.

Qualquer menção a suas "obras" sempre causava um efeito negativo em Jo, que ficava toda rígida e com um ar ofendido, ou mudava de assunto com um comentário brusco, como naquela ocasião.

— Lamento que você não tenha encontrado nada melhor para ler. Eu escrevo aquele lixo porque vende bem, e as pessoas comuns gostam. Você vai para Nova York neste inverno?

Como a srta. Lamb "gostara" da história, a resposta não foi exatamente agradecida ou lisonjeira. Jo logo percebeu seu erro, mas, temendo piorar o assunto, lembrou-se subitamente de que cabia a ela insinuar o primeiro movimento de partida, que fez com uma brusquidão que deixou três pessoas com sentenças inacabadas na ponta da língua.

— Amy, precisamos ir. Adeus, querida, venha nos visitar sem falta. Estamos loucas por uma visita. Não ouso convidá-lo, sr. Lamb, mas, se vier, acho que não terei coragem de mandá-lo embora.

Jo disse isso com uma imitação tão engraçada do estilo efusivo de May Chester que Amy saiu da sala o mais rápido possível, sentindo um forte desejo de rir e chorar ao mesmo tempo.

— Não me saí bem? — perguntou Jo, com um ar satisfeito, enquanto elas se afastavam.

— Não poderia ter sido pior. — Foi a resposta esmagadora de Amy. — O que deu em você para contar aquelas histórias sobre minha sela, os chapéus, as botas e tudo o mais?

— Ora, são engraçadas, divertem as pessoas. Eles sabem que somos pobres, então não adianta fingir que temos criados, compramos três ou quatro chapéus por estação e temos tantas coisas finas quanto eles.

— Você não precisava contar a eles sobre todos os nossos pequenos truques e expor nossa pobreza dessa maneira absolutamente desnecessária. Você não tem o mínimo de orgulho que deveria ter e nunca aprenderá quando for a hora de se calar e quando for a de falar — disse Amy, desesperada.

A pobre Jo parecia envergonhada e, silenciosamente, esfregou o lenço duro na ponta do nariz, como se estivesse cumprindo uma penitência por seus delitos.

— Como devo me comportar aqui? — perguntou ela ao se aproximarem da terceira mansão.

— Como quiser. Lavo minhas mãos com relação a você. — Foi a resposta ríspida de Amy.

— Então vou me divertir. Os rapazes estão em casa, e a conversa será boa. Deus sabe que estou precisando de uma pequena mudança, pois a elegância tem um efeito ruim sobre a minha constituição — retrucou Jo asperamente, aborrecida com sua incapacidade de adequação.

Uma recepção entusiasmada de três garotos crescidos e várias crianças bonitas acalmou rapidamente seus sentimentos desolados e, deixando Amy para conversar com a anfitriã e o sr. Tudor, que, por acaso, também estava visitando, Jo dedicou-se aos rapazes e achou a mudança revigorante. Ela ouviu as anedotas universitárias com profundo interesse, acariciou pointers ingleses e poodles sem reclamar, concordou entusiasticamente que "Tom Brown era um grande sujeito", apesar da linguagem imprópria do elogio e, quando um rapaz propôs uma visita ao seu tanque de tartarugas, ela foi com tamanho entusiasmo que fez a mãe da família sorrir, ao observar aquela moça maternal ajustando o *bonnet* que fora escangalhado pelos abraços fraternais — fortes, porém afetuosos e mais valiosos para ela do que o mais impecável penteado feito pelas mãos de uma francesa inspirada.

Deixando a irmã à própria sorte, Amy continuou a divertir-se a seu gosto. O tio do sr. Tudor casara-se com uma senhora inglesa que era prima em terceiro grau de um lorde ainda vivo, e Amy tinha um grande respeito por toda a família, pois, apesar de ter nascido e sido criada na América, nela transparecia aquela reverência por tais títulos que obceca a maioria de nós — aquela lealdade inconsciente à antiga fé nos reis que deixara em polvorosa, alguns anos atrás, a nação mais democrática existente sob o sol com a chegada de um louro rapaz da realeza, e que também tem certa relação com o amor que o jovem país tem pelo velho, como o de um filho crescido por uma imperiosa mãezinha, que o segurou enquanto pôde e o deixou partir com uma repreensão de despedida, quando ele se rebelou. Mas nem mesmo a satisfação de conversar com um parente distante da nobreza britânica fez Amy esquecer-se do tempo, e, quando o número adequado de minutos tinha passado, ela afastou-se de forma relutante da companhia aristocrática e olhou para Jo, esperando ardentemente que sua irmã incorrigível não fosse encontrada em alguma situação que pudesse envergonhar o nome dos March.

Poderia ter sido pior, mas Amy já considerou ruim. Jo estava sentada na grama, com um bando de rapazes ao seu redor e um cachorro de patas sujas repousando na saia de seu formal e festivo vestido, enquanto contava sobre uma das brincadeiras de Laurie para seu embevecido público. Uma criança pequena cutucava as tartarugas com a adorada sombrinha de Amy, uma segunda comia biscoitos de gengibre sobre o melhor *bonnet* de Jo e uma terceira jogava bola com suas luvas. Mas todos estavam se divertindo e, quando Jo recolheu seus pertences danificados para ir embora, sua escolta a acompanhou, implorando-lhe que voltasse.

— Foi muito divertido ouvir sobre as travessuras de Laurie!

— Ótimos garotos, não são? Sinto-me muito jovem e revigorada novamente — afirmou Jo, caminhando com as mãos atrás das costas, em parte por hábito, em parte para esconder a sombrinha suja.

— Por que você sempre evita o sr. Tudor? — perguntou Amy, abstendo-se sabiamente de qualquer comentário sobre a aparência desgrenhada de Jo.

— Não gosto dele, vive com o nariz empinado, despreza as irmãs, preocupa o pai e não fala com respeito da mãe. Laurie diz que ele é leviano, e eu não o considero uma companhia desejável, então prefiro deixá-lo em paz.

— Você poderia, ao menos, tratá-lo com civilidade. Você o cumprimentou com um frio aceno de cabeça e agora mesmo curvou-se e sorriu da maneira muito mais cortês para Tommy Chamberlain, cujo pai é dono de uma mercearia. Se tivesse agido de forma oposta é que teria sido correto — disse Amy em um tom reprovador.

— Não, não teria — insistiu Jo. — Eu não gosto dele, não o respeito nem admiro, embora a sobrinha do sobrinho do tio do avô dele seja prima em terceiro grau de um lorde. Tommy é pobre, tímido, bondoso e muito esperto. Tenho uma boa impressão dele e gosto de demonstrar isso, pois ele é um cavalheiro, apesar dos pacotes embrulhados em papel pardo.

— É inútil tentar discutir com você — começou Amy.

— Não adianta mesmo, minha querida — interrompeu Jo. — Então, vamos parecer amigáveis e deixar um cartão aqui, pois os King, evidentemente, saíram, e me sinto profundamente grata por isso.

Tendo utilizado o cartão da família a contento, as meninas continuaram caminhando, e Jo proferiu outro agradecimento quando, ao chegarem à quinta casa, foram informadas de que as jovens tinham outro compromisso.

— Agora vamos para casa, esqueça a Tia March hoje. Podemos correr para lá a qualquer momento, e é realmente uma pena arrastarmos nossos melhores vestidos pelo pó quando estamos cansadas e irritadas.

— Fale por si mesma, por favor. Tia March gosta que lhe prestemos a homenagem de ir vê-la em grande estilo, fazendo uma visita formal. É algo pequeno a se fazer, mas que a agrada, e não acredito que vá danificar as suas roupas mais do que permitir que cães sujos e um bando de meninos as estraguem. Abaixe-se, e deixe-me tirar as migalhas do seu *bonnet*.

— Que menina boazinha você é, Amy! — continuou Jo, lançando um olhar arrependido para o próprio vestido estragado e, depois, para o da irmã, que ainda estava limpo e impecável. — Gostaria que fosse tão fácil, para mim, fazer pequenos gestos para agradar às pessoas quanto é para você. Até tenho ideias, mas executá-las toma muito tempo, então espero por uma chance de fazer algo grandioso e deixo escapar as ocasiões menos importantes, mas acho que, no final, elas acabam sendo mais valiosas.

Amy sorriu e abrandou-se imediatamente, dizendo, com ar maternal:

— As mulheres deveriam aprender a ser agradáveis, especialmente as pobres, pois não têm outra forma de retribuir as gentilezas que recebem. Se você se lembrasse disso e pusesse em prática, as pessoas gostariam mais de você do que de mim, pois você tem mais a oferecer.

— Sou uma velha rabugenta e sempre serei, mas estou disposta a admitir que você tem razão, só que é mais fácil, para mim, arriscar a vida por uma pessoa do que ser agradável quando não tenho vontade. É uma grande infelicidade ter gostos e aversões tão fortes, não é?

— Pior ainda é não ser capaz de esconder isso. Não me importo de dizer que não aprovo Tudor tanto quanto você, mas não me sinto obrigada a dizer isso a ele. Você também não é, e não adianta mostrar-se desagradável só porque ele o é.

— Mas eu acho que as garotas deveriam demonstrar quando desaprovam algum rapaz, e como poderiam fazê-lo a não ser por meio do comportamento? De nada adianta dar sermões, como eu, infelizmente, bem sei, já que tive de lidar com Teddy. Mas há muitas pequenas maneiras de influenciá-lo sem dizer uma única palavra, e acho que devemos fazer isso com os outros, se pudermos.

— Teddy é um rapaz notável e não pode ser tomado como uma amostra dos outros garotos — argumentou Amy em um tom de solene convicção que teria abalado o "rapaz notável", se ele a tivesse ouvido. — Se fôssemos beldades ou mulheres abastadas e de alta classe, talvez pudéssemos fazer algo, mas, para nós, franzir o cenho para um grupo de jovens cavalheiros porque não os aprovamos e sorrir para outro grupo porque os aprovamos não surtirá efeito algum, e só acabaríamos sendo julgadas como excêntricas e puritanas.

— Então, devemos apoiar as coisas e as pessoas que detestamos simplesmente porque não somos beldades nem milionárias? Que belo senso de moralidade.

— Não posso discutir isso, só sei que o mundo é assim e as pessoas contrárias acabam ridicularizadas por seus esforços. Não gosto de reformistas e espero que você nunca tente ser uma.

— Pois eu gosto e serei uma, se puder, visto que, apesar das zombarias, o mundo não progrediria sem eles. Não concordaremos nisso, pois você está do lado das pessoas antigas e eu, das novas. Você se sairá melhor, mas eu me divertirei mais. Acho que prefiro as pedradas e vaias.

— Bem, recomponha-se e não preocupe a tia com suas novas ideias.

— Tentarei não fazê-lo, mas sempre fico a ponto de explodir e exprimir algum discurso particularmente agressivo ou um sentimento revolucionário diante dela. É a minha sina e não posso evitar.

Encontraram tia Carrol com a velha senhora, ambas absortas em algum assunto muito interessante que abandonaram quando as meninas entraram, com uma expressão embaraçada que denunciava o fato de estarem falando de suas sobrinhas. Jo não estava de bom humor, e o acesso de teimosia voltou, mas Amy, que cumprira seu dever virtuosamente, mantivera a calma e agradara a todos, estava em um estado de espírito bastante angelical. Esse estado de espírito amável foi percebido imediatamente, e ambas as tias a trataram com afeto, chamando-a de "minha querida" e observando o que depois frisaram de maneira enfática: "Essa menina melhora a cada dia."

— Você vai ajudar na feira, querida? — perguntou a sra. Carrol, enquanto Amy se sentava ao lado dela com aquele ar confiante que as pessoas mais velhas tanto apreciam nos jovens.

— Sim, titia. A sra. Chester me perguntou se eu gostaria de ajudar, e eu me ofereci para tomar conta de uma mesa, pois não tenho nada além do meu tempo para oferecer.

— Eu, não — interrompeu Jo em um tom decidido. — Detesto ser tratada com condescendência, e os Chester acham que nos fazem um grande favor ao nos permitir ajudar em sua feira de gente chique. Não entendo como você pôde aceitar, Amy, eles só querem o seu trabalho.

— Estou disposta a trabalhar. É tanto para os libertos da escravidão quanto para os Chester, e acho muita generosidade da parte deles me deixarem partilhar o trabalho e a diversão. A condescendência não me incomoda quando é bem-intencionada.

— Totalmente correto e apropriado. Gosto de seu espírito agradecido, minha querida. É um prazer ajudar as pessoas que apreciam nossos esforços. Alguns não apreciam, o que é irritante — observou Tia March, olhando por cima dos óculos para Jo, que se sentara longe delas, balançando-se, com uma expressão um tanto carrancuda.

Se Jo apenas soubesse que uma grande felicidade estava a caminho para uma delas duas, teria se mostrado muito dócil em um instante, mas, infelizmente, não temos como saber o que se passa na mente de nossos amigos. De modo geral, é tanto melhor para nós, mas, de vez em quando, seria um grande conforto, bem como uma economia de tempo e de aborrecimentos. Com a declaração seguinte, Jo privou-se de vários anos de prazer e recebeu uma lição oportuna na arte de fechar a matraca.

— Não gosto de favores, eles me oprimem e me fazem sentir como uma escrava. Prefiro fazer tudo por mim mesma e ser perfeitamente independente.

Tia Carrol pigarreou, olhando para Tia March.

— Eu lhe disse — falou Tia March, fazendo um aceno decidido com a cabeça para tia Carrol.

Misericordiosamente inconsciente do que havia feito, Jo sentou-se com o nariz empinado e uma expressão revolucionária que era tudo menos convidativa.

— Você fala francês, querida? — perguntou a sra. Carrol, colocando uma das mãos na de Amy.

— Bastante bem, graças à Tia March, que deixa Esther falar comigo sempre que eu quero — respondeu Amy, com um olhar de gratidão, fazendo a velha senhora sorrir afavelmente.

— E você? Como vai no aprendizado de idiomas? — perguntou a sra. Carrol a Jo.

— Não sei uma só palavra. Sou muito estúpida ao estudar qualquer coisa, não suporto o francês, é uma língua tão escorregadia e tola — foi a resposta brusca.

As senhoras trocaram um olhar, e Tia March disse a Amy:

— Você está muito forte e passando bem agora, querida, não é? Os olhos não a incomodam mais, certo?

— De forma alguma, obrigada, senhora. Estou muito bem e pretendo fazer grandes coisas no próximo inverno para poder estar pronta para ir a Roma, quando chegar essa maravilhosa ocasião.

— Que boa menina! Você merece ir, e tenho certeza de que um dia irá — disse Tia March, dando uma palmadinha aprovadora na cabeça de Amy enquanto a garota pegava o novelo de lã para ela.

— Ranzinza, puxe o trinco; sente-se junto ao fogo e vá fiar — berrou Polly, abaixando-se em seu poleiro, no encosto da cadeira, para espiar o rosto de Jo, com um ar tão cômico de indagação impertinente que era impossível deixar de rir.

— Que pássaro mais observador — disse a velha senhora.

— Vamos dar um passeio, minha querida? — gritou Polly, saltando em direção ao armário de porcelana, com o olhar sugestivo de um torrão de açúcar.

— Obrigada, eu irei. Venha, Amy.

E Jo encerrou a visita, sentindo mais do que nunca que as visitas tinham um efeito ruim sobre sua constituição. Ela apertou as mãos das idosas de um jeito masculino, mas Amy beijou as duas tias e as meninas partiram, deixando atrás de si uma impressão de sombra e sol, impressão que fez Tia March dizer, quando elas desapareceram:

— É melhor fazer isso mesmo, Mary. Eu darei o dinheiro.

E tia Carrol respondeu, em um tom decidido:

— Certamente o farei, se o pai e a mãe dela consentirem.

30
CONSEQUÊNCIAS

A feira da sra. Chester era tão elegante e seleta que as jovens da vizinhança consideravam uma grande honra serem convidadas para tomar conta de uma mesa, e todas ficaram muito interessadas no evento. Amy foi convidada, mas Jo, não — o que foi melhor para todas as partes, pois ela andava distribuindo cotoveladas a torto e a direito naquele período de sua vida, e foram necessários muitos golpes duros para ensiná-la a ser menos agressiva. A "criatura arrogante e desinteressante" foi deixada em paz, mas o talento e o gosto de Amy foram devidamente reconhecidos com a oferta da mesa de arte, e ela se empenhou em preparar e garantir contribuições apropriadas e valiosas.

Tudo transcorreu tranquilamente até a véspera da abertura da feira, quando ocorreu uma dessas pequenas escaramuças quase impossíveis de evitar quando cerca de vinte e cinco mulheres, idosas e jovens, com todos os seus melindres e preconceitos particulares, tentam trabalhar juntas.

May Chester tinha certa inveja de Amy, porque esta era muito mais apreciada do que ela e, justamente naquela ocasião, várias circunstâncias insignificantes ocorreram para aumentar esse sentimento. O delicado trabalho a bico de pena de Amy eclipsou completamente os vasos pintados de May — esse foi um dos espinhos. Além disso, o Tudor que todas cobiçavam tinha dançado quatro vezes com Amy na última festa e apenas uma com May — esse foi o segundo espinho. Mas a principal queixa de May, que lhe serviu de desculpa para sua conduta nada amistosa, foi um boato contado a ela por alguma criada linguaruda: de que as garotas March haviam troçado dela na casa dos Lamb. Toda a culpa por isso deveria ter recaído sobre Jo, pois sua imitação maliciosa fora real demais para escapar de detecção, e os brincalhões Lamb permitiram que a notícia da troça se espalhasse. No entanto, nenhuma pista dessa situação havia chegado aos ouvidos das culpadas, e pode se imaginar o desânimo de Amy quando, na noite anterior à feira, enquanto ela dava os últimos retoques em sua bela mesa, a sra. Chester, que, é claro, ressentia-se com a suposta zombaria de sua filha, disse, em um tom suave, mas com um olhar frio:

— Eu acho, querida, que as moças estão um pouco chateadas por eu ter dado esta mesa a outra pessoa que não minhas filhas. Como esta é a mesa de maior destaque e alguns dizem que é a mais atraente de todas, e como elas são as principais promotoras da feira, foi considerado mais adequado que elas ocupem este lugar. Sinto muito, mas sei que você está sinceramente interessada demais na causa para se importar com uma pequena decepção pessoal, e poderá ter outra mesa, se quiser.

A sra. Chester tinha imaginado que seria fácil fazer esse pequeno discurso, mas, quando chegou a hora, ela achou muito difícil declamá-lo com naturalidade, com os olhos inocentes de Amy olhando diretamente para ela, cheios de surpresa e preocupação.

Amy sentiu que havia algo por trás daquilo, mas não conseguiu adivinhar o quê, e disse calmamente, sentindo-se magoada e demonstrando essa mágoa:

— Talvez a senhora prefira que eu fique sem mesa alguma?

— Ora, minha querida, não fique aborrecida, eu lhe peço. É apenas uma questão de conveniência. Veja, minhas meninas naturalmente assumirão a liderança, e esta mesa é considerada o melhor lugar para elas. Eu a considero muito apropriada para você e agradeço por seus esforços para torná-la tão bonita, mas precisamos abrir mão de nossos desejos particulares, é claro, e eu garantirei que você fique em um bom lugar em outra parte. Você não gostaria de ficar com a mesa de flores? As crianças pequenas ficaram com ela, mas estão desanimadas. Você poderia deixá-la encantadora, e a mesa de flores é sempre atraente, você sabe.

— Especialmente para os cavalheiros — acrescentou May, com um olhar que esclareceu Amy quanto a uma das causas por ter recaído subitamente no desfavor das Chester.

Ela corou de raiva, mas não cedeu diante daquele sarcasmo infantil e respondeu com uma amabilidade inesperada:

— Ficarei onde lhe apetecer, sra. Chester. Abrirei mão imediatamente de meu lugar aqui e cuidarei das flores, se assim preferir.

— Você pode colocar suas coisas na sua mesa, se preferir — começou May, sentindo a consciência um pouco pesada ao observar os belos suportes, as conchas pintadas e as pitorescas iluminuras que Amy fizera com tanto cuidado e arrumara de forma tão graciosa.

Sua intenção era ser gentil, mas Amy a entendeu mal e respondeu rapidamente:

— Ah, claro, se estão atrapalhando.

E, enfiando suas contribuições dentro do avental de cambulhada, afastou-se, sentindo que ela e suas obras de arte haviam sido insultadas além do perdão.

— Agora ela está zangada. Oh, céus, eu gostaria de não ter pedido que a senhora falasse com ela, mamãe — disse May, olhando desconsoladamente para os espaços vazios na mesa.

— As brigas juvenis acabam rápido — respondeu a mãe, sentindo-se um pouco envergonhada por seu papel naquela situação, como de fato deveria estar.

As crianças saudaram Amy e seus tesouros com entusiasmo, o que acalmou um pouco seu espírito perturbado, e ela se pôs a trabalhar, decidida a fazer sucesso com as flores, já que não podia tê-lo com as obras de arte. Tudo, no entanto, parecia estar contra ela. Era tarde, e ela estava cansada. Todos estavam ocupados demais com suas coisas para ajudá-la, e as crianças só atrapalhavam, pois as fofurinhas se agitavam e tagarelavam como um bando de pegas, causando uma grande confusão em seus esforços desajeitados para preservar a ordem mais perfeita. O arco de sempre-vivas não ficava firme quando ela o colocava em pé, mas balançava e ameaçava cair sobre sua cabeça quando os cestos dependurados estavam cheios. Seu melhor azulejo recebeu um respingo d'água que deixou uma lágrima sépia na bochecha do Cupido. Ela machucou as mãos com o martelo e ficou resfriada por trabalhar sob uma corrente de ar, problema que a deixou apreensiva com relação ao dia seguinte. Qualquer leitora que já tenha passado por aflições como essas compreenderá Amy e lhe desejará sorte em sua missão.

Houve uma grande indignação em casa quando ela contou sua história naquela noite. A mãe disse que aquilo era uma vergonha, mas concordou que ela agira corretamente. Beth declarou que não iria à feira e Jo perguntou por que ela não havia pegado todas as suas coisas bonitas e deixado aquelas pessoas malvadas trabalharem sem ela.

— O fato de serem malvadas não é justificativa para que eu também o seja. Odeio situações como essa e, embora ache que tenho o direito de estar magoada, não pretendo demonstrar isso. Esse comportamento causará mais impacto do que discursos zangados ou atitudes ressentidas, não é verdade, mamãe?

— Esse é o espírito certo, querida. Um beijo é a melhor resposta para uma pancada, embora nem sempre seja fácil dá-lo — concordou a mãe, com um ar de quem aprendera a diferença entre pregar e praticar.

Apesar das várias e muito naturais tentações para se ressentir e retaliar, Amy manteve-se firme em sua resolução durante todo o dia seguinte, decidida a derrotar o inimigo pela gentileza. Ela começou bem, graças a um lembrete silencioso que recebeu inesperadamente, porém da forma mais oportuna possível. Ao arrumar sua mesa naquela manhã, enquanto as crianças estavam em uma antessala enchendo os cestos, ela pegou sua criação de estimação: um livrinho cuja capa antiga seu pai havia encontrado entre seus tesouros e no qual, em folhas de pergaminho, ela havia ilustrado diferentes textos lindamente. Ao virar, com um orgulho muito perdoável, as páginas ricas em desenhos delicados, o olhar dela recaiu sobre um verso que a fez parar e pensar. Emoldurado em arabescos escarlates, azuis e dourados, com pequenos espíritos da boa vontade ajudando uns aos outros entre os espinhos e flores, estavam as palavras: "Amarás o próximo como a ti mesmo."

"Eu deveria, mas não amo", pensou Amy, enquanto seus olhos passavam da página colorida para o rosto descontente de May atrás dos grandes vasos, que não conseguiam esconder os vazios que seus belos trabalhos estavam preenchendo no dia anterior. Amy ficou em pé por um minuto, virando as páginas e lendo, em cada uma delas, uma doce reprimenda para todos os rancores e avarezas do espírito. Muitos sermões sábios e verdadeiros são pregados todos os dias por ministros inconscientes nas ruas, na escola, no escritório ou em casa. Até mesmo uma mesa de feira pode se tornar um púlpito, se puder oferecer palavras boas e úteis, que nunca são inoportunas. A consciência de Amy pregou-lhe um pequeno sermão a partir daquele texto ali mesmo, e ela fez o que muitos de nós nem sempre fazemos: levou o sermão a sério e pôs o ensinamento imediatamente em prática.

Um grupo de meninas estava de pé ao redor da mesa de May, admirando as coisas bonitas e conversando sobre a mudança de vendedora. Elas abaixaram a voz, mas Amy sabia que estavam falando dela, ouvindo apenas um lado da história e fazendo seus julgamentos. Não foi agradável, mas um espírito mais elevado havia pairado sobre ela e, naquele momento, havia uma chance de prová-lo. Ela ouviu May dizer pesarosamente:

— É uma pena, pois não há tempo para fazer outras coisas e não quero preencher os espaços com quinquilharias. A mesa estava completa, agora está arruinada.

— Atrevo-me a dizer que ela as colocaria de volta, se você pedisse — sugeriu alguém.

— Como eu poderia, depois de toda a confusão? — começou May, sem chegar a terminar, pois a voz de Amy atravessou o salão, dizendo, em um tom agradável:

— Pode ficar com tudo, e de boa vontade, sem precisar nem pedir, se quiser. Eu estava agora mesmo pensando em oferecer as peças de volta, pois pertencem à sua mesa e não à minha. Aqui estão, por favor, fique com elas e me perdoe se fui precipitada em tirá-las ontem à noite.

Enquanto falava, Amy devolvia sua contribuição com um aceno afirmativo de cabeça e um sorriso. Em seguida, afastou-se apressadamente, sentindo que era mais fácil fazer um gesto amistoso do que ficar para lhe agradecerem.

— Ora, mas que bela atitude ela teve, não acham!? — exclamou uma das moças.

A resposta de May foi inaudível, mas outra jovem, cujo humor estava evidentemente um pouco azedo de fazer limonada, acrescentou, com uma risada maquiavélica:

— Muito bela, pois ela sabia que não venderia as peças em sua própria mesa.

Ah, ouvir aquilo foi difícil. Quando fazemos pequenos sacrifícios, gostamos que sejam, pelo menos, apreciados, e por um instante Amy lamentou o que fez, sentindo que a virtude nem sempre era, por si só, uma recompensa. Mas vale a pena, sim — como ela descobriu pouco depois, pois seu ânimo começou a melhorar e sua mesa, a florescer sob suas mãos habilidosas; as crianças eram muito gentis, e aquele pequeno ato pareceu ter limpado a atmosfera de forma surpreendente.

Foi um dia muito longo e difícil para Amy, pois ela só ficou sentada atrás de sua mesa, muitas vezes sozinha, já que as garotinhas desertaram rapidamente. Poucos se importavam em comprar flores no verão, e os buquês começaram a murchar muito antes de anoitecer.

A mesa de arte era a mais atraente da sala. Uma multidão se aglomerou ao redor dela o dia todo, e as responsáveis andavam de um lado para outro com expressões importantes e caixinhas cheias do dinheiro dos compradores. Amy, muitas vezes, olhava melancolicamente para a mesa, desejando estar lá, onde se sentia à vontade e feliz, em vez de estar em um canto, sem nada para fazer. Para alguns de nós, pode parecer algo fácil, mas, para uma garota bonita e alegre, não era apenas entediante, mas também muito doloroso, e pensar em Laurie e seus amigos transformou tudo em um verdadeiro martírio.

Ela não voltou para casa até anoitecer, e estava tão pálida e quieta que eles sabiam que o dia tinha sido duro, embora ela não tivesse feito queixa alguma e nem mesmo contado o que fizera. A mãe lhe preparou uma xícara de chá com um carinho especial. Beth a ajudou a se vestir e fez uma pequena coroa de flores encantadora para seu cabelo, enquanto Jo surpreendeu a família aprontando-se com um cuidado incomum e insinuando sombriamente que o jogo iria virar.

— Por favor, não faça nada rude, Jo. Não permitirei que aconteça nenhuma confusão, então deixe tudo passar e comporte-se — implorou Amy ao partir cedo pela manhã, esperando encontrar um reforço de flores para reavivar sua pobre mesinha.

— Eu apenas pretendo ser maravilhosamente agradável com todos os que conheço e mantê-los no seu cantinho o máximo de tempo possível. Teddy e os rapazes ajudarão e ainda nos divertiremos — respondeu, inclinando-se sobre o portão à espera de Laurie.

Pouco depois, os passos familiares foram ouvidos em meio à penumbra, e ela correu para encontrá-lo.

— Será o meu garoto?

— Tão certo quanto esta é a minha garota!

E Laurie enfiou a mão dela debaixo de seu braço com o ar de um homem cujos desejos foram realizados.

— Ah, Teddy, você não sabe o que aconteceu.

E Jo contou os percalços de Amy com um zelo fraternal.

— Um grupo dos nossos companheiros irá para lá daqui a pouco, e eu os farei comprar todas as flores que ela tiver e acampar diante da mesa depois, nem que seja a última coisa que eu faça — declamou Laurie, abraçando a causa com fervor.

— Amy disse que as flores não estão nada bonitas e que as mais frescas podem não chegar a tempo. Não quero ser injusta ou desconfiada, mas não me espantarei se jamais chegarem. Quando as pessoas fazem uma coisa maldosa, é muito provável que façam outra — observou Jo em um tom de repugnância.

— O Hayes não lhes deu as melhores de nossos jardins? Eu disse a ele para dar.

— Eu não sabia disso, suponho que ele tenha esquecido e, como seu avô estava adoentado, eu não quis aborrecê-lo perguntando, embora quisesse algumas flores.

— Ora, Jo, como você pôde pensar que havia alguma necessidade de perguntar? Elas são tanto suas quanto minhas. Não dividimos tudo sempre? — disse Laurie, no tom que sempre deixava Jo melindrada.

— Céus, espero que não! Metade de algumas de suas coisas não me serviriam para nada. Mas não fiquemos vadiando por aqui. Temos de ajudar Amy, então vá até lá e seja maravilhoso com ela, e se puder fazer a imensa gentileza de mandar Hayes levar algumas flores bonitas para o salão da feira, eu serei eternamente grata.

— Você não poderia demonstrar sua gratidão agora? — perguntou Laurie, tão sugestivamente que Jo bateu o portão na cara dele com uma pressa inóspita e gritou por trás das grades: — Vá embora, Teddy, estou ocupada.

Graças aos conspiradores, o jogo virou mesmo naquela tarde, pois Hayes mandou um sem-número de flores para a feira, com uma linda cesta, arrumada com o maior capricho, para ser o arranjo central. Além disso, a família March compareceu em massa, e os esforços de Jo deram resultado, pois as pessoas não apenas foram, como também ficaram por lá, rindo de seus disparates, admirando o gosto de Amy e, aparentemente, divertindo-se muito. Laurie e seus amigos aproveitaram uma brecha galantemente, compraram buquês, acamparam diante da mesa e fizeram daquele canto o lugar mais animado da sala. Amy agora estava à vontade e, por gratidão, se não por qualquer outro motivo, foi o mais graciosa e delicada possível, chegando à conclusão de que a virtude, afinal, recompensava.

Jo comportou-se com um decoro exemplar e, enquanto Amy estava alegremente rodeada por sua guarda de honra, circulou pelo salão, ouvindo várias fofocas que a esclareceram quanto ao motivo da mudança feita pelos Chester. Ela repreendeu a si mesma por sua culpa no desentendimento e decidiu inocentar Amy o mais rápido possível. Também ficou sabendo do que Amy havia feito com relação a suas obras e a considerou um modelo de generosidade. Ao passar pela mesa de arte, ela procurou pelas peças da irmã, mas não viu nenhum sinal delas. "Devem ter enfiado onde ninguém consiga ver", pensou Jo, que podia perdoar ofensas feitas para ela própria, mas ressentia-se fervorosamente de qualquer insulto feito à família.

— Boa noite, srta. Jo. Como vai Amy? — perguntou May, com um ar conciliador, pois queria mostrar que também podia ser generosa.

— Vendeu tudo o que era digno de ser vendido e agora está se divertindo. A mesa de flores é sempre atraente, sabe, "especialmente para cavalheiros".

Jo não resistiu a dar aquela pequena bofetada, mas May a recebeu com tanta mansidão que ela se arrependeu logo em seguida e passou a elogiar os grandes vasos que ainda não tinham sido vendidos.

— As iluminuras de Amy estão em algum lugar? Eu gostaria de comprar uma para meu pai — disse Jo, muito ansiosa para saber o destino do trabalho da irmã.

— Todas as obras de Amy foram vendidas há muito tempo. Tive o cuidado de fazer com que as pessoas certas as vissem, e conseguimos uma bela soma por elas — respondeu May, que, assim como Amy, tinha superado diversas tentações naquele dia.

Muito satisfeita, Jo correu até a mesa para contar a boa notícia, e Amy pareceu ao mesmo tempo tocada e surpresa com o relato das palavras e dos modos de May.

— Agora, cavalheiros, quero que vocês cumpram seu dever nas outras mesas, da mesma forma generosa quanto na minha, especialmente na mesa de arte — pediu ela, despachando a "guarda de Teddy", como as meninas chamavam os amigos de faculdade.

— "Atacar, Chester, atacar!" é o lema para aquela mesa, mas cumpram seu dever como homens e seu dinheiro será convertido em arte, em todos os sentidos da palavra — disse a irreprimível Jo enquanto a dedicada falange se preparava para entrar em campo.

— Ouvimos e obedecemos, vamos marchar pela March — declamou o pequeno Parker, esforçando-se tremendamente para ser espirituoso e terno, e sendo logo silenciado por Laurie, que disse:

— Falou bem, meu filho, para um menininho!

E o afastou, dando um tapinha paternal na cabeça de Parker.

— Compre os vasos — sussurrou Amy para Laurie, como um golpe final em sua inimiga.

Para grande deleite de May, o sr. Laurence não apenas comprou os vasos, como também percorreu o salão todo com um debaixo de cada braço. Os outros cavalheiros especularam com igual ousadia em torno de todo tipo de bugiganga frágil, perambulando — um tanto perdidos — depois com os braços carregados de flores de cera, leques pintados, pastas para guardar folhas com filigranas e outras compras úteis e apropriadas.

Tia Carrol estava lá, ouviu a história, pareceu satisfeita e disse algo à sra. March, em um canto, que a fez sorrir de satisfação e olhar para Amy com uma mistura de orgulho e ansiedade no rosto, embora ela só tenha contado a causa de sua alegria vários dias depois.

A feira foi considerada um sucesso e, quando May foi se despedir de Amy, não foi efusiva, como de costume, mas lhe deu um beijo afetuoso e um olhar que dizia "perdoe e esqueça". Amy ficou satisfeita e, quando chegou em casa, encontrou os vasos enfileirados na cornija da lareira da sala, com um grande buquê de flores em cada um deles.

— A recompensa pelo mérito para uma March generosa — anunciou Laurie com um floreio.

— Você tem muito mais princípios, generosidade e nobreza de caráter do que eu lhe julgava capaz, Amy. Comportou-se com doçura e tem todo o meu respeito — disse Jo calorosamente, enquanto elas escovavam os cabelos juntas, mais tarde naquela noite.

— Sim, todos nós a respeitamos e amamos por ter perdoado tão prontamente. Deve ter sido muito difícil, depois de tanto tempo de trabalho e de desejar tanto vender seus belos trabalhos. Não acredito que eu conseguiria ter agido com a mesma generosidade que você — acrescentou Beth de seu travesseiro.

— Ora, meninas, não precisam me elogiar tanto. Eu só fiz o que deveria fazer. Vocês riem de mim quando digo que quero ser uma dama, mas me refiro a uma dama de verdade, na mente e nos modos, e tento sempre agir de forma condizente. Não consigo explicar direito, mas quero estar acima das pequenas mesquinharias, tolices e falhas que estragam tantas mulheres. Ainda estou longe de chegar a esse ponto, mas faço o meu melhor e espero um dia ser como mamãe.

Amy falou com sinceridade e Jo disse, dando-lhe um abraço caloroso:

— Agora entendo o que quer dizer e nunca mais rirei de você. Você está progredindo mais rápido do que pensa, e eu aprenderei sobre a verdadeira cordialidade com você, pois acho que descobriu o segredo. Continue tentando, minha querida. Um dia você receberá sua recompensa, e ninguém ficará mais contente do que eu.

Uma semana depois, Amy recebeu sua recompensa, e a pobre Jo achou difícil ficar contente. Chegou uma carta de tia Carrol, e o rosto da sra. March iluminou-se de tal modo quando ela a leu que Jo e Beth, que estavam com ela, quiseram saber na hora quais eram as boas notícias.

— Tia Carrol vai para o exterior no próximo mês e quer...

— Que eu vá com ela! — gritou Jo, saltando de sua cadeira em um arrebatamento incontrolável.

— Não, querida, não é você. É Amy.

— Ah, mamãe! Ela é muito nova, é a minha vez primeiro. Há tanto tempo que quero ir. Uma viagem dessas me faria muito bem, seria absolutamente esplêndido. Preciso ir!

— Receio que não seja possível, Jo. A tia pede por Amy, está decidida, e não nos cabe ditar ordens quando ela está oferecendo um favor desses.

— É sempre assim. Amy fica com toda a diversão e eu fico com todo o trabalho. Não é justo, ah, não é justo! — gritou Jo dramaticamente.

— Temo que, em parte, a culpa seja sua, querida. Quando a tia falou comigo no outro dia, lamentou suas maneiras bruscas e seu espírito independente demais; e aqui ela escreve, como se citasse algo que você disse: "No início, eu planejava chamar Jo, mas como 'favores a sobrecarregam' e ela 'odeia francês', acho que não me atreverei a convidá-la. Amy é mais doce, será uma boa companhia para Flo e receberá com gratidão qualquer ajuda que a viagem possa lhe dar."

— Ah, minha língua, minha abominável língua! Por que não consigo aprender a ficar calada? — gemeu Jo, lembrando-se de palavras que haviam sido sua ruína.

Quando ouviu a explicação das frases citadas, a sra. March disse pesarosamente:

— Eu gostaria que você pudesse ir, mas, desta vez, não há esperança, então tente suportar alegremente e não diminuir o prazer de Amy com reprovações ou arrependimentos.

— Tentarei — prometeu Jo, piscando com força enquanto se ajoelhava para pegar a cesta que virara em seu rompante de alegria. — Farei como ensina uma página do livro de Amy e procurarei não apenas parecer feliz, mas sentir alegria e não tirar dela nem um minuto de felicidade. Mas não será fácil, pois é uma decepção terrível.

E a pobre Jo banhou a pequena e gorda almofada de alfinetes em sua mão com lágrimas muito amargas.

— Jo, querida, sou muito egoísta, não poderia abrir mão de você e estou feliz que ainda não esteja partindo — sussurrou Beth, abraçando-a, com cesta e tudo, com tanto apego e uma expressão tão amorosa que Jo sentiu-se reconfortada, apesar do forte arrependimento que a fazia querer bater nas próprias orelhas e humildemente implorar a tia Carrol que a sobrecarregasse com aquele favor e visse o tamanho da gratidão com que o suportaria.

Quando Amy chegou, Jo pôde participar do júbilo da família, não com o mesmo fervor como de costume, talvez, mas sem se lamentar pela boa sorte de Amy. A própria senhorita recebeu a notícia como a maior felicidade do mundo, mergulhou em uma espécie de arrebatamento solene e começou a separar suas tintas e empacotar seus lápis naquela noite, deixando bagatelas como roupas, dinheiro e passaportes para aqueles menos absorvidos em visões de arte.

— Não é uma mera viagem de lazer para mim, meninas — explicou ela em um tom imponente, enquanto limpava sua melhor paleta. — Ela decidirá minha carreira, pois, se eu tiver algum talento, eu o descobrirei em Roma e farei algo para prová-lo.

— E supondo que você não tenha? — questionou Jo enquanto costurava, com os olhos vermelhos, os novos colarinhos que seriam dados a Amy.

— Nesse caso, voltarei para casa e viverei de dar aulas de desenho — respondeu a aspirante à fama, com compostura filosófica.

Ela fez, no entanto, uma careta zangada diante daquela ideia e raspou a paleta como se estivesse decidida a tomar medidas vigorosas antes de desistir de suas esperanças.

— Não, não é verdade. Você detesta trabalho duro, acabará se casando com um homem rico e voltará para casa para viver desfrutando o luxo — profetizou Jo.

— Suas previsões, às vezes, se concretizam, mas não acredito que será o caso. Tenho certeza de que gostaria muito, sim, pois se eu mesma não puder ser artista, gostaria de poder ajudar aqueles que são — disse Amy, sorrindo, como se o papel de Dama Generosa lhe conviesse melhor do que o de uma pobre professora de desenho.

— Hum! — comentou Jo, com um suspiro. — Se você assim deseja, assim será, pois os seus desejos são sempre concedidos; os meus, nunca.

— Você gostaria de ir? — perguntou Amy pensativa, dando pancadinhas no nariz com a faca.

— Certamente!

— Bem, dentro de um ou dois anos mandarei buscá-la, e ficaremos cavando, no Fórum, em busca de relíquias e realizaremos todos os planos que tantas vezes fizemos.

— Obrigada. Lembrarei de sua promessa quando esse dia feliz chegar, se chegar — respondeu Jo, aceitando a oferta vaga, porém magnífica, com toda a gratidão de que era capaz.

Não havia muito tempo para os preparativos, e a casa ficou em polvorosa até Amy partir. Jo suportou muito bem até o último balançar da fita azul desaparecer, então se recolheu em seu refúgio, o sótão, e chorou até não poder mais. Amy também suportou tudo com bravura, até a partida do navio. Então, quando a prancha de desembarque estava prestes a ser retirada, subitamente lhe ocorreu que um oceano inteiro logo revolveria-se entre ela e aqueles que mais a amavam, e ela se agarrou a Laurie, o último que ficou por ali, dizendo com um soluço:

— Ah, cuide deles por mim, e se alguma coisa acontecer...

— Tomarei, sim, querida, e se alguma coisa acontecer, eu irei consolá-la — sussurrou Laurie, nem imaginando que seria obrigado a cumprir sua palavra.

Então, Amy partiu rumo ao Velho Mundo, que é sempre novo e belo para os olhos jovens, enquanto seu pai e seu amigo a observavam da costa, esperando fervorosamente que nada além de boas fortunas acontecessem à menina de coração feliz, que lhes acenou com a mão até que não pudessem ver nada além do sol de verão deslumbrante no mar.

31
NOSSA CORRESPONDENTE INTERNACIONAL

LONDRES

Pessoas queridas,

Cá estou eu, sentada junto a uma janela da frente do Hotel Bath, em Piccadilly. Não é um hotel sofisticado, mas titio hospedou-se aqui anos atrás e recusa-se a ficar em qualquer outro lugar. Não pretendemos, no entanto, ficar por muito tempo, então não importa muito. Ah, não consigo nem expressar como estou gostando de tudo isso! Eu jamais conseguiria, então apenas compartilharei com vocês partes do meu caderno, pois não fiz outra coisa além de esboçar e rabiscar desde que cheguei.

Mandei uma mensagem de Halifax, quando estava me sentindo péssima, mas, depois daquilo, tudo correu maravilhosamente bem, enjoei raras vezes, passava o dia todo no convés, cercada de gente agradável para me entreter. Todos foram muito amáveis comigo, especialmente os oficiais. Não ria, Jo, os cavalheiros são realmente muito necessários a bordo do navio, para oferecer apoio ou servir às pessoas, e, como eles não têm nada para fazer, é um ato de caridade conferir-lhes alguma serventia — caso contrário, fumariam até a morte, creio eu.

Titia e Flo passaram mal a viagem toda e gostavam de ser deixadas em paz, então, quando eu já tinha feito tudo o que podia por elas, ia me divertir. Que caminhadas no convés, que pores do sol, que atmosfera e ondas esplêndidas! Era quase tão emocionante quanto montar um cavalo veloz, quando navegávamos de forma tão grandiosa. Quem dera Beth pudesse ter vindo, teria feito tão bem a ela! Quanto a Jo, ela teria subido e se sentado no topo da bujarrona, ou seja lá como se chama aquela coisa alta; teria feito amizade com os engenheiros e berrado no megafone do capitão; estaria em um estado de êxtase total. Foi tudo divino, mas fiquei feliz de ver a costa irlandesa e a achei muito bonita, tão verdejante e ensolarada, com cabanas marrons aqui e ali, ruínas em algumas colinas e mansões de nobres nos vales, com cervos se alimentando nos parques. Era bem cedo, mas não me arrependi de ter levantado para ver tudo, pois a baía estava repleta de barquinhos, a costa era extremamente pitoresca e o céu apresentava um tom rosado. Jamais esquecerei.

Em Queenstown, um de meus novos conhecidos, o sr. Lennox, desembarcou, e quando eu disse algo sobre os Lagos de Killarney, ele suspirou e cantarolou, olhando para mim:

"Ah, já ouvistes falar de Kate Kearney?
Ela vive nas margens de Killarney;
Do olhar que ela lança,
Evite o perigo e fuja,
Pois fatal é o olhar de Kate Kearney."

Não é um absurdo?
Só paramos em Liverpool por algumas horas. É um lugar sujo, barulhento, e eu fiquei feliz em ir embora. Titio desembarcou brevemente e comprou um par de luvas de couro de cachorro, uns sapatos

feios e pesados e um guarda-chuva, e barbeou-se, deixando umas costeletas suíças. Depois, ficou gabando-se de parecer um verdadeiro britânico, mas na primeira vez em que foi limpar a lama dos sapatos, o pequeno engraxate percebeu se tratar de um americano e disse, com um sorriso: "Terminei, senhor. Tão brilhando do jeito que os ianques gostam." Titio divertiu-se imensamente. Ah, preciso contar a vocês o absurdo que Lennox fez! Ele conseguiu que seu amigo Ward, que veio conosco, pedisse um buquê para mim, e a primeira coisa que vi em meu quarto foi um buquê lindo, com os "cumprimentos de Robert Lennox" no cartão. Isso não foi engraçado, meninas? Gosto de viajar.

Nunca contarei de Londres se não me apressar. Foi como passear por uma longa galeria de fotos, cheia de belas paisagens. As casas de campo foram meu deleite, com seus telhados de palha, hera até os beirais, janelas treliçadas e mulheres robustas com crianças coradas à porta. O próprio gado parecia mais tranquilo do que o nosso, ali, em pé, com trevos até a altura dos joelhos, e as galinhas tinham um cacarejo contente, como se nunca ficassem nervosas, como as frangas ianques. As cores são as mais perfeitas que já vi: a grama tão verde, o céu tão azul, o trigo tão amarelo e os bosques tão escuros que me senti em êxtase o caminho todo. Flo também sentiu-se assim, e nós ficamos saltando de um lado para outro, tentando ver tudo enquanto seguíamos a uma velocidade de mais de noventa quilômetros por hora. Titia estava cansada e foi dormir, mas titio leu seu guia e não demonstrava surpresa com coisa alguma. Nossa conversa era mais ou menos assim. Amy, exultando: "Ah, deve ser Kenilworth, aquele lugar cinzento entre as árvores!" Flo, correndo até minha janela: "Que lindo! Precisamos ir lá um dia, não é, papai?" Titio, admirando calmamente as próprias botas: "Não, minha querida, a não ser que você queira cerveja, aquilo é uma cervejaria."

Após uma pausa, Flo exclama: "Minha nossa, estou vendo uma forca e um homem subindo nela!" "Onde, onde?" grita Amy, olhando atentamente para dois postes altos lá fora, com uma viga transversal e algumas correntes penduradas. "Uma mina de carvão", comenta titio, com um brilho no olhar. "Lá está um belo bando de cordeiros, todos deitados", comenta Amy. "Veja, papai, não são bonitos?", acrescenta Flo sentimentalmente. "Gansos, senhoritas", responde titio em um tom que nos mantém caladas até Flo se conformar em ler Os flertes do capitão Cavendish e eu ter a paisagem só para mim.

É claro que choveu quando chegamos a Londres, e não se via nada além de neblina e guarda-chuvas. Descansamos, desfizemos as malas e fizemos algumas compras nos intervalos do aguaceiro. Tia Mary comprou algumas coisas novas para mim, pois saí com tanta pressa que não estava, de forma alguma, preparada. Um chapéu branco com uma pena azul, um vestido de musselina combinando e a capa mais linda do mundo. Fazer compras na Regent Street é absolutamente maravilhoso. As coisas parecem tão baratas, fitas lindas a apenas meio xelim o metro. Fiz um estoque completo, mas comprarei minhas luvas em Paris. Isso não lhes parece um tanto elegante e rico?

Flo e eu, por mera diversão, pedimos um cabriolé, enquanto titia e titio estavam ausentes, e fomos dar um passeio de coche, embora tenhamos aprendido, depois, que jovens moças não devem andar sozinhas nesse tipo de veículo. Foi tão engraçado! Pois quando estávamos isoladas pelo anteparo de madeira, o homem começou a dirigir tão rápido que Flo ficou assustada e me disse para mandar que ele parasse, mas ele estava do lado de fora, lá em cima, na parte de trás, e eu não conseguia chegar até ele. Ele não me ouviu chamar nem me viu agitar a sombrinha na parte da frente, então lá estávamos nós, desamparadas, sacolejando e dobrando esquinas em um ritmo frenético. Finalmente, em meio ao desespero, avistei uma portinhola no teto e, ao abri-la, vi surgir um olho vermelho e uma voz embriagada perguntou:

— Que é, madame?

Dei minha ordem no tom mais sério possível e, batendo a portinhola, com um "Tá bem, madame", o homem fez o cavalo andar como se fosse a um funeral. Tornei a abrir a portinhola e disse:

— Um pouquinho mais rápido.

E lá se foi ele na mesma afoiteza de antes, e nós nos resignamos ao nosso destino.

Hoje o tempo estava bom e fomos ao Hyde Park, que fica próximo, pois somos mais aristocráticos do que parecemos. O duque de Devonshire mora nas proximidades. Frequentemente, vejo os lacaios dele no portão dos fundos, e a residência do duque de Wellington não fica muito longe. As coisas que eu vi, meu Deus! Foi como assistir a um espetáculo de Punch e Judy, pois nobres viúvas gorduchas passavam de um lado para outro em suas carruagens vermelhas e amarelas, com seus belíssimos lacaios com meias de seda e casacos de veludo na parte de cima e cocheiros empoados na frente. Criadas elegantes, com as crianças mais rosadas que já vi; moças bonitas, parecendo meio adormecidas; dândis com chapéus ingleses e crianças delicadas correndo ao redor; além de soldados altos, com casacos vermelhos curtos e gorros inclinados para o lado, com um aspecto tão engraçado que eu quis muito desenhá-los.

"Rotten Row" significa "Route de Roi", ou "Caminho do Rei", mas agora é mais uma escola de equitação do que qualquer outra coisa. Os cavalos são esplêndidos e os homens, especialmente os cavalariços, cavalgam bem, mas as mulheres são rígidas e sacolejam, o que foge às nossas normas. Fiquei ansiosa por mostrar a elas um impetuoso galope americano, pois elas trotavam solenemente para cima e para baixo, com seus trajes inadequados e chapéus altos, parecendo-se com mulheres em alguma Arca de Noé de brinquedo. Todos aqui andam a cavalo — homens velhos, damas robustas, crianças pequenas... E os jovens flertam aqui — eu vi um par trocar botões de rosa, pois está na moda usar um na botoeira, e achei a ideia bastante simpática.

À tarde, visita à Abadia de Westminster, mas não esperem que eu a descreva, é impossível, então apenas direi que foi sublime! Esta noite, veremos Fechter, um final bem adequado para o dia mais feliz da minha vida.

É muito tarde, mas não posso enviar minha carta pela manhã sem contar o que aconteceu ontem à noite. Quem vocês imaginam que apareceu enquanto estávamos tomando chá? Os amigos ingleses de Laurie, Fred e Frank Vaughn! Fiquei muito surpresa, pois não os teria reconhecido se não fosse pelos cartões. Os dois estão altos e deixaram crescer o bigode; Fred está bonito em um estilo inglês e Frank está muito melhor, pois só coxeia de leve e não usa muletas. Souberam por Laurie onde estaríamos e vieram nos convidar para ir à casa deles, mas titio não quer ir, então nós retribuiremos a visita e os veremos como pudermos. Eles foram ao teatro conosco e nos divertimos muito, pois Frank dedicou-se a Flo e Fred e eu conversamos sobre divertimentos passados, presentes e futuros como se nos conhecêssemos desde sempre. Digam a Beth que Frank perguntou por ela e lamentou saber que não goza de boa saúde. Fred riu quando falei de Jo e enviou seus "respeitosos cumprimentos ao grande chapéu". Nenhum dos dois esqueceu-se do Acampamento Laurence e de quanto nos divertimos lá. Parece ter sido há tanto tempo, não é mesmo?

Titia está batendo na parede pela terceira vez, então tenho de parar. Eu realmente me sinto como uma desregrada dama londrina, escrevendo cartas a essa hora, com meu quarto cheio de coisas bonitas e, na cabeça, uma mistura de parques, teatros, vestidos novos e seres galantes que dizem "Ah!" e enrolam seus bigodes louros com a verdadeira altivez inglesa. Sinto saudades de todos vocês e, apesar de minhas tolices, continuo sendo a mesma e carinhosa

AMY

PARIS

Caras meninas,

Em minha última carta, falei sobre nossa visita a Londres, como os Vaughn foram gentis conosco e como a companhia deles sempre foi agradável. Mais do que qualquer outra coisa, adorei as idas ao palácio de Hampton Court e ao museu Kensington, pois em Hampton vi os desenhos de Rafael e, no museu, salas repletas de fotos de Turner, Lawrence, Reynolds, Hogarth e outras grandes figuras. O dia no Richmond Park foi encantador, pois fizemos um verdadeiro piquenique inglês, e havia mais carvalhos e bandos de cervos esplêndidos do que eu podia copiar; também ouvi um rouxinol cantar e vi cotovias levantarem voo. "Fizemos" Londres a nosso bel-prazer, graças a Fred e Frank, e lamentamos ter ido embora, pois embora os ingleses demorem a nos aceitar, uma vez que decidem fazê-lo, são de uma hospitalidade insuperável. Os Vaughn esperam nos encontrar em Roma no próximo inverno, e eu ficarei terrivelmente desapontada se eles não forem, pois Grace e eu somos grandes amigas e os rapazes são muito simpáticos, especialmente Fred.

Ora, mal havíamos chegado aqui quando ele apareceu novamente, dizendo que viera passar as férias e estava indo para a Suíça. Titia pareceu muito séria no início, mas ele estava tão calmo que ela não conseguiu dizer uma única palavra. E agora tudo está correndo bem e estamos muito felizes por ele ter vindo, pois fala francês como um local, e eu não sei o que faríamos sem ele. Titio não sabe nem dez palavras no idioma e insiste em falar inglês muito alto, como se isso fosse fazer com que as pessoas o entendessem. A pronúncia de titia é antiquada, e Flo e eu, embora nos gabássemos de saber bem o idioma, descobrimos não saber e somos muito gratas por ter Fred "parlando" por nós, como diz titio.

Que dias deliciosos estamos vivendo! Passeios turísticos de manhã à noite, com pausas para almoços nos alegres cafés e toda natureza de aventuras engraçadas. Os dias chuvosos eu passo no Louvre, deleitando-me com os quadros. Jo torceria seu nariz teimoso para alguns dos melhores, porque ela não tem amor algum pela arte, mas eu tenho e estou treinando os olhos e o gosto o mais rápido que posso. Ela iria gostar mais das relíquias de grandes personalidades, pois já vi o chapéu e o casaco cinza de Napoleão, que são iguais aos que ela usa, além de seu berço de bebê e de sua antiga escova de dentes, bem como o sapatinho de Maria Antonieta, o anel de são Dionísio, a espada de Carlos Magno e muitas outras coisas interessantes. Falarei durante horas sobre isso tudo quando voltar, mas agora não tenho tempo para escrever.

O Palais Royale é um lugar divino, tão cheio de adornos e coisas lindas que quase enlouqueço por não poder comprá-las. Fred queria comprar algumas coisas para mim, mas é claro que eu não permiti. O Bois e a Champs Élysées são três magnifique. *Já vi a família real várias vezes; o imperador é um homem feio e de aparência severa, a imperatriz é pálida e bonita, mas vestida com mau gosto, eu achei — vestido roxo, chapéu verde e luvas amarelas. O pequeno Nap é um garoto bonito, que fica sentado conversando com seu tutor e joga beijos para o povo com a mão ao passar em sua caleche de quatro cavalos, com sotas de cetim vermelho e uma guarda montada adiante e atrás.*

Fazemos caminhadas nos Jardins das Tulherias com frequência, pois são lindos, embora os antigos Jardins de Luxemburgo me apeteçam mais. O Cemitério do Père-Lachaise é um lugar curioso, pois muitos dos túmulos são como pequenas salas e, ao olhar para dentro, vê-se uma mesa, com imagens ou quadros dos mortos, e cadeiras para as carpideiras sentarem quando forem se lamentar. Isso é tão afrancesado.

Nossos quartos ficam para o lado da rue de Rivoli e, quando nos sentamos na varanda, avistamos a comprida e animada rua. É tão agradável que passamos nossas noites lá, conversando, quando estamos cansados demais das atividades do dia para sair. Fred é muito divertido e é o rapaz mais agradável que já conheci — exceto por Laurie, cujos modos são mais encantadores. Eu gostaria que Fred fosse moreno, pois não gosto de homens claros; por outro lado, os Vaughn são muito ricos e vêm de uma família excelente, então não encontrarei falhas no cabelo louro deles, pois o meu é mais claro ainda.

Na próxima semana, iremos à Alemanha e à Suíça e, como a viagem será rápida, só poderei mandar-lhes cartas apressadas. Estou escrevendo em meu diário e tento "lembrar corretamente e descrever com clareza tudo o que vejo e admiro", como aconselhou papai. É uma boa prática para mim e, juntamente com meu caderno de desenhos, dará a vocês uma ideia melhor da minha viagem do que estes rabiscos.

Adieu, *com um abraço terno.*
Votre Amie

HEIDELBERG

Querida mamãe,

Tenho uma hora de tranquilidade antes de partirmos para Berna, então tentarei contar-lhe o que aconteceu, pois uma parte é muito importante, como a senhora verá.

A viagem de barco pelo Reno foi perfeita, e eu aproveitei o máximo possível. Pegue os antigos guias do papai e leia a respeito. Não tenho palavras suficientemente bonitas para descrever. Nós nos divertimos muito em Coblença, pois alguns estudantes de Bonn com os quais Fred fez amizade no barco fizeram uma serenata para nós. Era uma noite de luar e, por volta da uma hora, Flo e eu fomos despertadas por uma música maravilhosa debaixo de nossas janelas. Corremos até lá e nos escondemos atrás das cortinas, mas pelas frestas pudemos ver Fred e os estudantes cantando lá embaixo. Foi a coisa mais romântica que já vi — o rio, a ponte, a grande fortaleza em frente, o luar por toda parte e uma música que derreteria até mesmo um coração de pedra.

Quando terminaram, jogamos algumas flores para eles e os vimos brigar por elas, beijar as mãos de damas invisíveis e ir embora aos risos — para fumar e tomar cerveja, suponho eu. Na manhã seguinte, Fred mostrou-me uma das flores amassadas no bolso de seu colete e parecia muito sentimental. Eu ri dele e disse que não tinha sido eu a jogá-la, mas Flo — o que pareceu desagradá-lo, pois ele a arremessou pela janela e recobrou a sobriedade. Receio que terei problemas com esse rapaz, está começando a parecer que sim.

As idas às águas termais em Nassau foram muito animadas, assim como em Baden-Baden, onde Fred perdeu algum dinheiro e eu o repreendi. Ele precisa de alguém que tome conta dele quando Frank não está por perto. Kate disse, certa vez, que esperava que ele se casasse logo — e eu concordo plenamente com ela, seria mesmo bom para ele. Frankfurt foi encantadora. Vi a casa de Goethe, a estátua de Schiller e a famosa Ariadne de Dannecker. Foi muito agradável, porém eu teria aproveitado mais se conhecesse melhor a história. Não quis perguntar, visto que todos já sabiam ou fingiam saber. Gostaria que Jo me contasse tudo sobre ela. Eu deveria ter lido mais, pois descobri que não sei nada, e isso me deixa mortificada.

Agora vem a parte séria, pois aconteceu aqui, e Fred acabou de sair. Ele tem sido tão gentil e alegre que todos nós gostamos muito dele. Eu nunca pensei em nada além de uma amizade itinerante até a noite da serenata. Desde então, comecei a sentir que os passeios ao luar, as conversas na varanda e as aventuras diárias eram algo mais para ele do que diversão. Eu não flertei, mamãe, estou sendo sincera. Lembrei-me do que a senhora me disse e fiz o melhor que pude. Não posso evitar que as pessoas gostem de mim. Não tento fazer com que gostem e me preocupa ser indiferente, embora Jo diga que não tenho coração. Agora sei que mamãe meneará a cabeça e as meninas dirão "Aquela mercenariazinha!", mas já me decidi: se Fred pedir minha mão, eu o aceitarei, embora não esteja loucamente apaixonada. Eu gosto dele, e nos damos bem. Ele é bonito, jovem, inteligente e muito rico — muito mais rico que os Laurence. Não acho que a família dele se oporia, e eu provavelmente seria muito feliz, pois são todas pessoas amáveis, bem-educadas, generosas e gostam de mim. Suponho que Fred, sendo o gêmeo mais velho, herdará a propriedade — e como é esplêndida! Uma casa urbana em uma rua sofisticada, não tão chamativa quanto as nossas mansões, porém duas vezes mais confortável e com um luxo sólido, como os ingleses preferem. Eu gosto dela, pois é genuína. Já vi a prataria, as joias da família, os velhos criados e imagens da casa de campo, com seu parque, uma grande casa, um belo terreno e excelentes cavalos. Ah, é tudo que eu poderia pedir! E eu preferiria isso a quaisquer títulos que tanto impressionam as garotas, que depois acabam por não encontrar nada por detrás. Posso ser mercenária, mas detesto a pobreza e não pretendo suportá-la nem um minuto a mais do que o necessário. Uma de nós precisa casar-se bem. Meg não o fez, Jo jamais casará, Beth ainda não pode, então eu me casarei e tornarei tudo confortável para todas. Eu não me casaria com um homem que eu odiasse ou desprezasse. Podem ter certeza disso, e, embora Fred não seja meu modelo de herói, ele se porta muito bem e, com o tempo, eu deverei gostar o suficiente dele — se ele gostar muito de mim e me deixar fazer exatamente o que eu quiser. Por isso, na última semana, estive refletindo sobre o assunto, pois foi impossível não perceber que Fred gosta de mim. Ele não disse nada, mas é visível nas pequenas coisas. Ele nunca acompanha Flo, sempre fica do meu lado na carruagem, mesa ou calçada, parece sentimental quando estamos sozinhos e franze o cenho para qualquer outra pessoa que se aventure a falar comigo. Ontem, no jantar, quando um oficial austríaco olhou para nós e depois disse algo a seu amigo — um barão de aspecto devasso — sobre "ein wunderschönes Blondchen", Fred parecia furioso como um leão e cortou a carne de forma tão selvagem que ela quase voou do prato. Ele não é um desses ingleses frios e rígidos — em vez disso, é bastante temperamental, pois tem sangue escocês, como se pode adivinhar por seus belos olhos azuis.

Bem, na noite passada fomos até o castelo no horário do pôr do sol. Fomos todos, menos Fred, que iria nos encontrar lá depois de ir à estação de correios pegar umas cartas. Passamos uns momentos agradáveis explorando as ruínas, os subterrâneos onde fica o tonel gigante e os belos jardins feitos pelo príncipe, há tanto tempo, para sua esposa inglesa. Gostei especialmente do grande terraço, pois a vista é divina; então, enquanto os demais foram ver os cômodos internos, sentei-me ali para tentar esboçar a cabeça de leão em pedra cinzenta da muralha, com ramos de madressilva escarlate dependurados ao redor. Eu me sentia como se tivesse entrado em um romance, sentada ali, observando o rio Neckar correr pelo vale, ouvindo a música entoada pela banda austríaca lá embaixo e esperando por meu amado, como uma verdadeira mocinha de livro de histórias. Eu tinha a sensação de que algo iria acontecer e estava pronta. Não me sentia enrubescida nem trêmula, mas bastante calma e levemente entusiasmada.

Pouco depois, ouvi a voz de Fred, e então ele atravessou correndo o grande arco para vir ao meu encontro. Ele parecia tão perturbado que me esqueci de mim mesma e perguntei qual era o problema. Ele disse que tinha acabado de receber uma carta suplicando-lhe que voltasse para casa, pois Frank estava muito doente. Então, ele partiria imediatamente, no trem noturno, e só tinha tempo para se despedir. Tive muita pena dele e fiquei decepcionada por mim mesma, mas só por um instante, pois ele disse, enquanto apertava minhas mãos e de uma maneira que não admitia equívocos: "Voltarei em breve. Você não me esquecerá, não é, Amy?"

Não prometi nada, apenas olhei para ele, e ele pareceu satisfeito. Não houve tempo para nada além de recados e despedidas, pois ele deveria partir dali a uma hora, e todos nós sentimos muita falta dele.

Eu sei que ele queria falar, mas certa vez insinuou que prometera ao pai esperar algum tempo, pois ele é um garoto precipitado, e o velho cavalheiro teme ter uma nora estrangeira. Logo nos encontraremos em Roma, e então, se eu não mudar de ideia, direi "Sim, obrigada", quando ele perguntar "Você aceita, por favor?".

Claro que tudo isso é totalmente sigiloso, mas eu gostaria que a senhora soubesse o que está acontecendo. Não fique ansiosa por mim, lembre-se de que sou "Amy, a prudente", e tenha certeza de que não farei nada precipitadamente. Mande-me tantos conselhos quanto quiser. Eu os aplicarei, se puder. Gostaria de poder vê-la para ter uma boa conversa, mamãe. Ame-me e confie em mim.

Sua AMY de sempre.

32
TERNAS PREOCUPAÇÕES

— Jo, estou preocupada com Beth.
— Ora, mãe, ela parece incomumente bem desde que os bebês nasceram.
— Não é a saúde dela que me preocupa, mas o estado de espírito. Tenho certeza de que algo a aflige e quero que você descubra do que se trata.
— O que a leva a pensar assim, mãe?
— Ela passa muito tempo sentada sozinha e não conversa com o pai tanto quanto costumava conversar. Um dia desses, eu a encontrei chorando com os bebês nos braços. Quando canta, as canções são sempre tristes, e volta e meia percebo uma expressão em seu rosto que não compreendo. Beth não é assim, e estou preocupada.
— A senhora já perguntou a ela?
— Eu tentei uma ou duas vezes, mas ela fugiu às minhas perguntas ou parecia tão angustiada que desisti. Nunca forcei minhas filhas a me fazerem confidências e raramente tenho que esperar muito tempo por elas.

A sra. March observou Jo enquanto falava, mas o rosto da moça parecia bem inconsciente de qualquer inquietação secreta, além da causada por Beth, e, depois de costurar pensativamente por um minuto, Jo disse:

— Acho que ela está crescendo e, desse modo, começando a ter sonhos, esperanças, medos e nervosismos, sem saber por que e sem ser capaz de explicá-los. Ora, mãe, Beth tem dezoito anos, mas nem sequer percebemos e a tratamos como uma criança, esquecendo que já é uma mulher.

— Tem razão, ela é. Minha nossa, vocês crescem tão rápido — respondeu a mãe com um suspiro e um sorriso.

— Não há como evitar, mamãe, então a senhora precisa resignar-se a todo tipo de preocupação e deixar seus pássaros voarem do ninho, um por um. Prometo nunca voar para muito longe, se isso lhe serve de conforto.

— É um grande conforto, Jo. Sempre me sinto forte quando você está em casa, agora que Meg se foi. Beth é muito frágil e Amy, muito jovem, não posso depender delas, mas quando o aperto chega, você está sempre preparada.

— Ora, a senhora sabe que não me importo com o trabalho duro, e toda família precisa de um pé de boi. Amy é esplêndida nos trabalhos artísticos e eu, não, mas sinto-me em casa quando os tapetes precisam ser limpos ou metade da família adoece de uma só vez. Amy está se destacando no exterior, mas, se algo sair errado em casa, estou aqui para o que for.

— Deixo Beth em suas mãos, então, pois ela abrirá o coraçãozinho terno para sua querida Jo mais rápido do que para qualquer outra pessoa. Seja muito gentil e não a deixe pensar que qualquer um a vigia ou conversa sobre ela. Meu único desejo do mundo é vê-la forte e alegre novamente.

— Que mulher afortunada! Eu tenho um monte de desejos.

— Minha querida, quais são?

— Resolverei os problemas de Beth e depois lhe contarei os meus. Não são muito sérios, então podem esperar.

E Jo continuou cosendo, com um sábio aceno de cabeça, o que deixou o coração de sua mãe tranquilo com relação a ela, ao menos momentaneamente.

Embora aparentemente absorta nos próprios assuntos, Jo observou Beth e, depois de muitas suposições conflitantes, enfim se definiu por uma que parecia explicar a mudança nela. Um pequeno incidente levou Jo à chave para solucionar o mistério, pensava ela, e sua capacidade imaginativa e o coração amoroso fizeram o resto. Ela fingia estar ocupada escrevendo, em uma tarde de sábado, quando ela e Beth estavam sozinhas juntas. No entanto, enquanto rabiscava, ela ficava de olho na irmã, que parecia incomumente quieta. Sentada à janela, Beth muitas vezes largava o trabalho no colo e apoiava a cabeça na mão, em uma atitude de desânimo, enquanto seus olhos repousavam sobre a paisagem monótona e outonal. De repente, alguém passou lá embaixo, assobiando como um melro lírico, e uma voz gritou:

— Tudo tranquilo! Apareço esta noite.

Beth sobressaltou-se, inclinou-se para a frente, sorriu e acenou com a cabeça, observou o transeunte até o som dos passos dele se extinguir e então disse suavemente, como que para si mesma:

— Como nosso querido garoto parece forte, saudável e feliz.

— Hum! — resmungou Jo, ainda atenta ao rosto da irmã, pois o rubor desbotou tão rapidamente quanto chegou, o sorriso desapareceu e uma lágrima reluzia no parapeito da janela. Beth a secou, e em seu rosto levemente virado lia-se uma tristeza terna que fez os olhos de Jo também se encherem d'água. Receando entregar-se, ela escapuliu, murmurando algo sobre precisar de mais papel.

— Por Deus, Beth ama Laurie! — exclamou ela, sentada no quarto, pálida com o choque da descoberta que acreditava ter acabado de fazer. — Jamais sonhei com tal coisa. Que dirá mamãe?

Fico imaginando se ele... — E então Jo parou e enrubesceu com um pensamento repentino. — Se ele não retribuísse esse amor, como seria terrível! Ele precisa retribuir. Eu o obrigarei. — E ela sacudiu a cabeça ameaçadoramente para o quadro do menino com ar travesso, rindo dela da parede. — Oh, céus, estamos crescendo rápido demais. Lá está Meg, casada e com filhos, Amy fazendo sucesso em Paris e Beth, apaixonada. Sou a única que tem bom senso suficiente para não se meter em trapalhadas. — Jo ficou pensando concentrada por um minuto, com os olhos fixos na imagem, depois suavizou a testa enrugada e disse, com um aceno decidido para o rosto na parede: — Não, obrigada, senhor. Você é muito charmoso, mas tem a estabilidade de um cata-vento. Portanto, não precisa escrever bilhetes comoventes e sorrir dessa maneira insinuante, pois de nada vai adiantar, e eu não tolerarei isso.

Então, ela suspirou e perdeu-se em um devaneio do qual só acordou quando o início do crepúsculo fez com que descesse para fazer novas observações, que só confirmaram sua suspeita. Embora Laurie flertasse com Amy e brincasse com Jo, seu jeito com Beth sempre fora especialmente gentil e delicado, mas, como todos agiam assim, ninguém chegou a imaginar que ele gostava mais dela do que das outras. Na verdade, prevalecia uma impressão geral na família, nos últimos tempos, de que "nosso garoto" estava ficando mais afeiçoado do que nunca a Jo, que, no entanto, recusava-se a ouvir falar no assunto e repreendia violentamente se alguém ousasse sugeri-lo. Se eles soubessem dos vários momentos de ternura que haviam sido cortados na raiz, teriam tido a imensa satisfação de dizer: "Eu avisei." Mas Jo odiava "namoricos" e não aceitava nada do gênero, tendo sempre uma piada ou um sorriso pronto ao menor sinal de perigo iminente.

Quando Laurie foi para a faculdade, ele se apaixonava cerca de uma vez por mês, mas essas pequenas chamas eram tão breves quanto ardentes, não causavam danos e divertiam muito Jo, que se interessava bastante pelas alternâncias de esperança, desespero e resignação do rapaz, que lhe eram confidenciadas em suas conferências semanais. Mas chegou um momento em que Laurie parou com sua adoração em diversos santuários, insinuou de forma sombria uma única paixão que absorvia tudo e entregava-se ocasionalmente a ataques byronianos de tristeza. Depois, passou a evitar por completo o delicado assunto, escrevia bilhetes filosóficos para Jo, tornou-se estudioso e deu a entender que iria "a fundo", com a intenção de graduar-se de forma gloriosa. Isso agradava mais à jovem do que confidências sob o crepúsculo, ternos apertos de mão e olhares eloquentes, pois em Jo o cérebro desenvolvera-se antes do coração, e ela preferia os heróis imaginários aos verdadeiros, pois, quando se cansava deles, os primeiros podiam ser fechados na lata de cozinha até serem novamente chamados, mas os segundos eram menos manejáveis.

As coisas estavam nesse estado quando a grande descoberta foi feita, e Jo observou Laurie naquela noite como nunca fizera antes. Se não tivesse colocado aquela ideia na cabeça, não teria visto nada de anormal no fato de Beth estar muito quieta e Laurie, muito gentil com ela. Mas, tendo dado rédea solta à sua vívida imaginação, ela se deixou levar para bem longe, e seu bom senso, bastante enfraquecido pelo longo período de escrita romântica, não a socorreu. Como sempre, Beth deitou-se no sofá e Laurie sentou-se em uma cadeira baixa por perto, divertindo-a com todo tipo de fofoca, pois ela não dispensava seu "giro" semanal, e ele nunca a decepcionava. Naquela noite, contudo, Jo achou que os olhos de Beth repousavam no rosto alegre e moreno a seu lado com um prazer peculiar e que ela ouvia com imenso interesse um relato de uma partida de emocionante críquete, embora as frases "o defensor pegou a rebatida", "estava fora da base" e "marcou três com uma tacada" fossem tão incompreensíveis para ela quanto sânscrito. Ela também pensou, por já estar predisposta a enxergá-lo, ter visto um certo aumento de gentileza nos modos de Laurie, que ele abaixava a voz de vez em quando, ria menos do que de costume, estava um pouco distraído e ajeitava a colcha sobre os pés de Beth com uma assiduidade que era realmente quase terna.

"Quem sabe? Coisas mais estranhas já aconteceram", pensou Jo, enquanto perambulava pela sala. "Ela o transformará em um anjo e ele tornará a vida deliciosamente fácil e agradável para minha querida irmã, se eles se amarem. Não vejo como ele poderia evitar e acredito que ele de fato a amará, se o restante de nós sair do caminho."

Como todos estavam fora do caminho, menos ela própria, Jo começou a sentir que deveria livrar-se de si mesma o mais rápido possível. Mas aonde ela deveria ir? E, ansiosa para se imolar no altar da devoção fraterna, sentou-se para resolver a questão.

Ora, o velho sofá era um verdadeiro patriarca dos sofás — comprido, largo, bem estofado e baixo; um pouco surrado, também, pois as meninas dormiram e se esparramaram nele quando eram pequenas; pularam por cima do encosto, cavalgaram nos braços e guardaram brinquedos debaixo dele quando crianças; e, já moças, nele descansavam a cabeça cansada, sonhavam muito e tinham deliciosas conversas. Todas elas o adoravam, pois era um refúgio familiar, e um dos cantos sempre fora o lugar favorito de Jo. Entre as muitas almofadas que adornavam o venerável sofá, havia uma dura, redonda, coberta de crina e decorada com um botão em cada extremidade. Essa almofada repulsiva era sua propriedade especial, sendo usada como arma de defesa, barricada, ou um ótimo preventivo contra o excesso de cochilos.

Laurie conhecia bem aquela almofada e tinha motivos para olhá-la com profunda aversão, tendo sido agredido de forma impiedosa com ela no passado, quando eram permitidas as travessuras, e agora frequentemente era impedido, por ela, de sentar-se ao lado de Jo no canto do sofá. Se "a salsicha", como a chamavam, estivesse em pé, era um sinal de que ele poderia aproximar-se e descansar, mas se estivesse deitada no sofá, pobre do homem, mulher ou criança que ousasse perturbá-la! Naquela noite, Jo esqueceu de barricar seu canto e não fazia nem cinco minutos que ocupava seu lugar quando de uma forma maciça apareceu a seu lado e, estirando os dois braços no encosto do sofá e estendendo ambas as pernas compridas diante do corpo, Laurie exclamou, com um suspiro de satisfação:

— Ora, isto aqui está supimpa!

— Sem gírias — ralhou Jo, abaixando a almofada.

Mas era tarde demais, não havia espaço e, deslizando para o chão, a dita-cuja desapareceu de uma maneira muito misteriosa.

— Ora, Jo, não seja agressiva. Depois de estudar até torrar os miolos durante toda a semana, o sujeito merece ser mimado e deve consegui-lo.

— Beth o mimará. Estou ocupada.

— Não, não devo perturbá-la. Mas você gosta desse tipo de coisa, a menos que tenha perdido o gosto repentinamente. Será que perdeu? Odeia seu garoto e quer jogar almofadas nele?

Raramente se ouviu algo mais lisonjeiro do que aquele apelo comovente, mas Jo respondeu "seu garoto" com uma pergunta severa:

— Quantos buquês você enviou à srta. Randal esta semana?

— Nenhum, dou minha palavra. Ela está noiva. É o fim.

— Fico feliz com isso, essa é uma de suas extravagâncias tolas, enviar flores e presentes para garotas com as quais não se importa nem um tiquinho — continuou Jo em tom de reprovação.

— Garotas sensatas com as quais me importo muitíssimo não me deixam enviar-lhes "flores e presentes", então, que posso fazer? Meus sentimentos precisam de um "escape".

— Mamãe não aprova o flerte, nem de brincadeira, e você flerta um bocado, Teddy.

— Eu daria tudo para poder responder: "Você também." Como não posso, direi apenas que não vejo nenhum mal nesses joguinhos agradáveis, se todas as partes entenderem que não passa de uma brincadeira.

— Bem, parecem agradáveis, mas não consigo aprender como se faz. Já tentei, pois, quando temos companhia, sentimo-nos constrangidos por não agir como todos os outros, mas parece que não engreno — respondeu Jo, esquecendo de bancar a mentora.

— Tenha lições com Amy, ela tem bastante talento para isso.

— Sim, ela o faz muito bem e parece nunca ir longe demais. Suponho que seja natural que algumas pessoas agradem sem precisar se esforçar, ao passo que outras sempre dizem e fazem a coisa errada no lugar errado.

— Fico feliz por você não conseguir flertar. É realmente reconfortante ver uma garota sensata e direta, que consegue ser alegre e gentil sem fazer papel de tola. Cá entre nós, Jo, algumas das garotas que conheço realmente avançam em um ritmo tão acelerado que me envergonho delas. Tenho certeza de que não têm nenhuma má intenção, mas se soubessem o que nós, homens, falamos sobre elas depois, acho que agiriam de outra forma.

— Elas fazem o mesmo e, como a língua delas é mais afiada, vocês acabam levando a pior, pois são tão tolos quanto elas, sem tirar nem pôr. Se o comportamento de vocês fosse correto, elas se emendariam, mas sabendo que gostam das tolices que cometem, elas continuam agindo assim, e então vocês jogam a culpa nelas.

— A senhora entende muito do assunto — disse Laurie em um tom superior. — Nós não gostamos de brincadeiras e flertes, embora, às vezes, possamos agir como se gostássemos. Entre os cavalheiros, nunca se fala das meninas bonitas e modestas, a não ser respeitosamente. Deus abençoe a sua inocência! Se você pudesse assumir o meu lugar por um mês, veria coisas que a espantariam um pouco. Juro que, quando vejo uma dessas garotas levianas, sempre tenho vontade de dizer, como sempre fala nosso amigo Cock Robin:

Vá-se daqui, tenha vergonha,
Sua amoral cara de pau!

Era impossível deixar de rir diante do conflito engraçado entre a relutância cavalheiresca de Laurie em falar mal das mulheres e seu desgosto muito natural pela loucura nada feminina da qual ele encontrava muitos exemplos na sociedade sofisticada. Jo sabia que o "jovem Laurence" era considerado um dos melhores partidos disponíveis pelas mães mundanas, e suas filhas sorriam muito para ele e mulheres de todas as idades o lisonjeavam de tal forma que o transformavam em um dândi; então, ela o observava com certo ciúme, temendo que o excesso de mimo o estragasse, e regozijou-se mais do que admitiria ao descobrir que ele ainda acreditava nas moças recatadas. Retomando de repente o tom de admoestação, ela disse, abaixando a voz:

— Se você precisa ter um "escape", Teddy, dedique-se a uma das "garotas bonitas e modestas" que você respeita e não perca seu tempo com as bobas.

— Você realmente me aconselha a fazer isso?

E Laurie a olhou com uma mistura estranha de ansiedade e alegria no rosto.

— Sim, aconselho, mas é melhor esperar terminar a faculdade, antes de mais nada, e também preparar-se, enquanto isso, para ocupar esse posto. Você está longe de ser bom o suficiente para... Bem, quem quer que seja a menina modesta.

E Jo também parecia um pouco estranha, pois um nome quase lhe escapara.

— Não sou mesmo! — concordou Laurie, com uma expressão de humildade inteiramente nova para ele, enquanto baixava os olhos e, de maneira distraída, torcia a borla do avental de Jo no dedo.

"Misericórdia, isso não dará certo nunca", pensou Jo, acrescentando em voz alta:

— Vá, cante para mim. Estou louca para ouvir um pouco de música e sempre gosto quando você canta.

— Prefiro ficar aqui, obrigado.

— Bem, você não pode, não há espaço suficiente. Vá e faça-se útil, já que você é grande demais para ser decorativo. Pensei que você detestasse ficar amarrado às fitas do avental de uma mulher — retorquiu Jo, citando algumas palavras rebeldes que ele próprio havia proferido.

— Ah, depende de quem usa o avental! — E Laurie deu uma puxada audaciosa na borla.

— Você vai? — ordenou Jo, abaixando-se para pegar a almofada.

Ele escapuliu imediatamente e, assim que estava tudo bem e o rapaz tinha se posto a cantar, ela desapareceu e não voltou mais, até o jovem cavalheiro ir para casa, bastante ressentido.

Jo ficou acordada durante muito tempo naquela noite e estava quase pegando no sono quando um soluço abafado a fez voar até a beirada da cama de Beth e perguntar, ansiosa:

— O que foi, querida?

— Pensei que você estivesse dormindo — disse Beth, soluçando.

— É a dor antiga, meu bem?

— Não, é uma nova, mas posso suportar.

E Beth tentou conter as lágrimas.

— Conte-me tudo sobre ela e deixe-me curá-la, como muitas vezes fiz com a outra.

— Você não pode, não há cura.

Então, a voz de Beth sumiu e, agarrada à irmã, ela chorou tão desesperadamente que Jo ficou assustada.

— Onde é? Devo chamar mamãe?

— Não, não, não a chame, não conte a ela. Eu estarei melhor em breve. Deite-se aqui e me faça um cafuné. Ficarei quietinha e voltarei a dormir, com toda a certeza.

Jo obedeceu, mas, enquanto sua mão passava suavemente pela testa quente de Beth e pelas pálpebras molhadas, seu coração estava demasiado cheio e ela ansiava por falar. Contudo, embora fosse jovem, Jo aprendera que os corações, assim como as flores, não podem ser tratados de forma rude, mas devem abrir-se naturalmente; então, embora acreditasse saber a causa da nova dor de Beth, ela apenas perguntou, em seu tom mais terno:

— Algo a incomoda, querida?

— Sim, Jo — respondeu ela depois de uma longa pausa.

— Você não se sentiria melhor se me contasse o que é?

— Agora não, ainda não.

— Então não perguntarei, mas lembre-se, Beth, de que mamãe e eu estamos sempre dispostas a ouvi-la e ajudá-la.

— Eu sei disso. Eu lhe contarei em breve.

— A dor está melhor agora?

— Ah, sim, muito melhor. Você é tão reconfortante, Jo!

— Durma, minha querida. Eu ficarei com você.

Com os rostos colados, elas adormeceram e, no dia seguinte, Beth parecia bem novamente, pois, aos dezoito anos, nem a cabeça, nem o coração doem muito, e algumas palavras amorosas podem remediar a maioria dos males.

Mas Jo havia tomado uma decisão e, depois de refletir por alguns dias sobre o projeto, ela o confiou à mãe.

— A senhora me perguntou, no outro dia, quais eram os meus desejos. Vou lhe contar um deles, mamãe — disse ela, quando estavam sentadas juntas. — Quero ir para algum lugar neste inverno, para mudar um pouco de ares.

— Por quê, Jo?

E a mãe olhou imediatamente para ela, como se as palavras sugerissem um duplo significado.

Com os olhos fixos em seu trabalho, Jo respondeu com seriedade:

— Quero algo novo. Sinto-me inquieta e ansiosa para ver, fazer e aprender mais do que agora. Eu me preocupo demais com minhas pequenas questões e preciso de uma sacudida. Então, se puderem passar este inverno sem mim, eu gostaria de voar um pouco mais longe e testar minhas asas.

— Para onde você voaria?

— Para Nova York. Tive uma ideia brilhante ontem, vou contá-la. A sra. Kirke lhe escreveu pedindo que recomendasse uma jovem respeitável para ensinar seus filhos e costurar, não é mesmo? É bastante difícil encontrar exatamente o que ela procura, mas acho que eu serviria, se tentasse.

— Minha querida, ir embora para prestar serviços naquela grande pensão!

E a sra. March parecia surpresa, embora não descontente.

— Não é exatamente prestar serviços, pois a sra. Kirke é sua amiga, a pessoa mais bondosa do mundo, e sei que tornaria as coisas agradáveis para mim. A família dela fica separada do restante dos hóspedes, e ninguém me conhece lá. De todo modo, não me importa que conheçam. É um trabalho honesto, e não me envergonho disso.

— Nem eu. Mas e seus contos?

— A mudança será boa nesse sentido. Verei e ouvirei coisas novas, terei novas ideias, e mesmo que não tenha muito tempo lá, trarei para casa muito material para o lixo que escrevo.

— Não tenho dúvidas disso, mas essas são suas únicas razões para essa fantasia repentina?

— Não, mãe.

— Posso saber as outras?

Jo olhou para ela e desviou o olhar; depois disse, lentamente, com um rubor súbito nas bochechas.

— Pode ser vaidade minha, ou pode ser que eu esteja enganada, mas temo que Laurie esteja ficando afeiçoado demais a mim.

— Então você não gosta dele da maneira como ele evidentemente começou a gostar de você?

E a sra. March parecia ansiosa ao fazer aquela pergunta.

— Deus do céu, não! Eu adoro aquele garoto querido, como sempre adorei, e tenho um orgulho imenso dele, mas qualquer coisa além disso está fora de questão.

— Fico feliz com isso, Jo.

— Por quê, posso saber?

— Porque, querida, não acho que vocês sejam adequados um para o outro. Como amigos, vivem muito felizes, e suas brigas frequentes terminam rápido, mas temo que ambos se rebelariam se fossem casados por toda a vida. Vocês são muito parecidos e gostam demais da liberdade, sem contar os temperamentos esquentados e as vontades ferrenhas, para serem felizes juntos em uma relação que requer paciência e tolerância infinitas, bem como amor.

— É exatamente essa a sensação que tenho, embora não conseguisse expressá-la. Fico feliz que a senhora pense que ele está apenas começando a gostar de mim. Seria um incômodo, para mim, fazê-lo infeliz, pois eu não poderia me apaixonar pelo querido rapaz só por gratidão, não é verdade?

— Você tem certeza desse sentimento dele por você?

O rubor aumentou nas faces de Jo enquanto ela respondia, com aquele olhar que mistura prazer, orgulho e dor que as moças estampam quando falam de seus primeiros namorados:

— Receio que sim, mãe. Ele não disse nada, mas olha muito. Acho melhor eu ir embora antes que isso acarrete alguma coisa.

— Concordo com você e, se for possível, você irá.

Jo parecia aliviada e, após uma pausa, disse, sorrindo:

— Como a sra. Moffat se espantaria com a sua decisão, se soubesse, e como ficará contente por Annie ainda poder ter esperança!

— Ah, Jo, as mães podem diferir em suas decisões, mas a esperança de todas é a mesma: o desejo de ver seus filhos felizes. Meg é assim, e eu estou contente com seu sucesso. Você, eu deixo desfrutar a liberdade até que se canse dela, pois só assim descobrirá que existe algo mais doce. Amy é minha principal preocupação no momento, mas seu bom senso a ajudará. Para Beth, não tenho esperanças além de que ela possa ficar bem. A propósito, ela parece mais alegre neste último dia ou dois. Você já falou com ela?

— Sim, ela admitiu que tem um problema e prometeu me contar em breve. Eu não disse mais nada, porque acho que sei o que é.

E Jo contou sua historinha.

A sra. March meneou a cabeça e não encarou o caso de forma tão romântica — pelo contrário: pareceu serena e repetiu sua opinião de que, para o bem de Laurie, Jo deveria ir embora por um tempo.

— Não contemos nada a ele até que o plano esteja resolvido, então eu partirei antes que ele possa recuperar a presença de espírito e mostrar-se trágico. Beth deve pensar que vou me divertir, como, de fato, vou, pois não posso falar de Laurie com ela. Ela poderá, contudo, mimá-lo e confortá-lo depois que eu tiver partido e, assim, curá-lo dessa ideia romântica. Ele já passou por inúmeras pequenas aflições desse tipo, está acostumado e logo superará essa paixonite.

O tom de Jo era esperançoso, mas ela não conseguiu se livrar do temeroso pressentimento de que aquela "pequena aflição" era mais dura do que as outras e que Laurie não conseguiria superar sua "paixonite" tão facilmente quanto tinha conseguido até aquele momento.

O plano foi discutido em um conselho de família e aprovado, pois a sra. Kirke aceitou Jo de bom grado e prometeu proporcionar um lar agradável a ela. O ensino a tornaria independente, e ela poderia aproveitar o tempo que tivesse de lazer para escrever, ao passo que os novos cenários e as novas amizades seriam tanto úteis quanto agradáveis. Jo gostou da perspectiva e estava ansiosa para partir, pois a casa estava ficando pequena demais para sua natureza inquieta e seu espírito aventureiro. Quando tudo estava resolvido, cheia de medo e tremor, ela contou a Laurie, mas, para sua surpresa, ele recebeu a notícia com muita tranquilidade. Andava mais sério do que de costume nos últimos tempos, mas muito aprazível, e quando acusado, em tom brincalhão, de ter virado uma nova página no livro de sua vida, ele respondeu em um tom grave:

— Virei mesmo, e pretendo mantê-la virada.

Jo ficou muito aliviada por ele estar vivenciando um acesso de virtude naquele momento e fez seus preparativos com o coração leve, pois Beth parecia mais alegre, e esperava estar fazendo o melhor para todos.

— Uma coisa eu deixo aos seus cuidados especiais — disse ela, na noite anterior à sua partida.

— Está falando de seus papéis? — perguntou Beth.

— Não, do meu garoto. Seja muito boa para ele, está bem?

— Claro que serei, mas não posso ocupar o seu lugar, e ele sentirá sua falta imensamente.

— Ele não sofrerá mal algum, então lembre-se: eu o deixo a seu encargo, para repreendê-lo, acalentá-lo e mantê-lo na linha.

— Farei o meu melhor, por você — prometeu Beth, perguntando-se por que Jo a olhava de forma tão esquisita.

Ao se despedir, Laurie sussurrou de forma intensa:

— Não vai adiantar nada, Jo. Estou atento, então veja lá o que vai fazer. Senão irei até lá e a trarei de volta para casa.

33
O DIÁRIO DE JO

NOVA YORK, NOVEMBRO

Queridas mamãe e Beth,

Escreverei um bocado, pois tenho muitas coisas para contar, embora não seja uma bela e jovem dama viajando pela Europa. Quando perdi de vista o velho e querido rosto de papai, senti-me um pouco triste e talvez tivesse derramado uma ou duas lágrimas se uma senhora irlandesa, com quatro filhos pequenos, todos mais ou menos chorando, não tivesse me distraído, pois me diverti deixando cair migalhas de biscoito de gengibre sobre o assento toda vez que eles abriam a boca para berrar.

O sol saiu pouco depois e, tomando-o como um bom presságio, também me animei e aproveitei a viagem ao máximo.

A sra. Kirke me recebeu com tanta gentileza que me senti imediatamente em casa, mesmo na grande pensão cheia de estranhos. Ela me ofereceu um quartinho engraçado no sótão — o único que tinha disponível, mas há um fogão e uma bela mesa sob uma janela ensolara-

da, de modo que posso sentar-me aqui e escrever quando quiser. Uma bela vista e uma torre de igreja bem em frente compensam os muitos degraus que preciso subir, e gostei do meu refúgio instantaneamente. O quarto das crianças, onde vou ensinar e costurar, é um cômodo agradável ao lado da sala de visitas particular da sra. Kirke, e as duas garotinhas são crianças bonitas — bastante mimadas, imagino eu, mas passaram a gostar de mim depois que eu lhes contei a história dos "Sete porquinhos maus", e não tenho dúvidas de que serei uma governanta exemplar.

Posso fazer minhas refeições com as crianças em vez de sentar-me à mesa grande, e, por enquanto, é o que estou fazendo, pois sou tímida, embora ninguém acredite.

"Sinta-se em casa, minha querida", disse a sra. K., com seu jeito maternal. "Não paro um instante da manhã à noite, como você pode imaginar, com uma família como esta, mas estarei aliviada de uma grande preocupação sabendo que as crianças estão seguras com você. Meus cômodos estão sempre abertos para você, e os seus terão o maior conforto que eu puder proporcionar. Há algumas pessoas agradáveis na casa, se tiver vontade de socializar, e você terá todas as noites livres. Procure-me se houver algum problema e divirta-se tanto quanto possível. Essa é a campainha do chá, preciso correr e trocar minha touca." E lá se foi ela, deixando-me para me acomodar em meu novo ninho.

Quando desci as escadas, pouco depois, vi algo que me agradou. Os lances de escada são muito longos nesta casa alta, e enquanto eu aguardava, do alto do terceiro lance, uma criada pequenina subir, vi um cavalheiro subir atrás dela, tirar-lhe o pesado balde de carvão da mão, carregá-lo até em cima, colocá-lo diante de uma porta próxima e ir embora, dizendo, com um aceno gentil e um sotaque estrangeiro:

— *Assim é melhor. Esses pequenas costas son muito xovens para aguentar tanto peso.*

Não foi gentil da parte dele? Eu gosto dessas coisas, pois, como diz papai, são os detalhes que demonstram o caráter. Quando mencionei isso à sra. K., naquela noite, ela riu e disse:

— *Deve ter sido o professor Bhaer, ele vive fazendo coisas desse tipo. A sra. K. me contou que ele veio de Berlim, é muito culto e bondoso, mas pobre como um rato de igreja, e dá aulas para sustentar a si mesmo e dois sobrinhos órfãos, que ele está criando aqui, de acordo com os desejos da irmã, que se casou com um americano. Não é uma história muito romântica, mas me interessou, e fiquei feliz em saber que a sra. K. lhe empresta sua saleta para que ele ensine a alguns alunos. Há uma porta de vidro entre essa sala e o quarto das crianças, e eu pretendo dar uma espiada para poder contar-lhes qual a aparência dele. Ele tem quase quarenta anos, portanto, não há mal algum, mamãe.*

Após o chá e muitas brincadeiras e depois que as meninas foram para a cama, ataquei o grande cesto de roupas a coser e tive uma noite tranquila conversando com minha nova amiga. Farei cartas em forma de diário e enviarei uma vez por semana; então, boa noite, amanhã tem mais.

NOITE DE TERÇA-FEIRA

Minhas aulas desta manhã foram intensas, pois as crianças estavam endiabradas e, em determinado momento, achei que eu realmente iria atirá-las pela janela. Algum bom anjo me inspirou a tentar um pouco de ginástica, e eu as mantive ativas até que elas próprias ficaram contentes em sentar e fazer silêncio. Depois do almoço, a criada as levou para passear e eu me dediquei à costura como a Mabel de Mary Howitt, "com uma mente disposta". Estava agradecendo às estrelas por ter aprendido a fazer belos buracos de botões quando a porta da saleta se abriu e se fechou, e alguém começou a cantarolar "Kennst du das Land", como um grande abelhão. Foi terrivelmente impróprio, eu sei, mas não consegui resistir à tentação e, levantando uma ponta da cortina da porta de vidro, espiei do outro lado. O professor Bhaer estava lá, e enquanto ele ajeitava os livros, dei uma boa olhada nele. Um alemão típico — bem corpulento, com cabelos castanhos escorrendo por toda a cabeça, barba espessa, um bom nariz, os olhos mais amáveis que eu já vi e um vozeirão esplêndido, que faz bem aos ouvidos, depois de escutar nossa mordaz e relaxada tagarelice americana. Suas roupas eram desbotadas; as mãos, grandes; e ele não tem nenhum traço realmente bonito no rosto, exceto pelos belos dentes. Mesmo assim, gostei dele, pois tem uma cabeça bonita, sua roupa estava muito bem-cuidada, e ele me pareceu um homem distinto, embora estivessem faltando dois botões em seu casaco e houvesse um remendo no sapato. Parecia sério, apesar do zumbido, até que foi à janela para virar as flores do jacinto na direção do sol e acariciar o gato, que o recebeu como um velho amigo. Então ele sorriu e, quando uma batida ecoou na porta, gritou alto e bom tom:

— Herein!

Eu estava prestes a fugir, quando vi uma criancinha carregando um grande livro e parei para ver o que estava acontecendo.

— Quelo meu Bhaer — disse o pedacinho de gente, deixando o livro cair com um estrondo e correndo ao encontro dele.

— Aqui está o seu Bhaer. Venha cá, enton, e me dê um abraço bem apertado, minha Tina — disse o professor, pegando a garotinha com uma risada e segurando-a tão alto sobre a cabeça que ela teve de abaixar o pequeno rosto para beijá-lo.

— Agola eu plicisa istudá — continuou a graciosa criaturinha.

Então ele a colocou na mesa, abriu o grande dicionário que ela trouxera e lhe deu um papel e um lápis, e ela se pôs a rabiscar, virando uma folha de vez em quando e passando o dedinho gordo pela página, como se procurasse uma palavra, tão séria que quase me traí, soltando uma risada, enquanto o sr. Bhaer ficou ali, acariciando-lhe os lindos cabelos com um olhar paternal que me fez pensar que ela devia ser filha dele, embora parecesse mais francesa do que alemã.

Ouviu-se outra batida, e a chegada de duas jovens me mandou de volta ao meu trabalho, onde virtuosamente permaneci durante todo o barulho e a algazarra que transcorriam no cômodo ao lado. Uma das moças não parava de rir afetadamente e de dizer "Ora, professor", em um tom coquete, ao passo que a outra falava alemão com um sotaque que devia tornar difícil, para ele, manter-se sério.

Ambas pareciam testar dolorosamente a paciência dele, pois, mais de uma vez, eu o ouvi dizer de forma enfática:

— Non, non, non *é assim,* focês non prestam *atençon ao que eu digo.*

E uma vez ouvi uma batida alta, como se ele tivesse batido na mesa com o livro, seguida pela exclamação desesperada:

— Arre! Nada vai bem hoxe.

Pobre homem, senti pena dele, e, quando as garotas se foram, dei apenas mais uma espiada para ver se ele tinha sobrevivido. Ele parecia ter desabado de volta na cadeira, exausto, e permaneceu sentado ali, com os olhos fechados, até o relógio bater as duas horas, quando se levantou de um salto, enfiou os livros no bolso, como se estivesse pronto para outra lição, e pegou a pequena Tina, que adormecera no sofá, nos braços e a levou dali em silêncio. Acho que ele tem uma vida difícil. A sra. Kirke me perguntou se eu não queria me juntar a eles para o jantar das cinco horas, e, como estou sentindo um pouco de saudades de casa, decidi aceitar, só para ver que tipo de pessoas vivem sob o mesmo teto que eu. Então eu me arrumei, para ficar com um aspecto respeitável, e tentei me esconder atrás da sra. Kirke, mas, como ela é baixa e eu sou alta, meus esforços de ocultação foram em vão. Ela me cedeu o assento ao lado dela e, depois que meu rosto esfriou, arrumei coragem e olhei em volta. A mesa comprida estava cheia, e todos se encontravam empenhados em se servir do jantar — especialmente os cavalheiros, que pareciam ter hora marcada para terminar de comer, pois fugiram, em todos os sentidos da palavra, e desapareceram assim que terminaram. Havia a habitual variedade de rapazes absortos em si mesmos; jovens casais absortos um no outro; senhoras casadas, com seus bebês; e senhores idosos, na política. Não acho que me interessarei por me aproximar de qualquer um deles, exceto de uma moça de rosto doce, que parecia ter alguma coisa a oferecer.

Relegado ao final da mesa, estava o professor, respondendo aos gritos às perguntas de um senhor idoso muito inquisitivo e surdo, de um lado, e falando de filosofia com um francês, do outro. Se Amy estivesse aqui, ela o desprezaria para sempre porque — fico triste em contar — ele tinha um grande apetite e engolia o jantar de tal maneira que teria horrorizado "sua senhoria". Não me importei, pois gosto de "vê as pessoas comerem com gosto", como diz Hannah, e o pobre homem devia estar precisando de muita comida, depois de passar o dia todo dando aulas para idiotas. Quando subi as escadas, depois do jantar, dois dos jovens estavam ajustando os chapéus diante do espelho do salão, e ouvi um perguntar baixinho para o outro:

— *Quem é a nova moça?*
— *Governanta, ou algo do gênero.*
— *Que diabos ela está fazendo à nossa mesa?*
— *É amiga da velha.*
— *Tem uma cabeça bonita, mas falta classe.*
— *Totalmente. Acenda meu cigarro e vamos.*

No início, fiquei com raiva, mas depois não me importei, pois uma governanta vale tanto quanto uma secretária e, apesar de não ter classe, tenho bom senso — que é mais do que algumas pessoas têm, a julgar pelos comentários das criaturas sofisticadas que se afastaram tagarelando e fumando como chaminés. Detesto gente ordinária!

QUINTA-FEIRA

Ontem foi um dia tranquilo. Passei-o ensinando, costurando e escrevendo em meu pequeno quarto, que é muito aconchegante, com luz e lareira. Captei algumas notícias e fui apresentada ao professor. Parece que Tina é a filha da francesa que engoma as roupas na lavanderia aqui. A criaturinha morre de amores pelo sr. Bhaer e o segue por toda parte feito um cachorrinho sempre que ele está em casa, o que o encanta, pois ele adora crianças, apesar de ser um "solteirão". Kitty e Minnie Kirke também têm muito carinho por ele e fazem vários relatos sobre as brincadeiras que ele inventa, os presentes que ele dá e as histórias esplêndidas que ele conta. Os homens mais jovens zombam dele, ao que parece, chamam-no de Velho Fritz, Cerveja Quente, Ursa Maior, e fazem todo tipo de piada com o nome dele. Mas ele se diverte como um menino, segundo a sra. Kirke, e leva tudo com tanto bom humor que todos gostam dele, apesar de seus modos estrangeiros.

A moça de quem falei é a srta. Norton — rica, culta e bondosa. Ela falou comigo hoje durante o jantar (pois jantei com eles novamente; é tão divertido observar as pessoas) e me pediu que fosse vê-la em seu quarto. Ela tem bons livros e belos quadros, conhece pessoas interessantes e parece ser amistosa, então serei simpática, pois realmente quero frequentar a boa sociedade — só que não a do tipo que Amy aprecia.

Eu estava em nossa saleta ontem à noite quando o sr. Bhaer chegou com alguns jornais para a sra. Kirke. Ela não estava lá, mas Minnie, que é uma pequena adultinha, me apresentou muito bem.

— Esta é a amiga da mamãe, a srta. March.

— Sim, e ela é divertida e nós gostamos muito dela — acrescentou Kitty, que é uma enfant terrible.

Ambos nos curvamos, em cumprimento, e depois rimos, pois a apresentação cerimoniosa e o acréscimo abrupto contrastavam de forma um tanto cômica.

— Ah, sim, eu ouço essas sapequinhas lhe dando trabalho, srta. Marsch. Se continuarem assim, pode me chamar que eu firei *— disse ele, franzindo o cenho ameaçadoramente, encantando as duas traquinas.*

Prometi que o faria, e ele se foi, mas parece que eu estava condenada a vê-lo com frequência, pois hoje, ao passar pela porta dele ao sair, bati nela por acidente com minha sombrinha. Ela se abriu imediatamente, e lá estava ele, de roupão, com uma grande meia azul em uma das mãos e uma agulha na outra. Ele não pareceu nada envergonhado, pois, enquanto eu me explicava e me afastava com pressa, ele acenou com a mão, com meia e tudo, dizendo, em um tom alto e alegre:

— Está um belo dia para caminhar. Bon voyage, mademoiselle.

Ri até chegar ao andar de baixo, mas foi um pouco patético, também, pensar no pobre homem tendo de remendar as próprias roupas. Sei que os cavalheiros alemães bordam, mas cerzir meias é outra coisa, não tão bonita.

SÁBADO

Nada aconteceu para escrever a respeito, exceto uma visita à srta. Norton, que tem um quarto cheio de coisas bonitas e que foi muito simpática, pois me mostrou todos os seus tesouros e me perguntou se eu gostaria de ir a palestras e concertos, de vez em quando, como sua acompanhante, se eu me interessasse. Ela pediu como se fosse um favor feito a ela, mas tenho certeza de que a sra. Kirke lhe falou sobre nós, e isso gerou o ato de gentileza. Sou tão orgulhosa quanto o próprio Lúcifer, mas não enxergo favores como esses, vindos de tais pessoas, como um fardo, e aceitei com gratidão.

Quando voltei para o quarto das crianças, a algazarra na saleta era tamanha que fui espiar e encontrei o sr. Bhaer de quatro, com Tina em suas costas, Kitty puxando-o com uma corda de pular e Minnie alimentando dois meninos pequenos com bolos de semente, enquanto eles rugiam e se atiravam em gaiolas construídas com cadeiras.

— Estamos brincando de zoológico — explicou Kitty.

— Esse é o meu efelante! *— acrescentou Tina, segurando os cabelos do professor.*

— A mamãe sempre deixa a gente fazer o que gosta na tarde de sábado, quando Franz e Emil vêm aqui, não é verdade, sr. Bhaer? — disse Minnie.

O "efelante" sentou-se, parecendo tão animado quanto as crianças, e disse, em um tom grave:

— Dou minha palavra. Se fizermos barulho demais, focê *pode dizer "shhh!", e nós* famos *sossegar um pouco.*

Prometi fazer isso, mas deixei a porta aberta e aproveitei a diversão tanto quanto eles, pois jamais testemunhei uma folia tão maravilhosa. Brincaram de pega-pega e de soldado, dançaram e cantaram, e quando começou a escurecer, todos se amontoaram no sofá em torno do professor, enquanto ele contava histórias sobre cegonhas no topo das chaminés e sobre os pequenos Kobolds, *que cavalgam nos flocos de neve que caem do céu. Eu gostaria que os americanos fossem tão simples e naturais quanto os alemães, vocês não concordam?*

Gosto tanto de escrever que continuaria rabiscando para sempre, se não fosse por motivos econômicos, pois embora eu tenha usado papel fino e escrito com letra miúda, estremeço só de pensar nos selos que esta longa carta requererá. Por favor, encaminhem as cartas de Amy assim que puderem se desfazer delas. Minhas pequenas notícias parecerão muito desimportantes, depois dos esplendores que ela tem a contar, mas sei que vocês apreciarão de toda forma. Será que Teddy está estudando tanto que não consegue encontrar tempo para escrever para os amigos? Cuide bem dele por mim, Beth, conte-me tudo sobre os bebês e transmita meu imenso amor a todos.

Com o afeto de sempre, Jo.

P.S.: *Ao ler minha carta, percebi que falei um bocado sobre o assunto Bhaer. Acontece que, sempre me interessei por pessoas estranhas e eu realmente não tinha mais nada sobre o que escrever. Fiquem bem!*

DEZEMBRO

Minha amada Bethzinha,

Como esta deverá ser uma carta escrita às pressas, eu a endereço a você, pois talvez a divirta e lhe dê uma noção das minhas atividades, já que, embora tranquilas, são bastante divertidas — fique contente por isso! Depois do que Amy chamaria de "esforços hercúleos", no sentido de um cultivo mental e moral, minhas jovens ideias começam a brotar e minhas pequenas pupilas a se desenvolver segundo meus desejos. Não são tão interessantes para mim como Tina e os meninos, mas eu cumpro meu dever, e ambas me adoram. Franz e Emil são garotinhos alegres, bem de acordo com o meu gosto, pois a mistura dos espíritos alemão e americano produz neles um estado constante de efervescência. As tardes de sábado são períodos turbulentos, seja dentro de casa, seja fora, pois, quando o tempo está bom, todos saem para caminhar, como alunos de um internato, com o professor e comigo, que os acompanho para manter a ordem. Como nos divertimos!

Somos muito bons amigos agora, e eu comecei a ter aulas com ele. Eu realmente não pude evitar, e tudo aconteceu de uma maneira tão engraçada que preciso contar. Comecemos do princípio: a sra. Kirke me chamou, certo dia, quando eu passava pelo quarto do sr. Bhaer, que ela estava arrumando.

— Você já viu tamanho covil, minha querida? Venha me ajudar a colocar estes livros em ordem, pois virei tudo de cabeça para baixo, tentando descobrir o que ele fez com os seis novos lenços que lhe dei não faz muito tempo.

Entrei e, enquanto trabalhávamos, olhei ao meu redor, pois era mesmo um "covil". Livros e papéis por toda parte; um cachimbo quebrado e uma velha flauta sobre a cornija da lareira, como se tivesse acabado de ser usada; um pássaro meio depenado, sem cauda, chilreava em uma janela e uma caixa de ratinhos-brancos enfeitava a outra. Havia barquinhos semiacabados e pedaços de barbante entre os manuscritos. Botinhas sujas secavam diante do fogo, e viam-se vestígios dos garotinhos adorados, por quem ele faz absolutamente tudo, por todos os lados. Depois de uma grande vistoria, três dos artigos desaparecidos foram encontrados: um sobre a gaiola do pássaro, um coberto de tinta e o terceiro, queimado, tendo sido usado como pegador.

— Que homem impossível! — exclamou a sra. K., rindo bem-humoradamente, enquanto colocava as relíquias na bolsa de trapos. — Suponho que os outros tenham sido rasgados para virar velas de barcos, servir de ataduras para dedos cortados ou transformados em rabiolas de pipa. É horrível, mas não posso repreendê-lo. Ele é tão distraído e bem-humorado, deixa aqueles garotos montarem nele como um burro de carga. Eu concordei em lavar e remendar as roupas dele, mas ele se esquece de me entregar as coisas e eu me esqueço de pedi-las, então, às vezes, ele passa maus bocados.

— Deixe-me cosê-las — ofereci. — Não me importo, e ele não precisa saber. Ficarei feliz em fazê-lo, ele é tão gentil comigo, trazendo minhas cartas e me emprestando livros.

Então, coloquei as coisas dele em ordem e remendei os calcanhares de dois pares de meias, pois estavam completamente deformadas com o cerzimento malfeito. Nada foi dito, e eu esperava que ele não descobrisse, mas um dia, na semana passada, ele me pegou em flagrante. Fiquei tão interessada e entretida ao ouvir as lições que ele dá aos outros que decidi também aprender, pois Tina entra e sai correndo da saleta o tempo todo, deixando a porta aberta, e eu acabo escutando. Eu estava sentada perto da porta, terminando a última meia e tentando entender o que ele dissera a uma nova aluna, tão estúpida quanto eu. A garota tinha ido embora, e eu pensei que ele também, pois estava tudo muito quieto, e eu estava papagaiando sobre um verbo e balançando-me para a frente e para trás quando um pequeno ruído me fez erguer os olhos, e lá estava o sr. Bhaer, olhando para mim e rindo calmamente, enquanto fazia sinais a Tina para não denunciá-lo.

— Pois enton! — disse ele quando parei e fiquei olhando feito uma idiota. — Focê me espia, eu espio focê, e isso non é ruim, mas, ouça, non estou brincando quando pergunto: focê tem fontade de aprender alemon?

— Tenho, mas o senhor já é ocupado demais. E eu sou tola demais para aprender — gaguejei, ficando vermelha feito uma peônia.

— Arre! Conseguimos tempo, e tudo se axeita. À tardinha, dou uma pequena liçon, com muito prazer, pois, fexa bem, srta. Marsch, tenho este dívida para pagar. — E ele apontou para meu trabalho. — "Sim", dizem umas para as outras, esses senhoras ton adoráveis, "ele é um velho tolo, non fai fer o que fazemos, nunca fai perceber que os calcanhares de suas meias non têm mais buracos, fai pensar que os botons crescem de nofo, depois que caem, e fai acreditar que os cadarços nascem sozinhos." Ah! Mas eu tenho olhos e fexo muita coisa. Tenho um coraçon e me sinto grato por isso. Ora, um liçonzinha de fez em quando, ou basta do trabalho das fadas para mim e meus coisas.

Claro que eu não poderia dizer nada depois disso, e como realmente trata-se de uma oportunidade esplêndida, aceitei a oferta, e nós começamos. Tive quatro lições e então logo empaquei em um pântano gramatical. O professor foi muito paciente comigo, mas deve ter sido um tormento para ele, e de vez em quando ele me olhava com tal ex-

pressão de leve desespero que eu ficava sem saber se ria ou chorava. Tentei as duas coisas, e quando o resultado foi uma fungada de total mortificação e tristeza, ele simplesmente jogou a gramática no chão e marchou para fora da sala. Eu me senti desacreditada e desamparada para sempre, mas não o culpei por absolutamente nada, e estava juntando meus papéis, com a intenção de correr para o quarto e dar vazão ao meu desgosto, quando ele retornou, tão animado e radiante como se eu fosse a melhor aluna do mundo.

— *Agora,* famos *tentar um outro caminho. Nós* famos ler *esses belas* Märchen *juntos, e* non famos tocar *mais naquele livro chato, que vai ficar na canto, de castigo, por nos causar aborrecimentos.*

Ele falou com tanta delicadeza e abriu à minha frente os contos de fadas de Hans Andersen de forma tão convidativa que fiquei mais envergonhada do que nunca e me dediquei à lição com um fervor enlouquecido, o que pareceu diverti-lo imensamente. Esqueci a timidez e lutei (não há nenhuma outra palavra que possa expressar) com todas as minhas forças, tropeçando nas palavras longas, pronunciando de acordo com a inspiração do momento e fazendo o melhor que podia. Quando terminei de ler minha primeira página e parei para respirar, ele bateu palmas e gritou, com seu jeito sincero:

— Das ist gut! *Agora estamos indo bem! Minha* fez. Fou ler em alemon, *ouça.*

E lá se foi, bramindo as palavras com seu vozeirão retumbante e um contentamento que era gostoso de ver e de ouvir. Felizmente, a história era "o soldadinho de chumbo", que é engraçada, você sabe. Assim, não pude deixar de rir, embora não tenha entendido metade do que ele leu, pois eu não conseguiria evitar — ele, tão sério; eu, tão animada; e tudo tão cômico.

Depois disso, as coisas melhoraram, e agora estou me saindo muito bem em minhas lições, pois essa maneira de estudar me convém, e consigo perceber que a gramática se entremeia nos contos e poemas como comprimidos que escondemos na geleia. Estou gostando muito, e ele ainda não parece ter se cansado, o que é muito gentil da parte dele, não é? Quero dar-lhe algo no Natal, pois não me atrevo a oferecer dinheiro. Sugira algo bom, mamãe.

Fico satisfeita por Laurie parecer estar tão feliz e ocupado, por ele ter parado de fumar e estar deixando o cabelo crescer. Vê-se que Beth cuida dele melhor do que eu. Não estou com ciúmes, minha querida, faça o seu melhor, só não o transforme em um santo. Receio que eu não conseguiria gostar dele sem uma pitada de imperfeição humana. Leia trechos das minhas cartas para ele. Não tenho muito tempo para escrever, então isso resolve a questão. Ainda bem que Beth continua sentindo-se bem.

JANEIRO

Um feliz ano-novo para todos vocês, minha querida família — o que inclui, naturalmente, o sr. L. e um rapaz chamado Teddy. Nem consigo expressar quanto gostei de seu pacote de Natal, pois só o recebi à noite e já tinha perdido as esperanças. A carta chegou pela manhã, mas não dizia nada sobre um embrulho — certamente porque a intenção era fazer uma surpresa —, então fiquei decepcionada, pois tinha um "palpitezinho" de que vocês não se esqueceriam de mim. Fiquei um pouquinho tristonha, sentada em meu quarto, após o chá, e quando me trouxeram aquele pacote grande, todo sujo e surrado da viagem, eu o abracei e pulei de alegria. Era tão caseiro e reconfortante que me senti no chão e fiquei lendo, olhando, comendo, rindo e chorando, do meu jeito absurdo de sempre. As coisas eram exatamente o que eu queria, e melhores ainda por terem sido feitas e não compradas. O novo "babete de tinta" que Beth mandou é formidável, e a caixa de biscoito de gengibre de Hannah será um verdadeiro tesouro. Sem dúvida, usarei as belas flanelas que você enviou, mamãe, e lerei cuidadosamente os livros que papai marcou. Muitíssimo obrigada a todos vocês!

Falar em livros me lembra que estou ficando rica nesse sentido, pois, no dia de ano-novo, o sr. Bhaer me deu um belo volume de textos de Shakespeare. É um dos preferidos dele e eu o admirei muitas vezes, exposto em um lugar de honra, ao lado da Bíblia alemã, de Platão, Homero e Milton, então vocês podem imaginar como me comovi quando ele o entregou a mim, sem a sobrecapa, e me mostrou meu próprio nome escrito nele, do meu "amigo Friedrich Bhaer".

— Focê diz, muitas vezes, que quer um *biblioteca. Aqui lhe dou um, porque, entre estes "tampas" (ele quis dizer capas), tem muitos livros em um. Leia-o bem, que ele lhe será de grande valor, pois o estudo dos personagens desta obra ajudará* focê *a entender as pessoas no mundo real e recriá-las com* seu *caneta.*

Agradeci da melhor forma que pude e agora falamos sobre a "minha biblioteca" como se eu tivesse cem livros. Eu nunca soube quanto havia em Shakespeare antes — também nunca tive um Bhaer para me explicar. Não riam de seu nome horroroso. As pessoas costumam pronunciar errado, mas apenas os alemães conseguem falar corretamente. Fico feliz que vocês duas gostem do que lhes conto sobre ele e espero que um dia o conheçam. Mamãe admiraria seu bom coração e papai, sua mente sábia. Eu admiro ambos e me sinto afortunada com meu novo "amigo Friedrich Bhaer".

Por não ter muito dinheiro nem saber do que ele iria gostar, comprei vários pequenos mimos, que espalhei por seu quarto, onde ele os encontraria inesperadamente. Eram coisas úteis, bonitas ou engraçadas: um tinteiro novo na escrivaninha, um pequeno vaso para flores — ele sempre tem uma, ou um raminho verde em um copo, para "mantê-lo fresco", segundo ele — e um novo abanador de fogo, para que ele não precise mais queimar o que Amy chama de mouchoirs*. Eu o fiz como um daqueles que Beth criou: uma grande borboleta, com o corpo gordo e asas pretas e amarelas, antenas de lã e olhos de contas. Ele adorou e o colocou sobre a cornija da lareira, como uma peça de decoração, de modo que o propósito do presente acabou se perdendo. Mesmo sendo muito pobre, ele não esqueceu um único criado ou uma única criança da casa e, da mesma forma, nenhuma alma daqui, desde a lavadeira francesa até a srta. Norton, o esqueceu. Fiquei muito feliz com isso.*

Foi organizado um baile de máscaras e a noite de réveillon *foi muito alegre. Eu não queria descer, pois não tinha um vestido. Mas, no último minuto, a sra. Kirke lembrou-se de alguns brocados antigos e a srta. Norton me emprestou rendas e plumas. Então, fantasiei-me de sra. Malaprop e circulei com uma máscara no rosto. Ninguém me reconheceu, pois disfarcei a voz, e nem sonhava que a calada e altiva srta. March (pois a maioria acha que sou muito rígida e fria — e sou mesmo, para os fedelhos) poderia dançar, fantasiar-se e explodir em um "belo desarranjo de epitáfios, como uma alegoria nas margens do Nilo". Eu me diverti muito e, quando tiramos as máscaras, foi engraçado ver como olharam para mim. Ouvi um dos jovens dizer a outro que sabia que eu fora atriz — de fato, dizia pensar ter me visto em algum teatro alternativo. Meg gostará dessa anedota. O sr. Bhaer fantasiou-se de Nick Bottom e Tina, de Titania — uma fadinha perfeita nos braços dele. Vê-los dançar era "uma bela paisagem", para usar as palavras de Teddy.*

Tive, afinal, um ano-novo muito feliz, e ao pensar em tudo que aconteceu, já em meu quarto, senti que estou progredindo um pouquinho, apesar dos meus muitos fracassos, pois agora estou sempre alegre, trabalho com vontade e me interesso mais por outras pessoas do que antes, o que é satisfatório. Que Deus abençoe todos vocês!

Com o amor de sempre...
Jo

34

UMA AMIGA

Embora muito satisfeita naquela atmosfera social e bem ocupada com o trabalho diário com que ganhava o pão de cada dia, que se tornava ainda mais doce pelo esforço empregado, Jo ainda encontrava tempo para seus trabalhos literários. O propósito que agora a movia era natural para uma garota pobre e ambiciosa, mas os meios que ela tomava para conquistar seu fim não eram os melhores. Ela percebeu que o dinheiro conferia poder; dinheiro e poder, portanto, resolveu ter, não para usar somente consigo mesma, mas com aqueles que amava mais do que a própria vida. O sonho de encher a casa de confortos, dando a Beth tudo o que ela desejasse — desde morangos no inverno até um órgão em seu quarto —, de viajar para o exterior e ter sempre mais do que o necessário para poder dedicar-se ao luxo da caridade era, há anos, o castelo mais cobiçado dos sonhos de Jo.

A experiência do conto premiado pareceu abrir um caminho que poderia, após uma jornada longa e penosa, levar a esse maravilhoso castelo encantado. Mas o desastre de seu romance extinguira sua coragem por um tempo, pois a opinião pública é um gigante que já assustou Joões mais valentes, em pés de feijão bem maiores que o dela. Como o famoso herói imortal, ela descansou um pouco após a primeira tentativa, que resultou em uma queda e no menos belo dos tesouros do gigante, se não me falha a memória. Mas o espírito de "reerguer-se e enfrentar o próximo desafio" era tão forte em Jo quanto no personagem da ficção, e ela levantou-se, aos solavancos, e ganhou mais prêmios. Contudo, quase abandonou algo muito mais precioso do que dinheiro.

Ela passou a escrever histórias sensacionalistas, pois, naqueles tempos obscuros, até mesmo a irrepreensível América lia porcarias. Ela não contou a ninguém, mas escreveu um "conto de suspense" e, repleta de ousadia, levou-o pessoalmente ao sr. Dashwood, editor da revista *Weekly Volcano*. Ela nunca havia lido *Sartor Resartus*, mas tinha um instinto feminino de que as roupas exercem uma influência maior sobre muitas pessoas do que o caráter ou as boas maneiras. Então, vestiu seu melhor vestido e, tentando convencer-se de que não estava animada ou nervosa, subiu corajosamente dois lances de uma escada escura e suja para acabar em uma sala bagunçada, tomada por uma nuvem de fumaça de charuto, diante de três cavalheiros, sentados apoiando as pernas de tal forma que os calcanhares estavam bem acima dos chapéus — que nenhum deles, aliás, se deu ao trabalho de tirar quando ela apareceu. Um pouco assustada com tal recepção, Jo hesitou à porta, murmurando muito constrangida:

—Perdoem-me, estava procurando a redação da *Weekly Volcano*. Desejava ver o sr. Dashwood.

Baixou-se o par de calcanhares mais alto, ergueu-se o cavalheiro mais fumegante, que, acariciando cuidadosamente o charuto entre os dedos, avançou, com um aceno de cabeça e um semblante que não expressava nada além de sono. Sentindo que precisava resolver a questão de alguma forma, Jo pegou seu manuscrito e, ruborizando mais a cada frase, balbuciou alguns fragmentos do discurso que preparara com cuidado para a ocasião.

— Uma amiga pediu que eu oferecesse... um conto... Apenas como um experimento... Gostaria de saber sua opinião... E ficaria feliz em escrever mais, se lhe interessar.

Enquanto ela corava e gaguejava, o sr. Dashwood havia pegado o manuscrito e virava as folhas com um par de dedos um tanto sujos, lançando olhares críticos de cima a baixo nas páginas bem-arrumadas.

— Não é uma primeira tentativa, presumo eu? — comentou ele, observando que as páginas foram numeradas, escritas apenas de um lado e não estavam amarradas com uma fita, sinal claro de um estreante.

— Não, senhor. Ela tem alguma experiência e já ganhou um prêmio por um conto publicado no *Blarneystone Banner*.

— Ah, é mesmo? — E o sr. Dashwood lançou, na direção de Jo, um olhar rápido que pareceu tomar nota de tudo o que ela trajava, desde a fita no chapéu até os botões das botas. — Bem, você pode deixá-lo conosco, se quiser. Temos tantas coisas desse tipo aqui que nem sabemos o que fazer com todas elas, mas darei uma olhada e lhe enviarei uma resposta na próxima semana.

Ora, Jo *não* queria deixar seu manuscrito ali, pois o sr. Dashwood não lhe agradava nem um pouco, mas, dadas as circunstâncias, não havia nada que ela pudesse fazer a não ser despedir-se com uma reverência e ir embora, assumindo um ar particularmente altivo e digno, como costumava fazer quando se sentia irritada ou envergonhada. E, naquele momento, ela estava irritada e envergonhada, pois ficara evidente, pelos olhares significativos trocados entre os cavalheiros, que o pequeno conto de sua "amiga" era considerado uma bela piada, e uma risada, provocada por algum comentário feito pelo editor após fechar a porta, completou seu embaraço. Meio decidida a nunca mais voltar, ela foi para casa e apaziguou sua irritação costurando aventais vigorosamente, e em uma ou duas horas estava calma o bastante para rir da situação e esperar pela semana seguinte.

Quando retornou, o sr. Dashwood estava sozinho, e Jo alegrou-se. Ele parecia muito mais interessado do que na vez anterior, o que era agradável, e não estava absorto demais em seu charuto para se lembrar das boas maneiras, então a segunda conversa foi muito mais confortável do que a primeira.

— Publicaremos isso (os editores nunca dizem "eu"), se você não se opuser a algumas alterações. É demasiado longo, mas, se omitir as passagens que marquei, ficará com o tamanho ideal — sugeriu ele, em tom de negócios.

Jo mal reconheceu seu original, tão amassadas estavam as páginas e sublinhados os parágrafos, mas, sentindo-se como uma terna mãe se sentiria ao lhe pedirem que cortasse as pernas de seu bebê para que coubesse em um novo berço, ela olhou para as passagens marcadas e ficou surpresa ao descobrir que todas as reflexões morais — que ela cuidadosamente inserira para contrabalancear o excesso de romantismo — haviam sido eliminadas.

— Mas, senhor, eu pensei que cada história deveria ter algum tipo de moral, então tomei o cuidado de fazer com que alguns de meus pecadores se arrependessem.

A seriedade editorial do sr. Dashwood relaxou em um sorriso, pois Jo havia esquecido da "amiga" e falou como só um autor poderia falar.

— As pessoas querem se divertir, não ouvir pregações, sabe? O moralismo não vende hoje em dia.

Declaração, aliás, que não era muito correta.

— Então o senhor acha que ficaria bom, com essas alterações?

— Sim, é um enredo diferente e muito bem elaborado, a linguagem é boa, e assim por diante. — Foi a resposta afável do sr. Dashwood.

— Quanto é... Digo... Qual a compensação... — começou Jo, sem saber exatamente como se expressar.

— Ah, sim. Bem, nós pagamos de vinte e cinco a trinta por coisas deste tipo. Pagamos quando for publicado — respondeu o sr. Dashwood, como se tivesse se esquecido desse ponto.

Dizem que esses detalhes insignificantes costumam escapar à mente dos editores.

— Está bem, podem publicá-lo — decidiu Jo, devolvendo o conto com um ar de satisfação, pois, após trabalhar recebendo um dólar por coluna, até mesmo vinte e cinco dólares pareciam um bom pagamento. — Posso dizer à minha amiga que o senhor publicará outro, se estiver melhor que este? — perguntou Jo, inconsciente de seu pequeno deslize anterior e sentindo-se encorajada pela empreitada bem-sucedida.

— Bem, veremos. Não posso prometer. Diga a ela que escreva uma história curta e picante e que não se preocupe com a moral. Com que nome sua amiga gostaria de assinar? — perguntou ele em um tom despreocupado.

— Nenhum, por favor. Ela não deseja que seu nome apareça e não tem um pseudônimo — respondeu Jo, sem conseguir conter o rubor.

— Como ela quiser, é claro. O conto será publicado na próxima semana. Você virá buscar o dinheiro ou devo remetê-lo? — perguntou o sr. Dashwood, que sentia um desejo natural de saber quem era sua nova colaboradora.

— Virei buscá-lo. Bom dia, senhor.

Depois que ela partiu, o sr. Dashwood pôs os pés novamente em cima da mesa, fazendo uma observação jocosa:

— Pobre e orgulhosa, como de costume, mas há de servir.

Seguindo as instruções do sr. Dashwood e usando a sra. Northbury como seu modelo, Jo mergulhou impetuosamente no mar encapelado da literatura sensacionalista, mas, graças ao salva-vidas lançado por um amigo, conseguiu emergir novamente sem sofrer grandes danos.

Como a maioria dos jovens escritores, ela buscava no exterior seus personagens e cenários, e bandidos, contadores, ciganos, freiras e duquesas figuravam em seu palco, desempenhando seus papéis com tanta precisão e energia quanto se podia esperar. Seus leitores não eram exigentes em relação a trivialidades como gramática, pontuação e verossimilhança, e o sr. Dashwood amavelmente permitiu que ela enchesse suas colunas pelos preços mais baixos, não julgando necessário contar-lhe que o verdadeiro motivo por estar aceitando seus textos era o fato de que um de seus colaboradores, diante de uma oferta de pagamento mais alta, o havia mesquinhamente abandonado.

Ela logo se interessou por seu trabalho, pois sua franzina bolsa logo ficou robusta, e a pequena reserva que estava juntando para levar Beth às montanhas no verão seguinte cresceu lenta, mas estavelmente, à medida que as semanas passavam. Um detalhe perturbava sua satisfação: não ter contado ao pessoal de casa. Jo tinha a sensação de que seu pai e sua mãe não aprovariam, e preferia traçar primeiro seu caminho e pedir perdão depois. Foi fácil manter segredo, pois nenhum nome aparecia em suas histórias. O sr. Dashwood, claro, descobrira em pouco tempo, mas prometeu ficar de bico fechado e, assombrosamente, manteve a palavra.

Ela pensava que o trabalho não lhe faria mal algum, pois não pretendia, sinceramente, escrever qualquer coisa de que pudesse se envergonhar e apaziguou todos os escrúpulos de consciência com a expectativa do momento feliz em que exibiria seus ganhos e riria de seu segredo bem guardado. Entretanto, o sr. Dashwood rejeitava qualquer história que não fosse eletrizante, e, como só é possível mexer com as emoções abalando a alma dos leitores, a história e a literatura, a terra e o mar, a ciência e a arte, registros policiais e manicômios, tudo precisou ser saqueado para esse fim. Jo logo descobriu que sua inocente experiência lhe dera apenas alguns vislumbres do trágico mundo que se oculta sob as aparências da sociedade; então, encarando a situação de forma profissional, ela dedicou-se a superar suas deficiências com a energia que lhe era característica. Ávida por encontrar material para histórias e inclinada a escrever tramas originais, se não de execução magistral, ela esmiuçou os jornais em busca de acidentes, incidentes e crimes. Despertou a suspeita dos bibliotecários públicos, pedindo por obras sobre venenos. Estudava rostos na rua e os tipos humanos ao redor — bons, maus ou indiferentes. Escavou na poeira de tempos remotos fatos e lendas antigos a ponto de serem tão bons quanto os novos, e entregou-se à loucura, ao pecado e à miséria, tanto quanto suas limitadas oportunidades permitiram. Pensava estar prosperando maravilhosamente, mas, de modo inconsciente, começava a profanar alguns dos atributos mais femininos do caráter de uma mulher. Vivia em má companhia e, por mais imaginária que fosse, essa influência a afetava, pois ela alimentava o coração e a fantasia com iguarias perigosas e insubstanciais, abafando rapidamente o inocente florescimento de sua natureza com um conhecimento prematuro do lado mais obscuro da vida, que não se demora em apresentar-se a todos nós.

Ela se deixou influenciar mais do que conseguia perceber, pois o excesso de descrições das paixões e dos sentimentos de outras pessoas a impeliu a estudar e especular sobre si própria, um divertimento mórbido no qual mentes jovens saudáveis não se engajam voluntariamente. O erro sempre acarreta sua própria punição e, quando Jo mais precisava da sua, ela a recebeu.

Não sei se a leitura de Shakespeare a ajudou a interpretar o caráter ou se foi seu instinto natural de mulher para identificar o honesto, corajoso e forte, mas enquanto dotava seus heróis imaginários de toda a perfeição existente no mundo, Jo estava descobrindo um herói real, que a interessava apesar das muitas imperfeições humanas. O sr. Bhaer, em uma de suas conversas, a aconselhou a estudar personagens simples, verdadeiros e amáveis, onde quer que ela os encontrasse, como um bom treinamento para uma escritora. Jo interpretou-o ao pé da letra, pois passou a estudá-lo friamente — um procedimento que o teria surpreendido muito, se dele soubesse, pois o digno professor era muito humilde em sua própria concepção.

Por que todos gostavam dele foi o que intrigou Jo, a princípio. Ele não era rico nem importante; não era jovem nem bonito; não tinha qualquer traço considerado fascinante, imponente ou brilhante; e, ainda assim, era tão atraente quanto o fogo ardente, e as pessoas pareciam aproximar-se dele tão naturalmente quanto de uma lareira acesa. Ele era pobre, mas sempre estava presenteando alguém; um estrangeiro, mas todos eram seus amigos; não era mais jovem, mas de coração alegre como um menino; simples e peculiar, mas seu rosto parecia belo para muitos e suas excentricidades eram plenamente perdoadas por ser quem ele era. Jo o observava com frequência, tentando compreender o encanto, e finalmente concluiu ser a benevolência o fator milagroso. Se ele sentia algum pesar, "sentava-se com a cabeça debaixo da asa", voltando apenas seu lado alegre para o mundo. Havia rugas em sua testa, mas o tempo parecia tê-lo tocado com delicadeza, lembrando-se de como ele era gentil com os outros. As curvas simpáticas em torno de sua boca eram os memoriais de muitas palavras amigáveis e risos alegres; seus olhos nunca eram frios ou severos; e sua mão grande tinha um aperto quente e forte que era mais expressivo do que qualquer palavra.

Suas roupas pareciam partilhar a natureza hospitaleira do homem que as vestia. Davam a impressão de estarem à vontade e de gostarem de deixá-lo confortável. Seu colete folgado sugeria um grande coração dentro do peito. O casaco cor de ferrugem tinha um ar sociável e os bolsos, largos, eram prova clara de que pequenas mãozinhas frequentemente entravam neles vazias e saíam cheias. Suas botas eram benevolentes e seus colarinhos nunca se mostravam rígidos e incômodos, como os de outras pessoas.

— É isso! — disse Jo para si mesma, quando descobriu, afinal, que a boa vontade genuína para com o próximo poderia embelezar e dignificar até mesmo um professor alemão corpulento, que comia seu jantar com sofreguidão, remendava as próprias meias e carregava como fardo o nome Bhaer.

Jo valorizava muito a bondade, mas também tinha um respeito bem feminino pelo intelecto, e uma pequena descoberta que fez sobre o professor aumentou muito sua consideração por ele. Ele nunca falava de si mesmo, e ninguém jamais soube que, em sua cidade natal, ele fora um homem muito honrado e estimado por seu conhecimento e sua integridade, até que um compatriota veio visitá-lo e, em uma conversa com a srta. Norton, contou o agradável fato. Foi por intermédio dela que Jo teve conhecimento da situação, e gostou ainda mais do que soube justamente porque o próprio sr. Bhaer nunca havia mencionado aquilo. Sentiu-se orgulhosa ao saber que ele era um professor honrado em Berlim, embora fosse apenas um pobre instrutor de línguas na América, e sua vida caseira e trabalhadora foi deveras embelezada pelo toque de romance que essa descoberta lhe conferiu.

Outra dádiva, melhor ainda do que o intelecto, foi-lhe mostrada de maneira inesperada. A srta. Norton tinha livre ingresso em uma sociedade literária, da qual Jo não teria tido qualquer oportunidade de participar senão por intermédio dela. A solitária mulher interessou-se pela garota ambiciosa e, gentilmente, concedeu muitos favores dessa natureza tanto a Jo como ao professor. Certa noite, ela os levou consigo a um simpósio seleto, realizado em homenagem a várias celebridades.

Jo foi preparada para reverenciar e adorar aqueles que outrora idolatrara, com um entusiasmo juvenil. Mas sua veneração pelos gênios recebeu um golpe severo naquela noite, e ela levou algum tempo para se recuperar da descoberta de que as grandes figuras eram, afinal, apenas homens e mulheres. Imagine sua consternação, ao lançar um olhar furtivo, de tímida admiração, para o poeta cujas linhas sugeriam um ser etéreo, alimentado por "espírito, fogo e orvalho", e vê-lo jantar com um ardor que lhe corava o semblante intelectual. Desviando o olhar desse ídolo decaído, ela fez outras descobertas que rapidamente dissiparam suas ilusões românticas. O grande romancista balouçava entre duas garrafas de vinho com a regularidade de um pêndulo; o famoso teólogo flertava abertamente com uma das Madames de Staël da época, que fuzilava outra de suas Corinas, que, por sua vez, a satirizava amistosamente após superá-la em seus esforços para absorver o profundo filósofo, que bebia seu chá johnsonianamente[1] e parecia cochilar, pois a loquacidade da dama tornava a fala impossível. As celebridades científicas, esquecendo-se de seus fósseis e períodos glaciais, mexericavam sobre arte, enquanto investiam contra as ostras e os sorvetes com uma energia característica; o jovem músico, que encantava a cidade como um segundo Orfeu, falava sobre cavalos; e o representante da nobreza britânica ali presente mostrou-se o homem mais comum da festa.

Antes da metade da noite, Jo se sentia tão desiludida que se sentou em um canto para se restabelecer. O sr. Bhaer logo se juntou a ela, parecendo um tanto deslocado, e, pouco depois, vários dos filósofos, cada qual com sua empáfia, aproximaram-se vagarosamente para realizar um torneio intelectual na saleta. A conversa estava muito além da compreensão de Jo, mas ela a apreciou, embora Kant e Hegel fossem deuses desconhecidos, os termos "subjetivo" e "objetivo", ininteligíveis, e a única coisa que "se desdobrou de sua consciência interior" foi uma dor de cabeça terrível depois que tudo acabou. Pouco a pouco, foi-lhe elucidado que o mundo estava sendo partido em pedacinhos e reorganizado novamente, apoiando-se, segundo os oradores, em princípios infinitamente melhores do que outrora; que a religião estava prestes a ser destruída pela razão e que o intelecto se tornaria o único Deus. Jo nada sabia de filosofia ou metafísica de qualquer natureza, mas um curioso entusiasmo, meio prazeroso, meio doloroso, apossou-se dela enquanto ouvia a conversa, com a sensação de estar flutuando à deriva no tempo e no espaço, como um pequeno balão em um dia de feriado.

---

1 Referência ao escritor e pensador Samuel Johnson. [*N. da T.*]

Ela olhou ao redor, para ver o que o professor achava, e o encontrou olhando para ela com a expressão mais sombria que ela já vira no rosto dele. Ele meneou a cabeça e indicou que ela se afastasse, mas ela estava fascinada, naquela época, pela liberdade da filosofia especulativa, e permaneceu em seu lugar, tentando descobrir no que os sábios senhores pretendiam acreditar depois de aniquilarem todas as velhas crenças.

Ora, o sr. Bhaer era um homem reservado e demorava a expor suas opiniões, não por serem conturbadas, mas porque eram sinceras e sérias demais para serem compartilhadas levianamente. Enquanto olhava para Jo e vários outros jovens atraídos pelo brilho da pirotecnia filosófica, ele franziu o cenho e ansiou por falar, temendo que alguma jovem alma inflamável acabasse desgarrada pelos fogos de artifício e se descobrissem, quando a exibição acabasse, apenas com uma vareta vazia ou uma queimadura na mão.

Ele suportou o máximo que pôde, mas quando foi solicitado a dar uma opinião, ardeu com uma indignação honesta e defendeu a religião com a eloquência da verdade — uma eloquência que conferiu musicalidade a seu inglês falho e tornou belo seu rosto comum. Ele enfrentou uma batalha dura, pois os sábios argumentaram bem, mas não admitiu derrota e defendeu seus pontos de vista virilmente. De alguma forma, enquanto ele falava, o mundo retornou aos eixos para Jo. As antigas crenças, que duraram tanto tempo, pareciam melhores que as novas. Deus não era uma força cega nem a imortalidade apenas uma fábula bonita, mas um fato abençoado. Ela sentiu-se como se a terra estivesse novamente firme sob seus pés, e quando o sr. Bhaer fez uma pausa, perdendo a argumentação para os oponentes, mas nem um pouco convencido por eles, Jo quis bater palmas e agradecer-lhe.

Não fez nada disso, mas memorizou a cena e passou a ter maior respeito pelo professor, pois sabia que lhe custara um esforço imenso expressar-se, naquele local e naquele momento, porque sua consciência não lhe permitira permanecer em silêncio. Começou a perceber que o caráter é um bem maior do que dinheiro, posição, intelecto ou beleza e a sentir que se a grandeza se resume, como um sábio homem definiu, a "verdade, respeito e boa vontade", então seu amigo Friedrich Bhaer não era apenas bom, mas excelente.

Essa percepção crescia a cada dia. Ela valorizava a estima dele, ambicionava seu respeito, queria ser digna de sua amizade, e justamente quando o desejo era mais sincero, ela quase perdeu tudo. Tudo aconteceu por conta de um chapéu bicorne. Certa noite, o professor apareceu para dar a Jo sua lição com um chapéu de soldado de papel na cabeça, que Tina havia colocado e ele se esquecera de tirar.

"É evidente que ele não olha no espelho antes de descer", pensou Jo, com um sorriso, quando ele desejou boa-noite e sentou-se, sério, bastante inconsciente do contraste absurdo entre sua figura e seu chapéu, pois ele ia ler para ela *A morte de Wallenstein*.

A princípio, ela não disse nada, pois gostava de ouvi-lo rir seu riso grande e caloroso quando algo engraçado acontecia, então deixou que ele percebesse sozinho, mas logo também se esqueceu daquilo, pois ouvir um alemão lendo Schiller é uma ocupação bastante absorvente. Após a leitura, iniciou-se a lição, que foi animada, pois Jo estava de bom humor naquela noite e o chapéu bicorne manteve seus olhos dançando de alegria. O professor não entendia o que se passava com ela e finalmente parou para perguntar, com um ar irresistível de leve surpresa:

— Srta. *Marsch*, por que ri de seu mestre? *Non* tem respeito por mim, por isso se comporta *ton* mal?

— Como posso respeitá-lo, senhor, quando se esquece de tirar o chapéu? — retrucou Jo.

Levando a mão à cabeça, o distraído professor apalpou com seriedade o pequeno chapéu bicorne, tirou-o, olhou para ele por um instante e então jogou a cabeça para trás e riu como um alegre contrabaixo.

— Ah! Agora estou vendo, foi aquela danadinha da Tina que me fez de bobo com *esta* chapéu. Bem, *non* é nada, mas, *fexa* bem, se esta *liçon non* correr bem, *focê* também *fai* ter que usá-lo.

Mas a lição simplesmente não foi retomada por alguns minutos porque o sr. Bhaer viu uma foto no chapéu e, desdobrando-o, disse, cheio de repugnância:

— Gostaria que *estas* jornais *non* entrassem nesta casa. *Non son* para as crianças *ferem* nem para *as xovens* lerem. *Non son* coisa boa, e *non* tenho paciência com aqueles que causam este dano.

Jo deu uma olhada na página e viu uma bela ilustração composta por um lunático, um cadáver, um bandido e uma víbora. Não gostou do que viu, mas o impulso que a fez virar a folha não foi de descontentamento, mas de medo, pois, por um minuto, ela pensou que o jornal fosse o *Volcano*. Não era, contudo, e seu pânico diminuiu, pois ela se lembrou de que, mesmo que fosse um de seus contos, não haveria nome algum para denunciá-la. Entretanto, ela própria se entregara, através do olhar e do rubor no rosto, pois, embora fosse um homem distraído, o professor enxergava muito mais do que as pessoas imaginavam. Ele sabia que Jo escrevia e a encontrara mais de uma vez nas proximidades da redação do jornal. Como ela nunca falara sobre o assunto, no entanto, ele não fazia perguntas, apesar do forte desejo de ver seu trabalho. Naquele momento, ocorreu-lhe que ela sentia vergonha do que estava fazendo, e isso o incomodou. Ele não disse a si mesmo "Isso não me diz respeito. Não tenho o direito de dizer coisa alguma", como muitas pessoas fariam. Só se lembrou de que ela era jovem e pobre, uma moça distante do amor da mãe e dos cuidados do pai, e ficou compelido a ajudá-la, em um impulso tão rápido e natural quanto aquele que o levaria a estender a mão para salvar um bebê que estivesse em um charco. Tudo isso lhe passou pela mente em um minuto, mas nenhum vestígio de pensamento transpareceu em seu rosto, e quando o jornal foi devolvido e Jo colocou a linha em sua agulha, ele estava pronto para dizer com muita naturalidade, mas também em um tom severo:

— Sim, *focê* tem *razon* em se afastar disso. *Non* acho que moças direitas devam ver tais coisas. *Son* feitas de modo a agradar alguns, mas eu preferiria dar pólvora para *meus* crianças brincarem do que *esta* lixo.

— Talvez nem todas sejam ruins, apenas bobas, sabe? E se há uma demanda por elas, não vejo qualquer mal em provê-las. Muitas pessoas respeitáveis ganham a vida honestamente escrevendo histórias ditas "sensacionalistas" — defendeu Jo, riscando as pregas com tamanha energia que uma fileira de pequenos rasgos seguiu-se à sua agulha.

— Há demanda de uísque, mas penso que nem eu nem a senhorita fôssemos querer *fendê-lo*. Se as pessoas respeitáveis soubessem o mal que causam, *non* achariam que é *um* forma honesta de ganhar a vida. *Non* têm o direito de pôr *feneno na* açúcar e deixar que os pequenos comam. *Non! Deferiam* pensar um pouco e ir *farrer* a lama da rua antes de fazer uma coisa dessas.

O sr. Bhaer falou com fervor e caminhou até a lareira, amassando o jornal com as mãos. Jo ficou quieta, como se o fogo tivesse chegado até ela, pois suas bochechas queimaram demasiado depois que o chapéu bicorne se transformou em fumaça, subindo inofensivamente pela chaminé.

— Gostaria muito de dar o mesmo destino a *todos os* histórias como *esse* — murmurou o professor, voltando com uma expressão de alívio.

Jo pensou na grande fogueira que sua pilha de papéis, no andar de cima, renderia, e o dinheiro pelo qual trabalhara tão arduamente pesou bastante em sua consciência naquele momento. Então, pensou consigo mesma, consolando-se: "Meus textos não são assim, são apenas bobos, nunca são maus, então não me preocuparei". Em seguida, pegando seu livro, disse, com um ar estudioso:

— Vamos continuar, senhor? Serei muito boa e dedicada agora.

— Espero que sim. — Foi tudo o que ele respondeu, embora quisesse dizer muito mais do que ela imaginava, e o olhar grave e afetuoso que ele lhe lançou a fez sentir como se as palavras *Weekly Volcano* estivessem impressas em letras garrafais na testa dela.

Logo que foi para o seu quarto, Jo pegou os papéis e releu cuidadosamente cada uma de suas histórias. Sendo um pouco míope, o sr. Bhaer, às vezes, usava óculos, e Jo os experimentara uma vez, sorrindo ao ver como ampliavam as letras miúdas de seu livro. Naquele momento, ela parecia estar usando os óculos mentais ou morais do professor, pois os defeitos de seus pobres contos a fitavam com horror e a enchiam de consternação.

— São lixo e, em breve, ficarão ainda piores, se eu continuar, pois cada uma é mais sensacionalista que a anterior. Estive cega, ferindo a mim mesma e a outras pessoas, por causa do dinheiro. Sei que é verdade porque não consigo ler essas coisas com seriedade e sobriedade sem me envergonhar delas. E o que farei se forem lidas em casa ou se caírem nas mãos do sr. Bhaer?

Jo perturbou-se com aquele pensamento e enfiou a pilha inteira no forno, quase fazendo a chaminé arder com o fogo.

"Sim, esse é o melhor lugar para tais bobagens inflamáveis. Suponho que seja melhor incendiar a casa do que deixar outras pessoas explodirem com a minha pólvora", pensou ela enquanto observava *O demônio do Jura* pegar fogo, transformando-se em cinza preta.

Entretanto, quando nada restou de três meses de trabalho além de um monte de cinzas e do dinheiro em seu colo, Jo ficou séria, sentada no chão, perguntando-se o que deveria fazer com sua remuneração.

— Acho que ainda não causei muito mal e, talvez, possa ficar com esse dinheiro como recompensa pelo tempo que investi — disse ela, após uma longa reflexão, acrescentando impacientemente: — Quase desejo não ter consciência alguma. É tão inconveniente. Se eu não me preocupasse em fazer o bem e não me sentisse desconfortável ao fazer o mal, prosperaria maravilhosamente. Não posso deixar de desejar, às vezes, que mamãe e papai não tivessem sido tão incisivos nesse sentido.

Ah, Jo, em vez de desejar isso, agradeça a Deus por "mamãe e papai terem sido incisivos" e tenha piedade, em seu coração, por aqueles que não têm tais guardiães para cercá-los de princípios que podem parecer muros de prisão para a juventude impaciente, mas se provarão alicerces seguros para edificar o caráter na vida adulta.

Jo não escreveu mais histórias sensacionalistas, decidindo que o dinheiro não compensava sua contribuição para o sensacionalismo, mas, indo ao outro extremo, como costuma acontecer com pessoas como ela, fez um curso sobre a sra. Sherwood, a srta. Edgeworth e Hannah More, e depois produziu um conto que poderia ser mais adequadamente chamado de "ensaio" ou "sermão", de tão intensamente moralista. Desde o início teve dúvidas, pois sua fantasia ardente e o romance juvenil sentiam-se tão pouco à vontade no novo estilo como se ela estivesse usando, em um baile de máscaras, as roupas pesadas e incômodas do século passado. Ela enviou tal joia didática a vários mercados, mas não encontrou comprador, e sentiu-se inclinada a concordar com o sr. Dashwood de que moralidades não vendiam.

Então, ela tentou um conto infantil, que teria conseguido publicar com facilidade se não fosse mercenária a ponto de exigir uma remuneração disparatada por ele. A única pessoa que lhe ofereceu o bastante para fazer com que valesse a pena arriscar-se na literatura juvenil foi um digno cavalheiro que considerava sua missão converter todo o mundo à sua crença particular. Entretanto, por mais que gostasse de escrever para crianças, Jo não podia consentir que todos os seus personagens travessos fossem devorados por ursos ou perseguidos por touros enlouquecidos por não frequentarem uma determinada escola dominical, nem que todos os bons meninos que a frequentavam fossem recompensados com todo tipo de bem-aventurança, desde quitutes até escoltas de anjos quando partiam desta vida a murmurar salmos ou sermões. Desse modo, nada resultou dessas experiências, e Jo arrolhou seu tinteiro e afirmou, em um acesso de humildade muito salutar:

— Não sei coisa alguma. Esperarei até saber antes de tentar novamente e, enquanto isso, "varrerei a lama da rua". Se não puder fazer nada melhor, ao menos é um trabalho honesto.

Uma decisão que provava que a segunda queda do pé de feijão lhe havia feito algum bem.

Enquanto se processavam essas revoluções internas, sua vida externa permanecera atarefada e tranquila, como de costume, e se por vezes ela parecia séria ou um pouco triste, ninguém notava a não ser o professor Bhaer. Ele a observava tão discretamente que Jo nunca percebeu. Queria analisar se ela aceitara e lucrara com sua repreensão. Ela, no entanto, saiu-se bem no teste, e ele ficou satisfeito, pois embora eles não tivessem trocado uma única palavra, o professor sabia que ela havia desistido de escrever. Chegou a tal conclusão não apenas porque o segundo dedo da mão direita da moça já não exibia marcas de tinta, mas também porque agora ela passava as noites no andar de baixo, não era mais vista nas proximidades dos jornais e estudava com uma paciência obstinada, o que lhe assegurava que ela estava decidida a ocupar a mente com algo útil, se não mesmo agradável.

Ele a ajudou de muitas maneiras, provando ser um verdadeiro amigo, e Jo estava feliz, pois embora sua pena estivesse ociosa, ela estava aprendendo outras lições além do alemão e construindo os alicerces para a história sensacional de sua vida.

Foi um inverno agradável e longo, pois ela só deixou a sra. Kirke em junho. Todos pareciam lamentar quando chegou o momento. As crianças estavam inconsoláveis, e os cabelos do sr. Bhaer estavam revoltos por toda a cabeça, pois ele sempre os emaranhava quando sua mente estava perturbada.

— *Enton*, vai para casa? Ah, tem sorte de ter *um* casa para retornar — disse ele, quando ela lhe contou, e ficou sentado em silêncio, puxando os cantos da barba, na festinha de despedida que ela organizara para aquela última noite.

Ela partiria cedo, por isso despediu-se de todos na véspera e, quando chegou a vez dele, disse em um tom caloroso:

— Agora, senhor, não se esquecerá de nos visitar, se um dia estiver viajando por aquelas bandas, não é mesmo? Nunca lhe perdoarei se o fizer, pois quero que toda a minha família conheça meu amigo.

— Quer? Devo ir? — perguntou ele, olhando para Jo com uma expressão ansiosa, que ela não percebeu.

— Sim, venha no próximo mês. Laurie se diplomará, e você há de apreciar a formatura como algo novo.

— É aquele seu melhor amigo, de quem já me falou, não? — perguntou ele em um tom alterado.

— Sim, meu garoto, Teddy. Estou muito orgulhosa dele e gostaria que o conhecesse.

Jo ergueu os olhos, então, bastante inconsciente de tudo — menos do próprio prazer diante da perspectiva de apresentá-los um ao outro. Algo no rosto do sr. Bhaer subitamente a lembrou de que poderia encontrar em Laurie mais do que um "melhor amigo" e, apenas por não desejar passar tal impressão, ela involuntariamente começou a corar, e quanto mais tentava evitá-lo, mais ruborizada ficava. Se não fosse por Tina, que estava em seu joelho, não sabia o que seria dela. Felizmente, a criança teve um impulso de abraçá-la, de modo que ela conseguiu esconder o rosto um instante, esperando que o professor não percebesse. Mas ele percebeu, e o semblante dele mudou novamente, passando daquela ansiedade momentânea para sua expressão habitual, quando ele disse cordialmente...

— Receio *non* conseguir arranjar tempo, mas desejo a *sua* amigo muito sucesso e a todos vocês, muita felicidade. Que Deus os abençoe.

E, com essas palavras, apertou-lhe calorosamente as mãos, colocou Tina em cima do ombro e foi-se embora.

Mas depois que os meninos estavam na cama, ele ficou sentado muito tempo diante do fogo, com uma expressão cansada no rosto e o *"Heimweh"*, ou saudades de casa, pesando no coração. Em determinado momento, ao se lembrar de Jo com a criança sentada no colo e uma tranquilidade nova no rosto, apoiou a cabeça nas mãos por um minuto e depois perambulou pela sala, como se estivesse procurando algo que não conseguia encontrar.

— *Non* é para mim, *non* devo ter esperança agora — disse para si mesmo, com um suspiro que foi quase um gemido.

Depois, como se estivesse censurando a si mesmo pelo desejo que não conseguia reprimir, foi dar um beijo nas duas cabecinhas desgrenhadas sobre o travesseiro, pegou o cachimbo raramente usado e abriu seu Platão.

Esforçou-se ao máximo — e com virilidade —, mas não creio que tenha descoberto que dois garotinhos travessos, um cachimbo, ou mesmo o divino Platão fossem substitutos satisfatórios para uma esposa, um filho, um lar.

Na manhã seguinte, embora fosse muito cedo, ele foi à estação para se despedir de Jo. Graças a ele, ela começou sua viagem solitária com a agradável lembrança de um rosto familiar sorrindo seu adeus, um buquê de violetas para lhe fazer companhia e o melhor de tudo, com o pensamento feliz: "Bem, o inverno passou, e eu não escrevi nenhum livro nem ganhei nenhuma fortuna, mas fiz um amigo que vale a pena ter e tentarei mantê-lo por toda a vida."

35

CORAÇÃO PARTIDO

Qualquer que tenha sido o motivo, Laurie estudou com algum propósito naquele ano, pois diplomou-se com honras e recitou o juramento com a graça de um Phillips e a eloquência de um Demóstenes, segundo seus amigos. Todos estavam lá: o avô, o senhor e a sra. March, John e Meg, Jo e Beth, todos exultando em torno dele com a admiração sincera à qual os rapazes não dão muita importância na ocasião, mas que deixam de receber, por parte do mundo, por diversos triunfos posteriores.

— Tenho de ficar aqui para a maldita ceia, mas amanhã cedo estarei em casa. Vocês virão me encontrar como de costume, meninas? — perguntou Laurie ao colocar as irmãs na carruagem, depois de terminadas as alegrias do dia.

Ele disse "meninas", mas referia-se a Jo, pois ela era a única que mantinha a antiga tradição. Ela não tinha coragem de recusar nada a seu esplêndido e bem-sucedido rapaz, e respondeu calorosamente:

— Estarei lá, Teddy, chova ou faça sol, e marcharei diante de você tocando "Hail the conquering hero comes" de Händel na harpa de boca.

Laurie lhe agradeceu com um olhar que a fez pensar, em um pânico repentino: "Minha nossa! Sei que ele dirá alguma coisa, e então o que hei de fazer?"

A reflexão noturna e o trabalho matinal apaziguaram um pouco seus medos, e tendo decidido que não seria vaidosa o suficiente para pensar que as pessoas lhe pediriam em casamento depois de ela ter dado todos os sinais de qual seria sua resposta, apareceu na hora marcada, esperando que Teddy não fizesse nada que a obrigasse a ferir seus pobres sentimentos. Uma visita a Meg, um cheirinho e um carinho reconfortantes em Daisy e Demijohn a fortaleceram ainda mais para o *tête-à-tête*, mas, quando ela avistou uma figura robusta a distância, sentiu um forte desejo de dar as costas e fugir.

— Onde está a harpa, Jo? — gritou Laurie, assim que estava a uma distância em que pudesse ser ouvido.

— Esqueci.

E Jo se animou de novo, pois tal saudação não podia ser considerada apaixonada.

Ela sempre costumava dar o braço a ele naquelas ocasiões, mas não o fez, e ele não se queixou, o que era um mau sinal, e continuou a falar rapidamente de toda sorte de assuntos longínquos, até que saíram da estrada e tomaram a vereda que levava à casa através do bosque. Então, ele começou a andar mais devagar, perdeu subitamente a eloquência e, de vez em quando, pausas terríveis começaram a acontecer. Para resgatar a conversa de um dos repetidos poços de silêncio, Jo disse, apressadamente:

— Agora você deve ter umas boas e longas férias!

— É minha intenção.

Algo em seu tom resoluto fez com que Jo erguesse os olhos rapidamente, e viu Laurie olhando para ela com uma expressão que lhe confirmou que o temível momento chegara e a fez estender a mão, implorando:

— Não, Teddy. Por favor, não faça isso!

— Eu farei, e você deve me ouvir. Não adianta, Jo, temos que resolver essa questão e, quanto mais cedo, melhor para nós dois — respondeu ele, ficando enrubescido e entusiasmado ao mesmo tempo.

— Diga o que quiser, então. Eu escutarei — disse Jo, com uma paciência desesperada.

Laurie era um jovem apaixonado, porém sincero, e iria "resolver a questão" nem que fosse a última coisa que fizesse. Desse modo, entrou no assunto com sua impetuosidade característica, dizendo, em uma voz de vez em quando estrangulada, apesar de seus esforços viris para manter-se firme:

— Eu amo você desde que nos conhecemos, Jo. Não pude evitar. Você tem sido boa demais para mim. Tentei demonstrar, mas você não deixou. Agora, eu a farei escutar e me dar uma resposta, pois não posso continuar assim.

— Eu queria poupá-lo disso. Pensei que você tivesse entendido... — começou Jo, achando a situação muito mais difícil do que ela esperava.

— Sei que você queria, mas as garotas são tão estranhas que nunca se sabe o que querem dizer. Dizem "não" quando querem dizer "sim" e levam um homem à loucura só por diversão — retrucou Laurie, entrincheirando-se atrás de um fato inegável.

— Eu não ajo assim. Nunca quis fazê-lo gostar de mim dessa forma. Cheguei a ir embora para preveni-lo, se possível.

— Imaginei que essa fosse a intenção. Foi algo típico seu, mas de nada adiantou. Eu só passei a amá-la ainda mais e me esforcei muito para lhe agradar. Renunciei ao bilhar e a tudo que você desaprovava e fiquei esperando, sem nunca me queixar, na esperança de que você me amasse, embora eu não seja, nem de longe, bom o suficiente...

Ele não conseguiu controlar o soluço de sufoco, por isso decapitou uns ranúnculos enquanto limpava sua "garganta confusa".

— É, sim. Você é, sim, é demasiadamente bom para mim, e eu lhe sou muito grata e sinto muito orgulho e carinho por você; não sei por que não consigo amá-lo como você gostaria que eu amasse. Eu tentei, mas não posso mudar meus sentimentos, e estaria mentindo se dissesse que o amo quando não amo.

— Realmente, de verdade, Jo?

Ele parou de falar e pegou as duas mãos dela ao fazer a pergunta, fitando-a com um olhar que ela levaria tempo para esquecer.

— Realmente, de verdade, meu querido.

Eles haviam chegado ao pomar, perto da entrada da cerca, e quando as últimas palavras saíram relutantemente da boca de Jo, Laurie largou as mãos dela e virou-se como se fosse embora, mas, pela primeira vez na vida, a cerca lhe parecia alta demais. Então, ele apenas apoiou a cabeça na estaca musgosa, tão quieto que Jo ficou assustada.

— Ah, Teddy, sinto muito, sinto muitíssimo, tão desesperadamente que poderia me matar, se ajudasse em alguma coisa! Gostaria que você não se magoasse tanto, não posso evitá-lo. Você sabe que é impossível forçar as pessoas a amar alguém que elas não amam! — exclamou Jo de forma pouco elegante, mas cheia de remorso, dando tapinhas suaves no ombro do rapaz e lembrando-se da época em que ele a consolara, tanto tempo antes.

— Algumas vezes é possível, sim — respondeu uma voz abafada vinda da estaca.

— Não creio que seja o tipo certo de amor e prefiro não me arriscar. — Foi a resposta decidida.

Houve uma longa pausa, enquanto um melro cantava alegremente no salgueiro junto ao rio e o capim alto farfalhava ao vento. Pouco depois, Jo disse, muito séria, enquanto se sentava no degrau da entrada:

— Laurie, quero lhe dizer uma coisa.

Ele se sobressaltou, como se tivesse levado um tiro, ergueu a cabeça de supetão e esbravejou, em um tom feroz:

— Não me diga isso, Jo, não posso suportar neste momento!

— Dizer o quê? — indagou ela, surpresa com a violência da atitude dele.

— Que você ama aquele velho.

— Que velho? — perguntou Jo, pensando que ele deveria estar se referindo ao avô.

— Aquele professor diabólico sobre o qual você vivia escrevendo. Se disser que o ama, sei que tomarei alguma atitude desesperada.

E ele parecia estar falando sério, enquanto apertava as mãos e seus olhos flamejavam furiosamente.

Jo queria rir, mas se conteve e disse calorosamente, pois também estava agitada com tudo aquilo:

— Não fale assim, Teddy! Ele não é velho, nem nada de ruim; é bondoso e é o melhor amigo que tenho, além de você. Por favor, não se deixe levar pela paixão. Quero ser educada, mas me zangarei se falar mal do meu professor. Amá-lo, ou a qualquer outra pessoa, nem me passou pela cabeça.

— Mas virá a amar, em algum momento, e então o que será de mim?

— Você também amará outra pessoa, como um rapaz sensato, e esquecerá todos esses aborrecimentos.

— Nunca conseguirei amar outra pessoa e jamais a esquecerei, Jo. Jamais! Jamais! — exclamou ele, batendo o pé no chão para enfatizar as palavras apaixonadas.

— O que devo fazer com ele? — murmurou Jo com um suspiro, achando as emoções mais incontroláveis do que ela esperava. — Você não ouviu o que eu queria lhe dizer. Sente-se e escute, pois quero realmente fazer o bem e deixar você feliz — disse ela, na esperança de acalmá-lo com um pouco de racionalidade, o que prova que ela não sabia nada sobre o amor.

Ao enxergar um lampejo de esperança naquela última frase, Laurie atirou-se na grama aos pés dela, apoiou o braço no degrau mais baixo da entrada e olhou para ela com uma expressão expectante. Ora, aquela atitude não induziu Jo a palavras amenas ou a pensamentos claros, pois como ela poderia repreender seu garoto enquanto ele a observava com os olhos cheios de amor e ânsia, com os cílios ainda molhados de uma ou duas lágrimas que o coração de pedra da moça o fizera derramar? Ela virou delicadamente a cabeça dele, dizendo, enquanto acariciava os cabelos ondulados que ele deixara crescer por sua causa — o que era muito tocante, sem sombra de dúvida:

— Concordo com mamãe. Você e eu não somos adequados um ao outro, pois nossos temperamentos esquentados e nossas vontades teimosas provavelmente nos fariam muito infelizes, se fôssemos tão insensatos a ponto de…

Jo fez uma pausa naquela última palavra, mas Laurie a pronunciou com uma expressão de êxtase.

— Casar. Não, não seríamos infelizes! Se você me amasse, Jo, eu seria um santo perfeito, pois você poderia fazer de mim o que quisesse.

— Não, não posso. Tentei e falhei, e não arriscarei nossa felicidade em uma experiência tão séria. Não estamos de acordo e nunca estaremos; portanto, seremos bons amigos por toda a vida, mas não faremos nada precipitado.

— Sim, faremos, se tivermos oportunidade — murmurou Laurie rebeldemente.

— Ora, seja racional e encare a situação de forma sensata — implorou Jo, quase perdendo a paciência.

— Não serei racional. Não quero encarar a situação "de forma sensata", como você colocou. De nada me ajudará e só tornará as coisas mais difíceis. Não acredito que você tenha coração algum.

— Antes não tivesse.

A voz de Jo estava um pouco trêmula e, entendendo aquilo como um bom sinal, Laurie virou-se, evocando todos os seus poderes de persuasão ao falar, em um tom que nunca fora tão perigosamente sedutor:

— Não nos desaponte, querida! Todos esperam por isso. Vovô quer muito, sua família gosta da ideia, e eu não posso viver sem você. Diga que sim e sejamos felizes. Diga, diga!

Só meses depois é que Jo compreendeu como teve forças para se ater à resolução que havia tomado quando decidiu que não amava seu garoto — e nunca poderia amar. Foi muito difícil fazê-lo, mas ela o fez, sabendo que postergar seria tanto inútil quanto cruel.

— Não posso dizer "sim" com o coração; portanto, simplesmente não direi. Você verá que tenho razão, um dia, e me agradecerá... — começou ela em um tom solene.

— Nem morto!

E Laurie levantou-se de um salto, ardendo de indignação diante da mera ideia.

— Agradecerá, sim! — persistiu Jo. — Você superará após algum tempo e encontrará uma bela moça, que o adorará e será uma excelente companheira, na sua bela casa. Eu não serviria. Sou caseira, esquisita, excêntrica e velha, você teria vergonha de mim, nós brigaríamos. Não conseguimos evitar nem mesmo agora, está vendo? E eu não iria gostar de viver em uma sociedade elegante, você odiaria meus escritos, e eu não poderia viver sem eles. Seríamos infelizes e desejaríamos nunca ter casado, tudo seria horrível!

— Algo mais? — perguntou Laurie, sentindo dificuldades em ouvir aquela explosão profética com paciência.

— Nada mais, exceto que acredito que jamais me casarei. Estou feliz como estou, e aprecio demais minha liberdade para ter pressa em desistir dela por qualquer homem.

— De forma alguma! — interrompeu Laurie. — Você pensa assim agora, mas chegará um momento em que se afeiçoará a alguém e o amará tremendamente e viverá e morrerá por ele. Eu sei que sim, é sua maneira de ser, e terei de ficar por perto e assistir.

E o desesperado jovem apaixonado jogou seu chapéu no chão em um gesto que teria parecido cômico, se seu rosto não estivesse tão trágico.

— Sim, viverei e morrerei por ele, se um dia me inspirar amor sem que eu deseje, e você deverá aceitar da melhor maneira que puder — gritou Jo, perdendo a paciência com o pobre Teddy. — Fiz o melhor que pude, mas você se recusa a ser racional, e é egoísmo da sua parte continuar insistindo em algo que não posso dar. Sempre terei muito carinho por você, como amigo, mas nunca me casarei com você, e quanto mais cedo acreditar nisso, melhor para nós dois. Pois bem!

Tal discurso foi como pólvora. Laurie ficou olhando para ela por um minuto, como se não soubesse bem o que fazer, depois virou-se bruscamente, dizendo, em um tom desesperado:

— Um dia você se arrependerá, Jo.

— Ah, aonde você vai? — gritou ela, pois a expressão dele a assustou.

— Para o diabo! — Foi a resposta consoladora.

Por um instante, o coração de Jo parou de bater, enquanto ele descia o barranco em direção ao rio, mas só muita loucura, pecado ou infelicidade é capaz de levar um jovem a uma morte violenta, e Laurie não era desses fracos que se dão por vencidos após uma única derrota. Ele não pensou em fazer um mergulho melodramático, mas algum instinto cegante o levou a atirar o chapéu e o casaco em seu barco e remar com todas as forças, subindo o rio em menos tempo do que conseguira em qualquer regata. Jo respirou fundo e relaxou as mãos enquanto observava o pobre rapaz tentando superar os problemas que carregava no coração.

— Isso lhe fará bem, e ele voltará para casa em um estado de espírito tão doce e penitente que eu não ousarei vê-lo — disse ela, acrescentando, enquanto ia lentamente para casa, sentindo-se como se tivesse assassinado algum ser inocente e enterrado debaixo das folhas. — Agora, devo ir e alertar o sr. Laurence para que seja muito gentil com meu pobre garoto. Gostaria que ele amasse Beth, talvez ele ainda consiga, mas começo a pensar que estava enganada a respeito dela. Oh, céus! Como podem as moças gostar de ter namorados para depois rejeitá-los? Acho isso terrível.

Convencida de que ninguém cumpriria a missão tão bem como ela própria, foi diretamente até o sr. Laurence, contou a triste história com bravura e depois se abateu, chorando tão desesperadamente por sua insensibilidade que o gentil cavalheiro, embora muito decepcionado, não proferiu qualquer reprovação. Ele achava difícil compreender como uma moça poderia não amar Laurie e esperava que ela mudasse de ideia, mas sabia, ainda melhor do que Jo, que o amor não pode ser forçado, então meneou a cabeça tristemente e resolveu levar o rapaz para longe do perigo, pois as palavras de despedida que o jovem impetuoso dissera a Jo o perturbaram mais do que ele queria admitir.

Quando Laurie chegou em casa, morto de cansaço, mas bastante controlado, seu avô o recepcionou como se não soubesse de nada e manteve a farsa com muito sucesso durante uma ou duas horas. Mas quando se sentaram juntos ao entardecer, uma hora do dia que costumavam apreciar muito, foi difícil para o velho tagarelar, como de costume, e ainda mais difícil para o jovem ouvir os elogios pelo sucesso do ano anterior, que para ele, naquele momento, pareciam ser um esforço desperdiçado de amor. Ele aguentou o máximo que pôde, então foi até o piano e começou a tocar. As janelas estavam abertas, e Jo, que passeava pelo jardim com Beth, naquela vez compreendeu a música melhor do que sua irmã, pois ele tocava a "Sonata Patética", e a interpretava como nunca fizera antes.

— Acho muito bonito, mas é tão triste que me faz querer chorar. Toque algo mais alegre, rapaz — pediu o sr. Laurence, cujo bondoso e velho coração transbordava uma empatia que ele ansiava por demonstrar, mas não sabia como.

Laurie atirou-se em uma melodia mais animada, tocou de forma tempestuosa por vários minutos e teria conseguido terminar bravamente se, em uma pausa momentânea, a voz da sra. March não tivesse sido ouvida, chamando:

— Jo, querida, entre. Preciso de você.

Era exatamente o que Laurie queria dizer, com um significado diferente! Ao ouvi-lo, perdeu a compostura, e a música terminou com um acorde quebrado, deixando o músico sentado em silêncio no escuro.

— Não consigo suportar isso — resmungou o velho cavalheiro. Ele se levantou, caminhou até o piano apoiando-se pelo caminho, colocou uma das mãos gentilmente sobre um dos ombros largos do garoto e disse, com a suavidade de uma mulher: — Eu sei, meu rapaz, eu sei.

Laurie ficou sem resposta por um instante, então perguntou, com toda a clareza:

— Quem lhe contou?

— A própria Jo.

— Então é o fim!

E ele afastou as mãos do avô com uma sacudidela impaciente, pois, embora agradecido pela empatia, seu orgulho masculino não podia suportar a compaixão de outro homem.

— Não exatamente. Quero dizer-lhe uma coisa, e então teremos um fim — respondeu o sr. Laurence com uma doçura incomum.

— Creio que talvez você queira afastar-se um pouco de casa, não?

— Não pretendo fugir de uma garota. Jo não pode impedir que eu a veja, e eu ficarei aqui o tempo que quiser — interrompeu Laurie, em um tom desafiador.

— Não se for o cavalheiro que eu acredito que seja. Estou desapontado, mas a moça não pode mudar o que sente, e a única coisa que lhe resta é ir embora por um tempo. Para onde irá?

— Para qualquer lugar. Não me importo com o que vai acontecer comigo.

E Laurie levantou-se, soltando uma risada de falsa indiferença que doeu nos ouvidos do avô.

— Aja como um homem e não faça nada precipitado, pelo amor de Deus. Por que não vai para o exterior, como havia planejado, e trata de esquecê-la?

— Não posso.

— Mas você ansiava tanto por essa viagem, e eu lhe prometi que você iria quando terminasse a faculdade.

— Ah, mas eu não pretendia ir sozinho!

E Laurie atravessou a sala com uma expressão que era melhor que seu avô não visse.

— Não lhe peço que vá sozinho. Há alguém que está disposto e ficaria contente em acompanhá-lo a qualquer parte do mundo.

— Quem, senhor? — perguntou Laurie, parando para ouvir.

— Eu mesmo.

Laurie voltou tão rapidamente quanto se afastara e estendeu a mão, dizendo com a voz rouca:

— Sou um bruto egoísta, mas... O senhor sabe, vovô...

— Que o Senhor tenha piedade de mim. Sim, eu sei, pois também já passei por isso, durante minha juventude, e depois com seu pai. Agora, meu caro rapaz, sente-se, fique quieto e ouça meu plano. Está tudo resolvido e pode ser realizado imediatamente — disse o sr. Laurence, segurando o rapaz, como se tivesse medo de que ele também fugisse, como o pai fizera.

— Bem, senhor, o que é?

E Laurie sentou-se, sem demonstrar qualquer sinal de interesse no rosto ou na voz.

— Há alguns negócios em Londres que precisam ser tratados. Minha ideia era que você se encarregasse disso, mas eu mesmo posso fazer melhor, e as coisas aqui irão muito bem com Brooke para administrá-las. Meus sócios fazem quase tudo, estou apenas levando adiante até que você tome meu lugar, e posso me ausentar a qualquer momento.

— Mas o senhor detesta viajar. Não posso pedir-lhe isso na sua idade — começou Laurie, que agradecia o sacrifício, mas preferia ir sozinho, caso fosse.

O velho cavalheiro sabia muito bem disso e desejava sobretudo impedi-lo, pois o estado em que encontrou o neto lhe assegurou que não seria prudente deixá-lo a seu bel-prazer. Assim, abafando um pesar natural ao pensar no conforto do lar que deixaria para trás, disse com firmeza:

— Ora essa, ainda não estou tão velho assim! A ideia me agrada muito. Há de me fazer bem, e minha velha carcaça não sofrerá, pois viajar, hoje em dia, é quase tão fácil quanto ficar sentado em uma cadeira.

Um movimento inquieto de Laurie sugeriu que sua cadeira não era confortável ou que ele não gostara do plano, o que fez o velho acrescentar apressadamente:

— Não quero ser um desmancha-prazeres ou um fardo. Vou porque acho que você se sentiria mais feliz do que se me deixasse para trás. Não pretendo segui-lo por toda parte, mas deixá-lo livre para ir aonde quiser, enquanto eu me divirto à minha maneira. Tenho amigos em Londres e em Paris e gostaria de visitá-los. Você pode, entretanto, ir à Itália, à Alemanha, à Suíça, onde poderá apreciar pinturas, música, paisagens e aventuras a seu gosto.

Ora, naquele momento, Laurie sentia seu coração completamente despedaçado e o mundo lhe parecia um deserto uivante, mas ao ouvir certas palavras que o idoso engenhosamente introduziu em sua frase final, o coração partido deu um salto inesperado e um ou dois oásis verdes surgiram subitamente no deserto uivante. Ele suspirou e então disse, em um tom desanimado:

— Como quiser. Não importa aonde eu vá ou o que eu faça.

— A mim importa, lembre-se disso, meu rapaz. Dou-lhe toda a liberdade, mas confio que a usufruirá de forma honesta. Prometa-me isso, Laurie.

— Como quiser, senhor.

"Ótimo", pensou o velho cavalheiro. "Você não se importa agora, mas chegará um momento em que essa promessa o manterá longe de encrencas, a não ser que eu esteja redondamente enganado."

Sendo um indivíduo enérgico, o sr. Laurence resolveu todas as questões da viagem e, antes que a alma despedaçada se recuperasse o suficiente para se rebelar, eles partiram. Durante o tempo necessário à preparação, Laurie lamentou-se como costumam fazer os jovens em situações parecidas. Ficava mal-humorado, irritável e pensativo alternadamente; perdeu o apetite, negligenciou seu vestuário e dedicou muito tempo a tocar piano tempestivamente; evitou encontrar-se com Jo, mas consolava-se olhando-a de sua janela, com uma expressão trágica que assombrava os sonhos dela à noite e a oprimia com um pesado sentimento de culpa durante o dia. Ao contrário de alguns sofredores, ele nunca falava de sua paixão não correspondida e não permitia a ninguém, nem mesmo à sra. March, qualquer tentativa de consolo ou simpatia. Por um lado, isso foi um alívio para os amigos, mas as semanas que antecederam sua partida foram muito desconfortáveis, e todos se alegraram com o fato de que "o pobre e querido companheiro iria embora para esquecer seus problemas e voltar para casa feliz". É claro que ele sorria sombriamente diante de tamanha ilusão, mas dispensava o assunto com a triste superioridade de quem sabe que sua fidelidade, assim como seu amor, é inalterável.

Quando chegou o dia de partir, ele fingiu estar de bom humor para ocultar certas emoções inconvenientes que pareciam decididas a prevalecer. Tal alegria não convenceu ninguém, mas todos tentaram passar a impressão de que estavam acreditando, e ele saiu-se muito bem até a sra. March lhe dar um beijo, com um suspiro repleto de solicitude maternal. Então, sentindo que iria fraquejar, abraçou a todos apressadamente, sem esquecer a aflita Hannah, e desceu as escadas correndo, como se sua vida dependesse disso. Jo o seguiu um minuto depois para acenar-lhe com a mão, se ele olhasse para trás. Ele olhou, retornou, colocou os braços em torno dela, quando a moça parou no degrau acima dele, e olhou para ela com uma expressão que tornou seu breve apelo ao mesmo tempo eloquente e patético.

— Ah, Jo, será que você não pode?

— Teddy, querido, quem me dera poder!

Foi tudo o que se desenrolou, exceto por uma pequena pausa. Então, Laurie endireitou-se e disse:

— Está bem. Não se importe.

E foi embora sem mais uma palavra. Ah, mas não estava tudo bem, e Jo se importou, pois enquanto a cabeça encaracolada do rapaz apoiou-se em seu braço por um instante depois de sua resposta dura, ela sentiu como se tivesse apunhalado seu melhor amigo, e quando ele a deixou sem olhar para trás, ela sabia que o garoto Laurie nunca mais voltaria.

36

O SEGREDO DE BETH

Quando Jo voltou para casa naquela primavera, tinha ficado impressionada com a mudança em Beth. Ninguém falava disso ou parecia ter percebido, pois acontecera aos poucos, sem assustar aqueles que a viam diariamente, mas, para o olhar aguçado pela ausência, era claro como água, e Jo sentiu um peso enorme no coração quando viu o rosto da irmã. Não estava mais pálida e apenas um pouquinho mais magra do que no outono, mas sua expressão era estranha e transparente, como se seu lado mortal estivesse se esvaindo lentamente e o lado imortal, reluzindo por debaixo da carne frágil com uma beleza indescritivelmente patética. Jo o percebeu e sentiu, mas nada disse na ocasião, e logo a primeira impressão perdeu boa parte de sua força, pois Beth parecia feliz, ninguém parecia duvidar de que ela estava melhor, e, estando preocupada com outras questões, Jo esqueceu seu receio por algum tempo.

Mas, quando Laurie se foi e a paz voltou a prevalecer, a ansiedade indistinta retornou e a deixou perturbada. Ela confessou seus pecados e foi perdoada, mas quando mostrou suas economias e propôs uma viagem às montanhas, Beth lhe agradeceu de todo o coração, mas implorou para não ir tão longe de casa. Outro breve passeio à praia lhe conviria mais, e, como ninguém conseguiria persuadir a vovó a se afastar dos netinhos, Jo levou Beth ao lugar tranquilo, onde ela podia passar bastante tempo ao ar livre e permitir que a brisa fresca do mar soprasse um pouco de cor em suas bochechas pálidas.

Não era um lugar luxuoso, mas, mesmo entre as pessoas agradáveis de lá, as meninas fizeram poucos amigos, preferindo viver uma para a outra. Beth era muito tímida para desfrutar a sociedade e Jo estava dedicada demais a cuidar da irmã para se importar com qualquer outra pessoa. Assim, dedicavam-se uma à outra e circulavam por toda parte, bastante inconscientes do interesse que despertavam nas pessoas, que observavam com olhos solidários a irmã forte e a fraca, sempre juntas, como se sentissem instintivamente que uma longa separação estava prestes a acontecer.

Elas também o sentiam, mas não tocavam no assunto, pois, muitas vezes, existe entre nós e aqueles que nos são mais próximos e queridos uma reserva muito difícil de superar. Jo sentia como se um véu tivesse caído entre seu coração e o de Beth, mas, quando ela estendia a mão para levantá-lo, parecia haver algo sagrado no silêncio, e ela esperou que Beth falasse. Ela se perguntava — e também agradecia — por que seus pais pareciam não ver o que ela via, e durante aquelas semanas de silêncio, quando as sombras se tornaram muito claras para ela, ela não contou nada aos que estavam em casa, acreditando que eles mesmos perceberiam quando Beth voltasse sem apresentar qualquer melhora. Ela também se perguntava se a irmã realmente conhecia a dolorosa verdade e quais pensamentos lhe passavam pela mente durante as longas horas em que ela se deitava sobre os rochedos quentes, com a cabeça no colo de Jo, enquanto os ventos sopravam salutarmente sobre ela e o mar cantarolava a seus pés.

Um dia, Beth lhe contou. Jo pensou que ela estivesse dormindo, tão quieta estava, e, abaixando o livro, ficou olhando para ela com olhos pensativos, tentando encontrar sinais de esperança na desbotada cor das bochechas da irmã. Mas não encontrou o suficiente para satisfazê-la, pois as faces estavam demasiado magras, e as mãos pareciam muito fracas para segurar até mesmo as pequenas conchas cor-de-rosa que elas haviam catado. Teve, então, a amarga impressão de que Beth estava lentamente se afastando dela, e seus braços apertaram de forma instintiva o tesouro mais caro que ela possuía. Por um minuto, seus olhos ficaram turvos demais para enxergar, e, quando se abriram, Beth estava olhando para ela com tanta ternura que quase não era necessário que ela dissesse:

— Jo, querida, fico feliz que você saiba. Tentei lhe contar, mas não consegui.

Não houve resposta além da face da irmã contra a sua, nem mesmo as lágrimas, pois, quando se sentia mais profundamente emocionada, Jo não chorava. Ela era, naquele momento, a mais fraca, e Beth tentou consolá-la e apoiá-la, abraçando-a e sussurrando palavras tranquilizadoras em seu ouvido.

— Já sei há um bom tempo, querida, e agora estou conformada. Não é mais difícil de pensar a respeito, nem de suportar. Procure vê-lo dessa forma e não se preocupe comigo, pois é melhor assim; realmente é.

— Foi isso que a deixou tão infeliz durante o outono, Beth? Você já estava sentindo naquela época e guardou para si por todo esse tempo, não é? — perguntou Jo, recusando-se a ver ou dizer que era mesmo melhor, mas contente por saber que Laurie não tinha qualquer relação com os problemas de Beth.

— Sim, foi então que desisti da esperança, mas não queria admitir. Tentei pensar que se tratava de uma ilusão doentia e não quis que ninguém se incomodasse. Mas, quando via vocês todos tão bem, tão fortes e cheios de planos felizes, era difícil sentir que eu nunca poderia ser como vocês, e então me senti péssima, Jo.

— Ah, Beth, e você não me contou, não me deixou consolá-la e ajudá-la? Como pôde me afastar, suportar tudo isso sozinha?

A voz de Jo transmitia uma terna reprovação, e seu coração doía ao pensar na luta solitária que Beth provavelmente encarara enquanto aprendia a despedir-se da saúde, do amor e da vida e a aceitar sua cruz com tanta alegria.

— Talvez tenha sido errado, mas tentei fazer o que era certo. Não tinha certeza, ninguém disse nada, e eu esperava estar enganada. Teria sido egoísta assustar todos vocês, sendo que mamãe estava tão ansiosa com Meg, Amy longe e você tão feliz com Laurie. Ao menos era assim que eu pensava na época.

— E eu pensava que você o amava, Beth, e fui embora porque eu não conseguia! — exclamou Jo, contente por dizer toda a verdade.

Beth ficou tão espantada com a ideia que Jo sorriu, apesar de sua dor, e acrescentou suavemente:

— Então você não o amava, querida? Eu receava que sim e imaginei que seu pobre coraçãozinho estivesse transbordando de amor durante todo esse tempo.

— Ora, Jo, como eu poderia, sendo que ele gostava tanto de você? — perguntou Beth, com a mesma inocência de uma criança.

— Eu o amo muito. Ele é muito bom para mim, como poderia não amar? Mas ele nunca poderia ser nada para mim além de meu irmão. Espero que seja, um dia.

— Não por meu intermédio — afirmou Jo com determinação. — Resta Amy para ele, e eles formariam um par perfeito, mas não tenho qualquer interesse por essas questões neste momento. Não me interessa o que acontece a ninguém além de você, Beth. Você precisa ficar bem.

— Eu quero, sim, quero tanto! Eu tento, mas cada dia enfraqueço um pouquinho e tenho mais certeza de que nunca mais me recuperarei. É como a maré, Jo: quando muda, afasta-se lentamente, mas não pode ser detida.

— Será detida, sim, sua maré não pode mudar tão cedo; com 19 anos, você é muito jovem, Beth. Não posso deixá-la ir. Trabalharei, rezarei e lutarei contra isso. Eu a manterei aqui, apesar de tudo. Deve haver alguma maneira, não pode ser tarde demais. Deus não será tão cruel a ponto de tirá-la de mim — gritou, rebeldemente, a pobre Jo, pois seu espírito era muito menos devoto e submisso do que o de Beth.

Pessoas simples e sinceras raramente falam muito de sua devoção. Ela transparece em atos e não em palavras, e tem mais influência do que homilias ou protestos. Beth não conseguia raciocinar ou explicar a fé que lhe deu coragem e paciência para renunciar à vida e esperar alegremente pela morte. Como uma criança confiante, ela não fez perguntas, apenas deixou tudo nas mãos de Deus e da natureza, Pai e Mãe de todos nós, sentindo-se segura de que eles — e só eles — poderiam ensinar e fortalecer o coração e o espírito para esta vida e a vida futura. Ela não repreendeu Jo com discursos santificados, só a amou ainda mais por seu afeto apaixonado e agarrou-se com mais forças ao caro amor humano, do qual o nosso Pai jamais pretendeu que fôssemos afastados e pelo qual Ele nos aproxima de Si mesmo. Ela não podia dizer "Estou feliz por partir", pois a vida lhe era muito doce. Só conseguiu dizer, em um soluço:

— Tento estar disposta.

E agarrou-se a Jo, enquanto a primeira onda amarga daquela tristeza imensa as assolava.

Pouco depois, Beth indagou, recobrando a serenidade:

— Você contará a eles quando voltarmos para casa?

— Acho que eles perceberão sem que precisemos verbalizar — comentou Jo com um suspiro, pois agora lhe parecia que Beth mudava todos os dias.

— Talvez não. Ouvi dizer que as pessoas que mais amam são, muitas vezes, as mais cegas a tais coisas. Se não o virem, você contará a eles por mim. Não quero nenhum segredo, e prepará-los é uma atitude mais bondosa. Meg tem John e os bebês para consolá-la, mas você precisa amparar papai e mamãe, não é, Jo?

— Se puder. Mas, Beth, eu não desisti ainda. Acreditarei que é uma ilusão doentia e não deixarei que você pense que é verdade — afirmou Jo, tentando parecer alegre.

Beth ficou pensativa por um minuto e, depois, disse com seu jeito tranquilo:

— Não sei como me expressar e não tentaria com qualquer outra pessoa além de você, pois não posso falar tudo o que penso a não ser com minha Jo. Quero apenas dizer que tenho a sensação de que nunca foi previsto que eu vivesse muito tempo. Não sou como o restante de vocês. Nunca fiz planos sobre o que faria quando crescesse. Nunca pensei em me casar, como todas vocês pensaram. Parecia que não conseguia me imaginar senão como a pequena e tola Beth, perambulando pela casa, de nada servindo em algum outro lugar além dali. Nunca quis ir embora, e a parte mais difícil, agora, é deixar todos vocês. Não tenho medo, mas parece que sentirei saudades de casa, mesmo no céu.

Jo não conseguiu falar e, durante vários minutos, não se ouviu qualquer outro som além do suspiro do vento e das batidas das ondas. Uma gaivota de asas brancas passou voando, com o clarão do sol em seu peito prateado. Beth a observou até desaparecer, e seus olhos estavam cheios de tristeza. Uma ave pequena costeira cinza saltitando delicadamente pela praia, pipilando baixinho para si mesma, como se estivesse desfrutando o sol e o mar, chegou bem perto de Beth, fitou-a com um olhar amistoso e acomodou-se em uma pedra quente, ajeitando as penas molhadas, bem à vontade. Beth sorriu e sentiu-se reconfortada, pois o pequeno pássaro parecia oferecer-lhe sua amizade e lembrá-la de que ainda havia um mundo agradável a ser desfrutado.

— Que graça de passarinho! Veja, Jo, como é mansinho. Gosto mais dessas aves pequeninas do que de gaivotas. Não são tão selvagens e bonitas, mas parecem felizes, confidenciando segredinhos. Eu costumava chamá-los de "meus pássaros" no verão passado, e mamãe dizia que eles faziam-na se lembrar de mim:

bichinhos de cor pálida, sempre perto da costa e chilreando aquele canto alegre. Você é uma gaivota, Jo: forte e selvagem, apaixonada pela tempestade e pelo vento, voando para alto-mar e feliz por estar sozinha. Meg é uma rolinha e Amy é como as cotovias sobre as quais ela escreve, tentando alçar voo entre as nuvens, mas sempre caindo novamente no ninho. Irmã querida! Ela é demasiado ambiciosa, mas seu coração é bom e terno, e, por mais alto que voe, ela nunca se esquecerá do lar. Espero voltar a vê-la, mas ela parece tão distante.

— Ela virá na primavera, e espero que você esteja preparada para vê-la e desfrutar sua companhia. Farei com que esteja bem e corada até lá — começou Jo, sentindo que, de todas as mudanças em Beth, a da fala era a maior, pois parecia não lhe custar qualquer esforço agora e ela passara a pensar em voz alta, de uma maneira bem diferente da tímida Beth de costume.

— Jo, querida, não tenha mais esperanças. De nada adiantará. Estou certa disso. Não fiquemos tristes, mas tratemos de fruir o prazer de estar juntas enquanto aguardamos. Teremos momentos felizes, pois não sofro muito, e penso que a maré mudará com tranquilidade, se você me ajudar.

Jo inclinou-se para beijar o rosto tranquilo da irmã e, com aquele beijo silencioso, dedicou-se de corpo e alma a Beth.

Ela acertara. Não houve necessidade de palavras quando chegaram em casa, pois o pai e a mãe viram claramente, naquele momento, aquilo que haviam rezado para serem poupados de ver. Cansada da breve viagem, Beth foi imediatamente para a cama, dizendo como estava feliz por estar em casa, e, quando Jo se juntou a eles, descobriu que seria poupada da dura tarefa de contar o segredo de Beth. O pai estava em pé, com a cabeça encostada na lareira, e não se virou quando ela entrou, mas a mãe esticou os braços como se estivesse pedindo socorro, e Jo foi confortá-la sem proferir uma única palavra.

37

NOVAS IMPRESSÕES

Às três da tarde, toda a sociedade refinada de Nice pode ser vista na Promenade des Anglais — um lugar encantador, pois o calçadão largo, ladeado de palmeiras, flores e arbustos tropicais é delimitado de um lado pelo mar e, do outro, pela majestosa avenida de hotéis e vilas, com laranjais e colinas ao fundo. Ali, muitas nações estão representadas, muitas línguas são faladas, muitos trajes diferentes são usados e, em dias de sol, o espetáculo é tão alegre e colorido como um carnaval. Ingleses arrogantes, franceses animados, alemães sérios, espanhóis bonitos, russos feios, judeus meigos, americanos despreocupados — todos passeiam em veículos, descansam ou caminham por ali, conversando sobre as notícias e criticando a última celebridade que chegou: Ristori ou Dickens, Victor Emmanuel ou a rainha das ilhas Sandwich. As carruagens são tão variadas quanto as pessoas e atraem igual atenção, especialmente as caleches de cabine baixa que as senhoras conduzem sozinhas, exibindo um par de cavalos vistosos, redes coloridas que impedem que seus volumosos babados transbordem dos diminutos veículos e pequenos cavalariços empoleirados na parte de trás.

Nesse calçadão, no dia de Natal, um jovem alto caminhava lentamente, com as mãos atrás das costas e uma expressão um tanto vazia no semblante. Ele parecia italiano, estava vestido como um inglês e tinha o ar independente de um americano — uma combinação que fazia os olhos femininos se voltarem para ele com aprovação e vários dândis em ternos de veludo preto e gravatas cor-de-rosa, luvas de couro de búfalo e flores de laranjeira em suas botoeiras desdenhassem dele para, depois, invejá-lo por sua altura. Havia muitos rostos bonitos para admirar, mas o rapaz não lhes dava muita atenção, a não ser para procurar, de vez em quando, por uma moça loira de vestido azul. Logo saiu do calçadão e parou por um instante no cruzamento, como se não soubesse se deveria ir ouvir a banda no Jardim Público ou caminhar ao longo da praia em direção à Colina do Castelo. O trote ligeiro dos cascos de um cavalo o fez erguer os olhos, enquanto uma das pequenas carruagens, transportando uma única dama, descia a rua rapidamente. A moça era jovem, loira e estava vestida de azul. Ele a olhou atentamente por um minuto, então todo o seu rosto acordou e, agitando o chapéu como um menino, ele correu para encontrá-la.

— Ah, Laurie, é mesmo você? Pensei que nunca viria! — exclamou Amy, largando as rédeas e estendendo as duas mãos, para grande espanto de uma mãe francesa, que apressou os passos da filha para que ela não aprendesse os modos livres daqueles "ingleses malucos".

— Fiquei detido no caminho, mas prometi passar o Natal com você e cá estou.

— Como está seu avô? Quando você chegou? Onde está hospedado?

— Muito bem, ontem à noite, no Chauvain. Fui procurá-la no hotel, mas você não estava.

— Tenho tanto a dizer, nem sei por onde começar! Entre e poderemos conversar à vontade. Eu estava indo dar um passeio e gostaria de companhia. Flo está descansando para hoje à noite.

— O que haverá? Um baile?

— Uma festa de Natal em nosso hotel. Há muitos americanos lá e eles organizam a celebração. Você naturalmente virá, não é? Titia ficará encantada.

— Obrigado. Aonde vamos agora? — perguntou Laurie, inclinando-se para trás e cruzando os braços, uma atitude que agradou a Amy, que preferia conduzir a carruagem, pois ver seu chicote e as rédeas azuis sobre as costas dos cavalos brancos lhe proporcionava infinita satisfação.

— Vou primeiro ao correio, buscar cartas, e depois à Colina do Castelo. A vista é linda, e eu gosto de alimentar os pavões. Você já esteve lá?

— Ia com frequência, anos atrás, mas não me importo em ir novamente.

— Agora me conte tudo sobre você. A última notícia sua que recebi foi quando seu avô escreveu que aguardava seu retorno de Berlim.

— Sim, passei um mês lá e depois fui encontrá-lo em Paris, onde ele se instalou para passar o inverno. Ele tem amigos lá e encontra muitas coisas para se entreter, então vou e volto, e nos entendemos maravilhosamente bem.

— É um acerto razoável — disse Amy, sentindo falta de algo nos modos de Laurie, embora ela não soubesse dizer o quê.

— Veja bem, ele detesta viajar e eu detesto ficar parado, então cada qual faz o que lhe agrada e não há qualquer aborrecimento. Vejo-o com frequência e ele aprecia minhas aventuras, ao passo que eu gosto de sentir que alguém fica contente ao me ver quando volto de minhas andanças. Que buraco velho e sujo, não é mesmo? — acrescentou ele, com um olhar de repugnância, enquanto seguiam pela avenida até a praça Napoleão, na parte velha da cidade.

— A sujeira é pitoresca, então não me importo. O rio e as colinas são maravilhosos, e esses vislumbres das estreitas ruas transversais são o meu deleite. Agora, teremos de esperar essa procissão passar. Eles estão indo à igreja de São João.

Enquanto Laurie observava apaticamente a procissão de sacerdotes com seus pálios, freiras de véu branco segurando velas acesas e uma irmandade vestida de azul que cantava enquanto caminhava, Amy o observou e sentiu uma timidez diferente arrebatá-la, pois ele estava mudado, e ela não conseguia encontrar o garoto de semblante alegre que deixara em casa no homem de aspecto soturno que estava a seu lado. Pensou que ele estava mais bonito do que nunca e muito melhorado, mas depois que o rompante de prazer ao encontrá-lo havia passado, ele parecia cansado e desanimado — não doente, nem exatamente infeliz, porém mais velho e mais sério do que esperava após um ou dois anos de uma vida próspera. Ela não conseguia entender e não se atrevia a fazer perguntas, então sacudiu a cabeça e chicoteou os cavalos, enquanto a procissão passava pelos arcos da ponte Paglioni e desaparecia igreja adentro.

— *Que pensez-vous?* — perguntou ela, praticando seu francês, que tinha melhorado em quantidade, se não em qualidade, desde que ela fora para o exterior.

— Que *mademoiselle* fez bom uso de seu tempo, e o resultado é encantador — respondeu Laurie, curvando-se em uma reverência, com a mão no peito e um olhar de admiração.

Ela corou com prazer, mas, de certo modo, o elogio não a satisfez como os galanteios grosseiros que ele costumava fazer-lhe em casa, quando a abordava, em ocasiões festivas, e lhe dizia que ela estava "extremamente bonita", com um sorriso sincero e uma palmadinha de aprovação na cabeça. Ela não gostou do novo tom, pois, embora não fosse propriamente *blasé*, parecia indiferente, apesar do olhar.

"Se é esse adulto que ele vai se tornar, gostaria que permanecesse um garoto", pensou ela, com uma curiosa sensação de decepção e desconforto concomitantes, tentando, entretanto, parecer à vontade e alegre.

No correio, ela coletou as preciosas cartas da família e, entregando as rédeas a Laurie, leu-as com deleite, enquanto seguiam pela estrada sombreada pelas sebes verdes, onde as rosas-chá floresciam tão frescas como em junho.

— Mamãe disse que Beth está muito fraca. Muitas vezes, penso que deveria ir para casa, mas todos me dizem para ficar. Então, fico, pois nunca mais terei outra oportunidade como esta — disse Amy, lendo uma página da carta com ar sóbrio.

— Acho que você tem razão nesse ponto. Não poderia fazer nada em casa e, para eles, é um grande consolo saber que você está bem, feliz e desfrutando tanto, minha querida.

Ao dizer aquilo, ele se aproximou mais dela e assemelhou-se mais ao velho Laurie, e o medo que, por vezes, pesava no coração de Amy foi aliviado, pois o olhar, a atitude e o "minha querida" fraternal pareceram lhe assegurar que, se ocorresse algum problema, ela não estaria sozinha em uma terra estranha. Então ela riu e mostrou a ele um pequeno esboço de Jo em seu uniforme de escritora, com o laço extravagantemente erguido sobre a touca e as seguintes palavras saindo de sua boca: "A genialidade arde!"

Laurie sorriu, pegou o desenho, colocou no bolso do colete "para evitar que saísse voando" e escutou com interesse a animada carta que Amy leu para ele.

— Este será, realmente, um "feliz Natal" para mim, com presentes pela manhã, você e cartas à tarde e uma festa à noite! — exclamou Amy, enquanto desembarcavam nas ruínas do velho forte e um bando de esplêndidos pavões vinha ao encontro deles, esperando mansamente que os alimentassem.

Enquanto Amy ria, parada na margem acima dele, espalhando migalhas para os resplandecentes pássaros, Laurie a observou como ela o observara: com uma curiosidade natural de ver quais mudanças o tempo e a ausência haviam provocado. Nada encontrou que pudesse deixá-lo perplexo ou desapontado, mas muito o que admirar e aprovar, pois, ignorando algumas pequenas afetações na fala e nos modos, ela estava tão jovial e graciosa como sempre, com um acréscimo daquele toque indescritível nas roupas e no comportamento que chamamos de "elegância". Sempre madura para a idade, Amy ganhara certa desenvoltura, tanto no porte como na conversa, o que a fazia parecer uma mulher mais experiente do que de fato era, mas a velha petulância de vez em quando aparecia, a teimosia ainda se mantinha e a franqueza natural permanecia intocada pelo verniz estrangeiro.

Laurie não percebeu tudo isso enquanto a observava alimentar os pavões, mas viu o suficiente para se satisfazer e se interessar e guardou consigo uma imagem linda de uma garota de rosto alegre, de pé sob o sol que fazia sobressair o matiz suave de seu vestido, a cor rosada de suas bochechas e o brilho dourado de seus cabelos, e a tornava uma figura proeminente naquele belo cenário.

Quando subiram ao terraço de pedra que coroava a colina, Amy acenou com a mão, como que lhe dando as boas-vindas a seu refúgio favorito, e disse, apontando para várias direções:

— Você se lembra da Catedral e do Corso, dos pescadores arrastando suas redes na baía, da bela estrada para Villa Franca, da Torre de Schubert, logo abaixo, e o melhor de tudo, daquele pontinho lá no meio do mar que dizem ser a Córsega?

— Eu me lembro. Não mudou muito — respondeu ele apaticamente.

— O que Jo não daria para ver esse pontinho famoso! — disse Amy, sentindo-se bem-humorada e ansiosa por também vê-lo.

— Sim — Foi tudo o que ele disse, mas virou-se e apertou os olhos para ver a ilha que um usurpador maior até do que Napoleão tornara interessante aos olhos.

— Olhe bem para ela e depois venha me contar o que tem feito durante todo esse tempo — pediu Amy, sentando-se, pronta para uma boa conversa.

Mas não a teve, pois, embora ele tenha se juntado a ela e respondido desembaraçadamente a todas as suas perguntas, contou-lhe apenas que havia viajado pelo continente e estado na Grécia. Assim, após uma hora de ociosidade, eles voltaram para casa e, depois de cumprimentar a sra. Carrol, Laurie os deixou, prometendo retornar à noite.

É necessário registrar, com relação a Amy, que ela se embonecou deliberadamente naquela noite. O tempo e a ausência tinham surtido efeito nos dois jovens. Ela vira seu velho amigo de uma nova perspectiva, não como o "nosso garoto", mas como um homem bonito e agradável, e tinha consciência de seu desejo muito natural de lhe causar uma boa impressão. Amy conhecia seus pontos fortes e fazia bom uso deles, com o gosto e a habilidade que são uma fortuna para uma mulher bonita e pobre.

Tarlatana e tule eram baratos em Nice, então, nessas ocasiões, ela se envolvia nessas fazendas e, seguindo a conveniente moda inglesa dos vestidos simples para jovens moças, criava toaletes encantadoras com flores frescas, alguns berloques e todo tipo de apetrechos delicados, que eram tanto acessíveis quanto eficazes. Deve-se confessar que a artista, às vezes, apoderava-se da mulher e entregava-se a penteados antigos, atitudes majestosas e trajes clássicos. Entretanto, por Deus, todos nós temos nossas pequenas fraquezas e achamos fácil perdoá-las nos jovens, que satisfazem nossos olhos com sua beleza e alegram nosso coração com suas vaidades descomplicadas.

— Quero que ele pense que estou com um bom aspecto e conte a todos em casa — disse Amy para si mesma, enquanto colocava o velho vestido de seda branca de Flo e o cobria com uma nuvem de fresca ilusão, da qual seus ombros brancos e sua cabeça alourada emergiam com um efeito muito artístico. Teve o bom senso de não adornar os cabelos, após prender as mechas e os cachos grossos em um coque atrás da cabeça, no estilo mitológico de Hebe.

— Não é a última moda, mas fica bonito e eu não posso me dar ao luxo de parecer grotesca — costumava dizer quando aconselhada a frisá-los, afofá-los ou trançá-los, como mandava o último estilo.

Não tendo ornamentos suficientemente finos para a importante ocasião, Amy enfeitou as saias velosas com ramos rosados de azálea e emoldurou os ombros brancos com delicadas videiras verdes. Lembrando-se das botas pintadas, examinou as sandálias de cetim branco com uma satisfação infantil e desfilou pela sala, admirando os próprios pés aristocráticos.

— Meu novo leque combina perfeitamente com as flores, minhas luvas estão encantadoramente ajustadas e a renda verdadeira do lenço de titia confere personalidade a todo o meu vestido. Se eu tivesse um nariz e uma boca clássicos, ficaria completamente satisfeita — comentou ela, analisando-se com um olhar crítico e uma vela em cada mão.

Apesar da aflição, ela parecia incomumente alegre e graciosa enquanto caminhava. Amy raramente corria — pensava não combinar com seu estilo; por ser alta, o majestoso e o junoesco lhe eram mais apropriados do que o esportivo ou o provocativo. Ela caminhava de um lado para outro no salão enquanto esperava por Laurie e, por um instante, postou-se debaixo do lustre, que causava um belo efeito em seus cabelos, depois pensou melhor e foi para a outra extremidade do salão, como se estivesse envergonhada de seu desejo infantil de causar uma boa primeira impressão. No fim das contas, foi o melhor que poderia ter feito, pois Laurie entrou tão silenciosamente que ela não o ouviu e, quando estava perto da janela mais distante, com a cabeça meio virada e uma das mãos segurando as saias do vestido, sua figura esbelta e alva em contraste com as cortinas vermelhas causou um efeito tão eficaz quanto uma estátua bem posicionada.

— Boa noite, Diana — cumprimentou Laurie, com um olhar de satisfação que ela apreciou ver nos olhos dele quando a fitou.

— Boa noite, Apolo! — respondeu ela, retribuindo o sorriso, pois ele também estava incomumente elegante, e a ideia de entrar no salão de baile acompanhada de um homem tão bem-apessoado fez Amy se compadecer, com todo o coração, das quatro senhoritas Davis, tão insossas.

— Aqui estão suas flores. Eu mesmo as arrumei, pois me lembrei de que você não gostava do que Hannah chama de "buquê desarranjado" — disse Laurie, entregando-lhe um delicado ramalhete em um vaso que ela há muito cobiçava, ao passar diariamente pela vitrine da Cardiglia.

— Que gentileza a sua! — exclamou ela com gratidão. — Se eu soubesse que você viria, teria lhe preparado alguma coisa para hoje, embora provavelmente não tão bonita quanto esta.

— Obrigado. Não é o ramalhete que deveria ser, mas, na sua presença, parece melhor — acrescentou ele, enquanto ela fechava a pulseira de prata no pulso dela.

— Por favor, não faça isso.

— Pensei que você gostasse desse tipo de coisa.

— Não de você. Não me parece natural, e eu prefiro a sua velha franqueza.

— Fico contente com isso — respondeu ele, com uma expressão aliviada, depois abotoou as luvas de Amy e perguntou se a gravata estava reta, exatamente como costumava fazer quando iam juntos a festas em seu país.

Naquela noite, o grupo reuniu-se na comprida sala de jantar, dessas como não se vê em nenhum outro lugar, a não ser no continente europeu. Os hospitaleiros americanos haviam convidado todas as pessoas que conheciam em Nice e, não tendo qualquer preconceito contra os títulos da nobreza, garantiram alguns aristocratas para abrilhantar seu baile de Natal.

Um príncipe russo condescendeu em sentar-se em um canto durante uma hora e conversar com uma dama corpulenta, vestida como a mãe de Hamlet, de veludo preto com uma brida de pérolas sob o queixo. Um conde polonês, de 18 anos, dedicou-se às moças, que o proclamaram "um rapazinho fascinante", e um alemão "von Alguma Coisa". Tendo ido sozinho ao jantar, perambulava vagamente, procurando qualquer coisa que pudesse devorar. O secretário particular do barão Rothschild, um judeu de nariz grande e botas justas, sorria afavelmente para todo mundo, como se o nome de seu patrão o coroasse com uma auréola dourada. Um francês robusto, que conhecia o imperador, comparecera para satisfazer seu prazer pela dança, e Lady de Jones, uma matrona britânica, enfeitava o ambiente com sua pequena família de oito pessoas. É claro que havia muitas moças americanas de pés ligeiros e vozes estridentes; inglesas belas e sem vida; e algumas *demoiselles* francesas despretensiosas, porém charmosas; do mesmo modo, o habitual grupo de jovens cavalheiros viajantes, que se divertiam alegremente, enquanto mamães de todas as nações forravam as paredes e sorriam benevolentemente para eles quando dançavam com suas filhas.

Qualquer jovem moça poderia imaginar o estado de espírito de Amy quando ela "entrou no palco" naquela noite de braços dados com Laurie. Ela sabia que estava bonita, adorava dançar, sentia que estava em seu elemento quando pisava no salão de baile e desfrutava a deliciosa sensação de poder que as moças sentem quando descobrem, pela primeira vez, o novo e belo reino que nasceram para governar por conta da beleza, da juventude e da feminilidade. Ela sentiu pena das garotas Davis, que eram desajeitadas, simplórias e não tinham qualquer acompanhante além do pai soturno e três tias solteironas ainda mais soturnas. Ao passar, curvou-se para cumprimentá-las da maneira mais amigável que pôde, o que foi inteligente da parte dela, pois permitiu que as meninas vissem seu vestido e ardessem de curiosidade para saber quem poderia ser seu distinto amigo. Ao primeiro acorde da orquestra, Amy animou-se, seus olhos começaram a brilhar e seus pés, a bater impacientemente no chão, pois ela dançava bem e queria que Laurie o soubesse. Portanto, o choque que sentiu pode ser mais bem imaginado do que descrito quando ele lhe perguntou, em um tom perfeitamente tranquilo:

— Está pensando em dançar?

— É o que se costuma fazer em um baile.

Seu olhar espantado e a resposta brusca fizeram com que Laurie reparasse o erro o mais rápido possível.

— Eu me referia à primeira dança. Poderia me dar a honra?

— Posso concedê-la se adiar a do conde. Ele dança divinamente, mas me perdoará, pois você é um velho amigo — ponderou Amy, esperando que o título do nobre causasse um bom efeito e mostrasse a Laurie que ela não era uma garota qualquer.

— É um rapazote simpático, mas um pedestal baixo demais para suportar "uma filha dos deuses; divinamente alta e ainda mais divinamente bela" — foi o máximo que ela conseguiu obter, no entanto.

O grupo em que se encontraram era composto por ingleses, e Amy foi compelida a acompanhar, decorosamente, um cotilhão, sentindo, o tempo todo, que seria capaz de dançar até mesmo uma tarantela com todo o prazer. Laurie entregou-a ao "rapazote simpático" e foi cumprir seu dever para com Flo, sem assegurar Amy para as alegrias futuras — uma censurável falta de prevenção pela qual foi devidamente punido, pois ela manteve-se prontamente ocupada até o jantar, pretendendo ceder se ele demonstrasse, então, algum sinal de arrependimento. Ela lhe mostrou seu canhenho de baile com uma satisfação contida, quando ele se aproximou lentamente, em vez de apressar-se. Suas educadas lamentações, no entanto, não a convenceram, e enquanto saía galopando com o conde, ela viu Laurie sentar-se ao lado de sua tia com uma expressão de verdadeiro alívio.

Aquilo era imperdoável, e Amy não deu mais atenção a ele por um bom tempo, a não ser por uma ou outra palavrinha de vez em quando, nos momentos em que ia, entre uma dança e outra, até o local onde estava sua acompanhante para conseguir algum grampo necessário ou ter uns instantes de descanso. Sua raiva, porém, surtiu um bom efeito, pois ela a escondeu sob um rosto sorridente e parecia incomumente alegre e radiante. Os olhos de Laurie a acompanhavam com prazer, pois ela não se afobava nem se arrastava, mas dançava com delicadeza e graça, fazendo jus ao delicioso entretenimento. O rapaz, por sua vez, naturalmente pôs-se a observá-la daquela nova perspectiva e, antes que a noite tivesse chegado à metade, tinha decidido que "a pequena Amy estava se tornando uma mulher muito encantadora".

O cenário estava animado, pois logo o espírito da temporada social tomou conta de todos, e a alegria do Natal fez brilhar os rostos, alegrou os corações e conferiu leveza aos pés. Os músicos tocavam seus violinos e suas trombetas e batucavam com gosto; dançavam todos os que podiam, e aqueles que não podiam admiravam os outros com uma cordialidade incomum. A família Davis comparecera em peso, enquanto os Jones desfilavam pelo salão como um bando de jovens girafas. O secretário dourado locomovia-se como um meteoro, ao lado de uma francesa elegante, que atapetava o chão com sua cauda de cetim rosa. O sereno teutão encontrou a mesa de jantar e ficou contente, comendo sem parar tudo o que havia no cardápio e deixando os garçons pasmos com os estragos que cometeu. O amigo do imperador, contudo, cobriu-se de glória, pois dançava todas as músicas, soubesse ou não, e introduzia piruetas improvisadas quando os passos o desnortearam. A euforia infantil daquele homenzarrão era encantadora de se ver, pois, embora fosse "um tanto pesado", dançava feito uma bola de borracha. Ele corria, ele voava, ele saracoteava, o rosto brilhava, a careca luzia, as abas da casaca esvoaçavam enlouquecidamente, os escarpins faiscavam em pleno ar, e quando a música parou, ele limpou as gotas de suor da testa e sorriu para os outros cavalheiros como um *monsieur* Pickwick sem óculos.

Amy e seu polonês se destacavam por demonstrarem igual entusiasmo, porém uma agilidade mais graciosa, e Laurie se viu involuntariamente marcando o tempo da rítmica subida e descida das sandálias brancas que passavam voando tão incansavelmente como se fossem aladas. Quando o pequeno Vladimir finalmente a soltou, garantindo estar "desolado por ir embora tão cedo", ela estava pronta para descansar e ver como seu cavalheiro traidor havia suportado o castigo.

Fora eficaz, pois, aos vinte e três anos, as amizades estremecidas encontram um bálsamo na companhia amiga, e os nervos jovens vibram, o sangue jovem dança e uma animação juvenil e sadia aflora diante do encantamento da beleza, da luz, da música e do movimento. Laurie parecia mais desperto, quando se levantou para ceder a Amy seu lugar, e, quando o rapaz saiu apressadamente para lhe buscar um lanche, ela disse a si mesma, com um sorriso satisfeito:

— Ah, eu bem sabia que isso lhe faria bem!

— Você parece a *femme peinte par elle-même* de Balzac — disse ele, enquanto a abanava com uma das mãos e, com a outra, entregava-lhe uma xícara de café.

— Meu ruge não quer sair — comentou Amy, esfregando o rosto corado e, em seguida, mostrando a ele a luva branca, com tamanha simplicidade que o fez soltar uma gargalhada sincera.

— Como se chama isto aqui? — perguntou ele, tocando uma dobra do vestido dela que caíra sobre seu joelho.

— Tule ilusione.

— Um bom nome. É muito bonito. E é novo, não?

— Tão velho quanto as montanhas. Você deve tê-lo visto em dezenas de moças e só agora é que descobriu que é bonito... *Stupide!*

— Jamais a vi usando, o que justifica meu engano, percebe?

— Nada de galanteios, é proibido. Prefiro tomar café a receber elogios neste momento. Não, não relaxe a postura, isso me deixa nervosa.

Laurie endireitou-se e, docilmente, pegou o prato vazio de Amy, sentindo um tipo estranho de prazer por ter a "pequena Amy" dando-lhe ordens a torto e a direito, pois ela perdera a timidez e sentia um desejo irresistível de espezinhá-lo, como as moças costumam encantadoramente fazer quando os reis da criação demonstram algum sinal de submissão.

— Onde você aprendeu todo esse tipo de coisa? — perguntou ele, com um tom irônico.

— Como "esse tipo de coisa" é uma expressão um tanto vaga, quer ter a bondade de explicá-la? — respondeu Amy, sabendo muito bem a que ele se referia, mas maldosamente deixando que tentasse descrever o indescritível.

— Ora, o aspecto geral, o estilo, o autocontrole, o... o... tule, você sabe — respondeu Laurie aos risos, tentado contornar a dificuldade com a nova palavra.

Amy ficou lisonjeada, mas, obviamente, não o demonstrou e respondeu, de maneira recatada:

— A vida no exterior nos lapida à nossa revelia. Eu estudo tanto quanto me divirto e, quanto a isto... — disse ela, indicando o próprio vestido — ... ora, tule é barato, estes ramos de flores custam uma ninharia e estou acostumada a tirar o máximo proveito de minhas pobres coisinhas.

Amy arrependeu-se um pouco daquela última frase, temendo não ser de bom-tom, mas Laurie gostou ainda mais dela por isso e **acabou tanto admirando quanto respeitando a corajosa paciência** com que sua amiga extraía todo o possível de cada oportunidade, e também o espírito alegre que cobria a pobreza com flores. Amy não sabia o motivo que o levou a fitá-la de forma tão carinhosa, nem por que ele preencheu todo o seu canhenho com o próprio nome e se dedicou a ela pelo restante da noite da maneira mais simpática possível, mas o impulso que provocou essa agradável mudança resultou de uma das novas impressões que ambos estavam, inconscientemente, dando e recebendo.

38

NA PRATELEIRA

Na França, as jovens levam uma vida monótona até se casarem, quando seu lema passa a ser: *"Vive la liberté!"* Na América, como todos sabem, as moças assinam cedo sua declaração de independência e usufruem a liberdade com um entusiasmo republicano. No entanto, em geral, com a chegada do primeiro herdeiro, as jovens matronas abdicam do trono e passam a viver em uma reclusão quase equivalente à de um convento francês, embora não sejam, de forma alguma, tão silenciosas. Gostem ou não, são praticamente colocadas na prateleira, assim que passa a excitação do casamento, e a maioria poderia exclamar, como fez, dia desses, uma mulher muito bonita:

— Continuo bonita como sempre, mas ninguém presta a menor atenção em mim porque sou casada!

Não sendo uma beldade e nem mesmo uma dama elegante, Meg não passou por essa aflição até seus bebês completarem um ano, pois, em seu mundinho, costumes primitivos ainda prevaleciam, e ela se percebeu mais admirada e amada do que nunca.

Como era uma mulherzinha bem feminina, seu instinto maternal era muito forte, e ela ficou inteiramente absorta nos filhos, desprezando por completo todas as outras coisas e todas as outras pessoas. Dia e noite, dedicava-se a eles, com incansável devoção e ansiedade, deixando John aos ternos cuidados das ajudantes, porque agora uma senhora irlandesa cuidava da parte da cozinha. Sendo um homem doméstico, John, decididamente, sentia falta das atenções da esposa, que se acostumara a receber, mas, como adorava seus filhos, de boa vontade abriu mão, por algum tempo, do conforto, supondo, com sua ignorância masculina, que logo a paz seria restabelecida. Mas três meses se passaram e a tranquilidade não retornou. Meg parecia exausta e nervosa, os bebês absorviam cada minuto de seu tempo, a casa estava negligenciada e Kitty, a cozinheira que levava a vida com "sussego", nada fazia além do essencial. Quando ele saía, pela manhã, ficava atrapalhado com tantas pequenas incumbências que recebia da mamãe cativa; se retornasse alegre à noite, ansioso para abraçar a família, era detido por um:

— Shh! Eles acabaram de dormir, depois de atormentarem o dia inteiro.

Quando propunha um pouco de divertimento em casa, a resposta era:

— Não, vai perturbar os bebês.

Se sugerisse uma ida a um sermão ou um concerto, era respondido com um olhar de censura e um decidido:

— Deixar meus filhos para atividades de lazer? Nunca!

Seu sono era interrompido por choros de bebês e visões de uma figura fantasmagórica, andando silenciosamente de um lado para outro em vigílias noturnas. Suas refeições eram interrompidas pelas frequentes fugas da dona da casa, que o abandonava, sem acabar de servi-lo, ao som de qualquer pio abafado no ninho no andar de cima. E quando ia ler o jornal da noite, as cólicas de Demi entravam na lista de embarques nos navios e as quedas de Daisy afetavam o preço das ações, pois a sra. Brooke só se interessava pelas notícias domésticas.

O pobre homem sentia-se muito pouco à vontade, pois as crianças o haviam privado da esposa, o lar transformara-se em um mero berçário e os infinitos "shhh" faziam com que se sentisse um intruso completo sempre que adentrava os sagrados recintos da Bebelândia. Ele suportou tudo com muita paciência durante seis meses e, quando nenhum indício de mudança surgiu, fez o que fazem outros pais banidos — tentou encontrar um pouco de conforto em outro lugar. Scott casara-se e estava vivendo não muito distante dali, e John adquiriu o hábito de passar uma ou duas horas, durante a noite, na casa do amigo, enquanto sua sala de visitas permanecia vazia e sua esposa entoava canções de ninar que pareciam intermináveis. A sra. Scott era uma moça vivaz e bonita, cuja única ocupação era ser agradável — uma missão que cumpria com louvor. A sala de visitas estava sempre animada e atraente; o tabuleiro de xadrez, preparado; o piano, afinado; as conversas eram alegres e um jantarzinho delicioso sempre era tentadoramente servido.

John teria preferido aquecer-se diante da própria lareira, se ela não andasse tão solitária; mas, dadas as circunstâncias, aceitou de bom grado a segunda melhor opção e apreciava a companhia do vizinho.

Meg, a princípio, até aprovou o novo ajuste e ficou aliviada em saber que John estava se divertindo, em vez de cochilar na sala de visitas ou andar ruidosamente de um lado para outro da casa, acordando as crianças. Mas, com o passar do tempo, quando a preocupação com a dentição havia passado e seus pequenos ídolos passaram a dormir em horários adequados, deixando à mamãe algum tempo para descansar, ela começou a sentir falta de John e achar sua cesta de costura uma companhia monótona, quando ele não estava sentado diante dela, com seu velho roupão, confortavelmente chamuscando os chinelos no fogo da lareira.

Não lhe pedia que ficasse em casa, mas se sentia magoada por ele não perceber, sem que precisasse dizer, que a esposa o queria, esquecendo-se completamente das tantas noites em que John a esperara em vão. Estava nervosa e esgotada com tantas vigílias e preocupações, e naquele estado de espírito nada racional que até mesmo as melhores mães ocasionalmente vivenciam quando os cuidados domésticos as oprimem. A falta de exercícios físicos lhes rouba a alegria, e a devoção excessiva àquele ídolo das mulheres americanas — o bule de chá — faz com que se sintam feitas apenas de nervos, sem qualquer músculo.

— Sim — dizia ela, olhando para o espelho —, estou ficando velha e feia. John já não me acha interessante, então deixa sua esposa murcha em casa e vai ver a vizinha bonita, que não tem filhos. Bem, os bebês me amam, não se importam se estou magra e pálida e não tenho tempo para cachear os cabelos. São meu consolo, e, um dia, John há de ver que me sacrifiquei alegremente pelo bem deles. Não é mesmo, meu tesouro?

A esse apelo patético, Daisy respondia com um arrulho; ou Demi, com um cucurito; e Meg deixava suas lamentações de lado para se entregar a uma folia maternal, que a aliviava da solidão por certo tempo. A dor, contudo, aumentava à medida que a política absorvia John, que vivia correndo à casa de Scott a fim de discutir assuntos interessantes, totalmente inconsciente de que Meg sentia sua falta. Ela, entretanto, não disse uma única palavra, até que, certo dia, a mãe a encontrou às lágrimas e insistiu em saber qual era o problema, pois o abatimento de Meg não escapara à sua observação.

— Eu não contaria a ninguém, exceto à senhora, mamãe, mas preciso mesmo de aconselhamento, pois, se John continuar assim por muito mais tempo, estarei quase na mesma situação de uma viúva — respondeu a sra. Brooke, enxugando as lágrimas no babador de Daisy, com um ar sentido.

— Continuar como, minha querida? — perguntou a mãe, ansiosa.

— Ele passa o dia todo fora de casa e, à noite, quando quero vê-lo, está sempre na casa dos Scott. Não é justo que eu seja encarregada do trabalho mais pesado e não tenha qualquer divertimento. Os homens são muito egoístas, até mesmo os melhores deles.

— As mulheres também são. Não culpe John até ver onde você própria errou.

— Mas ele não pode estar certo em me negligenciar.

— Você não o negligencia?

— Ora, mamãe, achei que fosse ficar do meu lado!

— E estou do seu lado, quando se trata de empatia, mas acho que a culpa é sua, Meg.

— Não vejo como poderia ser.

— Eu lhe mostrarei. John, alguma vez, a negligenciou, como você diz, quando você fez questão de fazer companhia a ele durante a noite, o único momento de lazer que ele tem?

— Não, mas não consigo fazê-lo neste momento, com dois bebês para cuidar.

— Acho que conseguiria, sim, querida, e deveria. Posso falar com total franqueza? E lembre-se de que a mãe que censura é a mesma que quer o seu bem?

— É claro, mamãe! Fale comigo como se eu fosse a pequena Meg novamente. Muitas vezes, tenho a impressão de que preciso de ensinamentos mais do que nunca, visto que esses bebês dependem de mim para tudo.

Meg puxou sua cadeira para perto da mãe e, cada uma com uma criança no colo, as duas balançaram-se em suas cadeiras e conversaram afetuosamente, sentindo que o laço da maternidade as tornava mais próximas do que nunca.

— Você só cometeu o erro que a maioria das jovens esposas comete: esqueceu-se do seu dever para com seu marido em prol do seu amor pelos filhos. Um erro muito natural e perdoável, Meg, mas que é melhor remediar antes que vocês enveredem por caminhos diferentes, pois as crianças deveriam uni-los mais do que nunca, e não os separar, como se os filhos fossem apenas seus e o único papel de John fosse sustentá-los. Já faz algumas semanas que tenho percebido essa situação, mas não disse nada por ter certeza de que tudo se endireitaria no devido tempo.

— Tenho medo de que isso não aconteça. Se eu pedir a ele que fique em casa, pensará que estou com ciúmes, e eu não quero insultá-lo com uma ideia como essa. Ele não percebe como sinto sua falta, e eu não sei como expressá-lo sem palavras.

— Torne o ambiente tão agradável que ele não queira mais sair. Minha querida, ele sente saudades do próprio lar, mas não há lar algum sem você, e você está sempre no quarto das crianças.

— E não é lá que devo estar?

— Não o tempo todo. Tanto confinamento a deixa nervosa, tornando-a incapaz de fazer qualquer outra coisa. Além disso, você tem tantas obrigações para com John quanto tem para com seus bebês. Não abandone o marido por causa dos filhos, não o expulse do quarto das crianças; em vez disso, ensine a ele como ajudá-la. O lugar de John é, assim como o seu, ao lado dos filhos, e as crianças precisam dele. Faça com que ele sinta que tem um papel a cumprir, e ele fará tudo com alegria e lealdade. Será melhor para todos.

— Realmente acha isso, mamãe?

— Sei o que estou dizendo, Meg, porque já passei pela mesma situação. Além disso, raramente dou conselhos sem ter testado sua viabilidade. Quando você e Jo eram pequenas, fiz o mesmo que você, sentindo que não estaria cumprindo meu dever se não me dedicasse inteiramente às minhas filhas. O pobre do seu pai afundou-se nos livros, depois que recusei todas as suas ofertas de ajuda, e deixou que eu testasse minha experiência sozinha. Lutei tanto quanto pude, mas Jo era demais para mim. Quase a estraguei com meu excesso de concessões. Você não era muito forte, e me preocupei tanto com isso que quase eu mesma adoeci. Então, seu pai veio em meu socorro, e resolveu tudo com tranquilidade e mostrou-se tão útil que percebi meu erro e, desde então, nunca mais o dispensei. Esse é o segredo da nossa felicidade doméstica. Ele não permite que o trabalho o afaste dos pequenos cuidados e deveres que dizem respeito a todos nós, e eu tento não deixar as preocupações domésticas destruírem meu interesse pelas atividades dele. Cada um de nós dá conta, sozinho, de inúmeras coisas, mas, em casa, sempre trabalhamos juntos.

— É assim mesmo, mamãe, e meu maior desejo é ser para meu marido e meus filhos o que a senhora tem sido para nós. Mostre-me como, eu farei tudo que a senhora disser.

— Você sempre foi a minha filha mais dócil. Pois bem, querida, se eu fosse você, deixaria John se envolver mais nos cuidados com Demi, pois o menino precisa aprender e nunca é cedo demais para começar. Depois, faria o que já propus diversas vezes: aceitaria a ajuda de Hannah. Ela é uma babá esplêndida, e você pode deixar seus adorados bebês com ela enquanto se ocupa mais da casa. Você precisa de exercício, Hannah adoraria cuidar dos pequenos e John encontraria a esposa novamente. Saia mais, mantenha-se alegre e ocupada, pois você é o sol dessa família e, se ficar desanimada, não haverá tempo bom. Além disso, seria legal se interessar pelo que John aprecia. Converse com ele, deixe que leia para você, troque ideias, ajude a si mesma e a ele nesse sentido. Não se feche em seu mundinho só por ser mulher, mas entenda o que está acontecendo ao redor e eduque a si mesma para assumir sua parte no trabalho do mundo, pois tudo isso afeta você e os seus.

— John é tão sensato, receio que me ache uma tola se eu fizer perguntas sobre política e afins.

— Não acredito nisso. O amor cobre uma série de pecados, e a quem poderia você perguntar com mais liberdade do que a ele? Tente e veja se ele não acha sua companhia muito mais agradável do que os jantares da sra. Scott.

— Farei isso. Pobre John! Receio tê-lo negligenciado tremendamente, mas pensava que estava certa, e ele nunca disse nada.

— Ele tentou não ser egoísta, mas acho que se sentiu, de fato, um tanto esquecido. É nesse ponto, Meg, que os casais deveriam estar mais próximos, pois as primeiras ternuras logo se desgastam, a não ser que se tome o cuidado de preservá-las. E nenhum período é mais belo e precioso para os pais do que os primeiros anos das vidinhas que lhes são confiadas para educarem. Não afaste John dos bebês, porque eles ajudarão mais a mantê-lo seguro e feliz neste mundo de provas e tentações do que qualquer outra coisa, e, por meio deles, vocês aprenderão a conhecer e amar um ao outro da forma como deveriam. Agora, querida, eu me despeço. Reflita sobre o sermão de sua mãe, aja de acordo, se lhe parecer bom, e que Deus abençoe todos vocês!

Meg refletiu, achou bom e agiu de acordo, embora a primeira tentativa não tenha saído exatamente como planejou. É claro que as crianças a tiranizavam e passaram a comandar a casa logo que descobriram que chorar e espernear lhes garantia tudo o que queriam. A mamãe era uma escrava abjeta de seus caprichos, mas o papai não era tão facilmente subjugado e, de vez em quando, afligia sua terna esposa com as tentativas de disciplina paterna com seu filho estrepitoso. Pois Demi herdara uma pitada da firmeza de caráter do pai — não chamaremos de "obstinação" — e, quando encasquetava que teria ou faria alguma coisa, nem todos os exércitos, com toda a sua cavalaria, persuadiam sua cabecinha pertinaz. A mamãe achava o tesourinho demasiado pequeno para que lhe ensinassem a vencer seus caprichos, mas o papai acreditava que nunca era cedo demais para aprender a obedecer. Assim, Mestre Demi logo descobriu que, quando tentava *brigá* com seu *papá*, sempre levava a pior; por outro lado, tal como um inglês, a criança respeitava o homem que o vencera e amava o pai cujos severos nãos eram mais impressionantes do que as palmadinhas amorosas da mamãe.

Alguns dias depois da conversa com a mãe, Meg resolveu tentar uma noite de vida social com John; então mandou preparar um bom jantar, pôs a sala em ordem, arrumou-se lindamente e botou as crianças para dormir mais cedo, a fim de que nada atrapalhasse sua experiência. Mas, infelizmente, a mais invencível pirraça de Demi era ir para a cama, e naquela noite ele decidiu alvoroçar-se. Então, a pobre Meg cantou e ninou, contou histórias e tentou todos os artifícios em que conseguiu pensar para fazê-lo dormir, mas foi tudo em vão, pois aqueles grandes olhos recusavam-se a fechar-se, e muito depois de Daisy já estar no mundo dos sonhos, como a menina boazinha que era, o teimoso Demi permanecia deitado olhando fixamente para a luz, com a expressão mais desafiadoramente desperta no rosto.

— Que tal Demi ficar deitado quietinho, como um bom menino, enquanto a mamãe corre lá para baixo para oferecer um chá ao pobrezinho do papai? — perguntou Meg, quando ouviu a porta do corredor se fechar devagar e os passos bem familiares entrarem, na ponta dos pés, na sala de jantar.

— Chá *pá* mim! — disse Demi, preparando-se para participar do evento.

— Não, mas vou guardar alguns bolinhos para você comer no café da manhã, se você dormir bonitinho, como Daisy. Que acha, meu amor?

— *Siii!*

E Demi fechou os olhos apertado, como se quisesse pegar logo no sono e apressar a chegada do desejado dia.

Aproveitando-se do bom momento, Meg escapuliu e correu para baixo, a fim de recepcionar o marido com um rosto sorridente e a fitinha azul, que ele tanto apreciava, no cabelo. Ele reparou de pronto e disse, alegremente surpreendido:

— Ora, ora, mãezinha, como está alegre esta noite! Esperamos companhia?

— Só a sua, querido.

— É algum aniversário, data especial ou coisa parecida?

— Não, estou cansada de viver desleixada, então me arrumei bem, para variar um pouco. Você sempre se veste tão bem para sentar-se à mesa, por mais cansado que esteja, então por que eu não deveria fazer o mesmo, quando tenho tempo?

— Faço-o por respeito a você, minha querida — disse o antiquado John.

— Belas palavras, sr. Brooke — respondeu Meg, rindo e parecendo novamente jovem e bonita, enquanto balançava a cabeça afirmativamente por cima do bule.

— Ora, mas que maravilha! É como nos velhos tempos. Este chá está ótimo. Bebo à sua saúde, querida.

E John bebericou o chá com um ar de tranquilo êxtase, que não durou muito tempo porque, assim que pôs a xícara no pires, a maçaneta da porta rangeu misteriosamente e uma vozinha disse, com impaciência:

— *Mamã! Tô* com fome!

— Mas que menino teimoso! Eu disse a ele para dormir sozinho e aqui está, na sala, arriscando pegar um resfriado, descalço nesse chão frio! — exclamou Meg, respondendo ao chamado.

— É *di* manhã — anunciou Demi em um tom alegre ao entrar na sala de jantar, com sua camisola comprida graciosamente enrolada no braço e todos os cachinhos de sua cabeça sacudindo alegremente enquanto ele rondava a mesa, lançando olhares apaixonados aos *bulinhos*.

— Não, ainda não é de manhã. Vá para a cama e não perturbe sua pobre mãe. Se for para a cama, pode ficar com o bolinho com açúcar em cima.

— Eu *ama* o *papá* — disse o astuto garotinho, preparando-se para subir no joelho paterno e deliciar-se com alegrias proibidas.

Mas John sacudiu a cabeça e disse a Meg:

— Se você disse a ele para ficar lá em cima e dormir sozinho, faça com que obedeça; se não, ele nunca aprenderá a respeitá-la.

— Sim, é claro. Venha, Demi.

E Meg levou o filho, sentindo um forte desejo de dar umas boas palmadas no pequeno desmancha-prazeres que esperneava a seu lado e alimentava a ilusão de que algum agrado lhe seria oferecido logo que chegassem ao quarto das crianças.

E ele não ficou desapontado, pois a engabelada mamãe realmente lhe deu um torrão de açúcar, colocou-o na cama e proibiu novos passeios até a manhã seguinte.

— *Siii!* — prometeu Demi, o perjuro, chupando com alegria o açúcar e considerando sua primeira tentativa totalmente bem-sucedida.

Meg voltou para seu lugar e o jantar corria às mil maravilhas, quando o pequeno fantasma tornou a aparecer e denunciou o delito materno, pedindo ousadamente:

— Mais *çúca, mamã*.

— Ora, nada disso — disse John, enrijecendo a postura diante do simpático delinquentezinho. — Jamais teremos paz enquanto essa criança não aprender a ir para a cama na hora certa. Você já se sacrificou por tempo demais. Dê a Demi uma boa lição e então tudo isso acabará. Coloque-o na cama e deixe-o lá, Meg.

— Ele se recusa a ficar, só fica se eu permanecer sentada ao lado dele.

— Darei um jeito nele. Demi, vá para o quarto e deite-se, como a mamãe mandou.

— *Num vô!* — afirmou o garoto rebelde, servindo-se do cobiçado *bulinho* e começando a comê-lo com uma audácia desapressada.

— Você nunca deve falar assim com o papai. Se não for por conta própria, eu o carregarei.

— *Vai imbola!* Eu *num ama papá!*

E Demi escondeu-se atrás da saia da mãe, procurando proteção.

Mas até mesmo esse refúgio mostrou-se inútil, pois ele foi entregue ao inimigo, com a recomendação:

— Seja delicado com ele, John.

O que deixou o culpado pasmo, pois, quando até a mamãe o abandonava, era porque o dia do Juízo Final havia chegado. Privado de seu bolinho, tolhido de suas travessuras e levado embora por uma mão forte até a detestada cama, o pobre Demi não conseguiu conter sua ira e desafiou o papai abertamente, esperneando e berrando com vigor durante todo o trajeto até o andar de cima. No instante em que foi colocado de um lado da cama, virou-se para o outro, rolou e saiu correndo em direção à porta, mas foi ignominiosamente apanhado pela cauda de sua pequena toga e recolocado na cama — uma atividade buliçosa que se repetiu até as forças do garoto se esgotarem e ele passar a rugir a plenos pulmões. Meg geralmente era vencida por esse exercício vocal, mas John permaneceu sentado imóvel, tal qual um poste. Nada de adulações, torrões de açúcar, canções de ninar, historinhas, até mesmo a luz foi apagada e apenas o brilho vermelho do fogo dava vida à "grande escuridão" que Demi observava mais com curiosidade do que com medo. Aquele novo arranjo o desagradava, e ele uivou desesperadamente, chamando por sua *mamã*, enquanto se extinguiam suas coléricas paixões e lembranças da boa serva que tivera voltavam à mente do pequeno tirano. O gemido queixoso que se sucedeu ao estrondoso rugido tocou o coração de Meg e ela correu até o quarto, dizendo, em tom de súplica:

— Deixe-me ficar com ele. Ele ficará bonzinho, John.

— Não, querida, eu disse que ele deve dormir, como você mandou, e é isso que ele fará, nem que eu tenha de passar a noite toda aqui.

— Mas ele vai chorar até ficar doente — implorou Meg, censurando a si mesma por ter entregado seu garotinho.

— Não, não vai. Está tão cansado que logo pegará no sono e, então, a questão estará resolvida, pois ele entenderá que precisa obedecer. Não interfira, eu cuidarei dele.

— Ele é meu filho, e não permitirei que seja subjugado por tanta dureza.

— Ele é meu filho, e não permitirei que seu comportamento seja estragado por tanto mimo. Desça, querida, e deixe o menino comigo.

Quando John falava naquele tom imperativo, Meg sempre obedecia e jamais teve de lamentar sua docilidade.

— Você permite que eu dê um último beijo nele, John? Por favor?

— É claro. Demi, dê boa-noite à mamãe e deixe que ela vá descansar, pois ela está exausta de cuidar de você o dia todo.

Meg sempre insistia que seu beijo é que garantira a vitória, visto que, depois de recebê-lo, Demi passou a soluçar mais baixinho e ficou deitado bem quietinho na parte de baixo da cama, onde acabara de tanto se contorcer em meio à angústia.

"Pobre rapazinho, está esgotado de sono e de tanto chorar. Vou cobri-lo e, depois, irei tranquilizar o coração de Meg", pensou John, aproximando-se cuidadosamente da cabeceira da cama, na esperança de encontrar seu rebelde herdeiro adormecido.

Demi, contudo, não dormia e, assim que o pai se aproximou, seus olhos se abriram, seu queixinho começou a tremer e ele esticou os braços, dizendo, em um murmúrio penitente:

— *Agola tô* bonzinho.

Sentada na escada, do lado de fora, Meg estranhou o longo silêncio que se seguiu ao alvoroço e, depois de imaginar todos os tipos de acidente impossíveis, entrou de mansinho no quarto, a fim de aplacar seus temores. Demi dormia profundamente — não em sua posição habitual, com os braços bem abertos, mas todo encolhido e aninhado na curva do braço do pai, segurando o dedo de John como se compreendesse que a justiça é apaziguada pela clemência e tivesse adormecido como um bebê mais triste, porém mais sábio. Preso ali, naquela cena, John esperara, com uma paciência feminina, até a pequena mão relaxar e, durante a espera, acabara pegando no sono, mais cansado pela batalha com o filho do que por todo o dia de trabalho.

Enquanto observava os dois rostos em cima do travesseiro, Meg sorriu para si mesma e, depois, saiu novamente de mansinho, dizendo, em um tom satisfeito:

— Jamais precisarei recear que John seja duro demais com meus bebês. Ele realmente sabe como lidar com eles e será de muita ajuda, pois, realmente, já não posso com Demi sozinha.

Quando John por fim desceu, esperando encontrar uma esposa magoada ou ressentida, ficou positivamente surpreso ao encontrar Meg adornando um chapéu e ser recepcionado com um pedido para que lesse algo sobre as eleições, se não estivesse cansado demais. John percebeu, na mesma hora, que algum tipo de revolução estava se desenrolando, mas, sabiamente, não fez pergunta alguma, sabendo que Meg era uma criaturinha tão transparente que não conseguiria guardar segredo nem que fosse para salvar a própria vida, e, desse modo, logo alguma pista viria à tona. Ele leu um longo debate com a mais amável solicitude e, depois, explicou-o, da forma mais lúcida possível, enquanto Meg tentava parecer profundamente interessada, fazer perguntas inteligentes e impedir que seus pensamentos divagassem da situação da nação para a situação de seu chapéu. No fundo do coração, contudo, ela decidiu que a política era tão complicada quanto a matemática e que a missão dos políticos parecia ser a de ofender uns aos outros. No entanto, ela guardou tais ideias femininas e, quando John fez uma pausa, sacudiu a cabeça e disse o que julgava ser uma ambiguidade diplomática:

— Pois é, realmente não sei onde vamos parar.

John riu e a observou por um instante, enquanto ela equilibrava na mão um belo arranjo de renda e flores, analisando-o com o interesse genuíno que o falatório do marido falhara em despertar.

"Ela está tentando gostar de política por minha causa, então também tentarei gostar de chapelaria por causa dela, nada mais justo", pensou John, acrescentando em voz alta:

— Isso é muito bonito. É o que vocês chamam de touca matinal?

— Marido meu, isto é um *bonnet*! É o melhor *bonnet* que tenho para ir a concertos e ao teatro.

— Peço desculpas, é tão pequenino que eu, naturalmente, o confundi com uma dessas touquinhas leves que você usa de vez em quando. Como é que fica preso à cabeça?

— Estes pedacinhos de renda são presos embaixo do queixo com um botão de rosa. Desse jeito.

E Meg ilustrou o que dizia colocando o chapéu e fitando o marido com um ar irresistível de tranquila satisfação.

— É uma graça, mas prefiro o rosto debaixo dele, porque está novamente jovem e contente.

E John deu um beijo naquele rosto sorridente, em detrimento do botão de rosa sob o queixo.

— Fico contente que tenha gostado, pois quero que me leve para assistir a um concerto, uma noite dessas. Eu realmente preciso um pouco de música para ficar afinada. Você me levaria, por favor?

— Claro que sim, com a maior boa vontade, ou a qualquer outro lugar que você desejar. Você passou tanto tempo trancafiada em casa que uma saída lhe fará muitíssimo bem, e isso é o que mais me deixará feliz. O que a fez pensar nisso, mãezinha?

— Bem, dia desses, tive uma conversa com mamãe e contei a ela sobre como andava nervosa, irritada e fora dos eixos, e ela disse que eu precisava de novos ares e menos preocupações. Então, Hannah me ajudará com as crianças e cuidarei mais das questões da casa e, de vez em quando, me divertirei um pouco, só para não me tornar uma velha agitada e debilitada antes do tempo. É apenas uma experiência, John, e quero tentar não apenas por mim, mas também por você, pois eu o tenho negligenciado vergonhosamente nos últimos tempos, e a casa tornará a ser como era antes, se depender de mim. Você não se opõe, não é?

Não importa o que John disse, nem o fato de que o pequeno *bonnet* por pouco escapou da destruição completa. Basta saber que ele não parecia ter qualquer objeção, a julgar pelas mudanças que, aos poucos, aconteceram na casa e em seus moradores.

Estava longe de ser o Paraíso, mas tudo corria muito melhor com a divisão do sistema de trabalho: as crianças se desenvolveram sob o domínio paterno, porque o minucioso e enérgico John impôs ordem e obediência na Bebelândia, enquanto Meg recobrava o ânimo e acalmava os nervos com muito exercício saudável, um pouco de divertimento e muitas conversas confidenciais com seu sensato marido. A casa tornou-se novamente um lar, e John não sentia mais vontade alguma de sair dele, a menos que levasse Meg consigo. Os Scott é que passaram a frequentar a residência dos Brooke, e todos achavam a casinha um lugar alegre, pleno de felicidade, contentamento e amor familiar. Até mesmo Sally Moffat gostava de ir lá. "É sempre tão tranquilo e agradável aqui; sinto-me bem, Meg", costumava dizer, olhando ao redor com olhos desejosos, como se tentasse descobrir o feitiço para usá-lo em sua casa enorme, tomada por uma imensa solidão; pois não havia lá bebês rebeldes, de rosto corado, e Ned vivia em um mundo só seu, onde não havia lugar para ela.

Essa felicidade doméstica não veio toda de uma vez, mas John e Meg tinham descoberto a chave para ela, e cada ano de casamento os ensinava como usá-la, abrindo a porta para os tesouros do verdadeiro amor doméstico e da ajuda mútua que até mesmo os mais pobres podem ter e que nem os mais ricos conseguem comprar. Esse é o tipo de prateleira na qual as jovens esposas e mães podem consentir em ser colocadas, a salvo da inquietação e da agitação do mundo, encontrando o amor leal nos pequenos filhos e filhas que se agarram a elas, sem temer dor, pobreza ou velhice, caminhando lado a lado, sob o bom ou o mau tempo, com um amigo fiel — o marido — e aprendendo, como Meg aprendeu, que o reino mais feliz da mulher é o lar e sua honra mais elevada, a arte de comandá-lo — não como rainha, mas como sábia esposa e mãe.

39
LAURENCE, O PREGUIÇOSO

Laurie foi para Nice com a intenção de passar uma semana e acabou ficando um mês. Estava cansado de vaguear sozinho, e a presença familiar de Amy parecia conferir um encanto doméstico aos cenários estrangeiros de que ela fazia parte. Ele andava sentindo um pouco de saudade dos "agrados" que costumava receber e tinha voltado a sentir um gostinho daquele sabor, pois nenhuma atenção vinda de estranhos, por mais lisonjeira que fosse, proporcionava nem sequer metade do júbilo incitado pela adoração fraternal das meninas em casa. Amy jamais o mimaria como as outras, mas agora estava muito contente em vê-lo e ficou muito ligada a ele, sentindo que era o representante de sua querida família, da qual sentia mais saudade do que gostaria de admitir. Eles encontravam alento na companhia um do outro e passavam muito tempo juntos, cavalgando, caminhando, dançando ou vadiando, pois ninguém pode se ocupar demais durante a temporada festiva em Nice. Embora estivessem aparentemente se divertindo de modo bem despreocupado, também estavam fazendo descobertas semiconscientes e formando opiniões um a respeito do outro. Amy crescia a cada dia na estima do amigo, ao passo que ele caía no conceito dela, e ambos compreendiam essa realidade sem precisar trocar qualquer palavra. Amy procurava agradar e conseguia, pois sentia-se grata por todo o divertimento que ele lhe oferecia e recompensava-o com os pequenos gestos que as mulheres bem femininas sabem proporcionar com um charme indescritível. Laurie não fazia esforço algum, de qualquer tipo, apenas deixava-se levar da maneira mais confortável possível, tentando esquecer e sentindo que todas as mulheres deveriam dirigir-lhe palavras gentis porque uma delas fora fria com ele. Ser generoso não era um sacrifício para ele, e Laurie teria dado todas as bugigangas da cidade a Amy, se ela as aceitasse, mas, ao mesmo tempo, sentia que não conseguiria mudar a opinião que ela formava a seu respeito e sentia certo medo dos penetrantes olhos azuis que pareciam observá-lo com uma surpresa ao mesmo tempo pesarosa e escarnecedora.

— Todos foram passar o dia em Mônaco. Eu preferi ficar em casa e escrever cartas. Já terminei e agora vou para Valrosa, desenhar. Você me acompanha? — perguntou Amy ao encontrar Laurie em um dia lindo, quando ele apareceu, com o ar relaxado de costume, por volta do meio-dia.

— Posso acompanhá-la, sim, mas não está um pouco quente para uma caminhada tão longa? — respondeu ele vagarosamente, pois o salão pouco iluminado parecia convidativo, após o excesso de claridade da rua.

— Pegarei a carruagem pequena, e Baptiste a conduzirá, então você não precisará fazer nada além de segurar sua sombrinha e manter as luvas limpas — respondeu Amy, fitando com um olhar sarcástico as luvas de pelica imaculadas que eram um ponto fraco de Laurie.

— Então irei com prazer.

E estendeu a mão para pegar o caderno de desenho dela. Amy, no entanto, enfiou-o debaixo do braço e disse, rispidamente:

— Não se incomode. Não é esforço algum para mim, mas não me parece que você pense o mesmo.

Laurie ergueu as sobrancelhas e a seguiu sem pressa, enquanto ela descia a escada correndo, mas, quando entraram na carruagem, ele próprio pegou as rédeas, deixando o pequeno Baptiste sem nada para fazer senão cruzar os braços e tirar um cochilo na boleia.

Os dois nunca brigavam. Amy era educada demais e, naquele momento, Laurie estava com uma preguiça tremenda, então, um instante depois, ele espiou por baixo da aba do chapéu dela, com uma expressão inquisitiva, ao que ela respondeu com um sorriso, e os dois seguiram juntos da maneira mais amistosa possível.

O trajeto era lindo, passando por estradas serpenteantes repletas desses cenários pitorescos que deleitam olhos amantes da beleza. Aqui, um antigo mosteiro, de onde lhes chegava o canto solene dos monges. Ali, um pastor de calças curtas, tamancos de madeira, chapéu pontudo e casaco surrado dependurado no ombro estava sentado em uma pedra tocando flauta, enquanto suas cabras saltitavam entre as pedras ou repousavam a seus pés. Burricos mansos, cor de camundongo, carregando cestos de capim recém-cortado passavam com uma linda moça de chapéu típico sentada entre as pilhas verdes, ou uma velha fiando em uma roca, enquanto seguia. Crianças negras, de olhos doces, saíam correndo das pitorescas choupanas de pedra para oferecer buquês ou laranjas ainda presas aos galhos. Oliveiras retorcidas cobriam os morros com sua folhagem escura; frutos dourados pendiam nas árvores dos pomares; e grandes anêmonas escarlates margeavam a estrada, enquanto, além das encostas verdejantes e dos picos escarpados, os Alpes Marítimos erguiam-se, abruptos e brancos, contra o azul do céu italiano.

Valrosa merecia mesmo esse nome, porque, naquele clima de verão perpétuo, as rosas floresciam por toda parte. Pendiam das arcadas, enfiavam-se por entre as grades do grande portal, dando amáveis boas-vindas aos que passavam, e ladeavam a avenida, emaranhando-se entre os limoeiros e as palmeiras folhosas que se estendiam até a vila no alto da colina. Cada cantinho sombreado, onde bancos convidavam a uma parada e um repouso, era um grande buquê; cada gruta fresca tinha sua ninfa de mármore sorrindo sob um véu florido e todas as fontes refletiam rosas vermelhas, brancas ou cor-de-rosa-claro, inclinando-se para se observar na água e sorrir de sua própria beleza. Rosas cobriam as paredes da residência, enredavam-se nas cornijas, subiam pelas colunas e multiplicavam-se desordenadamente na balaustrada do amplo terraço, de onde se avistava o ensolarado Mediterrâneo e a cidade de muralhas brancas às suas margens.

— Um verdadeiro paraíso para uma lua de mel, não? Você, alguma vez, já viu rosas como estas? — perguntou Amy, parando brevemente no terraço para apreciar a vista e o voluptuoso sopro de perfume que pairava no ar.

— Não, e tampouco espinhos como estes — respondeu Laurie, com o polegar na boca, depois de uma tentativa vã de pegar uma solitária flor vermelha pouco além do seu alcance.

— Tente mais embaixo e pegue as que não têm espinhos — aconselhou Amy, colhendo três rosas pequeninas de cor creme que se destacavam na parede atrás dela.

Ela as colocou na botoeira de Laurie, como uma oferta de paz, e ele ficou ali parado, por um instante, olhando para elas com uma expressão curiosa, pois na parte italiana de sua natureza havia uma pitada de superstição, e ele se achava, naquele momento, naquele estado de melancolia agridoce em que os rapazes de imaginação fértil encontram significações em coisas triviais e alimento para seu romantismo por todo lado. Ele tinha pensado em Jo, quando estendera a mão para pegar a rosa vermelha com espinhos, porque flores de cores vivas lhe caíam bem, e ela muitas vezes usara algumas parecidas, colhidas na estufa da casa dele. As rosas pálidas que Amy lhe dera eram do tipo que os italianos colocam nas mãos dos mortos, jamais em guirlandas nupciais, e, por um instante, ele se perguntou se aquele augúrio seria para Jo ou para ele próprio; contudo, no instante seguinte, seu bom senso americano venceu o sentimentalismo e ele riu o riso mais sincero que Amy ouvia desde a chegada do rapaz.

— É um bom conselho. É melhor você aceitar e poupar seus dedos — disse ela, pensando serem suas palavras a causa da risada de Laurie.

— Obrigado, eu o seguirei — respondeu ele, em tom de troça, e, alguns meses depois, realmente seguiu.

— Laurie, quando verá o seu avô? — perguntou ela, pouco depois, enquanto se acomodava em um banco rústico.

— Muito em breve.

— Você já disse isso uma dúzia de vezes nas últimas três semanas.

— Ouso dizer que respostas curtas evitam problemas.

— Ele o está esperando. Você realmente deveria ir.

— Que criatura mais hospitaleira! Sei disso.

— Então, por que não vai?

— Depravação inata, imagino eu.

— Indolência inata, você quer dizer. É realmente terrível!

E Amy assumiu um ar severo.

— Não é tão ruim quanto parece, pois eu só o importunaria se fosse visitá-lo, então é melhor que eu fique por aqui mesmo e a importune um pouco mais. Você consegue aguentar melhor. Na verdade, acho que combina perfeitamente com a sua natureza.

E Laurie acomodou-se para descansar em cima da larga borda da balaustrada.

Amy meneou a cabeça e abriu seu caderno de desenho com um ar de resignação, mas estava decidida a repreender "aquele rapaz" e, após um minuto, recomeçou.

— O que você está fazendo agora?

— Observando os lagartos.

— Não, não. Quero dizer, o que pretende e deseja fazer?

— Fumar um cigarro, se me der licença.

— Como você é irritante! Não aprovo o fumo e só lhe permitirei fumar com a condição de que me deixe retratá-lo em meu desenho. Preciso de um modelo.

— Com todo o prazer. Como me desenhará: por inteiro ou cortado, em pé ou deitado? Com todo o respeito, eu sugeriria uma pose reclinada. Insira a si mesma também e dê o título "Dolce far niente".

— Fique onde está e durma, se quiser. Pretendo trabalhar a sério — disse Amy, com seu tom de voz mais enérgico.

— Que entusiasmo encantador!

E apoiou-se em uma urna alta, com um ar de completa satisfação.

— Que diria Jo se o visse agora? — perguntou Amy impacientemente, esperando mexer com ele ao mencionar o nome da irmã ainda mais enérgica.

— O de sempre: "Vá embora, Teddy, estou ocupada!"

Ele riu ao dizê-lo, mas a risada não era natural, e uma sombra passou por seu rosto, pois ouvir o nome familiar tocou em uma ferida ainda não cicatrizada. Tanto o tom de sua voz quanto aquela sombra chamaram a atenção de Amy, que já tinha visto e ouvido aquele comportamento. No mesmo instante, ela ergueu os olhos a tempo de testemunhar uma nova expressão no rosto de Laurie — uma expressão dura e amargurada, cheia de dor, insatisfação e arrependimento. Desapareceu antes que ela pudesse analisá-la, retomando a expressão indiferente. Ela o observou por um instante com um prazer artístico, pensando em como ele parecia italiano, recostado daquele jeito, aquecendo-se ao sol, com a cabeça descoberta e olhos sonhadores, porque parecia tê-la esquecido e caído em um devaneio.

— Você está a própria efígie de um jovem cavaleiro adormecido em seu túmulo — disse ela, traçando cuidadosamente o perfil bem delineado contra a pedra escura.

— Quem me dera!

— É um desejo tolo, a não ser que você já tenha arruinado sua vida. Você está tão mudado que, às vezes, penso...

Amy parou, com um olhar meio tímido, meio saudoso, mais significativo do que sua frase inacabada.

Laurie percebeu e compreendeu a ansiedade afetuosa que ela hesitava em expressar e, olhando bem nos olhos dela, disse, exatamente como costumava dizer à sra. March:

— Está tudo bem, senhora.

Aquilo a satisfez e amainou as dúvidas que haviam começado a preocupá-la ultimamente. Ela também ficou comovida e o demonstrou no tom cordial com que disse:

— Fico contente! Nunca pensei que você tivesse realmente sido um mau menino, mas imaginei que pudesse ter gastado muito dinheiro naquela maléfica Baden-Baden, entregado seu coração a alguma francesa sedutora casada ou se metido em algum desses imbróglios que os rapazes parecem considerar parte imprescindível de uma viagem ao exterior. Não fique aí ao sol, venha deitar-se aqui na grama e "sejamos amistosos", como Jo costumava dizer quando nos acomodávamos no cantinho do sofá para trocar confidências.

Laurie atirou-se no gramado obedientemente e começou a enfiar margaridas nas fitas do chapéu de Amy.

— Estou pronto para as confidências.

E ele a fitou com uma expressão decidida de interesse nos olhos.

— Não tenho nenhuma para contar. Pode começar.

— Não tenho nada que valha a pena compartilhar. Achei que talvez você tivesse alguma novidade de casa.

— Você já sabe de tudo o que aconteceu nos últimos tempos. Não recebe notícias com frequência? Imaginei que Jo lhe mandasse pilhas de cartas.

— Ela anda muito ocupada. E tenho viajado tanto, para lá e para cá, que é impossível se corresponder com regularidade, você sabe. Quando você começará sua grande obra de arte, Rafaela? — perguntou ele, mudando bruscamente de assunto, após outra pausa, durante a qual ficou imaginando se Amy sabia do seu segredo e queria conversar a respeito.

— Nunca — respondeu ela, com um ar tristonho, porém decidido. — Roma me despiu de toda a vaidade, pois, depois de ver maravilhas por lá, senti-me insignificante demais para viver e, no desespero, desisti de todas as minhas esperanças bobas.

— Mas por quê, com tanta energia e talento?

— Justamente por isto: porque talento não é sinônimo de genialidade e, por mais energia que se tenha, não basta para superar a discrepância. Quero ser grande, ou coisa alguma. Não serei uma troca-tintas qualquer. Por isso, não pretendo continuar tentando.

— E o que fará da vida, se me permite perguntar?

— Aprimorarei meus outros talentos e serei um ornamento da sociedade, se tiver a chance.

Aquela era uma declaração característica e soava audaciosa; por outro lado, a audácia cai bem nos jovens e a ambição de Amy tinha uma boa base. Laurie sorriu, mas gostava do ânimo com que ela assumira um novo propósito diante da morte de um objetivo há tanto desejado, sem perder tempo com lamentações.

— Ótimo! E é aqui que Fred Vaughn entra, imagino.

Amy permaneceu em um silêncio discreto, mas uma expressão embaraçada em seu semblante cabisbaixo fez Laurie sentar-se e dizer gravemente:

— Agora, assumirei o papel de irmão e farei perguntas. Posso?

— Não prometo responder.

— Seu rosto responderá, se sua língua não o fizer. Você ainda não é traquejada o suficiente para esconder seus sentimentos, minha cara. Ouvi rumores sobre você e Fred no ano passado e minha opinião particular é de que, se ele não tivesse sido compelido a retornar repentinamente para casa, ficando detido por tanto tempo, algo teria se desenvolvido, não é verdade?

— Não cabe a mim confirmar coisa alguma. — Foi a resposta implacável de Amy, embora seus lábios quisessem sorrir e seus olhos exibissem um brilho traiçoeiro, revelando que ela conhecia seu próprio poder e apreciava esse conhecimento.

— Você não está noiva, espero?

E, subitamente, Laurie pareceu-se muito com um irmão mais velho e sério.

— Não.

— Mas ficará, se ele voltar e ajoelhar-se para fazer o pedido apropriadamente, não?

— Muito provavelmente.

— Então gosta do velho Fred?

— Poderia gostar, se tentasse.

— Mas não pretende tentar até que chegue o momento, certo? Minha nossa, que prudência sobre-humana! Ele é um bom sujeito, Amy, mas não é o homem que imaginei que lhe apeteceria.

— Ele é rico, um cavalheiro, tem modos impecáveis — começou Amy, tentando parecer muito tranquila e digna, mas sentindo certa vergonha de si mesma, apesar da sinceridade de suas intenções.

— Entendo. Rainhas da sociedade não podem sobreviver sem dinheiro, então você pretende começar fazendo um bom casamento? Muito correto e adequado, para o restante do mundo, mas soa estranho vindo dos lábios de uma das filhas de sua mãe.

— É verdade, entretanto.

Uma declaração breve, mas a determinação tranquila com que foi expressa contrastava de forma curiosa com a jovem que a proferira. Laurie percebeu instintivamente e tornou a deitar-se, com uma sensação de decepção que não conseguia explicar. A expressão e o silêncio dele, bem como certa autodesaprovação interior, mexeram com Amy e fizeram com que ela decidisse passar um sermão sem delongas.

— Poderia me fazer o favor de despertar um pouco? — disse ela rispidamente.

— Faça-o por mim, se for uma boa menina.

— Eu poderia, se tentasse.

E ela estampava uma expressão de quem gostaria de fazê-lo da maneira mais sumária.

— Tente, então. Eu lhe dou permissão — respondeu Laurie, que gostava de ter alguém para apoquentar depois do longo tempo de abstinência de seu passatempo favorito.

— Você se zangaria em cinco minutos.

— Nunca me zango com você. São necessárias duas pederneiras para fazer fogo. Você é fria e suave como a neve.

— Você não sabe do que sou capaz. A neve também arde e queima, quando utilizada corretamente. Sua indiferença é meio fingida, e um bom chacoalhão o provaria.

— Então chacoalhe. Não me magoarei e talvez você se divirta, como dizia o grandalhão quando sua esposa pequenina batia nele. Finja que sou um marido ou um tapete e bata até cansar, se esse tipo de exercício lhe agrada.

Estando ela própria decididamente espinhada e ansiosa para vê-lo sair daquela apatia que tanto o alterava, Amy afiou tanto a língua quanto o lápis e começou:

— Flo e eu inventamos um novo nome para você: Laurence, o Preguiçoso. O que acha?

Ela pensou que isso o irritaria, mas ele apenas cruzou os braços, dizendo, imperturbado:

— Não é nada ruim. Obrigado, garotas.

— Quer saber o que eu, sinceramente, penso de você?

— Estou ávido para que conte.

— Pois bem, eu o desprezo.

Se ela tivesse até mesmo dito "Eu o odeio" em um tom petulante ou coquete, Laurie teria rido e até gostado, mas o tom sério, quase triste, em sua voz o fez abrir os olhos e perguntar apressadamente:

— Por quê, se me faz o favor?

— Porque, com todas as oportunidades para ser bom, útil e feliz, você é falho, preguiçoso e infeliz.

— Linguagem pesada, *mademoiselle*.

— Se estiver gostando, eu continuarei.

— Por favor, é bastante interessante.

— Pensei que acharia isso mesmo. As pessoas egoístas sempre gostam de falar sobre si mesmas.

— Egoísta, eu?

A pergunta escapuliu involuntariamente e em um tom de surpresa, visto que a única virtude de que ele se orgulhava era sua generosidade.

— Sim, muito egoísta — prosseguiu Amy, com uma voz calma e controlada, o que era duas vezes mais eficaz, naquele momento, do que um tom raivoso. — Eu demonstrarei, pois o venho analisando, enquanto andamos por aí a nos divertir, e não estou plenamente satisfeita com você. Já está no exterior há quase seis meses e não fez outra coisa senão desperdiçar tempo e dinheiro e decepcionar seus amigos.

— Então não se pode ter prazer algum depois de quatro anos de estudo fervoroso?

— Você não parece ter encontrado muito prazer. De todo modo, em nada melhorou, pelo que posso ver. Logo que nos reencontramos, eu lhe disse que você havia melhorado. Agora, retiro tudo, pois já não acho que valha nem metade do rapaz que deixei em casa. Você tornou-se abominavelmente preguiçoso, é afeito a mexericos, perde tempo com frivolidades, satisfaz-se em ser mimado e admirado por pessoas tolas, em vez de ser amado e respeitado pelas pessoas sábias. Com dinheiro, talento, posição, saúde e beleza... Ah, você aprecia essas velhas vaidades! Mas é a verdade, então não consigo evitar expressá-la: com todas essas coisas esplêndidas para usufruir e gozar, você não consegue encontrar nada com que se ocupar, a não ser vadiar, e, em vez de ser o homem que deveria, é apenas...

Então ela parou, com uma expressão que manifestava, ao mesmo tempo, dor e piedade.

— São Laurence na fogueira — acrescentou Laurie, concluindo a frase insipidamente.

O sermão, contudo, começara a fazer efeito, pois uma centelha bem desperta ardia nos olhos dele, e uma expressão que misturava raiva e mágoa substituíra a indiferença anterior.

— Eu já supunha que você receberia minhas palavras dessa forma. Vocês, homens, nos dizem que somos anjos e afirmam que podemos fazer com vocês o que quisermos, mas, no momento em que tentamos colocá-los no bom caminho, riem de nós e recusam-se a ouvir, o que prova quanto valem as lisonjas masculinas.

Amy falou em um tom amargo e virou as costas para o irritante mártir a seus pés.

Após um minuto, a mão de alguém repousou sobre sua folha, de modo que ela não podia mais desenhar, e uma voz disse, em uma imitação engraçada de criança arrependida:

— Serei bonzinho, ah, bem bonzinho!

Mas Amy não riu, pois tinha falado sério, e, batendo com o lápis na mão aberta, disse serenamente:

— Não tem vergonha de uma mão como essa? É tão macia e branca quanto a de uma mulher e parece nunca ter feito nada além de usar as melhores luvas e colher flores para as damas. Você não é um dândi, graças a Deus, então fico contente em não ver diamantes ou anelões de sinete em seus dedos, apenas o velho anelzinho que Jo lhe deu tanto tempo atrás. Alma abençoada, gostaria que ela estivesse aqui para me ajudar!

— Eu também!

A mão desapareceu tão subitamente quanto surgiu, e havia tanta energia naquelas duas palavras que até mesmo Amy se surpreendeu. Ela olhou para Laurie com um novo pensamento em mente, mas ele estava deitado com o chapéu cobrindo metade do rosto, como que para fazer sombra, e o bigode ocultava-lhe a boca.

Ela apenas viu o peito dele inflar e desinflar, soltando um respiro profundo que talvez fosse um suspiro, e a mão que exibia o anel emaranhar-se na grama, como se quisesse esconder algo precioso ou terno demais para ser discutido. Em um instante, várias percepções e detalhes tomaram forma e significância na cabeça de Amy, levando-a a perceber que sua irmã nunca lhe fizera confidências. Lembrou-se de que Laurie jamais falava voluntariamente de Jo, da sombra no rosto dele naquele exato momento, da mudança em sua personalidade e do velho anelzinho, que não era um enfeite que se prezasse para uma mão bonita. As garotas são rápidas em interpretar tais sinais e sentir sua eloquência. Amy já imaginara que talvez uma decepção amorosa estivesse por trás das mudanças, e, naquele instante, teve certeza disso. Seus olhos se encheram d'água e, quando ela tornou a falar, foi com uma voz que podia ser maravilhosamente delicada e gentil, quando ela queria.

— Sei que não tenho direito algum de falar assim com você, Laurie, e se você não fosse o rapaz mais doce do mundo, estaria muito zangado comigo. Mas todos nós gostamos demais e temos tanto orgulho de você que eu não suportaria imaginar que nossas famílias ficassem desapontadas com você, como eu fiquei, embora, talvez, eles compreendessem a mudança melhor do que eu.

— Acho que compreenderiam — respondeu a voz debaixo do chapéu em um tom severo tão tocante quanto um tom magoado.

— Eles deveriam ter me contado, em vez de me deixar prosseguir com tamanhos disparates e reprimendas em um momento em que eu deveria ter sido mais gentil e paciente do que nunca. Nunca apreciei aquela srta. Randal e, agora, a detesto! — afirmou a astuciosa Amy, querendo, dessa vez, ter certeza dos fatos.

— Ao inferno com a srta. Randal!

E Laurie arrancou o chapéu do rosto, com uma expressão que não deixava dúvidas com relação aos seus sentimentos pela moça.

— Desculpe, eu pensei...

E então Amy pausou diplomaticamente.

— Não, não pensou, você sabia perfeitamente que jamais gostei de ninguém além de Jo.

Laurie disse aquilo em seu antigo tom impetuoso, desviando o rosto ao falar.

— Era, de fato, o que eu achava, mas como nunca me disseram nada a esse respeito e você veio embora, achei que estava enganada. E Jo não foi boa com você? Ora, eu tinha certeza de que ela o amava imensamente.

— Foi boa, sim, mas não da maneira correta, e foi sorte a dela não me amar, se sou esse sujeito imprestável que você considera. A culpa é dela, no entanto, e você pode lhe dizer isso.

Ao falar aquilo, a expressão dura e amarga de Laurie retornou, perturbando Amy, que não sabia como remediar a situação.

— Eu estava errada, não sabia de nada. Lamento muito ter ficado tão irritada, mas não posso deixar de desejar que você suportasse essa situação de uma maneira melhor, Teddy, querido.

— Não me chame assim, como ela me chama! — E Laurie ergueu a mão em um gesto rápido, para deter as palavras ditas naquele tom de Jo, meio gentil, meio repreensivo. — Espere até você própria passar por isso — acrescentou ele, baixinho, arrancando a grama aos punhados.

— Eu encararia de forma viril e seria respeitada, se não pudesse ser amada — afirmou Amy, com a determinação de alguém que nada sabia a respeito do assunto.

Ora, Laurie gabava-se de ter suportado tudo extraordinariamente bem, sem queixar-se, sem apelar por empatia e levando sua mágoa ao outro lado do oceano para viver sozinho com ela. A repreensão de Amy lançara uma nova luz sobre a questão e, pela primeira vez, realmente parecia uma fraqueza e um egoísmo perder o ânimo diante do primeiro fracasso e se refugiar em uma indiferença rabugenta. Ele se sentiu como se tivesse sido arrancado de um sonho pesaroso e, agora, achava impossível voltar a dormir. Pouco depois, ele se sentou e perguntou, vagarosamente:

— Você acha que Jo me desprezaria como você despreza?

— Sim, se ela o visse agora. Ela detesta pessoas preguiçosas. Por que não faz algo esplêndido que a faça amá-lo?

— Fiz o melhor que pude, mas de nada adiantou.

— Formar-se com boas notas, é o que quer dizer? Não fez mais que sua obrigação, em respeito ao seu avô. Seria vergonhoso fracassar depois de um gasto tão grande de tempo e dinheiro, quando todos sabiam que você tinha toda a capacidade de se sair bem.

— Diga o que for, a verdade é que fracassei, pois Jo não quis me amar — começou Laurie, apoiando a cabeça sobre uma das mãos em uma atitude desesperançada.

— Não, não fracassou, e há de perceber, no fim, por que tal conquista lhe fez bem e provou que, se você quiser fazer algo, basta tentar. Se ao menos se empenhasse em algum outro tipo de tarefa, logo estaria entusiasmado e feliz novamente e esqueceria seus problemas.

— Impossível.

— Experimente e verá. Não precisa dar de ombros e pensar: "Que sabe ela sobre tais assuntos?" Não pretendo ser sábia, mas sou realmente observadora e vejo muito mais do que você imagina. Interesso-me pelas experiências e inconsistências das outras pessoas e, embora não possa explicá-las, lembro-me delas e utilizo-as em benefício próprio. Ame Jo até o último dos seus dias, se quiser, mas não deixe que isso o prejudique, pois desperdiçar tantas boas dádivas só por não poder ter uma única coisa é simplesmente terrível. Pronto, não continuarei a lhe passar sermões, porque sei que você despertará e se comportará feito homem, a despeito daquela menina insensível.

Nenhum dos dois falou durante vários minutos. Laurie permaneceu sentado, girando o anelzinho no dedo, e Amy deu os últimos retoques no rápido desenho em que estivera trabalhando enquanto falava. Pouco depois, ela o colocou em cima do joelho e apenas perguntou:

— Que acha?

Ele olhou e, então, sorriu, sem conseguir evitar, de tão extremamente bem-feito — a comprida e preguiçosa figura estirada no gramado, com seu rosto abatido, os olhos semicerrados e uma das mãos segurando um charuto, do qual emergia o pequeno anel de fumaça que rodeava a cabeça do sonhador.

— Como você desenha bem! — exclamou ele, com surpresa e prazer genuínos diante da habilidade de Amy, acrescentando, com uma meia risada: — Sim, sou eu mesmo.

— É como você está agora. Este é como você costumava ser.

E Amy colocou outro desenho ao lado daquele que ele segurava.

Não era, nem de longe, tão bem-feito, mas havia ali uma vida e um espírito que amenizavam muitos defeitos, além de lembrar o passado de forma tão vívida que uma mudança repentina passou pelo rosto do jovem enquanto ele olhava. Era apenas um esboço rudimentar de Laurie domando um cavalo. Estava sem chapéu e sem casaco, e cada contorno da figura ativa, com seu rosto resoluto e sua atitude imponente, transbordava energia e significado. O belo animal, recém-dominado, arqueava o pescoço sob a rédea firmemente puxada, riscando o chão impacientemente com o casco e as orelhas erguidas, como se estivessem à escuta da voz que o dominara. Havia, na crina encrespada do bicho, nos cabelos desgrenhados do cavaleiro e em sua atitude altiva, uma nuance de um movimento interrompido de súbito, de força, coragem e uma exuberância juvenil que contrastavam nitidamente com a graça indolente da obra intitulada "Dolce far niente". Laurie não disse nada, mas, enquanto seus olhos passavam de um papel para o outro, Amy percebeu que ele estava enrubescendo e apertando os lábios, como se aceitasse a pequena lição que ela lhe dera. Isso a deixou satisfeita e, sem esperar que ele se pronunciasse, disse, com seu jeito jovial:

— Não se lembra do dia em que você domou o Puck e todas ficamos assistindo? Meg e Beth ficaram assustadas, mas Jo aplaudiu e entusiasmou-se, enquanto eu me sentei na cerca e desenhei a cena. Achei este esboço na minha pasta, dia desses. Fiz uns retoques e guardei para lhe mostrar.

— Muito obrigado. Você melhorou imensamente, desde então, e eu a parabenizo. Posso atrever-me a lembrar, neste "paraíso perfeito para uma lua de mel", que o jantar é servido às cinco horas no seu hotel?

Laurie levantou-se enquanto falava, devolveu os desenhos com um sorriso e uma reverência e olhou para o relógio, como que para adverti-la de que até mesmo as reprimendas morais devem ter um fim. Ele tentou recobrar o ar descontraído e indiferente, mas agora era fingido, pois aquele despertar havia sido mais eficaz do que ele admitiria. Amy sentiu o toque de frieza nos modos dele e disse a si mesma:

— Agora eu o ofendi. Ora, se lhe fizer bem, fico satisfeita; se fizer com que me odeie, lamento, mas é a verdade e não posso retirar uma só palavra do que disse.

Eles riram e conversaram durante todo o trajeto de volta para casa, e o pequeno Baptiste, empoleirado na parte de trás, pensou que *monsieur* e *mademoiselle* estavam tremendamente alegres. Contudo, ambos sentiam-se constrangidos. A franqueza amistosa fora perturbada, o sol era ocultado por uma sombra e, apesar da aparente alegria, havia um descontentamento secreto no coração de cada um.

— Nós o veremos esta noite, *mon frère*? — perguntou Amy, quando se despediram, à porta da casa da tia.

— Infelizmente, tenho um compromisso. *Au revoir, mademoiselle.*

E Laurie curvou-se, como que para beijar-lhe a mão, à moda estrangeira — que se adequava mais a ele do que a muitos homens. Algo em seu rosto fez Amy dizer, rápida e calorosamente:

— Não, seja você mesmo comigo, Laurie, e despeça-se da boa e antiga maneira. Prefiro um vigoroso aperto de mão inglês a todas as saudações sentimentais da França.

— Adeus, querida.

E, com essas palavras, proferidas no tom de que ela gostava, Laurie a deixou, depois de um aperto de mão que quase a machucou, de tão vigoroso.

Na manhã seguinte, em vez da visita habitual, Amy recebeu um bilhete que a fez sorrir no início e suspirar no fim:

Minha querida mentora,
Por favor, diga adieux à sua tia por mim e regozije-se internamente, pois 'Laurence, o Preguiçoso' foi ter com o avô, como um bom rapaz. Desejo-lhe um inverno agradável e que os deuses lhe concedam uma lua de mel abençoada em Valrosa! Acho que Fred se beneficiaria com um despertar. Diga-lhe isso e transmita a ele os meus parabéns.
Saudações agradecidas,
Telêmaco

— Bom menino! Fico feliz por ele ter ido — disse Amy, com um sorriso aprovador.

No instante seguinte, seu rosto se entristeceu, ao olhar em torno da sala vazia, e ela acrescentou, com um suspiro involuntário:

— Sim, estou feliz, mas sentirei saudades!

40

O VALE DAS SOMBRAS

Quando a amargura inicial cessou, a família aceitou o inevitável e tentou superar com alegria, ajudando-se uns aos outros com o afeto crescente que brota para unir ternamente os familiares nos períodos de infortúnio. Afastaram o pesar, e cada qual fez sua contribuição para tornar feliz aquele último ano.

O quarto mais agradável da casa foi separado para Beth e ali reuniram tudo aquilo de que ela mais gostava — flores, quadros, seu piano, a mesinha de trabalho e os amados gatinhos. Os melhores livros do pai foram parar lá, a poltrona da mãe, a escrivaninha de Jo, os desenhos mais belos de Amy e, todos os dias, Meg levava as crianças até lá, em uma peregrinação amorosa, a fim de alegrar a titia Beth. John separou, sem qualquer alarde, uma pequena quantia para poder usufruir o prazer de manter a inválida abastecida com as frutas de que ela gostava e tinha vontade de comer. A velha Hannah nunca se cansava de inventar pratos saborosos para seduzir o apetite caprichoso da moça, derramando lágrimas enquanto trabalhava. E, do outro lado do oceano, chegavam presentinhos e cartas animadas, que pareciam trazer sopros de calor e perfume de terras que desconheciam o inverno.

Ali, adorada como uma santa doméstica em seu santuário, encontrava-se Beth, tranquila e atarefada como sempre, pois nada podia mudar sua natureza doce e altruísta e, mesmo enquanto se preparava para deixar esta vida, procurava torná-la mais feliz àqueles que ficariam para trás. Seus frágeis dedos nunca ficavam ociosos, e um de seus prazeres era fazer, diariamente, pequenas coisas para os pequenos estudantes que por ali passavam — deixar cair um par de luvas de sua janela para um par de mãos arroxeadas de frio; um agulheiro, para alguma mãezinha de muitas bonecas; mata-borrões, para jovens escritores atrapalhados em sua floresta de garranchos; livros de recortes para os que apreciavam ver figuras; e toda espécie de invenções agradáveis, até os relutantes guerreiros da estrada do saber encontrarem seu caminho repleto de flores e acabarem por considerar a gentil presenteadora uma espécie de fada madrinha, que vivia nas alturas e lançava presentes miraculosamente adequados aos seus gostos e necessidades. Se Beth desejasse alguma recompensa, ela a encontraria nos rostinhos animados, sempre voltados na direção de sua janela, com acenos e sorrisos, e nas cartinhas engraçadas que recebia, cheias de borrões e agradecimentos.

Os primeiros meses foram muito felizes, e Beth frequentemente olhava em volta e dizia "Como isso é bonito!", quando todos estavam sentados, juntos, em seu quarto ensolarado; as crianças brincando e cucuritando no chão; a mãe e as irmãs trabalhando por perto; e o pai lendo, com sua voz agradável, trechos dos velhos e sábios livros, que pareciam ricos em palavras boas e acalentadoras, tão apropriadas naquele momento quanto na época em que foram escritas, séculos antes. Uma pequena capela, onde um sacerdote paternal ensinava a seu rebanho as duras lições que todos devem aprender, tentando mostrar-lhes que a esperança pode confortar o amor e a fé torna a resignação possível. Sermões simples, que tocavam diretamente as almas daqueles que ouviam, pois o coração paterno transparecia na religião do ministro e as frequentes oscilações na voz conferiam uma dupla eloquência às palavras que ele dizia ou lia.

Foi bom para todos ter aquele período tranquilo como preparação para os momentos tristes que se seguiriam; pois, um tempo depois, Beth declarou que a agulha era "pesada demais" e a largou para sempre. Falar a cansava, rostos a perturbavam, a dor a reclamava, e seu espírito calmo passou a ser dolorosamente perturbado pelos males que atormentavam-lhe a carne fraca. Ah, Deus! Dias tão pesados; noites tão, tão longas; corações tão doloridos e orações tão suplicantes, quando aqueles que mais a amavam foram forçados a ver as mãos magras estendidas suplicantemente para eles e a ouvir o grito amargo, "Ajudem-me, ajudem-me!", e sentir que, no entanto, não havia como ajudar. Um triste eclipse da alma serena, uma luta lancinante da vida jovem contra a morte. Misericordiosamente, ambas foram breves e, então, passada a rebelião natural, a antiga paz retornou, mais bela do que nunca. Com o naufrágio do seu corpo frágil, a alma de Beth se fortaleceu e, embora ela pouco falasse, aqueles ao seu redor sentiram que ela estava pronta, viram que o primeiro peregrino a ser chamado também era o mais digno e esperaram com ela na margem, tentando ver os Anjos de Luz chegando para recebê-la quando ela cruzasse o rio.

Jo não saiu mais do lado dela, nem mesmo por uma hora, desde que Beth dissera:

— Sinto-me mais forte quando você está aqui.

Ela dormia em um sofá no quarto, acordando com frequência para reavivar o fogo, para alimentar, erguer ou servir a paciente criatura que raramente pedia alguma coisa e "tentava não ser um estorvo". Ela passava o dia todo no quarto, com ciúme de qualquer outra enfermeira e mais orgulhosa de ter sido escolhida do que de qualquer outro reconhecimento já recebido na vida. Aquelas foram horas preciosas e úteis para Jo, pois agora o coração dela recebia os ensinamentos de que precisava. Lições de paciência lhe eram ministradas tão docemente que não havia como deixar de aprendê-las: caridade para todos; o adorável espírito que consegue perdoar e realmente esquecer a crueldade; a lealdade ao dever que torna fáceis até as coisas mais difíceis; e a fé sincera que nada teme, mas confia sem duvidar.

Volta e meia, quando acordava, Jo encontrava Beth lendo seu livrinho surrado, ouvia-a cantarolar baixinho para se distrair durante a noite sem dormir, ou a via apoiar o rosto nas mãos, enquanto lágrimas vagarosas caíam por entre seus dedos transparentes. E Jo a observava, com pensamentos profundos demais para provocar lágrimas, sentindo que Beth, com seu jeito simples e caridoso, tentava se afastar de sua querida velha vida e preparar-se para a próxima por meio de palavras sagradas de alento, de preces silenciosas e da música, que ela tanto amava.

Testemunhar essas cenas sensibilizou Jo mais do que os sermões mais sábios, os hinos mais sagrados ou as orações mais fervorosas que qualquer voz poderia proferir; pois, com os olhos clareados por tantas lágrimas e o coração abrandado pela mais terna tristeza, ela reconhecia a beleza da vida da irmã — sem grandes acontecimentos, sem ambições, porém cheia das virtudes autênticas que "têm um perfume doce e florescem na poeira", do altruísmo que faz os mais humildes do planeta serem os primeiros recordados no Céu. O verdadeiro sucesso, que está ao alcance de todos.

Certa noite, enquanto remexia nos livros de cima de sua mesa em busca de algo que a fizesse esquecer o cansaço mortal, que era quase tão difícil de suportar quanto a dor, Beth encontrou, virando as páginas do seu velho livro favorito, *O peregrino*, um papelzinho rabiscado com a letra de Jo. O título chamou-lhe a atenção, e o aspecto borrado dos versos deu-lhe a certeza de que lágrimas tinham caído sobre eles.

"Pobre Jo! Ela está dormindo profundamente, então não a acordarei para lhe pedir permissão. Ela me mostra tudo o que escreve e não acho que vá se importar se eu ler isto aqui", pensou Beth, olhando para a irmã, que estava deitada no tapete com as tenazes da lareira ao lado, pronta para acordar no instante em que o fogo se extinguisse.

MINHA BETH

Sentada paciente à sombra,
A esperar pela luz sagrada,
Uma presença serena e pura
Santifica esta casa perturbada.
Alegrias e tristezas deste mundo
Desfazem-se ao quebrar na margem
Deste rio solene e profundo
Onde seus pés aguardam a passagem.

Oh, irmã que ora se afasta
Para além do labor da humana lida,
Dá-me de presente tuas virtudes
Que tanto embelezaram tua vida.
Deixa para mim tua paciência,
Com seu imenso poder de amparar
Um espírito alegre e dócil
No cárcere onde vive com pesar.

Dá-me, pois estou tão precisada
Dessa coragem terna e sapiente
Que tornou a jornada da labuta
Suave sob teus pés pacientes.
Dá-me tua natureza caridosa,
Que divinamente espalha o bem,
Perdoa falhas, em nome do amor —
Meigo coração, perdoa o meu também!

Assim, a cada dia nosso adeus perde
Algo de seu sofrimento tamanho,
E enquanto aprendo essa dura lição,
Minha perda se transforma em meu ganho.
Pois o golpe da tristeza tornará
Minha natureza selvagem mais sensível,
Para a vida, novas aspirações,
Uma nova confiança no invisível.

Daqui em diante, do outro lado do rio,
Verei por toda a eternidade
Um amado espírito familiar
A me esperar com saudade.
Esperança e fé nascidas da tristeza,
Anjos da guarda hão de se tornar,
E a irmã que partiu antes de mim
Por suas mãos me levará ao meu lar.

Embora borrados e manchados, imperfeitos e indistintos, os versos provocaram uma expressão de alento inexprimível no rosto de Beth, pois seu único lamento era o de ter feito muito pouco, e aquilo pareceu lhe garantir que sua vida não fora inútil, que sua morte não acarretaria o desespero que ela temia. Enquanto permanecia ali sentada, com o papel dobrado entre as mãos, o cepo carbonizado partiu-se e caiu. Jo acordou com um sobressalto, reviveu as chamas e foi de mansinho até a beira da cama, esperando que Beth estivesse adormecida.

— Não estou dormindo, mas estou muito feliz, querida. Veja, encontrei isto aqui e li. Sabia que você não se importaria. Fui tudo isso para você, Jo? — perguntou ela, com uma seriedade melancólica e humilde.

— Ah, Beth, muito, muito mais!

E Jo foi deitar-se no travesseiro, ao lado da cabeça da irmã.

— Então, não sinto que desperdicei minha vida. Não sou tão boa quanto você me imagina, mas tentei agir da forma correta e, agora, quando é tarde demais até mesmo para começar a agir melhor, é um alento enorme saber que alguém me ama tanto e acha que consegui ajudar.

— Mais do que qualquer outra pessoa neste mundo, Beth. Eu costumava pensar que não poderia deixá-la partir, mas estou aprendendo a sentir que jamais a perderei; que você estará mais perto de mim do que nunca; e que a morte não pode nos separar, embora assim pareça.

— Sei que não pode e já não a temo, pois estou certa de que continuarei sendo a sua Beth, para amá-la e ajudá-la mais do que nunca. Você deve tomar meu lugar, Jo, e ser tudo para o papai e a mamãe quando eu me for. Eles se voltarão para você, não os decepcione, e, se for difícil trabalhar sozinha, lembre-se de que não me esqueço de você e de que você será mais feliz fazendo isso do que escrevendo livros esplêndidos ou viajando pelo mundo todo, pois o amor é tudo o que podemos levar conosco quando partimos e o que torna a passagem tão mais fácil.

— Tentarei, Beth.

E, naquele exato momento, Jo renunciou à sua antiga ambição, comprometendo-se com outra nova e melhor, reconhecendo a pobreza dos outros desejos e sentindo um consolo abençoado na crença da imortalidade do amor.

Os dias da primavera vieram e se foram, o céu ficou mais claro; a terra, mais verde; as flores desabrocharam bem cedo e os pássaros retornaram a tempo de se despedir de Beth, que, como uma criança cansada, porém confiante, agarrou-se às mãos que a haviam guiado durante toda a vida, enquanto o pai e a mãe a conduziam ternamente pelo Vale das Sombras e a entregavam a Deus.

Raramente, a não ser nos livros, os agonizantes proferem palavras memoráveis, têm visões ou partem com semblantes beatíficos, e aqueles que acompanharam a partida de muitas almas sabem que, para a maioria, o fim vem de uma forma tão natural e simples quanto o sono. Como Beth esperava, a "maré vazou tranquilamente" e, na escuridão que precede a alvorada, no colo em que dera seu primeiro respiro, ela silenciosamente deu seu último, sem qualquer despedida além de um olhar amoroso, um suspiro breve.

Com lágrimas, orações e mãos afáveis, a mãe e as irmãs a prepararam para o longo sono que a dor nunca mais perturbaria, contemplando, com um olhar de gratidão, a bela serenidade que substituiu rapidamente a patética paciência que torturou o coração de todos por tanto tempo, e, sentindo, com reverente alegria, que a morte de sua adorada menina era como um anjo benigno, não um fantasma aterrorizante.

Quando chegou a manhã, pela primeira vez em muitos meses, o fogo estava apagado; o lugar de Jo, vazio; e o quarto, muito silencioso. Mas um pássaro cantava alegremente em um galho próximo, os galantos floresciam viçosamente na janela e o sol primaveril espalhava-se como uma bênção sobre o rosto plácido que repousava no travesseiro; um rosto tão cheio de paz e livre da dor que aqueles que mais a amavam sorriram, em meio às lágrimas, e agradeceram a Deus por Beth finalmente estar bem.

41

APRENDENDO A ESQUECER

O sermão de Amy fez bem a Laurie, embora, é claro, ele só tenha admitido muito tempo depois. Os homens raramente o fazem, porque, quando as mulheres são as conselheiras, os senhores da criação não aceitam o conselho até terem convencido a si mesmos de que esse era, de fato, seu propósito. Então, colocam em prática e, se tiverem êxito, dão ao sexo mais frágil metade do crédito. Se falham, dão todo o crédito generosamente à mulher. Laurie voltou para perto do avô e dedicou-se a ele com tanto zelo, durante várias semanas, que o velho cavalheiro declarou que o clima de Nice fizera maravilhas a ele e seria bom repetir a dose. Não havia nada que o jovem cavalheiro preferisse fazer, mas nem mesmo elefantes seriam capazes de arrastá-lo de volta depois do corretivo que levara. O orgulho não permitia e, sempre que a saudade apertava, ele fortalecia sua resolução repetindo as palavras que mais o haviam marcado: "Eu o desprezo." "Faça algo esplêndido que a faça amá-lo."

Laurie remoeu tanto a questão em sua cabeça que acabou se obrigando a confessar que realmente fora egoísta e preguiçoso, mas, quando um homem sofre de um grande pesar, deve satisfazer todos os tipos de capricho até extingui-los. Ele sentia que seu afeto não correspondido agora estava completamente morto e, embora jamais fosse deixar de lamentar-se fielmente, não havia motivo para trajar seu luto de forma ostensiva. Jo jamais o amaria, mas talvez ele conquistasse o respeito e a admiração dela se fizesse algo capaz de provar que o "não" de uma garota não lhe arruinara a vida. Fazer alguma coisa sempre fora sua intenção, e o conselho de Amy era bastante desnecessário. Ele estava apenas esperando até o supracitado afeto não correspondido estar decentemente enterrado. Isso feito, ele sentia-se preparado para "esconder seu coração partido e seguir batalhando".

Assim como Goethe, quando sentia alegria ou uma dor, Laurie a transformava em canção. Desse modo, resolveu embalsamar seu sofrimento amoroso em música e compôs um réquiem que deveria atormentar a alma de Jo e derreter o coração de qualquer um que o ouvisse. Assim, quando seu velho avô percebeu que ele estava ficando novamente inquieto e rabugento, mandou que fosse viajar, e Laurie foi para Viena, onde tinha amigos no meio musical, e pôs-se a trabalhar com a firme determinação de se destacar. Mas, fosse o sofrimento grande demais para ser personificado em música, fosse a música demasiado etérea para enaltecer uma angústia humana, ele logo descobriu que o réquiem estava além de sua capacidade naquele momento. Era evidente que sua mente ainda não se encontrava em condições de trabalhar e suas ideias precisavam ser clareadas, pois, muitas vezes, no meio de um acorde queixoso, percebia-se cantarolando uma melodia dançante que o lembrava vividamente do baile de Natal em Nice — em especial daquele francês corpulento —, o que pôs um ponto final em sua trágica composição.

Então, tentou uma ópera, já que, de início, nada parecia impossível, mas, novamente, dificuldades imprevistas o detiveram. Ele queria Jo como sua heroína e recorreu à memória para lhe fornecer lembranças ternas e visões românticas da amada. Mas a memória se tornou traiçoeira, e ele, como se estivesse possuída pelo espírito perverso da moça, só se recordava das esquisitices, os defeitos e as excentricidades de Jo, mostrando-a apenas sob seus aspectos menos sentimentais — batendo tapetes, com a cabeça envolta em um lenço, barricando-se com a almofada do sofá ou jogando um balde de água fria em sua paixão —, e uma risada irresistível arruinou o quadro melancólico que ele se esforçava para pintar. Jo não seria, sob hipótese alguma, retratada em uma ópera, e ele teve de desistir dela, pensando "Que Deus abençoe aquela garota, que tormento ela é!" e puxando os próprios cabelos, como convinha a um compositor endoidecido.

Quando olhou ao redor em busca de uma donzela menos intratável para imortalizar em melodia, a memória lhe apresentou uma com a mais prestativa prontidão. Tal fantasma trajava muitos rostos, mas sempre tivera cabelos louros, vivia envolta em uma nuvem diáfana e flutuava etereamente, diante do olhar de sua mente, em meio a um agradável caos de rosas, pavões, pôneis brancos e fitas azuis. Ele não deu nome ao complacente espectro, mas o tomou como sua heroína e afeiçoou-se muito a ela — como era inevitável, visto que a dotou de todos os talentos e graças existentes neste mundo e a acompanhou, incólume, por provações que teriam aniquilado qualquer mulher mortal.

Graças a essa inspiração, ele prosseguiu tranquilamente por um tempo, mas, aos poucos, o trabalho perdeu o encanto e ele se esqueceu de compor, enquanto ficava sentado, refletindo, com a pena na mão, ou perambulava pela animada cidade a fim de obter novas ideias e refrescar a cabeça, que parecia estar em um estado um tanto inquieto naquele inverno. Acabou não fazendo muita coisa, mas pensou muito e tinha consciência de que alguma mudança estava se desenrolando, à sua própria revelia.

— Talvez seja a genialidade ardendo. Deixarei que arda e verei em que resulta — disse ele, nutrindo, o tempo todo, uma suspeita secreta de que não se tratava de genialidade alguma, mas de algo muito mais comum.

Independentemente do que fosse, ardia com algum propósito, pois ele sentia-se cada vez mais descontente com a vida volúvel que levava e começou a ansiar por um trabalho verdadeiro e sério, ao qual pudesse dedicar-se de corpo e alma, e, enfim, chegou à sábia conclusão de que nem todos que amavam a música eram compositores. Ao voltar de uma das grandes óperas de Mozart, encenada de maneira esplêndida no Teatro Real, ele analisou sua própria obra, tocou algumas das melhores partes e ficou sentado, olhando fixamente para os bustos de Mendelssohn, Beethoven e Bach, que o encaravam de volta com olhos benevolentes. Então, subitamente rasgou suas partituras, uma por uma, e, quando a última saiu voando de sua mão, disse, com sobriedade, para si mesmo:

— Ela tem razão! Talento não é sinônimo de genialidade e não se pode fazer com que seja. Esta música despiu-me da vaidade, como Roma fez com ela, e não serei mais um farsante. Agora, o que devo fazer?

Aquela parecia ser uma pergunta difícil de responder, e Laurie começou a desejar que precisasse trabalhar para ganhar o pão de cada dia. Naquele momento, mais do que nunca, havia uma oportunidade viável de "infernalizar", como ele, certa vez, se expressara de maneira impetuosa, porque tinha muito dinheiro e nada para fazer, e Satã, proverbialmente falando, gosta de montar sua oficina em cabeças vazias. O pobre rapaz enfrentava tentações incontáveis, tanto interiores quanto externas, mas resistiu bastante bem a elas, pois, por mais que valorizasse a liberdade, valorizava ainda mais a boa-fé e a confiança, então a promessa que fizera a seu avô e seu desejo de poder olhar nos olhos das mulheres que o amavam com honestidade e dizer "Está tudo bem", mantiveram-no a salvo e firme.

Muito provavelmente, alguma Dona Conservadora comentará:

— Não acredito. Rapazes serão sempre rapazes. Os jovens precisam fazer suas estripulias, e as mulheres não devem esperar milagres.

Bem, talvez a senhora não acredite, mas é verdade. As mulheres operam, sim, muitos milagres, e estou convencida de que conseguem até mesmo elevar o padrão masculino ao recusarem-se a repetir tais dizeres. Deixemos que os rapazes sejam rapazes; quanto mais tempo, melhor; e que os jovens se entreguem aos prazeres da juventude, se preciso for. Mas mães, irmãs e amigas podem ajudar a mantê-los nos trilhos e evitar que os excessos os prejudiquem ao acreditar e demonstrar que creem na possibilidade de lealdade às virtudes que tornam os homens mais viris aos olhos das boas mulheres. Se essa é uma ilusão feminina, permitam que a aproveitemos enquanto pudermos, porque, sem ela, metade da beleza e do romantismo da vida se perderia e agouros pesarosos amargurariam todas as nossas esperanças de que existam mesmo rapazinhos corajosos de coração bom, que ainda amam as respectivas mães mais do que a si mesmos e não se envergonham de admiti-lo.

Laurie achava que a tarefa de esquecer seu amor por Jo absorveria toda a sua energia por anos a fio, mas, para sua grande surpresa, descobriu que estava se tornando mais fácil a cada dia. No início, ele recusou-se a acreditar, zangou-se consigo mesmo e não conseguia compreender, mas esses nossos corações são coisinhas curiosas e contraditórias, e o tempo e a natureza fazem seu trabalho à nossa revelia. O coração de Laurie se recusava a doer. A ferida insistia em se curar com uma rapidez que o espantava e, ao invés de tentar esquecer, ele se pegava tentando lembrar. Ele não previra essa reviravolta dos acontecimentos e não estava preparado para ela. Ficou aborrecido consigo mesmo, surpreso com a própria inconstância e tomado por uma mistura estranha de decepção e alívio por conseguir recuperar-se tão depressa de um golpe tão tremendo. Cuidadosamente, ele cutucou as brasas de seu amor perdido, mas elas se recusaram a explodir em chamas. A única coisa que havia era uma incandescência confortável, que o aquecia e lhe fazia bem, sem provocar febres, e ele foi relutantemente obrigado a confessar que a paixão infantil estava aos poucos se extinguindo em um sentimento mais tranquilo, muito terno, ainda um pouco triste e ressentido, mas que certamente desapareceria com o tempo, deixando em seu lugar uma afeição fraterna que permaneceria intacta até o fim.

Quando a palavra "fraterna" passou por sua cabeça em um de seus devaneios, ele sorriu e olhou para o retrato de Mozart diante de seus olhos. "Bem, ele foi um grande homem e, quando não pôde ficar com uma irmã, ficou com a outra e foi feliz." Laurie não verbalizou as palavras, mas as pensou e, no instante seguinte, beijou o velho anelzinho, dizendo para si mesmo:

— Não, não farei isso! Não me esqueci, nunca me esquecerei. Tentarei novamente e, se tornar a falhar, ora, nesse caso...

Deixando a frase inacabada, pegou pena e papel e escreveu para Jo, dizendo-lhe que não conseguiria definir coisa alguma enquanto restasse uma última esperança de que ela mudasse de ideia. Será que ela não poderia, não deixaria que ele voltasse para casa e fosse feliz? Enquanto esperava por uma resposta, ele não fez coisa alguma, mas mostrou-se cheio de energia, pois estava febril de impaciência. A resposta finalmente chegou, e ele tomou uma decisão firme, ao menos quanto àquela questão, pois Jo, definitivamente, não poderia e não deixaria. Estava dedicada de corpo e alma a Beth e nunca mais queria tornar a ouvir a palavra "amor". Ela lhe implorou que fosse feliz com outra pessoa, mas sempre guardasse um cantinho de seu coração para sua amorosa irmã Jo. No rodapé, pediu que não contasse a Amy que Beth havia piorado. Ela voltaria para casa na primavera e não havia necessidade de entristecer o restante de sua estada. Haveria tempo suficiente, se Deus quisesse, mas Laurie deveria escrever-lhe com frequência e não permitir que se sentisse solitária, ansiosa ou com saudades de casa.

— Então farei isso, imediatamente. Pobrezinha, receio que seu retorno para casa será triste.

E Laurie abriu sua escrivaninha, como se escrever para Amy fosse a conclusão apropriada para a frase inacabada de algumas semanas antes.

Mas ele não escreveu a carta naquele dia porque, enquanto pegava o melhor papel que tinha, encontrou algo que o fez mudar de propósito. Esquecidas em uma parte da escrivaninha, entre contas, passaportes e documentos corporativos de vários tipos, havia várias cartas de Jo e, em outro compartimento, três bilhetes de Amy, cuidadosamente amarrados com uma de suas fitas azuis e delicadamente sugestivos das três rosas secas guardadas dentro deles. Com uma expressão meio arrependida, meio divertida, Laurie juntou todas as cartas de Jo, alisou-as, dobrou-as e organizou-as em uma pequena gaveta da escrivaninha; ficou parado um minuto, girando de forma pensativa o anel no dedo, e, então, tirou-o lentamente, colocou-o junto com as cartas, trancou a gaveta e saiu para ouvir a missa na igreja de Santo Estêvão, sentindo-se como se tivesse acontecido um funeral e, embora não estivesse assolado pela aflição, aquela lhe pareceu a maneira mais adequada de passar o resto do dia do que escrevendo cartas para jovens encantadoras.

A carta, contudo, foi enviada em pouco tempo e respondida com brevidade, pois Amy estava com saudades de casa e o confessou da forma mais maravilhosamente confidencial. As correspondências prosperaram visivelmente, e as cartas voaram de um lado para outro com uma regularidade infalível durante todo o início da primavera. Laurie vendeu seus bustos, usou sua ópera para fazer uma fogueira e retornou a Paris, esperando que alguém chegasse em breve. Queria desesperadamente ir para Nice, mas não iria até ser convidado, e Amy não queria convidá-lo porque, naquele momento, estava vivenciando pequenas experiências, que a faziam, de certa forma, querer evitar os olhos inquisitivos do "nosso garoto".

Fred Vaughn havia retornado e feito o pedido ao qual ela, anteriormente, decidira responder "Sim, obrigada"; mas, na hora, disse "Não, obrigada", de maneira gentil, porém firme, porque, quando chegou o momento, sua coragem vacilou e ela descobriu que era necessário algo mais, além de dinheiro e posição, para satisfazer o novo anseio que tanto enchia seu coração de esperanças ternas e temores. As palavras "Fred é um bom sujeito, mas não é o homem que imaginei que lhe apeteceria" e o rosto de Laurie ao pronunciá-las não paravam de voltar insistentemente à sua mente, bem como a própria expressão, quando ela disse com o olhar, se não com palavras, "Vou me casar por dinheiro". Perturbava-a lembrar que, agora, ela desejava poder retirar aquilo, soava tão pouco feminino. Não queria que Laurie a julgasse uma criatura insensível e mundana. Já não se importava tanto em ser uma rainha da sociedade quanto desejava ser uma mulher digna de amor. Estava muito contente por ele não a odiar pelas coisas terríveis que dissera, mas tê-las ouvido de modo tão belo e ser mais gentil do que nunca. As cartas dele a confortavam tremendamente, porque as que recebia da família eram demasiado irregulares e, nem de longe, tão satisfatórias quanto as dele, quando chegavam. Não era apenas um prazer, mas um dever respondê-las, porque o pobre rapaz estava desamparado e precisava de um agrado, já que Jo persistia em ser empedernida. Ela devia ter feito um esforço e tentado amá-lo. Não podia ser muito difícil, muitas pessoas ficariam orgulhosas e contentes por deter a afeição de um rapaz tão maravilhoso. Mas Jo jamais agiria como as outras garotas, então não havia nada a se fazer senão ser muito gentil e tratá-lo como irmão.

Se todos os irmãos fossem tratados tão bem quanto Laurie foi naquele período, seriam uma raça de seres muito mais felizes do que são. Amy deixara de dar sermões. Pedia a opinião dele sobre todos os assuntos, interessava-se por tudo o que ele fazia, confeccionava presentinhos encantadores para ele e mandava duas cartas por semana, cheias de mexericos animados, confidências fraternas e desenhos cativantes das belas cenas ao seu redor. Como são poucas as irmãs que carregam as cartas dos irmãos de um lado para outro nos bolsos, leem e releem diligentemente, choram quando são curtas, beijam quando são longas e guardam como verdadeiros tesouros, não insinuaremos que Amy teve qualquer uma dessas atitudes amorosas e tolas. Mas ela certamente ficou um tanto pálida e meditativa naquela primavera, perdeu grande parte do gosto pela sociedade e saía bastante sozinha, para desenhar. Nunca tinha grande coisa para mostrar quando chegava em casa, mas estava, arrisco dizer, estudando a natureza, enquanto passava horas sentada, com as mãos entrelaçadas, no terraço de Valrosa, ou esboçava distraidamente qualquer fantasia que lhe viesse à cabeça: um cavaleiro robusto entalhado em uma sepultura, um jovem adormecido sobre a grama, com o chapéu sobre os olhos, ou uma moça de cabelos cacheados com uma roupa linda, desfilando em um salão de baile de braços dados com um cavalheiro alto, ambos com a face borrada, seguindo a última tendência da arte — o que era mais seguro, mas não inteiramente satisfatório.

Sua tia pensava que ela se arrependia da resposta dada a Fred, e, percebendo que suas negativas eram inúteis e quaisquer explicações, impossíveis, Amy deixou-a pensar o que quisesse, certificando-se apenas de que Laurie soubesse que Fred fora para o Egito. Foi só o que ela disse, mas o rapaz compreendeu e pareceu aliviado, ao dizer para si mesmo, com um ar venerável:

— Eu tinha certeza de que ela pensaria melhor. Pobre sujeito! Já passei por tudo isso e me compadeço.

Em seguida, soltou um longo suspiro e, então, como se tivesse sido dispensado de seu dever para com o passado, pôs os pés em cima do sofá e deliciou-se com a carta de Amy.

Enquanto essas mudanças se passavam no exterior, a situação em casa já estava crítica. Entretanto, a carta que informava sobre o estado de saúde de Beth jamais chegara até Amy, e quando a seguinte a alcançou, a irmã já estava sepultada sob o gramado verdejante. A triste notícia foi lida em Vevey, pois o calor de maio os fizera deixar Nice, e eles viajaram sem pressa para a Suíça, passando por Gênova e pelos lagos italianos. Amy suportou o golpe muito bem e submeteu-se silenciosamente ao decreto da família de que ela não deveria encurtar sua visita, visto que, como já era tarde demais para se despedir de Beth, era melhor ficar por ali e deixar que a ausência amenizasse sua dor. Seu coração, contudo, ficou muito pesado, e ela ansiava por estar em casa e todos os dias olhava melancolicamente para o lago, esperando que Laurie aparecesse para acalentá-la.

Ele realmente apareceu sem demora, pois a mesma remessa levara cartas aos dois. Como ele estava na Alemanha, contudo, levou algum tempo para receber a dele. Quando a leu, arrumou a mochila, deu adeus a seus companheiros andarilhos e partiu para cumprir sua promessa, com um coração cheio de alegria e dor, esperança e incerteza.

Ele conhecia Vevey bem, e, assim que o barco tocou no pequeno cais, saiu apressadamente pela praia até La Tour, onde os Carrol estavam morando em uma pensão. O rapaz entrou em desespero porque a família toda tinha ido fazer um passeio no lago; mas, não, talvez a loira *mademoiselle* estivesse no jardim do *château*. Se *monsieur* pudesse se dar ao trabalho de sentar-se, ela apareceria em um piscar de olhos. Mas *monsieur* não podia aguardar nem mesmo o final daquela explicação toda e partiu à procura da *mademoiselle*.

Um velho e agradável jardim, à beira do lindo lago, sob o farfalho dos castanheiros, com hera subindo por toda parte e a sombra negra da torre estendendo-se pela água ensolarada. Em um canto da muralha larga e baixa havia um assento, e Amy costumava ir até lá para ler, trabalhar e consolar-se com a beleza que a rodeava.

Estava sentada ali, naquele dia, com a cabeça apoiada em uma das mãos, o coração apertado de saudades de casa e os olhos pesarosos, pensando em Beth e perguntando-se por que Laurie não aparecera. Não o ouviu cruzar o pátio nem o viu parar sob a arcada que conduzia da trilha subterrânea ao jardim. Ele parou ali por um instante, observando-a com novos olhos, vendo o que ninguém vira antes — o lado terno da personalidade de Amy. Tudo ao redor dela sugeria, silenciosamente, amor e dor: as cartas manchadas em seu colo, a fita preta que lhe prendia os cabelos, o sofrimento e a paciência femininos estampados no rosto, até mesmo a pequena cruz de ébano no pescoço dela impressionaram Laurie, visto que fora um presente seu e ela o usava como único ornamento. Se ele tinha qualquer dúvida quanto à recepção que encontraria, esta foi apaziguada no instante em que ela ergueu os olhos e o avistou, pois, deixando cair tudo, Amy correu em sua direção, exclamando, em um tom inconfundível de amor e saudade:

— Ah, Laurie, Laurie, eu sabia que você viria até mim!

Acho que tudo se ajeitou naquele instante, pois, enquanto permaneceram ali, juntos, completamente em silêncio por um momento, com a cabeça de cabelos escuros curvada de maneira protetora sobre a de fios claros, Amy sentiu que ninguém poderia confortá-la e ampará-la tão bem quanto Laurie, e Laurie decidiu que Amy era a única mulher no mundo que poderia ocupar o lugar de Jo e fazê-lo feliz. Ele não lhe disse isso, mas ela não ficou decepcionada, porque ambos percebiam a verdade, sentiam-se satisfeitos e ficaram contentes em deixar o restante ao silêncio.

Após um minuto, Amy retornou ao seu lugar e, enquanto ela enxugava as lágrimas, Laurie reuniu os papéis espalhados, encontrando, na imagem das diversas cartas amassadas e nos sugestivos desenhos, bons augúrios para o futuro. Quando ele se sentou ao lado dela, Amy sentiu-se acanhada de novo e enrubesceu tremendamente, lembrando-se de sua saudação impulsiva.

— Não consegui evitar, estava muito solitária e triste e fiquei extremamente feliz em vê-lo. Foi uma surpresa erguer os olhos e encontrá-lo ali, justamente quando começava a recear que você não viria — confessou ela, tentando, em vão, falar com naturalidade.

— Vim assim que soube. Gostaria de poder dizer algo para consolá-la pela perda da querida Beth, mas só posso sentir e...

Ele não conseguiu continuar porque também ficou subitamente constrangido, sem saber ao certo o que dizer. Ansiava por aninhar a cabeça de Amy em seu ombro e dizer a ela que chorasse à vontade, mas não ousou. Em vez disso, pegou a mão dela e deu um aperto solidário que foi melhor do que qualquer palavra.

— Não precisa dizer nada, já me sinto reconfortada — afirmou ela baixinho. — Beth está bem e feliz, e não devo desejar que volte, mas estou com muito medo de ir para casa, por mais que deseje ver todos eles. Não falemos disso agora, pois o assunto me faz chorar e quero aproveitar sua companhia enquanto estiver por aqui. Você não precisa voltar logo, precisa?

— Não, se você me quiser aqui, querida.

— Quero, quero muito. Titia e Flo são muito gentis, mas você parece uma pessoa da família e seria reconfortante demais tê-lo aqui por algum tempo.

A voz e a expressão de Amy a assemelhavam tanto a uma criança com saudades de casa e o coração transbordando que Laurie esqueceu-se logo de sua timidez e deu a ela exatamente o que ela queria — aquele carinho a que estava acostumada e a conversa animada de que precisava.

— Pobrezinha, parece que quase adoeceu de tanto sofrimento! Cuidarei de você, não chore mais, vamos fazer uma caminhada, o vento está frio demais para ficar aí sentada, sem se mexer — disse ele, daquele jeito meio carinhoso, meio dominador de que Amy gostava, enquanto ela amarrava o chapéu, enganchava o braço no dele e começavam a andar de um lado para outro na trilha ensolarada, sob as folhas recém-nascidas dos castanheiros.

Ele se sentia mais à vontade em pé, e Amy achou agradável ter um braço forte em que se apoiar, um rosto familiar a lhe sorrir e uma voz gentil falando encantadoramente só para ela.

O velho e exótico jardim abrigara muitos casais de namorados e parecia feito expressamente para eles, tão ensolarado e isolado, sem nada a vigiá-los a não ser a torre, e com o imenso lago, que ondulava pouco abaixo, arrastando para longe o eco de suas palavras. Durante uma hora, o novo casal caminhou e conversou, ou descansou na muralha, aproveitando as doces influências que conferiam tamanho encanto ao momento e ao lugar, e quando a campainha nada romântica do jantar os advertiu de que estava na hora de embora, Amy sentiu que havia se libertado de seu fardo de solidão e tristeza no jardim do *château*.

No instante em que a sra. Carrol viu a expressão alterada da moça, uma nova ideia iluminou-lhe a mente e ela exclamou para si mesma:

— Agora compreendo tudo! A garota estava morrendo de saudades do jovem Laurence. Minha nossa, eu jamais imaginaria!

Com louvável discrição, a boa senhora nada disse e nem deu qualquer sinal de sua descoberta, mas insistiu cordialmente para que Laurie ficasse e implorou a Amy que gozasse da companhia dele, que seria muito melhor para ela do que a solidão. Amy mostrou-se um modelo de docilidade e, como a tia estava bastante ocupada com Flo, coube a ela entreter o amigo — tarefa que cumpriu com ainda mais louvor do que o habitual.

Em Nice, Laurie vadiava e Amy o repreendia. Em Vevey, Laurie nunca ficava ocioso, mas vivia caminhando, cavalgando, andando de barco ou estudando da forma mais enérgica, enquanto Amy admirava tudo o que ele fazia e seguia seu exemplo até onde e tão rapidamente quanto podia. Ele alegava que a mudança se devia ao clima, e ela não o contradizia, contente por poder usar a mesma desculpa para justificar ter recuperado a saúde e o ânimo.

O ar revigorante fez bem aos dois, e tanto exercício operou mudanças saudáveis na mente e no corpo deles. Lá no alto dos morros eternos, eles pareciam ter visões mais claras da vida e do dever. Os ventos frescos sopravam para longe as dúvidas desalentadoras, fantasias ilusórias e névoas de mau humor. O sol quente da primavera incitava toda sorte de ideias audaciosas, esperanças ternas e pensamentos felizes. O lago parecia lavar todos os problemas do passado, e as velhas e grandiosas montanhas pareciam observá-los lá do alto com olhos benévolos e dizer:

— Criancinhas, amem-se um ao outro!

Apesar da dor recente, foi um período muito feliz — tão feliz que Laurie não suportaria perturbá-lo com palavras. Levou algum tempo para ele se recuperar da surpresa diante da cura rápida de seu primeiro e, como firmemente acreditara, último e único amor. Consolou-se da aparente infidelidade ao pensar que a irmã de Jo era quase a mesma coisa que a própria e com a convicção de que teria sido impossível amar tanto e tão rapidamente qualquer outra mulher que não fosse Amy. Sua primeira paixão fora tempestuosa, e ele a via, agora, como se já tivessem se passado muitos anos, com um sentimento de compaixão misturado com pesar. Não se envergonhava, mas afastou-a como uma das experiências agridoces de sua vida, pela qual se sentiria grato quando a dor passasse. Sua segunda paixão, decidiu ele, seria tão calma e simples quanto possível: não havia necessidade de armar qualquer cena, nem mesmo de dizer a Amy que ele a amava. Ela sabia disso sem palavras e dera sua resposta há muito tempo. Tudo transcorreu com tanta naturalidade que ninguém poderia se queixar, e ele sabia que todos ficariam satisfeitos, até mesmo Jo. Entretanto, quando nossa primeira paixonite é esmagada, tendemos a ficar desconfiados e demoramos a fazer uma segunda tentativa, então Laurie deixou os dias passarem, aproveitando cada hora e deixando ao acaso a enunciação da palavra que colocaria um ponto final na primeira e mais doce parte de seu novo romance.

Ele imaginava que o desenlace fosse ocorrer no jardim do *château*, à luz da lua, e da maneira mais graciosa e decorosa, mas aconteceu exatamente o contrário, pois a questão foi decidida no lago, ao meio-dia, com algumas poucas palavras francas. Eles tinham passado boa parte da manhã no barco, indo da sombria St. Gingolf à ensolarada Montreux, com os Alpes da Savoia de um lado, o monte Saint-Bernard e o Dent du Midi do outro, a bela Vevey no vale e Lausanne na encosta do morro, mais além. Acima, um céu azul, sem nuvens, e, abaixo, o lago ainda mais azul, pontilhado de barcos pitorescos que pareciam gaivotas de asas brancas.

Eles haviam conversado sobre Bonnivard, ao passarem por Chillon, e Rousseau, enquanto olhavam para Clarens, lá no alto, onde ele criou sua Heloísa. Nenhum dos dois lera o livro, mas sabiam que se tratava de uma história de amor, e cada qual se perguntava, intimamente, se seria tão interessante quanto a história deles próprios. Amy estava dando palmadinhas na água, durante a breve pausa que ocorreu na conversa dos dois, e quando ergueu os olhos, Laurie estava curvado sobre os remos, com uma expressão nos olhos que a fez dizer, apenas para romper o silêncio:

— Você deve estar cansado; descanse um pouco e deixe-me remar. Vai me fazer bem, porque, desde que você chegou, entreguei-me totalmente à preguiça e aos mimos.

— Não estou cansado, mas você pode pegar um remo, se quiser. Há espaço suficiente, embora eu tenha de me sentar quase no meio, senão o barco perde o equilíbrio — respondeu Laurie, parecendo gostar daquele arranjo.

Sentindo que não consertara muito bem as coisas, Amy ocupou o terço do banco que lhe fora oferecido, tirou os cabelos de cima do rosto e aceitou um remo. Remava tão bem quanto fazia muitas outras coisas, e, embora usasse ambas as mãos e Laurie, apenas uma, os remos mantiveram o compasso e o barco seguiu suavemente pela água.

— Como remamos bem juntos, não? — disse Amy, que se opunha ao silêncio naquele exato momento.

— Tão bem que gostaria que pudéssemos sempre remar no mesmo barco. Você aceita, Amy? — perguntou ele com muita ternura.

— Sim, Laurie — respondeu ela bem baixinho.

Então, os dois pararam de remar e, inconscientemente, acrescentaram um bonito quadrinho de amor e felicidade humanos às paisagens naturais que se refletiam no lago.

42
COMPLETAMENTE SOZINHA

Era fácil prometer a abnegação quando se estava totalmente dedicado a outra pessoa e o coração e a alma eram purificados pelo belo exemplo. Mas, quando a voz prestimosa silenciou, quando a lição diária acabou e a amada presença se foi, não restando nada além de solidão e dor, então Jo achou muito difícil manter a promessa. Como ela poderia "reconfortar o papai e a mamãe" quando seu coração doía com uma saudade incessante da irmã? Como ela poderia "alegrar a casa" quando toda luz, calor e beleza pareciam ter desaparecido com a partida de Beth da velha morada para a nova? E onde, neste mundo, ela poderia "encontrar um trabalho útil e feliz para fazer", capaz de ocupar o lugar do serviço amoroso que era, em si próprio, uma recompensa? Ela tentou, cega e desesperançadamente, cumprir seu dever, rebelando-se secretamente contra ele, pois parecia injusto que suas poucas alegrias fossem diminuídas, seus fardos se tornassem mais pesados e a vida cada vez mais dura, enquanto ela continuava sua batalha. Algumas pessoas pareciam ficar com toda a luz do sol e outras, com toda a sombra. Não era justo, pois ela se esforçava mais do que Amy para ser boa, mas nunca obtivera qualquer recompensa — apenas decepções, problemas e trabalho duro.

Pobre Jo, aqueles foram dias sombrios para ela, pois era dominada por algo semelhante ao desespero toda vez que pensava em passar toda a sua vida naquela casa silenciosa, dedicada a trabalhos monótonos, com alguns pequenos prazeres e o dever, que nunca parecia ficar mais fácil.

— Não consigo fazer isso. Não fui feita para esse tipo de vida e sei que acabarei fugindo e tomando alguma atitude desesperada se alguém não aparecer para me ajudar — disse a si mesma, quando seus primeiros esforços falharam e ela entrou naquele estado de espírito instável e desconsolado que muitas vezes surge quando vontades fortes precisam ceder ao inevitável.

Alguém, contudo, apareceu para ajudá-la, embora Jo não tenha reconhecido seus anjos da guarda de imediato, pois tinham formas familiares e faziam uso dos feitiços simples mais adequados à pobre humanidade. Frequentemente, ela acordava sobressaltada de madrugada, pensando que Beth a chamara, e quando a imagem da pequena cama vazia a fazia chorar o choro amargo de uma dor insubmissa — "Ah, Beth, volte! Volte!" —, ela não estendia os braços saudosos em vão. Ouvindo os soluços com a mesma rapidez com que a filha ouvia até o mais fraco suspiro da irmã, a mãe aparecia para confortá-la, não apenas com palavras, mas com a ternura paciente que acalma por meio de um toque, lágrimas que atuavam como lembretes silenciosos de uma dor maior do que a de Jo e sussurros interrompidos, mais eloquentes do que preces, pois a esperançosa resignação segue de mãos dadas com o sofrimento natural. Momentos sagrados, quando um coração conversava com o outro na calada da noite, transformando a aflição em uma bênção, que abrandava a dor e fortalecia o amor. Ao senti-la, o fardo de Jo parecia mais fácil de suportar, o dever se tornava mais doce e a vida parecia mais tolerável, vista do abrigo seguro dos braços da mãe.

Quando o coração dolorido encontrava-se um pouco consolado, a mente perturbada também encontrou ajuda, pois, certo dia, ela foi até o gabinete e, inclinando-se por sobre a bondosa cabeça grisalha que se erguera para recepcioná-la com um sorriso tranquilo, ela disse, com toda a humildade:

— Papai, converse comigo como conversava com Beth. Preciso mais do que ela, pois estou transtornada.

— Minha querida, nada poderia me confortar mais do que isso — respondeu ele, com a voz vacilante e envolvendo-a com os braços como se ele também precisasse de ajuda e não temesse pedi-la.

Então, sentando-se na cadeira de Beth, bem perto dele, Jo lhe contou de seus problemas: a tristeza ressentida da perda; seus esforços infrutíferos que a desencorajavam; a falta de fé que fazia a vida parecer tão sombria; e todo o triste desnorteamento que chamamos de "desespero". Ela confiou plenamente no pai, ele lhe deu a ajuda de que precisava e ambos encontraram consolo naquele ato, pois havia chegado o tempo em que podiam conversar não apenas como pai e filha, mas como um homem e uma mulher, capazes de ajudar um ao outro com compreensão e amor mútuos. Momentos felizes e reflexivos, ali, no velho gabinete, que Jo chamava de "a igreja de um membro só" e do qual saía com a coragem restabelecida, a alegria recobrada e um espírito mais resignado, pois os pais que haviam ensinado uma filha a encarar a morte sem medo, agora tentavam ensinar outra a aceitar a vida sem desânimo nem desconfiança e a aproveitar suas belas oportunidades com gratidão e energia.

Jo também tinha outros auxílios — deveres humildes e sadios e prazeres que, não se pode negar, tiveram seu papel em ajudá-la e que ela aprendeu lentamente a reconhecer e valorizar. As vassouras e os panos de prato jamais haveriam de ser tão desagradáveis quanto costumavam ser, pois Beth os manuseava e algo de seu espírito de dona de casa parecia persistir em torno do pequeno esfregão e da velha vassoura, que nunca foi jogada fora. Enquanto os usava, Jo percebeu-se cantarolando as canções que Beth costumava cantarolar, imitando as maneiras disciplinadas da irmã e dando os pequenos toques, aqui e ali, que mantinham tudo organizado e aconchegante. Esse foi o primeiro passo para recobrar a alegria da casa, embora Jo não tivesse percebido até Hannah comentar, apertando-lhe a mão em aprovação:

— Criatura mais zelosa, *cê tá* decidida a *num dexá qui* a *genti* sinta falta da nossa ovelhinha *quirida*, na *midida* do *pussível*. A *genti num* fala muito, mas percebe, e o *Sinhô* lá do Céu vai *ti abençuá* por isso, ah, vai.

Enquanto costuravam juntas, Jo descobriu como sua irmã Meg havia melhorado, como podia falar bem, quanto sabia sobre os impulsos, pensamentos e sentimentos femininos, como estava feliz com o marido e os filhos e quanto todos faziam uns pelos outros.

— O casamento é algo excelente, no fim das contas. Será que me faria tão bem quanto fez a você, se tentasse? — questionou Jo, fazendo uma pipa para Demi no bagunçado quarto das crianças.

— É exatamente do que você precisa para fazer florescer o lado terno e feminino da sua natureza, Jo. Você é como o ouriço da castanha: espinhoso por fora, porém macio feito seda por dentro e com uma semente doce, se você conseguir alcançá-la. O amor lhe fará mostrar seu coração, um dia, e então o ouriço duro se partirá.

— A geada abre os ouriços das castanhas, madame, e é preciso uma boa sacudida para fazer com que caiam. Os garotos colhem nozes, e eu não gostaria de ser colhida por eles — respondeu Jo, colando a pipa que vento nenhum jamais empinaria, pois Daisy se amarrara a ela como um pêndulo.

Meg riu, porque ficou contente em vislumbrar o antigo espírito de Jo, mas sentiu que era sua obrigação reforçar a opinião com todos os argumentos que tivesse, e as conversas entre as irmãs não foram desperdiçadas, especialmente considerando que dois dos argumentos mais convincentes de Meg eram as crianças, que Jo tanto amava. A dor é a forma mais eficiente de abrir certos corações, e o de Jo estava quase pronto para ser colhido. Um pouquinho mais de sol para amadurecer a noz e, então, não foi a sacudida impaciente de um garoto, mas a mão de um homem que se estendeu para coletá-la gentilmente do ouriço, encontrando a semente sólida e doce. Se ela tivesse qualquer suspeita, teria se fechado com força e se mostraria mais espinhosa do que nunca, mas, felizmente, não estava pensando em si mesma, então, quando chegou a hora, ela caiu.

Ora, se ela fosse a heroína de um romance moralista, deveria, nesse período de sua vida, ter se tornado uma verdadeira santa, renunciado aos prazeres do mundo e espalhado o bem por toda parte, com um chapéu de penitente e panfletos religiosos no bolso. Mas, vocês sabem, Jo não era uma heroína; era apenas uma jovem humana e batalhadora, como centenas de outras, e simplesmente agia de acordo com sua natureza, ficando triste, irritada, apática ou enérgica, conforme seu estado de espírito. É extremamente virtuoso dizer que seremos bons, mas não conseguimos fazê-lo de imediato, e é necessário um esforço longo, um esforço ferrenho, um esforço completo, antes que alguns de nós consigamos até mesmo colocar o pé no caminho certo. Jo, por um lado, alcançara aquele estágio, estava aprendendo a cumprir seu dever e a ficar infeliz quando não o cumpria. Por outro, cumpri-lo com alegria, ah, essa era outra história! Com frequência, afirmava querer fazer algo esplêndido, independentemente da dificuldade, e, agora, tinha a chance de satisfazer esse desejo, já que nada poderia ser mais belo do que dedicar a vida ao pai e à mãe, tentando tornar o lar tão feliz para eles quanto eles o haviam tornado para ela, certo? E, se dificuldades eram necessárias para aumentar o esplendor de tal esforço, o que seria mais difícil, para uma moça inquieta e ambiciosa, do que desistir de suas esperanças, seus planos e desejos e viver para os outros com alegria?

A Providência levara Jo ao pé da letra. Ali estava a tarefa — não a que ela esperava, mas melhor ainda, pois nela não havia qualquer espaço para o ego. Mas será que Jo conseguiria executá-la? Decidiu que tentaria e, em sua primeira investida, encontrou os auxílios mencionados. Mais uma lhe foi entregue, e ela aceitou — não como uma recompensa, mas como um alento, como o cristão que aceita o alimento fornecido pela pequena árvore sob a qual descansa, enquanto sobe o morro chamado Dificuldade.

— Por que não escreve? Escrever costumava deixá-la feliz — aconselhou-lhe a mãe, certa vez, quando uma nuvem de desânimo pairava sobre Jo.

— Não sinto qualquer vontade de escrever, e, mesmo que sentisse, ninguém se importa com meus escritos.

— Nós nos importamos. Escreva algo para nós e desconsidere o restante do mundo. Tente, querida. Tenho certeza de que lhe fará bem e nos agradará muito.

— Acho que não conseguirei.

Mesmo assim, Jo foi até sua escrivaninha e começou a examinar os manuscritos inacabados.

Uma hora depois, a mãe deu uma espiada e lá estava ela, rabiscando sem parar, com seu avental preto e uma expressão absorta, que fez a sra. March sorrir e sair sorrateiramente, muito satisfeita com o sucesso de sua sugestão. Jo jamais soube como aconteceu, mas algo naquela história tocou diretamente o coração dos que a leram, pois depois de fazer sua família rir e chorar, seu pai a enviou, muito contra a vontade da autora, para uma das revistas populares e, para sua imensa surpresa, outras foram solicitadas. Cartas de várias pessoas, cujos elogios eram uma honra, chegaram após a publicação do conto; jornais a publicaram e estranhos, bem como amigos, a admiraram. Para algo pequeno, foi um grande sucesso, e Jo ficou ainda mais espantada do que quando seu romance foi, ao mesmo tempo, condecorado e condenado.

— Não entendo. O que pode haver em uma historinha simples como essa para fazer as pessoas elogiarem tanto? — perguntou ela, completamente perplexa.

— Há verdade nela, Jo, esse é o segredo. Humor e emoção conferem vida a ela, e você finalmente descobriu seu estilo. Você a escreveu sem pensar em fama ou dinheiro e escreveu com todo o coração, minha filha. Você já passou pelas amarguras, agora virão as doçuras. Faça seu melhor e fique tão feliz quanto nós com o seu sucesso.

— Se existe mesmo algo de bom ou verdadeiro no que escrevo, não vem de mim. Devo tudo ao senhor, à mamãe e a Beth — respondeu Jo, mais tocada pelas palavras do pai do que ficaria com qualquer número de elogios do restante do mundo.

Então, ensinada pelo amor e pelo sofrimento, Jo passou a escrever suas historinhas e a enviá-las com o intuito de que fizessem amigos para si próprias e para ela, achando o mundo muito caridoso para com peregrinos tão humildes, pois seus contos eram recebidos com cordialidade e enviavam para sua mãe mimos agradáveis, como filhos zelosos que foram surpreendidos pela boa fortuna.

Quando Amy e Laurie escreveram contando de seu noivado, a sra. March temeu que Jo achasse difícil alegrar-se com a notícia, mas seus temores logo foram apaziguados, porque, embora Jo tivesse, a princípio, se mostrado sisuda, encarou a situação com muita tranquilidade e ficou cheia de esperanças e planos para "as crianças", antes mesmo de ler a carta uma segunda vez. Era uma espécie de dueto escrito, no qual cada um glorificava o outro, à moda dos apaixonados, muito agradável de ler e satisfatório para se pensar a respeito, pois ninguém tinha qualquer objeção a fazer.

— A senhora gostou da notícia, mamãe? — Quis saber Jo, quando largaram as folhas repletas de palavras e se entreolharam.

— Sim, eu esperava que fosse acontecer, desde que Amy escreveu contando que recusara o pedido de Fred. Tinha certeza de que algo melhor do que aquilo que você chama de "espírito mercenário" a havia possuído, e um indício ou outro nas cartas dela me fizeram suspeitar de que o amor e Laurie sairiam vitoriosos.

— Como a senhora é perspicaz, mamãe, e como é discreta! Nunca me disse uma só palavra.

— As mães precisam de olhos perspicazes e línguas silenciosas quando têm filhas mulheres para criar. Fiquei com um leve receio de pôr qualquer ideia na sua cabeça e você acabar parabenizando-os antes de tudo estar definido.

— Não sou mais a desmiolada que era. A senhora pode confiar em mim. Hoje, sou racional e sensata o bastante, de modo que qualquer pessoa pode me escolher como confidente.

— É verdade, querida, e eu deveria tê-la escolhido, mas imaginei que, talvez, saber que seu Teddy amava outra pessoa lhe causasse dor.

— Ora, mamãe, a senhora realmente pensou que eu poderia ser tão tola e egoísta, depois de ter recusado o amor dele, quando era ainda mais vigoroso, se não melhor?

— Eu sabia que você tinha sido sincera na ocasião, Jo, mas, nos últimos tempos, tenho pensado que, se ele voltasse e pedisse novamente, talvez você pudesse mudar a resposta. Perdoe-me, querida, não pude deixar de perceber que você anda muito solitária e, às vezes, estampa uma expressão faminta em seus olhos que me dói no coração. Então, imaginei que seu garoto poderia preencher esse vazio, se tentasse agora.

— Não, mamãe, é melhor assim da forma como está, e fico contente por Amy ter aprendido a amá-lo. Mas a senhora tem razão em uma coisa. Sinto-me realmente solitária, e, talvez, se Teddy tentasse novamente, eu poderia ter dito "sim". Não porque o ame mais do que antes, mas porque, hoje, importa-me mais ser amada do que quando ele foi viajar.

— Fico contente, Jo, isso mostra que você está seguindo em frente. Há muitas pessoas para amá-la, então tente se contentar com seu pai e sua mãe, suas irmãs e seus irmãos, amigos e crianças, até o melhor amor de todos vir lhe entregar a sua recompensa.

— As mães são o melhor amor de todos, mas não me importo de confessar à senhora que gostaria de experimentar todos os tipos. É muito curioso, mas, quanto mais tento satisfazer-me com todos os tipos de afeto natural, mais pareço querer. Não fazia a menor ideia de que o coração podia abarcar tantos. O meu é tão elástico que, agora, nunca parece cheio, e eu costumava sentir-me totalmente satisfeita com minha família. Não compreendo.

— Eu, sim.

E a sra. March abriu seu sorriso sábio, enquanto Jo virava novamente as páginas para ler o que Amy dissera de Laurie.

"É tão lindo ser amada como Laurie me ama. Ele não é sentimental, não fala muito a respeito, mas vejo e sinto o amor em tudo o que ele diz e faz, e isso me deixa tão feliz e humilde que nem pareço ser a mesma garota de antes. Nunca soube, até agora, como ele era bom, generoso e carinhoso, porque ele me deixa ler seu coração, e eu o encontro cheio de impulsos, esperanças e propósitos nobres e fico extremamente orgulhosa de saber que é meu. Ele diz que se sente como se 'pudesse fazer uma viagem próspera, agora, comigo a bordo no posto de imediato e muito amor como lastro'. Rezo para que assim seja e tento ser tudo o que ele acredita que sou, pois amo meu galante capitão com todo o meu coração, minha alma e minha força e nunca o abandonarei, enquanto Deus nos permitir ficar juntos. Ah, mamãe, eu nunca soube como este mundo poderia parecer-se com o Céu, quando duas pessoas se amam e vivem uma para a outra!"

— E essa é a nossa fria, reservada e mundana Amy! Realmente, o amor faz milagres. Como eles devem estar felizes!

E Jo juntou as folhas farfalhantes cuidadosamente, como alguém fecharia a capa de um belo romance que prende o leitor até o fim, para então se descobrir de novo sozinho neste mundo vulgar.

Pouco depois, Jo foi sem pressa até o andar de cima, pois estava chovendo e ela não podia sair para dar uma caminhada. Uma inquietação a dominou e o velho sentimento retornou — não amargo como antes, mas um questionamento dolorosamente paciente quanto ao motivo de uma irmã ter tudo o que desejava e a outra não ter nada. Não era verdade, ela sabia e tentava superar, mas o anseio natural por afeto era forte, e a felicidade de Amy despertou o desejo faminto por alguém para "amar com coração e alma, e a quem se agarrar enquanto Deus lhes permitisse ficar juntos".

Lá em cima, no sótão, onde sempre terminavam as inquietas perambulações de Jo, havia quatro pequenos baús de madeira enfileirados, cada qual marcado com o nome de sua dona e repleto de relíquias da infância e da adolescência, agora já findada para todas. Jo deu uma olhada dentro de todos e, quando chegou ao seu, apoiou o queixo na beirada e ficou olhando distraidamente para a caótica coleção, até que um fardo de velhos livros de exercício chamou sua atenção. Ela os pegou, revirou e reviveu aquele inverno agradável na casa da bondosa sra. Kirke. Em um primeiro momento, sorriu; depois, assumiu um ar pensativo; então ficou triste; e, quando encontrou um pequeno bilhete escrito com a letra do professor, seus lábios começaram a tremer, os livros escorregaram de seu colo e ela ficou parada, olhando para aquelas palavras simpáticas como se elas assumissem um novo significado e tocassem em um ponto sensível de seu coração.

"Espere por mim, minha amiga. Talvez eu me atrase um pouco, mas com certeza irei."

— Ah, quem dera ele viesse! Tão gentil, tão bom, tão paciente comigo, sempre, o meu bom e velho Fritz. Não o valorizei como ele merecia quando estávamos juntos, mas como adoraria vê-lo agora, pois todos parecem estar se afastando de mim, e eu estou completamente sozinha.

E, segurando com força o papelzinho, como se representasse uma promessa ainda a ser cumprida, Jo repousou a cabeça em uma confortável bolsa de retalhos e chorou, como se protestasse contra a chuva que tamborilava no telhado.

Seria autocompaixão, solidão ou desânimo? Ou seria o despertar de um sentimento que esperara para se manifestar com a mesma paciência de quem o inspirara? Quem poderá dizer?

43

SURPRESAS

Jo estava sozinha, no crepúsculo, deitada no velho sofá, olhando para o fogo e pensando. Aquela era sua maneira preferida de passar o entardecer. Ninguém a incomodava, e ela costumava ficar deitada ali, com a cabeça na pequena almofada vermelha de Beth, planejando histórias, sonhando ou tendo pensamentos afáveis sobre a irmã, que nunca parecia distante. Seu rosto estava cansado, sério e um tanto triste, porque seu aniversário era no dia seguinte e ela estava refletindo sobre como os anos passam depressa, como estava ficando velha e como parecia ter realizado pouca coisa. Quase vinte e cinco anos e nada para mostrar. Mas Jo estava enganada quanto a isso. Havia muito a mostrar, e, pouco depois, ela percebeu e sentiu-se grata.

— Uma velha solteirona, é o que serei. Uma solteirona literata, casada com a pena, com uma família de histórias, no lugar de filhos, e, daqui a vinte anos, talvez um pouquinho de fama, quando, como o pobre Samuel Johnson, já estiver velha e não puder aproveitar; solitária, e não puder compartilhar; independente, e da fama não precisar. Ora, não preciso ser uma santa amargurada nem uma pecadora egoísta, e arrisco dizer: as velhas solteironas vivem confortavelmente depois que se acostumam, mas...

E então Jo suspirou, como se a perspectiva não fosse convidativa.

Raramente é, a princípio, e os trinta anos parecem ser o fim de tudo para quem tem vinte e cinco. Não é, no entanto, tão ruim quanto parece, e é possível levar uma vida muito feliz quando se tem algo dentro de si a que recorrer. Aos vinte e cinco, as moças começam a falar que ficarão solteironas, mas decidem, secretamente, que nunca o serão. Aos trinta, não tocam mais no assunto, mas aceitam o fato silenciosamente e, se forem sensatas, consolam-se lembrando que têm mais vinte anos úteis e felizes pela frente, durante os quais podem aprender a envelhecer graciosamente. Não riam das solteiras, queridas meninas, porque, com frequência, romances muito sensíveis e trágicos se escondem nos corações que batem silenciosamente sob os trajes sóbrios, e muitos sacrifícios silenciosos de juventude, saúde, ambição e do próprio amor tornam os rostos desbotados belos aos olhos de Deus. Até mesmo as tristes e amarguradas irmãs devem ser tratadas com bondade, pois, se não por qualquer outro motivo, perderam a parte mais doce da vida. E, ao olhar para elas com compaixão, não com desprezo, as garotas na flor da idade deveriam lembrar que também podem perder seu período de maior viço, que o rosado da face não dura para sempre, que fios cinzentos surgirão nos lindos cabelos castanhos e que, em pouco tempo, a bondade e o respeito serão tão doces quanto o amor e a admiração agora são.

Cavalheiros — ou seja, rapazes —, sejam corteses para com as velhas solteironas, por mais pobres, feias e empertigadas que sejam, pois o único cavalheirismo que vale a pena ter é aquele que está sempre a postos para demonstrar respeito aos mais velhos, proteger os fracos e servir às mulheres, independentemente de posição social, idade ou cor. Lembrem-se das boas tias que não apenas resmungavam e passavam sermões, mas também cuidavam e acarinhavam, muitas vezes sem receber qualquer agradecimento; das enrascadas de que os ajudaram a se safar; dos conselhos que ofereciam, com seu limitado repertório; dos remendos feitos por seus dedos velhos e pacientes; dos passos que deram os prestativos velhos pés; e, agradecidos, presenteiem as queridas senhorinhas com as pequenas atenções que as mulheres adoram receber durante toda a vida. As moças de olhos brilhantes são rápidas em perceber tais gestos e gostarão mais de vocês por causa deles, e se a morte — praticamente a única força capaz de separar mãe e filho — tirá-lo dos seus, você certamente será acolhido com ternura e carinhos maternais de alguma tia Priscilla, que reservou o cantinho mais quente de seu velho e solitário coração para "o melhor sobrinho deste mundo".

Jo deve ter adormecido (como arrisco dizer também ter acontecido com meu leitor, durante essa breve pregação), pois o fantasma de Laurie pareceu estar subitamente em pé na frente dela. Um fantasma substancial e bastante real, inclinando-se por cima dela com o mesmo olhar que costumava exibir quando estava transbordando de sentimentos e não gostava de demonstrar. Mas, como a Jennie de Lady Anne Barnard, "ela não conseguia acreditar que era ele" e permaneceu deitada, com os olhos fixos nele, silenciosamente espantada, até que ele se abaixou e lhe deu um beijo. Então, ela o reconheceu e levantou-se de um pulo, exclamando alegremente:

— Ah, meu Teddy! Ah, meu Teddy!

— Querida Jo, então está contente em me ver?

— Contente! Bendito rapaz, palavras não são capazes de expressar minha alegria. Onde está Amy?

— Sua mãe está com ela na casa de Meg. Paramos lá no caminho, e não houve jeito de arrancar minha esposa das garras deles.

— Sua o quê!? — exclamou Jo, pois Laurie pronunciara aquelas duas palavras com um orgulho e uma satisfação inconscientes que o traíram.

— Ah, maldição! Agora, já está feito.

E Laurie parecia tão culpado que Jo caiu em cima dele como um raio.

— Vocês se casaram!

— Sim, mas isso nunca mais se repetirá.

E ele caiu de joelhos, com as mãos unidas em um gesto de penitência e o rosto cheio de malícia, regozijo e triunfo.

— Efetivamente casados?

— Casadíssimos, obrigado.

— Que Deus nos acuda! Que outra coisa terrível você fará em seguida?

E Jo desabou em seu assento, arquejando.

— Uma felicitação característica, embora não exatamente lisonjeira — ponderou Laurie, ainda com uma atitude abjeta, mas sorrindo de satisfação.

— O que se poderia esperar, depois de apavorar a pessoa, entrando de mansinho, como um assaltante, e dar com a língua nos dentes desse jeito? Levante-se, seu garoto ridículo, e me conte tudo.

— Não direi uma só palavra, até você me permitir ocupar meu antigo lugar e prometer não erguer uma barricada.

Jo riu diante daquilo, como não ria há muito tempo, dando palmadinhas convidativas no sofá, enquanto dizia, com um tom cordial:

— A velha almofada está lá no sótão, e não precisamos dela agora. Então, venha confessar-se, Teddy.

— Como é bom ouvi-la dizer "Teddy"! Ninguém me chama assim, a não ser você.

E Laurie sentou-se, com um ar de grande contentamento.

— Como Amy o chama?

— Milorde.

— É mesmo típico dela. Bom, você parece mesmo um lorde.

E os olhos de Jo revelavam claramente que ela estava achando seu garoto mais bonito do que nunca.

A almofada não estava mais ali, mas, mesmo assim, ainda havia uma barricada entre eles — natural, erguida pelo tempo, pela ausência e pelas mudanças de sentimentos. Ambos a perceberam e, por um minuto, olharam um para o outro como se essa barreira invisível lançasse uma pequena sombra sobre eles. Ela, entretanto, desapareceu prontamente, porque Laurie disse, em uma tentativa inútil de demonstrar dignidade:

— Não pareço um homem casado e chefe de família?

— Nem um pouquinho, e nunca parecerá. Está maior e mais ossudo, mas é o mesmo espeloteado de sempre.

— Ora, francamente, Jo. Você deveria me tratar com mais respeito — disse Laurie, que estava se divertindo imensamente com tudo aquilo.

— Como poderia, quando a mera ideia de você casado e acomodado é tão irresistivelmente engraçada que não consigo manter-me séria? — respondeu Jo, com um sorriso que iluminava todo o seu rosto, tão contagioso que eles riram de novo e, depois, prepararam-se para uma boa conversa, como nos bons e velhos tempos.

— Não adianta você sair nesse frio para ir buscar Amy, porque todos virão para cá daqui a pouco. Eu não consegui esperar. Queria ser a primeira pessoa a lhe contar a grande surpresa e ficar "com a nata", como costumávamos dizer quando brigávamos pelo creme.

— É claro que queria, mas acabou estragando a história, ao começar pelo final. Agora, comece da maneira correta e me conte como foi que tudo aconteceu. Estou louca para saber.

— Bom, casei-me para satisfazer Amy — insinuou Laurie, dando uma piscadela que fez Jo exclamar:

— Mentira número um! Foi Amy quem se casou para satisfazê-lo. Continue e conte a verdade, se possível, senhor.

— Já começou a distorcer tudo. Não é mesmo uma alegria conversar com ela? — falou Laurie para o fogo, que brilhou e cintilou, como se concordasse plenamente. — Não faz diferença alguma, sabe, visto que somos um só. Planejávamos voltar para casa com os Carrol, há um mês ou mais, mas eles mudaram de ideia subitamente e decidiram passar mais um inverno em Paris. Vovô, no entanto, queria retornar. Ele foi à Europa para me agradar, e eu não poderia permitir que voltasse sozinho, mas também não podia deixar Amy para trás. A sra. Carrol é adepta de alguns conceitos ingleses sobre acompanhantes e tolices dessa natureza e não queria deixar Amy vir conosco. Então, simplesmente sanei a dificuldade ao dizer: "Vamos nos casar e, então, poderemos fazer o que quisermos."

— É claro. Você sempre consegue tudo o que quer.

— Nem sempre.

E algo na voz de Laurie fez Jo apressar-se em dizer:

— Como conseguiu que titia concordasse?

— Foi difícil, mas, cá entre nós, nós a vencemos na discussão porque tínhamos incontáveis bons motivos a nosso favor. Não havia tempo para escrever e pedir permissão, mas todos apreciariam e consentiriam em breve, e era apenas uma questão de "agarrar a oportunidade", como diz minha esposa.

— Parece que estamos realmente orgulhosos dessas palavrinhas e adoramos dizê-las, não é mesmo? — interrompeu Jo, também dirigindo-se ao fogo e observando, encantada, o brilho contente que ele parecia acender naqueles olhos que estavam tão tragicamente sombrios na última vez que ela os vira.

— Um mero detalhe, talvez, mas Amy é uma mulherzinha tão cativante que não posso deixar de me orgulhar dela. Bem, o tio e a tia estavam lá para manter o decoro. Nós estávamos tão absortos um no outro que de nada serviríamos se estivéssemos separados, de modo que o agradável acerto tornaria tudo mais fácil. Então, foi o que fizemos.

— Quando, onde, como? — perguntou Jo, em uma febre de interesse e curiosidade feminina, pois simplesmente não conseguia imaginar como tudo se desenrolara.

— Foi há seis semanas, no consulado americano, em Paris. Um casamento muito discreto, é claro, porque, mesmo felizes, não nos esquecemos de nossa amada Beth.

Quando ele disse isso, Jo colocou a mão na dele, e Laurie alisou delicadamente a almofadinha vermelha, da qual se lembrava muito bem.

— Por que não nos contaram logo em seguida? — perguntou Jo, em um tom mais tranquilo, depois de passarem um minuto em silêncio.

— Queríamos fazer uma surpresa. Pensamos, de início, que voltaríamos diretamente para casa, mas meu velho e querido avô, logo depois que nos casamos, percebeu que não conseguiria aprontar-se em menos de um mês e mandou-nos passar nossa lua de mel onde quer que quiséssemos. Amy, certa vez, dissera que Valrosa era um lugar ideal para uma lua de mel, então fomos para lá e sentimos uma felicidade que só se sente uma vez na vida. Meu Deus! Amor em meio a rosas!

Laurie pareceu esquecer a presença de Jo por um instante, e ela ficou contente com isso, pois o fato de ele lhe contar aquelas coisas de forma tão livre e natural confirmava que ele havia realmente esquecido e perdoado. Ela tentou recolher a mão, mas Laurie, como se adivinhasse o pensamento que incitara aquele impulso meio involuntário, segurou-a apertado e disse, com uma serenidade masculina que ela jamais vira nele:

— Jo, querida, quero dizer uma coisa e, então, deixaremos isso para trás para sempre. Como eu lhe disse, naquela carta em que falei sobre como Amy era boa para mim, eu jamais deixarei de amar você, mas o amor, agora, é diferente, e aprendi a compreender que é melhor assim. Amy e você trocaram de lugar no meu coração, é só isso. Acho que era algo que estava destinado e acabaria acontecendo naturalmente, se eu tivesse esperado, como você tentou me fazer ver, mas eu jamais consegui ser paciente, e então acabei com o coração partido. Eu era um garoto, naquela época, cabeça-dura e embrutecido, e foi preciso uma dura lição para me mostrar meu erro. Porque era mesmo um erro, Jo, como você disse, e eu só fui descobrir depois de fazer papel de bobo.

Eu juro a você: fiquei tão desnorteado, durante um tempo, que não sabia qual das duas eu amava mais, se você ou Amy, e tentei amar ambas da mesma forma. Mas não consegui e, quando a vi na Suíça, tudo pareceu elucidar-se de imediato. Vocês duas se encaixaram em seus devidos lugares, e eu tive certeza de que o amor antigo havia terminado bem antes de começar o novo, de que eu podia dividir meu coração com sinceridade entre a irmã Jo e a esposa Amy e amar as duas imensamente. Você acredita em mim? Podemos retomar os bons e velhos tempos de quando nos conhecemos?

— Eu acredito em você, com todo o meu coração, mas, Teddy, não poderemos ser, nunca mais, garoto e garota novamente. Os bons e velhos tempos não podem retornar, e nem devemos esperar que retornem. Somos homem e mulher, agora, com trabalho sério para dar conta, pois a fase das brincadeiras acabou e precisamos abrir mão das estripulias. Tenho certeza de que você percebe isso. Vejo a mudança em você, e você também a verá em mim. Sentirei falta do meu garoto, mas amarei o homem da mesma forma e o admirarei ainda mais, porque ele pretende ser o que eu esperava que fosse. Não podemos mais ser pequenos parceiros de brincadeiras, mas seremos irmão e irmã, para amar e ajudar um ao outro, durante o restante de nossa vida, não é, Laurie?

Ele não disse uma única palavra, mas pegou a mão que ela lhe ofereceu e a levou-a até o rosto por um momento, sentindo que, do túmulo de uma paixão infantil, nascera uma bela e forte amizade para abençoá-los. Pouco depois, Jo disse, em um tom alegre, por que não queria que a recepção de volta à casa fosse triste:

— Não consigo acreditar que vocês, duas crianças, estejam realmente casados e prontos para construir um lar. Parece que ainda ontem eu abotoava o babador de Amy e puxava seu cabelo quando você me importunava. Misericórdia, como o tempo voa!

— Como uma das crianças é mais velha que você, não precisa falar assim, feito uma vovozinha. Gabo-me de ser um "homenzinho crescido", como Peggotty se referia a David Copperfield, e, quando você vir Amy, descobrirá que ela é uma criança um tanto precoce — respondeu Laurie, parecendo divertir-se com o jeito maternal de Jo.

— Você pode ser um pouco mais velho em idade, mas sou muito mais em sentimentos, Teddy. As mulheres sempre o são, e esse ano que passou foi tão duro que me sinto com quarenta.

— Pobre Jo! Nós a deixamos aqui, suportando tudo sozinha, enquanto nos divertíamos. Você está mesmo mais velha. Vejo uma ruga aqui e outra ali. Além disso, quando não está sorrindo, seus olhos parecem tristes, e, quando toquei na almofada, agora há pouco, descobri nela uma lágrima. Você teve de suportar muita coisa, e tudo sozinha. Que monstro egoísta eu tenho sido!

E Laurie puxou os próprios cabelos, com uma expressão de remorso.

Mas Jo limitou-se a virar a traiçoeira almofada e respondeu, em um tom que tentou tornar mais alegre:

— Não, eu tinha o papai e a mamãe para me ajudar, as crianças fofas para me confortar e o pensamento de que você e Amy estavam seguros e felizes, para tornar os problemas mais fáceis de suportar. Sinto-me sozinha, às vezes, mas ouso dizer que é até bom para mim e…

— Você nunca mais ficará sozinha — interrompeu Laurie, colocando um braço em torno dela, como que para protegê-la de todos os males humanos. — Amy e eu não podemos viver sem você, então você precisará vir ensinar "as crianças" a cuidar da casa, e dividiremos tudo pela metade, exatamente como costumávamos fazer. Permita-se ser um pouco mimada por nós e, juntos, todos seremos afortunadamente felizes e afáveis.

— Se eu não for atrapalhá-los, a ideia é muito agradável. Já estou começando a me sentir bastante jovem, pois, de alguma forma, todos os meus aborrecimentos pareceram evaporar assim que você chegou. Você sempre foi um consolo para mim, Teddy.

E Jo apoiou a cabeça no ombro dele, exatamente como fizera anos antes, quando Beth adoeceu e Laurie disse a ela que se apoiasse nele.

Ele a olhou, perguntando-se se ela se lembraria daquele tempo, mas Jo sorria para si mesma, como se todos os seus aborrecimentos tivessem realmente desaparecido com a chegada dele.

— Você não mudou nada, Jo. Derramando lágrimas em um minuto e rindo no instante seguinte. Está com uma expressão um tanto maliciosa agora. O que foi, vovozinha?

— Estava imaginando como você e Amy se dão juntos.

— Como dois anjinhos!

— Sim, certamente, mas quem manda?

— Não me importo de dizer que é ela, por ora. Pelo menos, deixo que pense assim. Isso a agrada, você sabe. Com o tempo, nos revezaremos, pois no casamento, segundo dizem, dividem-se os direitos e duplicam-se os deveres.

— Tudo continuará do jeito que começou, e Amy mandará em você todos os dias de sua vida.

— Bem, ela o faz de forma tão imperceptível que não acho que me importarei muito. É do tipo de mulher que sabe comandar. A bem da verdade, eu até gosto, porque ela conduz as pessoas de uma forma tão bela e suave quanto uma meada de seda, e nos faz sentir como se estivesse nos prestando um favor ao fazê-lo.

— Vivi para testemunhar que você se tornou um marido dominado pela esposa e gosta do arranjo! — exclamou Jo, erguendo as duas mãos bem alto.

Foi bom ver Laurie endireitar os ombros e sorrir daquela insinuação com um desprezo masculino ao responder, com sua atitude de "todo-poderoso":

— Amy é bem-educada demais para isso, e não sou o tipo de homem que se submeteria a uma situação dessas. Minha esposa e eu nos respeitamos o bastante para que não existam tiranias ou brigas.

Jo gostou da resposta e achou a nova dignidade muito adequada, mas o garoto parecia estar se transformando em um homem muito depressa, conferindo uma pitada de pesar ao prazer.

— Não tenho dúvida. Amy e você realmente nunca brigaram como nós costumávamos brigar. Ela é o sol e eu, o vento, como na fábula de Esopo, e o sol soube lidar melhor com o homem, você deve se lembrar.

— Ela pode ser tanto o sol quanto o vento — respondeu Laurie, rindo. — Que sermão escutei em Nice! Garanto-lhe que foi muito pior do que qualquer uma de suas repreensões, um verdadeiro chacoalhão. Eu lhe contarei tudo, um dia desses. Ela jamais contará porque, depois de dizer que me desprezava e sentia vergonha de mim, acabou entregando seu coração para o sujeito desprezível e casando-se com o inútil.

— Que infâmia! Bem, procure-me se ela o injuriar. Eu o defenderei.

— Pareço mesmo precisar de ajuda, não é? — disse Laurie, levantando-se e assumindo uma atitude que mudou, subitamente, de imponente para extasiada, quando ouviram a voz de Amy chamando:

— Onde ela está? Onde está minha velha e querida Jo?

A família inteira entrou na casa, houve uma nova rodada de abraços e beijos e, depois de várias tentativas, os três viajantes foram acomodados, a fim de serem examinados e celebrados. O sr. Laurence, mais saudável e bem-disposto do que nunca, fora tão beneficiado quanto os outros pela viagem ao exterior, pois a rabugice parecia ter desaparecido quase por completo e a polidez um tanto antiquada recebera um novo verniz que o tornara mais cortês do que nunca. Era bom vê-lo sorrindo para suas "crianças", como chamava o jovem casal. Melhor ainda era ver Amy cumprir seu dever e tratá-lo com o afeto que uma filha deveria demonstrar e que conquistara totalmente o velho coração do cavalheiro. E o melhor de tudo era ver Laurie movimentando-se em torno dos dois, como se nunca se cansasse de apreciar o bonito quadro que compunham.

No instante em que pôs os olhos em Amy, Meg teve consciência de que seu vestido não tinha um ar parisiense, de que a jovem sra.

Moffat seria totalmente eclipsada pela jovem sra. Laurence e de que "sua senhoria" tinha se tornado uma mulher extremamente elegante e graciosa. Jo pensou, ao observar o casal: "Como ficam lindos juntos! Eu tinha razão, e Laurie encontrou a moça bonita e prendada que se encaixará melhor em sua casa do que a velha e desajeitada Jo e que será motivo de orgulho para ele — e não um tormento." A sra. March e o marido, com expressões felizes estampadas no rosto, sorriram e acenaram afirmativamente com a cabeça um para o outro, pois viram que a filha caçula se saíra bem não apenas em conquistar coisas mundanas, mas também a riqueza superior que são o amor, a confiança e a felicidade.

O rosto de Amy transbordava aquele brilho suave que prenuncia um coração em paz, a voz adquirira uma nova ternura e as maneiras frias e empertigadas haviam se transformado em uma dignidade gentil que era, ao mesmo tempo, feminina e cativante. Nenhuma afetação a maculava, e a doçura cordial de seus modos era mais encantadora do que sua nova beleza ou do que a antiga graça, pois a distinguia inconfundivelmente, logo à primeira vista, como a verdadeira dama que ela sempre esperara se tornar.

— O amor fez muito pela nossa menininha — disse a mãe, baixinho.

— Ela teve um bom exemplo, a vida inteira, minha querida — sussurrou o sr. March, lançando um olhar amoroso para o rosto envelhecido e a cabeça grisalha a seu lado.

Daisy achou impossível desviar os olhos de sua "titia bunita" e grudou-se como um cãozinho de companhia à maravilhosa *châtelaine*, com todos os seus sedutores encantos. Demi parou para ponderar sobre o novo relacionamento antes de se comprometer com a aceitação precipitada de um suborno, sob a forma de ursinhos de madeira da Suíça. Uma manobra de flanco, no entanto, o levou à rendição incondicional, pois Laurie sabia conquistá-lo.

— Rapazinho, quando tive a honra de lhe ser apresentado, você me esmurrou no rosto. Agora, exijo uma satisfação, de um cavalheiro para outro.

E, com isso, o titio alto pôs-se a sacudir e a descabelar o pequeno sobrinho de tal maneira que tanto corrompeu sua dignidade filosófica quanto deleitou sua alma infantil.

— Olha só *pra* ela, usando seda da cabeça aos pés. *Num* é uma imagem linda, *vê ela* sentada aí, elegante feito uma princesa e ouvindo o pessoal *chamá* a pequena Amy de "*Sinhora* Laurence"? — comentou a velha Hannah, que não conseguia resistir a "espiá-la" com frequência enquanto arrumava a mesa de maneira decididamente confusa.

Misericórdia, como conversaram! Primeiro um, depois outro, em seguida todos tagarelavam juntos — tentando condensar a história de três anos em meia hora. Felizmente, o chá estava à mão — para provocar tréguas e proporcionar um descanso —, porque todos ficariam roucos e desmaiariam se continuassem daquele jeito por mais algum tempo. Que cortejo feliz seguiu até a pequena sala de jantar! O sr. March escolheu a sra. Laurence, cheio de orgulho. A sra. March, igualmente orgulhosa, apoiou-se no braço do "filho". O velho cavalheiro acompanhou Jo, sussurrando:

— Agora, você precisará ser a minha menina.

E, olhando para o canto vazio junto à lareira, fazendo Jo responder baixinho, com os lábios trêmulos:

— Tentarei ocupar o lugar dela, senhor.

Os gêmeos cabriolavam atrás, sentindo que a nova ordem das coisas lhes era favorável, já que todos estavam tão ocupados com os recém-chegados que eles podiam fazer as folias que bem entendessem — e podem ter certeza de que aproveitaram a oportunidade ao máximo. E não é que roubaram uns golinhos de chá, empanturraram-se de biscoito de gengibre, comeram um pãozinho quente cada e coroaram os delitos enfiando, em seus bolsinhos minúsculos, tortinhas que pegaram às escondidas e as quais se desmancharam e grudaram no tecido, ensinando a ambos que tanto a natureza humana quanto massa de torta são frágeis. Com a consciência pesada por causa das tortinhas surrupiadas e temendo que os olhos penetrantes de "tia Dodo" atravessassem o fino disfarce de cambraia e lã que as escondia, os pequenos pecadores grudaram no *vuvô*, que estava sem óculos. Amy, que estava, tal quais os quitutes, sendo disputada por todos, retornou à sala de visitas de braços dados com o sr. Laurence. Os demais formaram os mesmos pares de antes — um arranjo que deixou Jo desacompanhada. Ela não se importou, naquele instante, porque se demorou na sala de jantar para responder ao ansioso interrogatório de Hannah.

— Será que a srta. Amy vai *passiá* de cupê e *usá* todas aquelas travessas de prata lindas que *tão* guardadas há uma eternidade?

— Eu não me espantaria se ela passeasse em uma carruagem com seis cavalos brancos, comesse em pratos de ouro e usasse diamantes e rendas finas todos os dias. Teddy acha que nada é o suficiente para ela — respondeu Jo com infinita satisfação.

— E *num* é mesmo! Vocês vão *querê* picadinho ou bolinho de peixe *pro* café da manhã? — perguntou Hannah, que misturava poesia e prosa com sabedoria.

— Tanto faz.

E Jo fechou a porta, sentindo que comida era um assunto destoante naquele momento. Ela ficou parada ali por um instante, olhando para o grupo que desaparecia escada acima e, enquanto as perninhas curtas de Demi, com sua calça xadrez, esforçavam-se para subir o último degrau, uma sensação súbita de solidão a arrebatou com tanta força que ela olhou ao redor com os olhos turvos, como se procurasse algo em que se apoiar, pois até mesmo Teddy a abandonara. Se ela soubesse do belo presente de aniversário, que estava cada vez mais próximo, a cada minuto, não teria dito a si mesma:

— Chorarei um pouquinho antes de dormir. De nada adianta ficar desanimada agora.

Então, esfregou os olhos com a mão — pois um de seus hábitos nada femininos era nunca saber onde seu lenço estava —, e tinha acabado de conseguir esboçar um sorriso quando alguém bateu na porta da varanda.

Ela a abriu, com uma pressa hospitaleira, e sobressaltou-se como se outro fantasma tivesse vindo surpreendê-la, pois ali estava um cavalheiro alto e barbudo, sorrindo para ela em meio à escuridão, como um sol da meia-noite.

— Ah, sr. Bhaer, estou tão contente em vê-lo! — exclamou Jo, abraçando-o, como se temesse que a noite o engolisse antes que ela pudesse fazê-lo entrar.

— E eu em vê-la, srta. *Marsch*, mas, *non*, a senhorita tem uma festa...

E o professor parou, enquanto o barulho das vozes e as batidas de pés dançantes chegavam até eles.

— Não, não há festa alguma, é só a família. Minha irmã e alguns amigos acabaram de chegar em casa e estamos todos muito felizes. Entre e junte-se a nós.

Apesar de ser um homem muito sociável, acho que o sr. Bhaer teria ido decorosamente embora e retornado outro dia — mas como poderia, visto que Jo havia fechado a porta e tomado seu chapéu? Talvez fosse, em parte, pela expressão estampada no rosto da jovem, pois ela se esqueceu de esconder a felicidade que sentiu ao vê-lo, demonstrando-a com uma franqueza irresistível ao homem solitário; uma acolhida que superara até mesmo suas esperanças mais ousadas.

— Se *non* for incomodar, ficarei feliz de conhecer todos eles. *Estefe* adoentada, minha amiga?

Ele fez a pergunta abruptamente porque, enquanto Jo pendurava seu casaco, a luz bateu no rosto dela e ele percebeu a mudança.

— Adoentada, não, porém cansada e triste. Tivemos alguns percalços desde que nos vimos pela última vez.

— Ah, sim, eu sei. Senti *a coraçon* apertado por *focê* quando soube.

E ele tornou a apertar a mão dela, estampando tamanha empatia no rosto que Jo sentiu que nenhum outro consolo igualaria a expressão daqueles olhos bondosos e o aperto daquela mão grande e quente.

— Papai, mamãe, este é o meu amigo, o professor Bhaer — anunciou ela, com tanto orgulho e tanto prazer na expressão no tom de voz que era como se ela tivesse tocado uma trombeta e aberto a porta com um floreio.

Se o estranho tinha quaisquer dúvidas sobre a recepção que receberia, elas foram dissipadas em um minuto pela acolhida cordial que recebeu. Todos o cumprimentaram calorosamente — a princípio, por causa de Jo, mas logo passaram a gostar dele também. Não havia como evitar, pois ele era o detentor do talismã que abre todos os corações, e aquelas pessoas simples afeiçoaram-se a ele de imediato, simpatizando ainda mais com ele pelo fato de ser pobre, pois a pobreza enriquece aqueles que a superam e atua como um passaporte seguro para os espíritos verdadeiramente hospitaleiros. O sr. Bhaer sentou-se, olhando ao redor com o ar de um viajante que bate em uma porta estranha e, quando ela se abre, descobre que está na própria casa. As crianças aproximaram-se dele como abelhas atraídas por um pote de mel e, instalando-se em seus joelhos, começaram a cativá-lo, remexendo-lhe os bolsos, puxando-lhe a barba e examinando-lhe o relógio com uma audácia infantil. As mulheres telegrafaram sua aprovação umas às outras, e o sr. March, sentindo que encontrara um espírito irmão, fez uso de seu melhor repertório em honra do convidado, enquanto o silencioso John ouvia e desfrutava a conversa, mas sem dizer uma única palavra, e o sr. Laurence achava impossível ir dormir.

Se Jo não estivesse absorta em outras coisas, o comportamento de Laurie a teria divertido, pois uma leve pontada, não de ciúme, mas de algo parecido com desconfiança, fez com que o cavalheiro ficasse meio distante de início e observasse o recém-chegado com uma prudência fraterna. Mas não durou muito. Sem querer, ele acabou interessado pela conversa e, antes que percebesse, foi atraído para a roda, pois o sr. Bhaer falava bem naquela atmosfera cordial e fazia justiça à impressão que causara. Dirigiu-se a

Laurie em raras ocasiões, mas lançou diversos olhares na direção dele e, a cada vez, uma sombra passava por seu rosto, como se lamentasse a própria juventude perdida ao observar o rapaz em seu auge. Na sequência, seu olhar se voltava para Jo, com tamanha ansiedade que ela com certeza teria respondido à muda pergunta, se percebesse. Jo, no entanto, precisava tomar conta dos próprios olhos e, sentindo que não podia confiar neles, prudentemente os manteve fixos na pequena meia que tricotava, como um modelo de tia solteira.

Uma olhada furtiva, de vez em quando, a reanimava, como pequenos goles de água fresca depois de uma caminhada poeirenta, pois as espiadas de canto de olho lhe mostravam vários bons augúrios. O rosto do sr. Bhaer perdera a expressão distraída e parecia, naquele momento, avivado pelo interesse, realmente jovem e bonito, pensou ela, esquecendo-se de compará-lo com Laurie, como geralmente fazia com outros homens, em grande detrimento deles. Além disso, ele parecia extremamente inspirado, embora os hábitos de sepultamento dos antigos, para os quais a conversa havia se encaminhado, talvez não fosse considerado um assunto divertido. Jo resplandeceu visivelmente de triunfo quando Teddy foi derrotado em uma discussão e pensou consigo mesma, enquanto observava o rosto absorto do pai: "Como ele gostaria de ter um homem como meu professor para conversar todos os dias!" Por fim, o sr. Bhaer estava usando um novo terno preto, que o tornava mais parecido com um cavalheiro do que nunca. Os cabelos ouriçados haviam sido cortados e bem escovados, mas não ficaram muito tempo ordenados porque, nos momentos de entusiasmo, ele próprio os desgrenhava, daquele jeito engraçado que costumava fazer, e Jo preferia muito mais quando os fios estavam desordenadamente eretos do que quando se encontravam alisados, pois achava que, dessa forma, a bela testa do professor ganhava um aspecto de Júpiter. Pobre Jo, como glorificou aquele homem simples enquanto permanecia sentada ali, tricotando silenciosamente, mas sem deixar que nada lhe escapasse — nem mesmo o fato de que o sr. Bhaer usava abotoaduras de ouro nos punhos imaculados de sua camisa.

"Esse querido! Nem se fosse cortejar alguém, teria se arrumado com tanto esmero!", disse para si mesma, e então um pensamento repentino, incitado por tais palavras, fizeram-na corar de tal forma que precisou deixar cair o novelo de lã e abaixar-se para pegá-lo, a fim de esconder o rosto.

A manobra, contudo, não foi tão bem-sucedida quanto ela esperava, pois, no exato momento de atear fogo à pira funerária, o professor deixou cair sua tocha, metaforicamente falando, e também mergulhou atrás do pequeno novelo azul. É claro que bateram as cabeças uma na outra com força, viram estrelas e se ergueram, ambos enrubescidos e rindo, sem o novelo, e retornaram aos seus assentos, desejando nunca terem saído deles.

A noite foi passando sem que ninguém percebesse porque Hannah, habilmente, levara as crianças embora cedo, com as cabecinhas pendendo de sono como duas papoulas rosadas, e o sr. Laurence foi para casa descansar. Os outros acomodaram-se em torno da lareira e continuaram a papear, sem prestar a menor atenção à passagem do tempo, até que Meg, cuja mente maternal estava convicta de que Daisy caíra da cama e Demi botara fogo na própria camisola enquanto analisava a estrutura dos fósforos, levantou-se para ir embora.

— Devemos cantar, como nos bons e velhos tempos, pois estamos todos juntos novamente — disse Jo, sentindo que uma boa cantoria seria uma forma segura e agradável de dar vazão às emoções exultantes de sua alma.

Não estavam todos ali. Mas ninguém julgou as palavras impensadas ou falsas, pois Beth ainda parecia estar entre eles — uma presença pacífica, invisível, porém mais querida do que nunca, visto que a morte não é capaz de romper o laço familiar que o amor torna indissolúvel. A cadeirinha estava no mesmo lugar. A cesta bem organizada, com o restinho das costuras que deixara inacabadas quando a agulha ficou "pesada demais", continuava em sua prateleira habitual. O amado piano, que nunca mais fora tocado, não havia sido movido. E, lá em cima, o rosto de Beth, sereno e sorridente, como nos primeiros tempos, olhava para eles embaixo, parecendo dizer: "Fiquem felizes. Eu estou aqui."

— Toque alguma coisa, Amy. Mostre para eles como você melhorou — pediu Laurie, com um orgulho perdoável de sua promissora pupila.

Mas Amy sussurrou, com os olhos cheios de lágrimas, enquanto girava o banquinho desbotado:

— Esta noite, não, querido. Não posso me exibir esta noite.

Ela mostrou, no entanto, algo melhor do que virtuosismo ou habilidade, pois cantou as canções de Beth com uma melodia terna na voz, que nem o melhor mestre poderia ensinar, e tocou o coração de seus ouvintes com um poder mais doce do que qualquer outra inspiração lhe poderia ter dado. A sala permaneceu em silêncio quando a voz clara vacilou de repente, no último verso do hino preferido de Beth. Foi difícil dizer "Não há dor na Terra que o Céu não possa curar", e Amy escorou-se no marido, que estava atrás dela, sentindo que sua recepção em casa não era totalmente perfeita sem o beijo de Beth.

— Agora, devemos terminar com a canção de Mignon, pois o sr. Bhaer sabe cantá-la — sugeriu Jo, antes que a pausa se tornasse dolorosa.

E o sr. Bhaer pigarreou satisfeito enquanto caminhava para o canto onde Jo estava e disse:

— Canta comigo? Cantamos muito bem juntos.

Uma bela invenção, já que ela entendia de música tanto quanto um gafanhoto. O fato é que Jo concordaria até mesmo em cantar uma ópera inteira, se ele propusesse, e pôs-se a trilar alegremente, a despeito do horário e da afinação. Não importava muito, afinal, pois o sr. Bhaer cantava como um verdadeiro alemão, bem e com emoção, e Jo logo passou a apenas murmurar, a fim de ouvir a voz madura que parecia cantar só para ela.

"Conheces a terra onde floresce a cidreira", era o verso preferido do professor, porque *das Land*, a terra, para ele, era a Alemanha; mas, naquele momento, ele parecia enfatizar, com calor e melodia peculiares, as palavras:

> *Para lá, ah, para lá, possa eu contigo,*
> *Oh, minha amada, partir.*

E uma das ouvintes ficou tão entusiasmada com o terno convite que ansiou por dizer que conhecia a terra e ficaria feliz em partir para lá, quando ele quisesse.

A canção foi considerada um grande sucesso, e o cantor encerrou sua participação ovacionado. Mas, alguns minutos depois, ele se esqueceu por completo de suas maneiras e ficou olhando fixamente para Amy, que estava colocando seu *bonnet*, porque ela lhe fora apresentada simplesmente como "minha irmã", e ninguém a chamara por seu novo nome desde que ele entrara na casa. Ele cometeu um deslize ainda maior quando Laurie disse, com toda a delicadeza, ao ir embora:

— Minha esposa e eu ficamos muito contentes em conhecê-lo, senhor. Por favor, lembre-se de que será sempre bem recebido quando vier.

O professor agradeceu de forma tão calorosa e pareceu de súbito tão iluminado de satisfação que Laurie achou-o o sujeito mais encantadoramente efusivo que ele já conhecera.

— Também *fou* embora, mas ficarei muito feliz de *foltar* aqui, se me der licença, cara madame, porque ficarei na cidade por uns dias para tratar de *uma* negócio.

Ele dirigia-se à sra. March, embora olhasse para Jo, e a voz materna deu um consentimento tão caloroso quanto os olhos de da filha, pois a sra. March não era tão cega quanto aos interesses de suas meninas quanto supunha a sra. Moffat.

— Parece ser um homem sábio — comentou o sr. March, com uma satisfação plácida, de seu lugar próximo à lareira, depois que a última visita foi embora.

— Tenho certeza de que é um bom homem — acrescentou a sra. March, com decidida aprovação, enquanto dava corda no relógio.

— Achei que fossem gostar dele. — Foi tudo o que Jo disse, enquanto escapulia para a cama.

Ela ficou tentando imaginar que negócio teria levado o sr. Bhaer à cidade, e, no fim das contas, concluiu que ele havia sido indicado para receber uma grande homenagem, em algum lugar, mas era modesto demais para mencionar o fato. Se ela visse o rosto dele enquanto, na segurança do próprio quarto, olhava para a foto de uma moça severa e rígida, com uma juba de cabelos, que parecia estar olhando sombriamente para o futuro, talvez o assunto tivesse ficado mais claro, em especial quando ele apagou a luz da lamparina e beijou a foto na escuridão.

44

MILORDE E MILADY

— Por favor, Madame Mamãe, poderia emprestar-me minha mulher por meia hora? A bagagem chegou, e estou todo atrapalhado em meio aos enfeites parisienses de Amy, tentando encontrar algumas coisas que quero — disse Laurie, entrando na manhã seguinte e encontrando a sra. Laurence sentada no colo da mãe, como se fosse novamente o seu "neném".

— Certamente. Vá, querida, esqueci que você, agora, tem outra casa além desta.

E a sra. March apertou a mão branca que exibia a aliança de casamento, como se pedisse perdão por sua avareza maternal.

— Eu não teria vindo aqui, se pudesse evitar, mas não posso viver sem a minha mulherzinha, da mesma forma que...

— Um cata-vento sem o vento — sugeriu Jo, quando ele fez uma pausa para dar um sorriso.

Jo voltara a ser a moça atrevida de sempre desde que Teddy voltara para casa.

— Exatamente, porque Amy me mantém, na maior parte do tempo, apontando para oeste, virando ocasionalmente para o sul, e não tive qualquer intervalo para o leste desde que me casei. Nada sei sobre o norte, mas estou plenamente salubre e perfumado, não é mesmo, milady?

— Tempo ótimo, até o momento. Não sei quanto tempo durará, mas não temo as tempestades, pois estou aprendendo a navegar. Vamos para casa, querido, e encontrarei sua descalçadeira. Imagino que seja por isso que está remexendo minhas coisas. Os homens são tão perdidos, mamãe! — exclamou Amy, com um tom matronal que encantou o marido.

— O que vão fazer depois que se instalarem? — perguntou Jo, abotoando a capa de Amy do mesmo modo que costumava abotoar seus aventais.

— Temos nossos planos. Não pretendemos falar muito sobre eles no momento porque acabamos de nos casar, mas não pretendemos ficar ociosos. Ingressarei no mundo dos negócios com uma dedicação que encantará meu avô e provarei a ele que não sou mimado. Preciso de alguma coisa desse tipo para me manter firme. Estou cansado de vadiar e pretendo trabalhar como um homem.

— E Amy, o que fará? — perguntou a sra. March, bastante satisfeita com a decisão de Laurie e a energia em suas palavras.

— Depois de fazermos as devidas visitas e arejar nossos melhores trajes, nós os surpreenderemos com a hospitalidade elegante de nossa mansão, as companhias maravilhosas que atrairemos para perto de nós e a influência positiva que exerceremos sobre o mundo, de forma geral. É algo nessa linha, não é, Madame Récamier? — perguntou Laurie, lançando um olhar zombeteiro na direção de Amy.

— O tempo mostrará. Vamos embora, sr. Impertinente, e não choque minha família me chamando por apelidos diante deles — respondeu Amy, decidindo que deveria haver um lar, com uma boa esposa dentro dele, antes que ela montasse seu salão de rainha da sociedade.

— Como esses dois parecem felizes juntos! — observou o sr. March, achando difícil concentrar-se em seu Aristóteles depois que o jovem casal se foi.

— Sim, e creio que durará — acrescentou a sra. March, com a expressão tranquila de um comandante que conduziu o navio até o porto com segurança.

— Eu tenho certeza. Viva a Amy! — disse Jo suspirando e abrindo um sorriso alegre em seguida, quando o professor Bhaer abriu o portão com um empurrão impaciente.

Mais além, naquela tarde, quando já estava mais tranquilo quanto à descalçadeira, Laurie disse subitamente à esposa:

— Sra. Laurence.

— Milorde.

— Aquele homem pretende casar-se com nossa Jo!

— Espero que sim. Você não, querido?

— Bem, meu amor, eu o considero um trunfo, no sentido mais pleno da expressão, mas gostaria que fosse um pouquinho mais jovem e muito mais rico.

— Ora, Laurie, não seja tão exigente e mundano. Se eles se amam, de nada importa a idade e a situação financeira. As mulheres nunca deveriam se casar por dinheiro...

Amy parou de falar subitamente quando aquelas palavras lhe escaparam e olhou para o marido, que respondeu, com uma seriedade maliciosa:

— Claro que não. Às vezes, contudo, ouvimos moças encantadoras dizendo que pretendem fazê-lo. Se não me falha a memória, você mesma costumava achar que se casar com um homem rico era seu dever. Talvez isso explique o fato de ter se casado com um sujeito imprestável como eu.

— Ah, meu amado rapaz, não, não diga isso! Nem me lembrei de que você era rico quando disse "sim". Teria casado com você mesmo que não tivesse um só tostão, e às vezes até gostaria que fosse pobre para que eu pudesse demonstrar quanto o amo.

E Amy, que se portava de forma muito digna em público, porém muito amorosa em particular, deu provas convincentes da veracidade de suas palavras.

— Você não pensa de fato que ainda sou a criatura mercenária que um dia tentei ser, não é? Partiria meu coração se você não acreditasse que eu remaria no mesmo barco que você com toda a alegria do mundo, mesmo que você precisasse ganhar seu sustento remando no lago.

— Acha que sou um idiota insensível? Como poderia pensar assim, sendo que você rejeitou um homem mais rico por minha causa e, agora, não quer me deixar lhe dar nem metade do que eu gostaria, mesmo que seja meu direito? Há garotas que só agem por interesse próprio, pobrezinhas, e aprendem a pensar que essa é a única salvação, mas você teve lições melhores e, embora tenha havido uma época em que eu temia por você, não me decepcionei, pois a filha foi fiel aos ensinamentos da mãe. Eu disse isso ontem à sua mãe, e ela pareceu tão contente e agradecida como se eu tivesse lhe dado um cheque de um milhão para gastar com caridade. Você não está prestando atenção aos meus comentários moralistas, sra. Laurence.

E Laurie fez uma pausa, pois os olhos de Amy exibiam uma expressão distraída, embora estivessem fixos no rosto dele.

— Estou, sim, enquanto admiro, ao mesmo tempo, a covinha em seu queixo. Não quero que fique vaidoso, mas devo confessar que tenho mais orgulho da beleza do meu marido do que de todo o seu dinheiro. Não ria, mas seu nariz é um conforto imenso para mim.

E Amy acariciou delicadamente os traços bem talhados, com uma satisfação artística.

Laurie recebera muitos elogios na vida, mas nenhum lhe agradara tanto — como demonstrou de forma clara, embora tenha rido do gosto peculiar da esposa, enquanto ela dizia lentamente:

— Posso lhe fazer uma pergunta, querido?

— É claro que pode.

— Você se importará se Jo realmente se casar com o sr. Bhaer?

— Ah, então é esse o problema? Pensei que havia algo na covinha que não a agradasse. Visto que não sou um pobre coitado, mas o homem mais feliz do mundo, garanto-lhe que poderei dançar no casamento de Jo com o coração tão leve quanto meus pés. Você duvida, minha querida?

Amy encarou-o e ficou satisfeita. Seu temor ciumento desapareceu para sempre, e ela agradeceu ao marido, com o rosto cheio de amor e confiança.

— Gostaria que pudéssemos fazer algo por aquele formidável professor. Não poderíamos inventar algum parente rico, que morresse caridosamente lá na Alemanha, deixando para ele uma fortunazinha apreciável? — sugeriu Laurie, quando começaram a caminhar de um lado para outro na comprida sala de visitas de braços dados, como gostavam de fazer, para relembrar o jardim do *château*.

— Jo descobriria e tudo estaria arruinado. Ela tem muito orgulho dele exatamente como ele é, e disse ontem que acha a pobreza bela.

— Pobre coração! Ela não pensará assim quando tiver um marido literato e uma dúzia de professorezinhos e professorazinhas para sustentar. Não interferiremos agora, mas aguardaremos uma oportunidade e faremos algo de bom para eles, mesmo que não queiram. Devo parte de minha educação a Jo, e ela acredita que as pessoas devem pagar suas dívidas honestamente, então eu encontrarei um jeito de engabelá-la.

— Como é agradável poder ajudar os outros, não é? Esse foi sempre um dos meus sonhos: ter o poder de doar livremente. E, graças a você, esse sonho se tornou realidade.

— Ah, faremos muitas boas ações, não faremos? Há um tipo de situação que, particularmente, gosto muito de ajudar. Os pedintes recebem auxílio, mas as pessoas pobres de boas famílias sofrem demasiado, pois recusam-se a pedir e ninguém ousa lhes oferecer caridade. Há, contudo, mil maneiras de ajudá-los, basta saber como fazê-lo com delicadeza, para não ofendê-los. Preciso dizer que prefiro ajudar um cavalheiro empobrecido a um pedinte adulador. Imagino que seja errado, mas é o que faço, mesmo sendo mais difícil.

— É porque apenas um cavalheiro poderia fazê-lo — acrescentou o outro membro da sociedade de admiração doméstica.

— Obrigado, receio não merecer esse belo elogio. Mas eu ia dizer que, enquanto vadiava no exterior, vi diversos jovens talentosos fazendo todo tipo de sacrifícios e passando por dificuldades reais para, talvez, conseguir realizar seus sonhos. Sujeitos incríveis, alguns deles, trabalhando como heróis, pobres e sem amigos, mas tão plenos de coragem, paciência e ambição que senti vergonha de mim mesmo e fiquei com muita vontade de dar a eles uma boa assistência. Essas são pessoas que tenho satisfação em ajudar, pois, se forem realmente geniais, é uma honra poder servi-los e não deixar que o dom seja desperdiçado por falta de combustível para manter o caldeirão fervendo. Se não forem geniais, é um prazer confortar essas pobres almas e impedir que se desesperem quando descobrirem.

— Sim, de fato, e existe outra classe que não pode pedir e sofre em silêncio. Entendo alguma coisa a esse respeito porque pertencia a ela, antes de você me transformar em uma princesa, como o rei faz com a criada indigente na antiga fábula. As moças ambiciosas não têm uma vida fácil, Laurie, e muitas vezes são obrigadas a deixar passar a juventude, a saúde e oportunidades preciosas justamente por falta de um empurrãozinho no momento certo. As pessoas têm sido muito boas comigo e, sempre que vejo moças passando por dificuldades, como eu e minhas irmãs passamos, sinto vontade de estender a mão e ajudá-las, como fui ajudada.

— E, sendo o anjo que é, certamente ajudará! — exclamou Laurie, decidindo, em um acesso de zelo filantrópico, fundar e financiar uma instituição destinada expressamente a auxiliar mulheres com habilidades artísticas. — As pessoas ricas não têm direito algum de ficar simplesmente ociosas, gozando a vida, ou deixar que seu dinheiro se acumule para outros gastarem. Muito mais sensato do que deixar heranças, quando se morre, é usar o dinheiro de forma sábia enquanto se está vivo e desfrutar o prazer de tornar felizes os demais seres humanos. Nós nos divertiremos e aumentaremos ainda mais nosso prazer dando aos outros ajudas generosas. Quer ser uma jovem Tabita, esvaziando sua cesta de caridades por aí, ao mesmo tempo em que a enche novamente com boas ações?

— Com todo o meu coração, se você for um bravo são Martinho, parando na estrada, enquanto cavalga galantemente pelo mundo, para partilhar seu manto com um pedinte.

— Temos um trato e o cumpriremos da melhor forma possível!

Então, o jovem casal selou o acordo com um aperto de mãos e depois continuou a caminhar com alegria, sentindo que o lar tornava-se ainda mais agradável porque eles pretendiam iluminar outros lares, acreditando que seus pés andariam com mais firmeza pela trilha florida diante deles se aplainassem os caminhos difíceis para outros pés e sentindo que o coração de ambos estava mais intimamente conectado por aquele amor capaz de lembrar de forma terna dos menos favorecidos.

45
DAISY E DEMI

Não posso considerar que cumpri meu dever como humilde historiadora da família March se não dedicar pelo menos um capítulo a seus dois membros mais preciosos e importantes. Daisy e Demi haviam então chegado à idade do discernimento, pois é nessa idade esperta, entre três ou quatro anos, que as crianças afirmam seus direitos e conseguem certo respeito — o que é mais do que muitas pessoas mais velhas conseguem. Nunca houve um par de gêmeos em tanto risco de ser completamente estragado pelo excesso de mimo do que aqueles Brooke tagarelas. Eram, naturalmente, as crianças mais notáveis que já existiram no mundo — como se comprovará quando eu mencionar que caminharam com oito meses, falavam fluentemente com um ano e, com dois anos, passaram a se sentar à mesa e se comportavam com um esmero que encantava a todos que observavam. Com três anos, Daisy pediu uma *agúia* e confeccionou uma bolsa com quatro pontos. Ela também gostava de brincar de dona de casa no aparador e manejava um fogão microscópico com uma habilidade que enchia de lágrimas orgulhosas os olhos da velha Hannah. Demi, por sua vez, aprendeu a ler com o avô, que criara um método de ensinar o alfabeto formando as letras com os braços e as pernas, exercitando, desse modo, tanto a cabeça quanto os músculos. Logo cedo, o menino demonstrou uma aptidão para a mecânica que encantava o pai e enlouquecia a mãe, pois tentava recriar todas as máquinas que via e mantinha seu quarto em um estado caótico, com sua *loladeila* — uma misteriosa estrutura feita com corda, cadeiras, pregadores de roupa e carretéis, para que "as *lodas* ficassem *lodando*". Também havia uma cesta pendurada nas costas de uma cadeira, para dentro da qual ele tentou, sem sucesso, içar sua excessivamente confiante irmã que, com devoção feminina, não se importou em bater com a cabeça até ser resgatada, ao que o jovem inventor explicou, indignado:

— Ah, *mamã*, é a minha *caluagem* e *eu tenta colocá ela* em cima.

Embora tivessem personalidades muito diferentes, os gêmeos se davam extraordinariamente bem e era raro que discutissem mais do que três vezes ao dia. É claro que Demi tiranizava Daisy e a defendia galantemente contra qualquer outro agressor, ao passo que Daisy satisfazia todas as suas vontades e adorava o irmão como se fosse o único ser perfeito do mundo. Daisy era uma criaturinha rosada, gorducha e radiante, que conquistava o coração de todos e lá se aninhava. Uma dessas crianças cativantes que parecem feitas para serem beijadas e afagadas, emperiquitadas e adoradas como pequenas deusas e, nas ocasiões festivas, embonecadas para deleite geral. Suas pequenas virtudes eram tão doces que seria um verdadeiro anjinho, se algumas leves teimosias não a tornassem encantadoramente humana. Em seu mundo, o tempo estava sempre bom e, todas as manhãs, ela subia na janela, com sua camisolinha, e, olhando para fora, exclamava:

— Ah, que dia *bunitu*! Ah, que dia *bunitu*!

Considerava todos seus amigos e mandava beijos a estranhos com tanta confiança que até mesmo o solteirão mais convicto vacilava e quem já gostava de crianças se tornava um adorador fiel.

— Eu *gosta* de todo mundo! — disse, certa vez, abrindo os braços, com sua colher em uma das mãos e seu caneco na outra, como se estivesse ansiosa para abraçar e alimentar o mundo inteiro.

À medida que ela crescia, a mãe começou a sentir que o Ninho seria abençoado pela presença de uma moradora tão serena e amorosa como aquela que ajudara a tornar a velha casa um lar e rezou para ser poupada de mais uma perda como aquela que, nos últimos tempos, mostrara quanto que eles haviam inconscientemente vivido com um anjo entre eles. Seu avô muitas vezes a chamava de "Beth", e a avó a observava o tempo todo com uma devoção incansável, como se quisesse compensar algum erro passado que olho nenhum, a não ser o dela, enxergaria.

Demi, como um verdadeiro ianque, tinha uma natureza inquisitiva, querendo saber de tudo e, frequentemente, ficando muito perturbado por não conseguir obter respostas satisfatórias para seu perpétuo "*Pa* quê?".

Também tinha uma tendência filosófica, para grande deleite do avô, que costumava ter conversas socráticas com ele, nas quais o precoce discípulo volta e meia deixava o professor em uma saia justa, para indisfarçável satisfação das mulheres da família.

— O que faz minha perna *caminhá*, *vuvô*? — perguntou o jovem filósofo, examinando, com ar meditativo, aquelas partes tão ativas de sua estrutura, enquanto descansava, após uma noite de folia antes de dormir.

— É a sua pequena mente, Demi — respondeu o sábio, acariciando respeitosamente a cabecinha loura.

— O que é *pequenamente*?

— É uma coisa que faz seu corpo se mover, como a mola que fazia as rodas do meu relógio girarem, quando mostrei a você.

— *Abre eu. Qué vê gilá.*

— Não posso fazer isso, assim como você também não podia abrir o relógio. É Deus quem dá corda em você, e você funciona até Ele pará-lo.

— *Eu funciona?* — E os olhos castanhos de Demi ficaram mais arregalados e mais brilhantes enquanto ele absorvia o novo pensamento. — Então deu corda em mim, que nem relógio?

— Sim, mas não posso mostrar a você, porque é feito sem a gente ver.

Demi passou a mão nas costas, como se esperasse encontrar algo parecido com o que vira no relógio, então comentou, em um tom sério:

— Deus deve *fazê* quando eu *tô durmindo*.

Seguiu-se uma cuidadosa explicação, que ele escutou com tanta atenção que a ansiosa avó chegou a questionar:

— Querido, acha aconselhável falar dessas coisas com o menino? Ele está ficando com a cabeça cheia de coisas e aprendendo a fazer perguntas irrespondíveis.

— Se ele tem já tem idade para fazer as perguntas, então também tem idade para ouvir respostas verdadeiras. Não estou pondo os pensamentos na cabeça dele, mas ajudando-o a desdobrar os que já estão lá dentro. Essas crianças são mais sábias do que nós, e não tenho dúvida de que o menino entende cada palavra que eu digo. Vamos, Demi, diga-me onde fica sua mente.

Se o menino tivesse respondido, tal qual Alcibíades, "Pelo amor dos deuses, Sócrates, não sei dizer", o avô não se surpreenderia, mas, depois de ficar um instante parado em um pé só, como uma cegonha pensativa, quando ele respondeu, com um tom de calma convicção "Na minha barriguinha", o velho cavalheiro só pôde rir junto com a avó e desistir da aula de metafísica.

Poderia haver motivo para apreensões maternas, se Demi não desse provas convincentes de que era uma verdadeira criança — embora fosse também um aprendiz de filósofo —, pois muitas vezes, após uma discussão, fazia Hannah profetizar, ao dizer, balançando a cabeça, "*Essi* menino *num* é *dessi* mundo", e ele então mudava de atitude e apaziguava-lhe os seus temores com algumas travessuras com as quais esses diabretes fofos, sujos e atrevidos se distraem e deliciam a alma dos pais.

Meg estabelecera várias regras morais e tentava mantê-las, mas que mãe consegue resistir aos artifícios perspicazes, às evasões engenhosas ou à audácia tranquila dos homens e mulheres em miniatura que tão cedo se mostram manhosos e sagazes?

— Chega de passas, Demi. Você vai passar mal — dizia a mamãe à pessoinha que se oferecia para ajudar na cozinha, com infalível regularidade, nos dias em que se fazia pudim de ameixas.

— Eu *gosta* de *passá* mal.

— Mas eu não quero que passe, então saia logo daqui e vá ajudar Daisy a fazer empadinhas.

Demi partia, relutante, mas seus erros pesavam em seu espírito e, pouco depois, quando uma oportunidade para repará-los surgia, ele engabelava a mamãe, fazendo um acordo astuto.

— Agora que foram crianças boazinhas, brincaremos de qualquer coisa que vocês quiserem — disse Meg, enquanto levava seus ajudantes de cozinha para o andar de cima, com o pudim devidamente a salvo na panela.

— Verdade, *mamã*? — perguntou Demi, com uma ideia brilhante surgindo em sua cabecinha.

— Sim, verdade. O que quiserem — respondeu a ingênua mãe, preparando-se para cantar "Os três gatinhos" meia dúzia de vezes seguidas ou levar a família para "comprar um pãozinho", apesar do vento e das pernas cansadas. Mas Demi a encurralou, respondendo com tranquilidade:

— Então nós *come* todas as passas.

Tia Dodo era a principal companheira de brincadeiras e confidente das crianças, e o trio virava a casinha de pernas para o ar. Tia Amy ainda era apenas um nome para eles, tia Beth logo se desfez em uma lembrança agradavelmente vaga, mas tia Dodo era uma realidade viva, e eles a aproveitavam ao máximo, um privilégio pelo qual ela se sentia extremamente grata. Com a chegada do sr. Bhaer, porém, Jo negligenciou seus companheiros de brincadeiras, e o desalento e a desolação devastaram os pequeninos. Daisy, que gostava de mascatear beijos por aí, perdeu sua melhor cliente e acabou falindo. Demi, com uma perspicácia infantil, logo percebeu que tia Dodo gostava mais de brincar com "o homem-urso" do que com ele; mas, embora magoado, disfarçou a angústia porque não tinha coragem de insultar um rival que guardava uma mina de gotas de chocolate no bolso do colete e tinha um relógio que podia ser tirado do estojo e chacoalhado livremente pelos admiradores fervorosos.

Algumas pessoas poderiam considerar essas agradáveis liberdades como subornos, mas Demi não partilhava essa visão e continuou a tratar "o homem-urso" com uma afabilidade calculada, enquanto Daisy não tardou em estender seus pequenos gestos de afeto a ele e considerava seu ombro um trono; seu braço, um refúgio, seus presentes, tesouros inestimáveis.

Os cavalheiros, às vezes, são tomados por acessos súbitos de admiração pelos jovens parentes das damas que honram com sua consideração, mas essa adoração fingida é embaraçosa e não engana absolutamente ninguém. A devoção do sr. Bhaer era sincera e igualmente eficaz — pois a honestidade é a melhor política tanto no amor como na justiça. Ele era um desses homens que se sentem à vontade com crianças, e a expressão dele se iluminava quando os rostinhos pequeninos contrastavam agradavelmente com o rosto másculo. Seu negócio, fosse qual fosse, o detev́e por vários dias seguidos, mas raramente, à noite, ele deixava de aparecer para ver — bem, ele sempre perguntava pelo sr. March, então suponho que fosse ele o atrativo. O excelente papai vivia sob a ilusão de que era mesmo e regozijava-se em longas discussões com o espírito semelhante, até que uma observação casual de seu neto mais observador subitamente o esclareceu.

O sr. Bhaer chegou, certa noite, e parou próximo da entrada do gabinete, espantando-se com o espetáculo que seus olhos encontraram. De bruços, no chão, estava o sr. March, com suas respeitáveis pernas no ar, e, ao lado dele, igualmente de bruços, estava Demi, tentando imitar a pose com suas perninhas curtas, encobertas por meias vermelhas, ambos prostrados tão seriamente absortos que não repararam na presença dos espectadores, até o sr. Bhaer soltar sua sonora risada e Jo exclamar, com uma expressão escandalizada:

— Papai, papai, o professor está aqui!

Desceram as pernas vestidas de preto e ergueu-se a cabeça grisalha, enquanto o preceptor dizia, com imperturbável dignidade:

— Boa noite, sr. Bhaer. Peço que me dê licença por um instante. Estamos terminando nossa lição. Agora, Demi, faça a letra e diga o nome dela.

— Conheço *ela*!

E, depois de alguns esforços convulsivos, as perninhas vermelhas assumiram a forma de um compasso e o inteligente pupilo gritou em triunfo:

— É um V, *vuvô*! É um V!

Jo riu, enquanto o pai se recompunha e o sobrinho tentava ficar de ponta-cabeça, a única maneira de expressar sua satisfação pela lição encerrada.

— Por onde andou hoje, *Bübchen*? — perguntou o sr. Bhaer, pegando o ginasta.

— Eu *foi ver* a pequena Mary.

— E o que *focê* fez lá?

— Eu *beija ela* — respondeu Demi, com uma franqueza despojada.

— Ah! *Enton* está começando cedo. E o que disse a pequena Mary? — perguntou o sr. Bhaer, continuando a ouvir as confissões do jovem pecador, que estava empoleirado em seu joelho, explorando o bolso do colete.

— Ah, ela gosta e ela me beija e eu *gosta*. Meninos não gostam de meninas? — acrescentou Demi, com a boca cheia e uma expressão de leve satisfação.

— Moleque precoce! Quem enfiou isso na sua cabeça? — questionou Jo, divertindo-se tanto com a inocente revelação quanto o professor.

— *Num tá* na minha cabeça, *tá* na minha boca — respondeu o literal Demi, pondo a língua para fora, com uma gota de chocolate sobre ela, porque pensou que ela tivesse se referido ao doce, não a ideias.

— *Focê* precisa guardar algumas para *seu* amiguinha: docinhos para pessoas doces, rapazinho.

E o sr. Bhaer ofereceu algumas gota a Jo, com um olhar que a fez pensar se não seria o chocolate o néctar que os deuses bebiam. Demi também percebeu o sorriso, impressionou-se com ele e perguntou, com sinceridade:

— Meninos grandes também gostam de meninas grandes, *Fessô*?

Como o jovem George Washington de Parson Weems, o sr. Bhaer "não conseguia mentir", então deu uma resposta um tanto vaga, dizendo acreditar que, de vez em quando, gostavam, sim — em um tom de voz que fez o sr. March guardar sua escova de roupas, observar o rosto de Jo e, depois, afundar em sua poltrona, como se o "moleque precoce" tivesse enfiado em sua cabeça uma ideia ao mesmo tempo doce e amarga.

Por que tia Dodo, quando pegou o garotinho no armário das louças, meia hora depois, quase o deixou sem ar com seu abraço apertado, em vez de repreendê-lo por estar ali, e por que deu sequência a essa nova atitude presenteando-o com uma grande fatia de pão com geleia, permaneceu sendo um dos problemas que fizeram Demi tentar forçar sua cabecinha a entender, sendo compelido a jamais solucioná-lo.

46

DEBAIXO DO GUARDA-CHUVA

Enquanto Laurie e Amy faziam caminhadas conjugais sobre tapetes de veludo, colocando a casa em ordem e planejando um futuro feliz, o sr. Bhaer e Jo desfrutavam um tipo diferente de passeio, por estradas lamacentas e campos encharcados.

— Sempre saio para uma caminhada no fim da tarde e não sei por que deveria deixar de fazê-lo só porque, muitas vezes, encontro o professor quando venho para estes lados — disse Jo para si mesma depois de dois ou três encontros; pois, embora houvesse dois caminhos para a casa de Meg, em qualquer um que ela escolhesse, sempre acabava por encontrá-lo, indo ou voltando.

Ele sempre caminhava depressa e nunca parecia vê-la até chegar muito perto, e então insinuava que seus olhos míopes não tinham reconhecido a dama que se aproximava até aquele exato momento. Então, se ela estivesse indo à casa de Meg, ele sempre alegava ter algo para dar às crianças. Se o rosto de Jo estivesse voltado na direção da própria casa, ele dizia que simplesmente fora até ali para ver o rio e estava, justamente, seguindo para a casa dos March, a menos que eles estivessem cansados de suas visitas.

Dadas as circunstâncias, o que Jo poderia fazer a não ser cumprimentá-lo com civilidade e convidá-lo a entrar? Se ela estava mesmo cansada das visitas, disfarçava o cansaço com perfeita habilidade e certificava-se de que houvesse sempre café no jantar, "já que Friedrich — quer dizer, o sr. Bhaer — não gosta de chá".

Na segunda semana, todos já compreendiam perfeitamente o que estava acontecendo, mas tentaram fingir uma cegueira total para as mudanças no semblante de Jo. Nunca perguntavam por que ela cantava enquanto trabalhava, ajeitava os cabelos três vezes ao dia e ficava tão radiante com seu exercício do fim do dia. E ninguém parecia ter a mais leve suspeita de que o professor Bhaer, enquanto conversava sobre filosofia com o pai, estava dando lições de amor à filha.

Jo recusava-se a entregar seu coração da maneira adequada e tentou firmemente controlar seus sentimentos. Sem conseguir, andava levando uma vida um tanto agitada. Morria de medo de ser alvo de chacota por se render, depois de suas muitas e veementes declarações de independência. Laurie era quem ela mais temia, mas, graças à nova regente, ele se comportava com elogiável decoro, jamais dizia que o sr. Bhaer era um "velho formidável" em público, nunca fazia qualquer alusão, nem da maneira mais remota, à melhora na aparência de Jo, nem manifestava surpresa alguma por ver, quase todas as noites, o chapéu do professor na mesa do saguão dos March. No íntimo, entretanto, ele exultava e ansiava para chegar o dia em que daria a Jo uma peça de prata, com um urso e um cajado rústico encravados nela, como o brasão perfeito para a nova família.

Durante uma quinzena, o professor foi e voltou com a regularidade de um namorado. Então, ele não apareceu por três dias consecutivos e não deu qualquer sinal de vida, uma atitude que deixou todos apreensivos e Jo, em um primeiro momento, reflexiva e depois — pobre romance! — muito irritada.

— Desgostou-se, arrisco dizer, e voltou para casa tão subitamente quanto veio. De nada me importa, é claro, mas de fato acho que ele deveria ter vindo despedir-se de nós, como um cavalheiro — disse a si mesma, olhando com desespero para o portão, enquanto se arrumava para a costumeira caminhada em uma tarde cinzenta.

— É melhor levar o guarda-chuva, querida. Parece que vai chover — disse a mãe, observando que ela colocara seu *bonnet* novo, mas sem aludir ao fato.

— Sim, mamãe. Quer alguma coisa da cidade? Tenho de comprar um pouco de papel — respondeu Jo, puxando o laço para baixo do queixo diante do espelho, como uma desculpa para não olhar na direção da mãe.

— Sim, quero um pedaço de sarja, uma cartela com agulhas número nove e dois metros de fita estreita, cor de lavanda. Você está usando suas botas grossas e uma blusa quente por baixo da capa?

— Acho que sim — respondeu Jo distraidamente.

— Se por acaso encontrar o sr. Bhaer, traga-o para cá, para tomarmos um chá. Estou sentindo falta daquele bom homem — acrescentou a sra. March.

Jo a ouviu, mas não respondeu, apenas deu um beijo na mãe e saiu rapidamente, pensando, com profunda gratidão, apesar da tristeza: "Como ela é boa para mim! O que fazem as moças que não têm mães capazes de ajudá-las com seus problemas?"

As lojas de armarinho não ficavam em meio aos escritórios de contabilidade, bancos e armazéns, onde se reúne a maioria dos cavalheiros, mas Jo percebeu-se nessa parte da cidade antes de cumprir qualquer tarefa, perdendo tempo como se esperasse por alguém, enquanto examinava instrumentos de engenharia em uma vitrine e amostras de lã em outra, com um interesse nada feminino, tropeçando em barricas, quase sendo esmagada pelos fardos de mercadorias que eram jogados do alto e empurrada sem cerimônia por homens atarefados, que pareciam se perguntar "Como é que ela veio parar aqui?". Um pingo de chuva na bochecha desviou seus pensamentos das esperanças frustradas para as fitas estragadas, pois as gotas continuaram a cair, e sendo ela, antes de uma pessoa apaixonada, uma mulher, sentiu que, embora fosse tarde demais para salvar o coração, talvez ainda conseguisse salvar o chapéu. Naquele momento, lembrou-se do guarda-chuva, que se esquecera de pegar na pressa de sair, mas o arrependimento era inútil e nada poderia ser feito senão pedir um emprestado ou se resignar a ficar encharcada. Olhou para o céu carregado, então para seu laço carmesim, que já estava manchado, depois para a rua lamacenta e, por fim, lançou um olhar demorado para trás, na direção de um armazém encardido, em cujo letreiro acima da porta lia-se "Hoffmann, Swartz, & Co.", e disse para si mesma, com um ar de severa repreensão:

— Bem feito! Quem mandou usar suas melhores roupas e vir perambular por aqui, esperando ver o professor? Jo, estou envergonhada de você! Não, você não deve ir até lá pedir um guarda-chuva emprestado, nem descobrir, pelos amigos, por onde ele anda. Deve continuar e cumprir suas tarefas mesmo embaixo de chuva, e se morrer por causa disso e destruir seu chapéu, é totalmente merecido. Agora vá!

Com isso, atravessou a rua correndo, tão impetuosamente que escapou por pouco de morrer atropelada por uma carreta, e precipitou-se nos braços de um majestoso cavalheiro, que disse:

— Peço perdão, madame — parecendo mortalmente ofendido.

Um tanto desanimada, Jo recompôs-se, abriu seu lenço em cima das preciosas fitas e, dando as costas para as tentações, saiu correndo, molhando cada vez mais os tornozelos e abrindo caminho em meio aos muitos guarda-chuvas. O fato de que um deles, azul, algo avariado, parou em cima do seu desprotegido chapéu chamou sua atenção e, erguendo os olhos, ela viu o sr. Bhaer a olhá-la.

— Queria saber quem era *o* dama determinada que anda *ton* corajosa, debaixo *da* nariz de muitos cavalos, e *ton* depressa, em meio a tanta lama. Que faz aqui, minha amiga?

— Estou fazendo compras.

O sr. Bhaer sorriu, olhando para a fábrica de picles, de um lado da rua, e para a loja de peles e couros do outro, mas se limitou a dizer, delicadamente:

— *Focê non* tem guarda-chuva. Posso acompanhar e levar os pacotes para *focê*?

— Sim, obrigada.

As bochechas de Jo estavam tão vermelhas quanto sua fita, e ela ficou imaginando o que ele estaria pensando a respeito dela, mas não se importou porque, dentro de um instante, estava caminhando de braços dados com seu professor, sentindo como se o sol tivesse irrompido subitamente com um brilho incomum, que tudo estava de novo correto no mundo e que uma mulher completamente feliz chapinhava a água da chuva naquele dia.

— Pensamos que tivesse ido embora — comentou Jo apressadamente, pois sabia que ele a olhava.

O *bonnet* não era grande o suficiente para esconder-lhe o rosto, e ela temeu que ele pudesse achar sua alegria imprópria.

— Achou que eu poderia ir embora sem me despedir *dos* pessoas que foram *ton* maravilhosamente boas comigo? — perguntou ele, com um tom tão reprovador que ela achou que o tinha insultado com a sugestão e respondeu, de forma muito calorosa:

— Não, não achei. Sabia que estava ocupado, cuidando de seus negócios, mas sentimos um pouco sua falta. Especialmente o papai e a mamãe.

— E *focê*?

— Sempre fico feliz em vê-lo, senhor.

Em sua ansiedade para manter a voz calma, o tom de Jo acabou um tanto frio, e a gélida palavra final pareceu jogar um balde de água fria no professor, pois seu sorriso desapareceu e ele disse, em um tom grave:

— Eu agradeço e vou lá uma vez mais, antes de partir.

— Então, vai mesmo embora?

— *Non* tenho mais negócios aqui, está tudo concluído.

— Com bons resultados, espero? — indagou Jo, pois a amargura da decepção transparecia na resposta curta dada por ele.

— Acho que sim, pois abriu-se *um* porta para eu poder ganhar meu sustento e ajudar muito meus sobrinhos.

— Conte-me, por favor! Gosto de saber tudo sobre... as crianças — disse Jo, ansiosa.

— É muita bondade sua, *fou* contar com toda *satisfaçon*. Minhas amigos encontraram para mim um lugar em uma faculdade, para eu ensinar, como lá na minha terra, e ganhar o bastante para melhorar a vida de Franz e Emil. Devo ficar grato por isso, *non*?

— Deve, certamente. Como será esplêndido tê-lo fazendo o que gosta e poder vê-lo com frequência, e também as crianças! — disse Jo, usando as crianças como desculpa para manifestar a satisfação que ela não podia deixar de revelar.

— Ah! Mas receio que *non famos* nos encontrar com frequência, a vaga é no Oeste.

— Tão longe!

E Jo abandonou as saias à própria sorte, como se o destino de suas roupas — ou o dela próprio — não importasse mais.

O sr. Bhaer sabia ler em vários idiomas, mas ainda não aprendera a ler as mulheres. Gabava-se de conhecer Jo muito bem e ficou, portanto, muito espantado com as contradições da voz, do rosto e das maneiras que ela demonstrou, em rápida sucessão, aquele dia, pois passara por meia dúzia de estados de espírito diferentes no curso de meia hora. Quando ela o encontrou, pareceu surpresa, embora fosse impossível não suspeitar que tivesse ido até ali com esse exato propósito. Quando ele lhe ofereceu o braço, ela aceitou com uma expressão que o deleitou, mas quando perguntou se ela sentira sua falta, Jo deu uma resposta tão fria e formal que ele se sentiu tomado pelo desespero. Ao saber da boa notícia, só faltou bater palmas. Seria alegria pelas crianças? Depois, ao descobrir a localização, disse "Tão longe!", com um tom de desalento que o levou às alturas, cheio de esperança, mas, no minuto seguinte, ela o derrubou novamente, comentando, como uma pessoa inteiramente absorvida pelo assunto:

— Este é o local das minhas compras. Quer entrar? Não vou demorar.

Jo tinha certo orgulho de suas habilidades de compras e desejava, em especial, impressionar seu acompanhante com a simplicidade e rapidez com que concluiria o trabalho. Mas, com toda a sua agitação, nada deu certo. Ela derrubou a bandeja das agulhas, só se lembrou do tipo de sarja que sua mãe queria depois que o tecido já estava cortado, entregou dinheiro insuficiente para o pagamento e embaraçou-se toda ao pedir a fita cor de lavanda no balcão de tecidos. O sr. Bhaer ficou parado ao lado dela, observando-a corar e se atrapalhar, e, enquanto assistia, seu próprio espanto pareceu esmaecer, pois ele estava começando a perceber que, em algumas ocasiões, as mulheres, como os sonhos, agem às avessas.

Quando saíram, ele colocou o pacote debaixo do braço, parecendo mais alegre, e pisoteou as poças, fazendo a água respingar, como se até estivesse gostando daquilo tudo.

— *Non defíamos* fazer um pouco do que *focê* chama de "compras **para os crianças**" e ter um banquete de despedida esta noite, se eu for fazer uma última *fisita* a *seu* casa *ton* agradável? — perguntou ele, parando diante de uma vitrine de frutas e flores.

— Que compraremos? — perguntou Jo, ignorando a última parte da pergunta dele e farejando a mistura de odores fingindo estar animada, enquanto eles entravam na loja.

— Que acha de laranjas e figos? — perguntou o sr. Bhaer, com ar paternal.

— Eles os comem sempre que têm chance.

— *Focê* gosta de nozes?

— Feito um esquilo.

— Vinho de Hamburgo. Sim, sem dúvida devemos fazer um brinde com ele à terra natal?

Jo franziu a testa diante daquela extravagância e perguntou por que ele não comprava apenas uma cesta de tâmaras, uma caixa de passas e um pacote de amêndoas, ao que o sr. Bhaer respondeu confiscando a bolsa dela, pegando a própria carteira e finalizando com a compra de vários quilos de uvas, um vaso de lindas margaridas e uma bela jarra de mel. Então, deformando os bolsos com todos aqueles pacotes e entregando as flores para Jo carregar, ele abriu o velho guarda-chuva e eles seguiram adiante.

— Srta. *Marsch*, tenho *uma* grande favor para lhe pedir — disse o professor, depois de uma caminhada molhada de meio quarteirão.

— Sim, senhor.

E o coração de Jo começou a bater tão forte que ela receou que ele escutasse.

— Ouso pedir-lhe, apesar da chuva, porque me resta muito pouco tempo.

— Sim, senhor.

E Jo quase destruiu o pequeno vaso de flores, de tão forte que o apertou.

— Eu gostaria de comprar *uma* vestidinho para minha Tina, mas sou estúpido demais para ir sozinho. *Focê* teria a bondade **de me ajudar?**

— Sim, senhor.

E Jo sentiu-se subitamente tão calma e fria, como se tivesse entrado em um refrigerador.

— Talvez também *uma* xale para a mãe de Tina, ela é *ton* pobre e está *ton* doente, e o marido dá muito trabalho para ela. Sim, sim, *uma* xale *grossa* e quente seria *uma* presente *simpática* para a mãezinha.

— Eu o ajudarei com prazer, sr. Bhaer.

"Estou indo depressa demais, e ele está ficando mais amável a cada minuto", acrescentou Jo para si mesma. Em seguida, sacudindo-se mentalmente, entrou na loja com uma energia que dava gosto de ver.

O sr. Bhaer deixou tudo a cargo de Jo, então ela escolheu um vestido bonito para Tina e, depois, pediu para ver os xales. O balconista, sendo um homem casado, condescendeu em se interessar pelo casal, que parecia fazer compras para a família.

— Talvez sua senhora prefira este. É um artigo de melhor qualidade, de uma cor belíssima, bastante discreto e distinto — disse ele, abrindo, aos chacoalhões, um confortável xale cinza e atirando-o nos ombros de Jo.

— Este o agrada, sr. Bhaer? — perguntou ela, virando-se de costas para ele e sentindo-se profundamente grata pela chance de esconder o rosto.

— Muitíssimo. Ficaremos com este — respondeu o professor, sorrindo para si mesmo enquanto pagava pelo xale, ao passo que Jo continuava a esquadrinhar os balcões, como uma verdadeira caçadora de pechinchas.

— Agora, *famos* para casa? — perguntou ele, como se as palavras lhe fossem muito agradáveis.

— Sim, é tarde e estou *extremamente* cansada.

A voz de Jo soou mais patética do que ela imaginava, pois o sol parecia ter desaparecido tão subitamente quanto aparecera, o mundo tornou-se de novo lamacento e miserável e, pela primeira vez, ela percebeu que seus pés estavam gelados, sua cabeça doía e seu coração estava ainda mais gelado que os pés e ainda mais dolorido que a cabeça. O sr. Bhaer estava indo embora, ele só gostava dela como amiga, tudo não passara de um equívoco e quanto antes terminasse, melhor. Com essa ideia em mente, ela acenou para um ônibus que se aproximava com um gesto tão impaciente que as margaridas voaram do vaso e ficaram arruinadas.

— Esta *non* é *a* ônibus *certa* — alertou o professor, sinalizando ao veículo lotado que fosse embora e parando para catar as pobres florezinhas do chão.

— Desculpe, não vi o letreiro direito. Não há problema, posso ir a pé. Estou acostumada a caminhar na lama — respondeu Jo, piscando com força, pois preferiria morrer a secar os olhos abertamente.

O sr. Bhaer viu as lágrimas em suas bochechas, embora ela tivesse desviado o rosto. Aquilo pareceu tocá-lo profundamente porque, aproximando-se de súbito, ele perguntou, em um tom muito significativo:

— Queridíssima do meu *coraçon*, por que está chorando?

Bem, se Jo não fosse novata nesse tipo de coisa, teria afirmado que não estava chorando, que estava resfriada, ou qualquer outra mentirinha feminina adequada à ocasião. Em vez disso, a indigna criatura respondeu, com um soluço irreprimível:

— Porque você está indo embora.

— *Ach, mein Gott*, isso é ótimo! — exclamou o sr. Bhaer, conseguindo juntar as mãos, apesar do guarda-chuva e dos pacotes. — Jo, *non* tenho nada além de muito amor para lhe dar. *Fim* para cá para *fer* se poderia ser o suficiente para *focê* e esperei para ter certeza de que eu significava algo mais do que um amigo. Significo? Será que pode abrir um lugarzinho em seu *coraçon* para o velho Fritz? — acrescentou ele, tudo de um só fôlego.

— Ah, sim! — respondeu Jo, e ele ficou imensamente satisfeito, pois ela segurou o braço dele com as duas mãos e olhou-o com uma expressão que indicava claramente como ficaria feliz em caminhar pelo resto da vida ao lado dele, mesmo que não tivessem um abrigo melhor do que um guarda-chuva velho, bastando que fosse ele a segurá-lo.

Sem dúvida, foi um pedido feito sob condições difíceis, pois, mesmo que quisesse, o sr. Bhaer não poderia se ajoelhar, por conta da lama. Tampouco poderia oferecer a mão a Jo, a não ser figurativamente, pois ambas estavam ocupadas. E por certo não poderia entregar-se a manifestações de afeto no meio da rua, embora estivesse a ponto de fazê-lo. Então, a única maneira que teve para expressar seu êxtase foi olhar para ela, com uma expressão que lhe embelezou o rosto de tal forma que parecia haver minúsculos arco-íris nas gotículas que cintilavam na barba. Se ele não amasse Jo tremendamente, não creio que teria conseguido fazer o pedido naquele momento, pois ela não estava nem um pouco bonita, com as saias em um estado deplorável, as botas de borracha encharcadas até o tornozelo e o chapéu destruído. Felizmente, o sr. Bhaer a considerava a mulher mais linda que existia, e ela o achou mais "parecido com Júpiter" do que nunca, embora a aba do chapéu dele estivesse completamente torta, com pequenos riachos escorrendo por ela e caindo-lhe nos ombros (porque ele segurava o guarda-chuva totalmente em cima de Jo), e todos os dedos de suas luvas precisassem de remendos.

Os transeuntes provavelmente acharam se tratar de uma dupla de lunáticos inofensivos, pois eles se esqueceram por completo de fazer sinal para chamar o ônibus e caminhavam distraidamente, alheios à escuridão e ao nevoeiro que se espalhavam. Eles pouco se importavam com o que qualquer um pensasse, pois estavam gozando daquele momento feliz que raramente acontece mais de uma vez na vida de qualquer pessoa: o instante mágico que confere juventude aos velhos, beleza aos feios, riqueza aos pobres e proporciona aos corações humanos uma amostra do Céu. A expressão do professor era de alguém que tinha conquistado um reino e o mundo não poderia lhe oferecer felicidade maior. Jo, por sua vez, arrastava-se ao lado dele com a sensação de que seu lugar sempre fora ali e imaginando como ela poderia, algum dia na vida, ter escolhido qualquer outro destino. Claro que ela foi a primeira a falar — inteligivelmente, quero dizer, pois os comentários emotivos que se seguiram ao seu impetuoso "Ah, sim!" não foram de natureza coerente ou relatável.

— Friedrich, por que você não...

— Ah, céus, ela me chama *pela* nome que ninguém usa desde que Minna morreu! — exclamou o professor, parando dentro de uma poça e olhando para ela com um encantamento cheio de gratidão.

— Sempre o chamo assim, quando estou sozinha. Não me atentei, mas não tornarei a chamar, a não ser que goste.

— Goste? Nem consigo explicar como é doce para *minhas* ouvidos. Se usar o "tu", declararei que seu idioma é *ton* bonito como o meu.

— Será que tú não és um tanto sentimental? — perguntou Jo, achando lindo o monossílabo.

— Sentimental? Sim. Graças a Deus, nós, *alemons*, acreditamos no sentimento e assim nos mantemos *xovens*. O seu *"focê"* é frio demais. Use o "tu", queridíssima do meu *coraçon*, significa muito para mim — implorou o sr. Bhaer, parecendo mais um estudante romântico do que um professor sério.

— Bem, por que tu não me disseste tudo isso antes? — perguntou Jo, acanhadamente.

— Agora terei de te mostrar toda a minha *coraçon*, e ficarei contente em fazê-lo, porque tu deves tomar conta *dela*, de agora em diante. *Fêxa, enton*, minha Jo... Ah, *essa* nomezinho *engraçada*... Eu queria dizer alguma coisa no dia em que me despedi, em Nova York, mas pensei que o amigo *boniton* era *tua* noivo, e *enton* nada disse. Terias dito "sim" naquele momento, se eu tivesse me declarado?

— Não sei. Receio que não, porque, naquela época, eu não tinha coração.

— Arre! Nisso eu *non* acredito. Estava apenas adormecido, até *a* príncipe encantado atravessar o bosque e despertá-lo. Ah, bem, "*Die erste Liebe ist die beste*", mas eu *non* poderia esperar por isso.

— Sim, o primeiro amor é mesmo o melhor, então fique contente, porque nunca tive outro. Teddy era apenas um garoto e logo superou sua pequena fantasia — explicou Jo, ansiosa por corrigir o erro do professor.

— Ótimo! *Enton* ficarei feliz e terei certeza de que me deste tudo. Esperei tanto tempo que acabei ficando egoísta, como tu descobrirás, *Professorin*.

— Gostei! — exclamou Jo, encantada com seu novo apelido. — Agora me conte o que o trouxe até aqui, afinal, justamente quando eu mais o desejava?

— Isto.

E o sr. Bhaer tirou do bolso do colete um papelzinho amassado.

Jo o desdobrou e mostrou-se muito encabulada, pois tratava-se de uma de suas contribuições para um jornal que comprava poemas, que ela enviara em uma tentativa ocasional.

— Como isso pôde fazer com que viesse? — perguntou ela, tentando imaginar o motivo.

— Encontrei *essa* poema por acaso. Reconheci pelos nomes e pelas iniciais, e há *uma* versinho nele que parecia chamar *minha* nome. Leia e descubra qual é. Garantirei que *non* pise em nenhuma poça.

NO SÓTÃO

Quatro bauzinhos enfileirados,
Cobertos de poeira e desgastados pelo tempo,
Há muito talhados e entulhados,
Por crianças hoje em seu melhor momento.
Quatro chavezinhas penduradas lado a lado,
Com laços outrora belos e vistosos,
Quando ali foram amarrados de bom grado,
Num dia de chuva dos mais saudosos.
Quatro nomezinhos nas tampas entalhados
Pelas mãos pequeninas de crianças,
Onde, de tempos felizes do passado,
Escondem-se histórias e lembranças
De uma trupe que ali costumava brincar,
Parando para ouvir com atenção
As gotas no telhado a tamborilar,
Nos dias chuvosos de verão.

"Meg" na primeira tampa, suave e bela.
Espio ali dentro, com olhos curiosos,
Pois, guardados com conhecida cautela,
Jazem diversos tesouros primorosos.

Um registro de uma vida zelosa:
Presentes de criança e mulher também,
Vestido de noiva, enxoval de esposa,
Um sapatinho, um cachinho de neném.
Nesse baú, nenhum brinquedo restou,
Já com certa idade, ganharam novo lar,
Pois a nova mamãe consigo os levou
Para uma pequena Meg com eles brincar.
Sei que também ouve, minha querida,
As gotas no telhado, como um refrão
Das canções que entoa sua voz comovida
Nos dias chuvosos de verão.

"Jo" na tampa seguinte, gasta e surrada.
E em meio a um acervo variado
De livros rasgados, bonecas decapitadas,
Pássaros e bichos empalhados,
Objetos de um mundo mágico trazidos,
Apenas para pés jovens possível,
Sonhos de um futuro inatingido,
Memórias de um passado aprazível.
Poemas inacabados, histórias de fantasia,
Diários de uma criança teimosa,
Cartas trocadas, calorosas e frias,
Nuances de uma jovem já idosa.
Uma mulher só com sua dor
Ouvindo, em meio à solidão:
"Seja digna e virá o amor",
Nos dias chuvosos de verão.

Minha Beth! O pó não acumula tanto
Na tampa que o seu nome traz,
Lavado pelas lágrimas do pranto

Dos que sentem sua falta assaz.
Uma santa canonizada pela morte
De corpo frágil e espírito guerreiro.
Nada existe no mundo que conforte
Além das relíquias no altar caseiro:
O sino prateado, de coroa torta,
O chapeuzinho que costumava usar,
A imagem da santinha sobre a porta,
Manifestando todo o seu pesar.
As canções que cantava lindamente
Presa em seu corpo de aflição,
Aos pingos mesclam-se eternamente
Dos dias chuvosos de verão.

Na última tampa, brilhante qual veludo,
Digna de uma dama prendada,
Um cavaleiro galante exibe seu escudo,
"Amy" dizem as letras azuis e douradas.
Dentro, laços que prendiam seu cabelo,
Sandálias que já não dançam mais,
Flores desbotadas guardadas com zelo,
Leques coloridos e florais,
Cartas de admiradores e croquis,
Bugigangas que cumpriram seu papel,
Em esperanças e medos juvenis,
Recordações eternizadas com pincel.
Já não se prende a miudezas banais
E ouve, com um novo coração,
O tilintar de sinos nupciais
Nos dias chuvosos de verão.

Quatro bauzinhos enfileirados,
Cobertos de poeira e desgastados pelo tempo,

Quatro mulheres, partilhando aprendizados,
De amor e de luta em seu melhor momento.
Quatro irmãs, brevemente separadas,
Um corpo se foi, mas seu espírito permanece,
Ainda mais próxima e igualmente amada,
Presente em pensamentos e preces.
Ah, quando essas histórias ocultas surgirem
Diante dos olhos do Pai benevolente
Que sejam ricas em lições que inspirem,
Proezas justas, ações decentes,
Melodias que ecoem seu amor,
Despertem paz, honra e compreensão,
Almas que voem e cantem com fervor,
Sob o sol após a chuva de verão.

— É um poema muito ruim, mas eu estava realmente sentindo tudo isso quando o escrevi, em um dia em que estava muito solitária e chorei um bocado em cima de um saco de retalhos. Nunca pensei que pudesse acabar em algum lugar relevante — disse Jo, rasgando os versos que o professor guardara como um tesouro por tanto tempo.

— Deixe que vá, já cumpriu seu papel e eu ganharei *um* nova *verson*, quando ler todo o livrinho marrom *na* qual ela guarda seus segredinhos — disse o sr. Bhaer com um sorriso, observando os fragmentos sendo levados pelo vento. — Sim — acrescentou ele em um tom sério —, li *as* versos e pensei com *minhas botons:* ela está sofrendo, está sozinha e encontraria conforto *na* amor *ferdadeiro.* Tenho um *coraçon* repleto, cheio de amor por ela. Será que *non* devo procurá-la e dizer "Se *non* for *uma* presente humilde demais pelo que espero receber em troca, *enton* aceite, em nome de Deus"?

— E então você veio e descobriu que não era humilde demais, mas exatamente aquilo de que eu precisava — sussurrou Jo.

— *Non* tive coragem de pensar assim no começo, por mais que sua *recepçon* tenha sido *difinamente* gentil. Mas logo comecei a ter esperanças e *enton* disse "Ela será minha, nem que eu tenha de morrer"! — exclamou o sr. Bhaer, fazendo um gesto desafiador com a cabeça, como se as muralhas de neblina ao redor deles fossem barreiras que ele precisasse transpor ou derrubar valentemente.

Jo achou aquilo esplêndido e resolveu ser digna de seu cavaleiro, embora ele não tivesse aparecido galopando lindamente em um cavalo branco.

— O que o fez esperar tanto tempo para vir? — indagou ela logo em seguida, gostando tanto de poder fazer perguntas confidenciais e receber respostas aprazíveis que não conseguia ficar quieta.

— *Non* foi fácil, mas eu *non* tinha coragem de arrancá-la de *uma* lar *ton* feliz até ter a perspectiva de poder lhe *profer outra,* mesmo que talvez requeresse muito tempo e muito trabalho duro. Como eu poderia pedir para *focê* abrir *mon* de tanta coisa por um sujeito pobre e velho que *non* tem qualquer riqueza, além de um pouco de conhecimento?

— Fico contente por você ser pobre. Eu não suportaria um marido rico — afirmou Jo com decisão, acrescentando, em um tom mais suave: — Não tema a pobreza. Eu a conheço há tempo suficiente para não ter qualquer pavor e sentir-me feliz trabalhando para aqueles que amo. E não chame a si mesmo de velho. Quarenta anos é o auge da vida. Eu não conseguiria evitar amá-lo nem que tivesse setenta!

O professor achou aquilo tão comovente que seus olhos se encheram de lágrimas. Como não conseguia pegar o lenço, Jo enxugou-lhe os olhos e disse, rindo, enquanto tomava um ou dois pacotes das mãos dele:

— Talvez eu seja cabeça-dura, mas ninguém pode dizer que não estou cumprindo o meu papel agora, já que, supostamente, a missão especial das mulheres é enxugar lágrimas e suportar fardos. Farei a minha parte, Friedrich, e o ajudarei a conquistar esse lar. Decida-se quanto a isso, ou eu jamais o acompanharei — acrescentou ela com determinação, enquanto ele tentava pegar os pacotes de volta.

— *Feremos. Focê* tem paciência para esperar bastante tempo, Jo? Preciso ir embora e fazer *minha* trabalho sozinho. Preciso *axudar* meus meninos primeiro, porque nem mesmo por *focê* posso quebrar a promessa que fiz a Minna. Pode me perdoar por isso e ser feliz, enquanto aguardamos?

— Sim, sei que posso, pois nos amamos e isso torna todo o restante fácil de suportar. Também tenho meus deveres e meu trabalho. Não conseguiria sentir prazer com nada se os negligenciasse, nem mesmo por você, então não há necessidade de pressa ou impaciência. Você pode fazer sua parte lá no Oeste, eu posso fazer a minha aqui, e ambos ficaremos felizes, esperando o melhor e deixando o futuro nas mãos de Deus.

— Ah! Tu me deste *tanto* esperança e coragem, e *non* tenho nada para dar em troca a *non* ser uma *coraçon* cheia de amor e estes *mons fazias!* — exclamou o professor, profundamente emocionado.

Jo jamais aprenderia a agir com decoro, pois, quando ele disse aquilo, ela simplesmente colocou as duas mãos nas dele, sussurrando de maneira terna:

— Não estão mais vazias.

E, aproximando-se, beijou seu Friedrich sob o guarda-chuva — uma atitude terrível, mas ela a teria tomado mesmo que o bando de pardais que lhes assistia fossem seres humanos, pois ficou totalmente fora de si e não prestava atenção a nada, a não ser na própria felicidade.

Embora tivesse acontecido de forma aparentemente simples, o momento supremo da vida dos dois foi aquele em que, dando as costas para a noite, a tempestade e a solidão, adentrando a luz, o calor e a paz que os aguardava em casa, Jo, com um alegre "Bem-vindo ao lar!", levou seu amado para dentro e fechou a porta.

47

ÉPOCA DE COLHEITA

Durante um ano, Jo e seu professor trabalharam e esperaram, ansiaram e amaram, encontraram-se de vez em quando e escreveram cartas tão volumosas que, segundo Laurie, ocasionaram o aumento no preço do papel. O segundo ano começou um tanto discreto, pois as perspectivas do casal não melhoraram e Tia March morreu de repente. Contudo, passada a dor inicial — pois eles amavam a velha, apesar de sua língua afiada —, descobriram que tinham motivos para se alegrar, pois ela havia deixado Plumfield para Jo, o que abria um leque enorme de boas possibilidades.

— É uma bela casa antiga e renderá uma bela quantia, pois é claro que você pretende vendê-la — comentou Laurie enquanto discutiam o assunto, algumas semanas depois.

— Não pretendo, não. — Foi a resposta decidida de Jo, que acariciava o gordo poodle que adotara por respeito à antiga dona.

— Não me diga que pretende morar lá?

— Pretendo, sim.

— Minha querida, a casa é imensa e será preciso muito dinheiro para mantê-la em ordem. Só o jardim e o pomar requerem dois ou três empregados, e cultivar a terra não é a especialidade de Bhaer, creio eu.

— Ele tentará, se eu propuser.

— E espera viver da produção da lavoura? Bem, soa paradisíaco, mas logo descobrirá que o trabalho é desesperadoramente árduo.

— Cultivaremos algo rentável.

E Jo riu.

— Em que consistirá essa bela cultura, madame?

— Meninos. Quero abrir uma escola para rapazinhos. Uma escola boa, feliz e agradável como um lar, na qual eu assistirei os garotos e Fritz dará aulas.

— É um plano que só podia ter saído da sua cabeça! Não é mesmo? — exclamou Laurie, apelando para a família, que parecia tão surpresa quanto ele.

— Eu gostei — disse a sra. March em tom decidido.

— Eu também — acrescentou o marido, que gostava da ideia de ter uma chance de aplicar o método socrático de educação na juventude moderna.

— Jo terá um trabalho enorme — disse Meg, acariciando a cabeça do filho, que era um só e já dava tanto trabalho.

— Jo conseguirá fazê-lo e será feliz. É uma ideia esplêndida. Conte-nos tudo a respeito dela! — exclamou o sr. Laurence, que há tempos ansiava por ajudar o casal, mas sabia que eles recusariam.

— Sabia que ficaria do meu lado, senhor. Amy também está. Vejo em seus olhos, embora esteja prudentemente esperando que a ideia amadureça em sua cabeça antes de se pronunciar. Agora, minha querida família — continuou Jo com seriedade —, entendam que não se trata de uma ideia nova que tive, mas de um plano há muito ponderado. Antes de meu Fritz vir até mim, eu costumava pensar que, depois que ganhasse meu dinheiro e ninguém mais precisasse de mim aqui em casa, eu alugaria uma casa enorme e levaria para lá alguns garotinhos pobres abandonados, que não tivessem mãe, e tomaria conta e alegraria a vida deles antes que fosse tarde demais. Vejo muitos deles perdendo-se pelo caminho por falta de ajuda no momento certo, gosto muito quando consigo fazer qualquer coisa por eles, parece que consigo sentir o que desejam e me compadecer de suas dificuldades. Ah, eu gostaria tanto de ser como uma mãe para eles!

A sra. March estendeu a mão para Jo, que a pegou, sorrindo, com lágrimas nos olhos, e prosseguiu, com seu velho jeito entusiástico, como há muito tempo sua família não via.

— Um dia, contei meu plano a Fritz, e ele disse que era exatamente o que ele também gostaria e concordou em tentar, quando ficássemos ricos. Pobrezinho, é o que ele vem fazendo a vida inteira: ajudando garotos pobres, quero dizer, não ficando rico. Isso ele nunca será, o dinheiro não permanece no bolso dele tempo suficiente para se acumular. Mas agora, graças à minha boa velha tia, que me amou mais do que eu jamais mereci, estou rica ou, pelo menos, é como me sinto, então podemos viver em Plumfield perfeitamente bem, se tivermos uma escola próspera. É um lugar perfeito para garotos, a casa é grande e a mobília, forte e simples. Há espaço interno suficiente para dúzias de crianças e uma área externa esplêndida. Eles poderiam ajudar com o jardim e o pomar. É um trabalho saudável, não é, senhor? E Fritz pode treiná-los e educá-los a seu modo, e papai o auxiliará. Eu posso alimentar os garotos, tomar conta deles, acarinhá-los ou repreendê-los, e mamãe será meu braço direito. Sempre quis ter muitos meninos por perto e nunca tive um número suficiente, agora posso encher a casa e me divertir quanto quiser com meus queridinhos. Imaginem que luxo: Plumfield toda minha e um bando de garotos para desfrutá-la comigo!

E Jo agitou as mãos e soltou um suspiro de êxtase, enquanto a família caía na gargalhada. O sr. Laurence riu tanto que eles pensaram que sofreria um ataque apoplético.

— Não vejo nada de engraçado — disse ela, em um tom sério, quando conseguiu ser ouvida. — Nada poderia ser mais natural ou adequado para meu professor do que abrir uma escola e, para mim, do que morar na minha propriedade.

— Ela já está se empertigando — disse Laurie, que considerava a ideia uma grande piada. — Mas posso perguntar como pretende sustentar o estabelecimento? Se todos os alunos forem moleques maltrapilhos, temo que sua colheita não será lucrativa, no sentido mundano da palavra, sra. Bhaer.

— Ora, não seja desmancha-prazeres, Teddy. Claro que também aceitarei alunos ricos. Talvez tenha de começar apenas com estes. Depois, quando tudo estiver nos trilhos, poderei pegar um ou dois maltrapilhinhos, só por prazer. Filhos de pessoas ricas frequentemente precisam de cuidados e consolo, bem como os pobres. Já vi algumas criaturinhas infelizes, largadas com os criados, ou meninos com dificuldades sendo forçados, o que é uma crueldade imensa. Alguns são teimosos por conta de uma educação falha ou por negligência, e já outros por terem perdido a mãe. Além disso, até mesmo os melhores precisam atravessar aquela idade difícil, quando mais precisam de paciência e bondade. As pessoas riem deles e os empurram de um lado para outro, tentando fazer com que desapareçam, e esperam que se transformem, da noite para o dia, de crianças fofas em belos rapazes. Eles não reclamam muito, esses serzinhos corajosos, mas sentem. Passei por coisas parecidas e entendo muito bem como é. Tenho um interesse especial por esses rapazotes e gosto de mostrar a eles que vejo o coração caloroso, honesto e bem-intencionado dos meninos, a despeito dos braços e das pernas desajeitados e da mente perturbada. Também já tenho experiência, pois não criei um menino que se tornou o orgulho e a honra desta família?

— Darei meu testemunho de que você tentou — declarou Laurie com um olhar agradecido.

— E obtive um sucesso além das minhas esperanças, pois aqui está você, um homem de negócios firme e sensato, fazendo um bem incalculável com seu dinheiro e acumulando bênçãos dos pobres, em vez de dólares. Mas você não é apenas um homem de negócios, você ama as coisas boas e belas, que aproveita e compartilha com os outros, como sempre fez nos velhos tempos. Estou orgulhosa de você, Teddy, porque melhora a cada ano e todos o sentem, embora você não permita que digam. Sim, e quando eu tiver o meu rebanho, simplesmente apontarei para você e direi: "Aqui está o modelo de vocês, meus rapazes."

O pobre Laurie não sabia onde se enfiar, pois, embora já fosse um homem, sua antiga timidez o dominou, quando aquela explosão de elogios fez todos os rostos se voltarem para ele, com expressões aprovadoras.

— Ora, Jo, você exagerou um pouco — começou ele, com seu antigo jeito de menino. — Você fez tanto por mim que jamais conseguirei agradecer-lhe o suficiente, exceto tentando fazer o meu melhor para não desapontá-la. Você tem andado afastada de mim nos últimos tempos, mas tive a melhor ajuda possível, de toda forma. Então, se conquistar qualquer sucesso, pode agradecer a estes dois aqui.

E ele colocou delicadamente uma das mãos na cabeça branca do avô e a outra na cabeça dourada de Amy, pois os três nunca ficavam muito longe um do outro.

— Eu realmente acho que as famílias são as coisas mais lindas do mundo! — explodiu Jo, que estava, naquele momento, em um estado de espírito excepcionalmente animado. — Quando tiver a minha, espero que seja tão feliz quanto as três que mais conheço e amo. Se John e meu Fritz também estivessem aqui, seria praticamente perfeito — acrescentou ela de forma mais calma.

E, naquela ocasião, quando ela foi para o quarto, depois de uma noite feliz de aconselhamentos, esperanças e planos familiares, seu coração estava tão cheio de felicidade que ela só conseguiu se acalmar ajoelhando-se junto à cama vazia sempre próxima à sua e entregando-se a ternos pensamentos sobre Beth.

Foi um ano surpreendente, no geral, pois as coisas pareceram acontecer de maneira incomumente rápida e encantadora. Antes mesmo que pudesse assimilar, Jo descobriu-se casada e instalada em Plumfield. Depois, uma família de seis ou sete meninos cresceu como cogumelos e floresceu de forma surpreendente, meninos pobres e também ricos, pois o sr. Laurence vivia encontrando algum caso tocante de abandono e implorando aos Bhaer que se apiedassem da criança, que ele ficaria contente em pagar uma pequena quantia pelo sustento. Dessa maneira, o velho e astuto cavalheiro conseguiu lograr a orgulhosa Jo e fornecer-lhe o tipo de garoto que ela mais apreciava.

É claro que, de início, foi um trabalho penoso, e Jo cometeu erros engraçados, mas o sábio professor a conduziu com segurança para águas mais calmas, e até o garoto mais agressivo acabou sendo domado. Como Jo adorava sua "legião de meninos", e como a pobre e querida Tia March teria lamentado se estivesse ali para ver os sagrados recintos da empertigada e bem-arrumada Plumfield invadidos por Toms, Dicks e Harrys! Havia uma espécie de justiça poética em tudo aquilo, afinal, visto que a velha fora o terror dos garotos de toda a região e, agora, os exilados banqueteavam livremente com as ameixas proibidas, chutavam o cascalho com suas botas ímpias sem ouvir qualquer reprovação e jogavam críquete no grande campo onde a irritável "vaca com um chifre torto" costumava convidar os jovens impetuosos a entrar e serem chifrados. A propriedade se tornou uma espécie de paraíso para os meninos, e Laurie sugeriu que deveria se chamar "Bhaer-garten", como uma homenagem a seu dono e também um nome apropriado para os moradores.

A escola nunca foi sofisticada, e o professor não acumulou nenhuma fortuna, mas era exatamente o que Jo pretendia que fosse: "Um lugar feliz, assemelhando-se a um lar, para meninos que precisassem de ensinamentos, cuidados e bondade." Todos os quartos do casarão logo se encheram. Cada pedacinho do jardim passou a ter um proprietário. Uma coleção razoável de bichos apareceu no celeiro e no galpão, pois era permitido ter animaizinhos de estimação. E três vezes por dia, Jo sorria para seu Fritz da cabeceira de uma mesa comprida, tomada, em ambos os lados, por jovens rostos felizes, que se voltavam para ela com olhos afetuosos, palavras de confiança e corações agradecidos, cheios de amor pela "Mãe Bhaer". Ela finalmente tinha meninos em quantidade suficiente e não se cansava deles, embora não fossem anjos, de forma alguma, e alguns causassem muitos problemas e angústias tanto para o professor quanto para a *Professorin*. Mas a fé que ela depositava naquele lugarzinho bondoso que existe até mesmo no coração do garotinho mais desobediente, insolente e provocador, conferiu-lhe paciência, destreza e, com o tempo, sucesso, pois nenhum menino mortal conseguia resistir muito tempo ao Pai Bhaer, que lançava seus raios de bondade sobre ele, como um verdadeiro sol, ou à Mãe Bhaer, que o perdoava mil e uma vezes. Eram muito preciosos, para Jo, a amizade dos rapazinhos, as fungadas e os sussurros arrependidos após alguma travessura, as pequenas confidências engraçadas ou tocantes, os divertidos entusiasmos, esperanças e planos, até mesmo as infelicidades, pois tudo isso só os tornava mais queridos para ela. Havia meninos lentos e meninos tímidos; meninos fracos e meninos desordeiros; meninos que ceceavam e meninos que gaguejavam; um ou dois mancos; e um rapazinho negro alegre, que nenhum outro lugar aceitara acolher, mas fora bem recebido no "Bhaer-garten", embora algumas pessoas previssem que tal admissão arruinaria a escola.

Sim, Jo foi uma mulher muito feliz ali, apesar do trabalho árduo, da grande ansiedade e da perpétua algazarra. Ela apreciava aquilo tremendamente e achava os aplausos dos seus meninos mais satisfatórios do que qualquer outro elogio do mundo, pois agora não contava mais histórias a não ser para seu rebanho de entusiastas e admiradores. O tempo foi passando, e Jo ganhou seus dois rapazinhos, que vieram para aumentar sua felicidade — Rob, que recebeu o nome do vovô, e Teddy, um bebê venturoso que parecia ter herdado o temperamento alegre do pai e o espírito vivaz da mãe. Como conseguiam sobreviver àquele redemoinho de meninos era um mistério para a avó e as tias, mas eles floresceram como dentes-de-leão na primavera e seus tempestuosos "cuidadores" os amavam e assistiam muito bem.

Muitas ocasiões eram celebradas em Plumfield, e uma das mais deliciosas era a colheita anual das maçãs, pois, nesse evento, os March, os Laurence, os Brooke e os Bhaer apresentavam-se com todo o vigor e divertiam-se a valer. Cinco anos depois do casamento de Jo, uma dessas frutíferas celebrações ocorreu em um dia agradável de outono, quando a atmosfera estava tomada por um frescor revigorante que alegrava o espírito e fazia o sangue dançar sadiamente nas veias. O velho pomar usava seu traje festivo: solidagos e ásteres orlavam as paredes musguentas. Gafanhotos saltavam rapidamente no capim seco e os grilos cricrilavam como flautistas mágicos em um banquete. Os esquilos estavam ocupados com sua pequena colheita. Pássaros gorjeavam seu adeus nos amieiros da alameda e todas as árvores estavam prontas para despejar uma chuva de maçãs vermelhas ou amarelas à primeira sacudida. Todos estavam lá. Todos riam e cantavam, subiam nas árvores, caíam. Todos declaravam que nunca houvera um dia tão lindo e um cenário tão belo para apreciar. E todos se entregaram aos prazeres singelos daquele momento, tão tranquilamente como se não existissem no mundo coisas como preocupação ou sofrimento.

O sr. March caminhava placidamente de um lado para outro, citando Thomas Tusser, Abraham Cowley e Columela para o sr. Laurence, enquanto apreciava "o suco suave como um vinho da maçã". O professor corria de um lado para outro pelas veredas verdejantes, tal qual um robusto cavaleiro teutão, usando uma vara como lança e liderando os meninos, que formaram um pelotão próprio e faziam acrobacias incríveis no chão e no ar. Laurie ocupava-se das crianças pequenas: passeou com sua filhinha dentro de uma cesta, levou Daisy para ver ninhos de passarinhos no topo das árvores e preveniu que o aventureiro Rob quebrasse o pescoço. A sra. March e Meg sentaram-se entre as pilhas de maçãs como duas Pomonas, selecionando as contribuições, que não paravam de chegar, enquanto Amy, com uma linda expressão maternal no rosto, desenhava os vários grupos e tomava conta de um garotinho pálido, que estava sentado, admirando-a, com sua pequena muleta ao lado.

Jo estava à vontade, naquele dia, e corria de um lado para outro, com a saia do vestido presa por alfinetes, o chapéu em qualquer parte, menos na cabeça, e seu bebê enfiado debaixo do braço, pronta para qualquer aventura animada que pudesse aparecer. O pequeno Teddy levava uma vida encantada, pois nada jamais lhe acontecia, e Jo nunca se apavorava quando ele era levado para cima de uma árvore por algum dos garotos, galopava nas costas de outro ou comia maçãs ainda verdes oferecidas por seu indulgente papai, que acreditava na ilusão germânica de que os bebês podem digerir tudo, desde repolho em conserva até botões, unhas e os próprios sapatinhos. Ela sabia que o pequeno Ted voltaria a salvo e rosado, sujinho e sereno como sempre, e ela o recebia de volta com a mesma acolhida calorosa, pois Jo amava ternamente os filhos.

Às quatro horas, houve uma pausa e as cestas permaneceram vazias, enquanto os colhedores de maçãs descansavam e comparavam os arranhões e hematomas. Então, Jo e Meg, auxiliadas por um destacamento dos meninos maiores, serviram a refeição na grama, pois um chá ao ar livre sempre era a alegria suprema do dia. Nessas ocasiões, a terra literalmente emanava leite e mel, pois os garotos não eram obrigados a sentar à mesa e tinham permissão para partilhar a refeição como quisessem — e qual tempero é mais adorado pela alma infantil do que a liberdade? Eles aproveitavam o raro privilégio ao máximo, e alguns experimentavam até mesmo beber leite de ponta-cabeça, enquanto outros davam um encanto a mais à brincadeira de pular carniça ao comer tortinhas nos intervalos. Havia biscoitos espalhados por todo o campo e pastéis doces de maçã eram avistados em cima das árvores, como uma nova espécie de passarinho. As garotas pequenas tinham seu chá particular, e Ted perambulava livremente em meio ao banquete.

Quando ninguém aguentava mais comer, o professor propôs o primeiro brinde costumeiro, que sempre era feito nessas ocasiões:

— À Tia March, que Deus a abençoe!

Um brinde feito com todo o coração pelo bom homem, que jamais se esquecia de quanto devia a ela, e que os garotos ouviram em silêncio, pois haviam sido ensinados a manter fresca a lembrança da tia.

— Agora, ao sexagésimo aniversário da vovó! Muitos anos de vida para ela!

Como se pode imaginar, esse brinde foi feito com todo o entusiasmo, e quando a algazarra começou, foi difícil fazer com que parassem. Foram dedicados brindes à saúde de todos, desde o sr. Laurence, considerado um patrono especial, até a do espantado porquinho-da-índia, que se afastara de seu território à procura de seu jovem dono. Demi, como o neto mais velho, deu vários presentes à rainha do dia, tão numerosos que tiveram de ser transportados para o cenário festivo em um carrinho de mão. Alguns presentes eram engraçados, mas o que poderia parecer um defeito a olhos alheios era um adorno aos da vovó, pois todos os presentes das crianças haviam sido feitos por elas mesmas. Cada ponto dado pelos dedinhos pacientes de Daisy no lenço que ela embainhara era, para a sra. March, melhor do que um belo bordado. A caixa de sapatos de Demi era um milagre de habilidade mecânica, embora a tampa não fechasse. O descanso de pés feito por Rob era bambo, por conta das pernas desiguais, uma característica que a vovó afirmou ser relaxante. E nenhuma página do livro caro que a filha de Amy lhe deu era tão bonita quanto aquela em que apareciam, em letrinhas de forma trêmulas, as palavras: "Para a querida vovó, da sua pequena Beth."

Durante essa cerimônia, os garotos desapareceram misteriosamente, e quando a sra. March tentou agradecer às crianças e começou a chorar, enquanto o pequeno Teddy enxugava os olhos dela com seu avental, o professor começou a cantar subitamente. Então, de algum lugar acima dele, novas vozes foram entoando as palavras e, de árvore em árvore, ecoou a música de um coral invisível, enquanto os meninos cantavam, com todo o vigor, a pequena canção que Jo escrevera, Laurie musicara e o professor ensaiara com seus rapazes, para que o melhor efeito possível fosse atingido. Aquilo era algo inteiramente novo e se revelou um grande sucesso, pois a sra. March não conseguia superar a grata surpresa e insistiu em apertar a mão de cada um dos "passarinhos sem penas" — desde os altos Franz e Emil até o pequeno rapaz negro, que tinha a voz mais suave de todas.

Depois disso, os meninos se dispersaram para uma brincadeira final, deixando a sra. March e as filhas debaixo da árvore festiva.

— Acho que jamais tornarei a me considerar a "Jo sem sorte", visto que meu maior desejo realizou-se de forma tão esplêndida — afirmou a sra. Bhaer, tirando a mãozinha de Teddy do jarro de leite, que ele remexia com o maior entusiasmo.

— E, no entanto, sua vida é muito diferente da que você imaginava tanto tempo atrás. Lembra-se dos seus antigos sonhos? — perguntou Amy, sorrindo, enquanto observava Laurie e John jogando críquete com os meninos.

— Companheiros queridos! Faz bem ao meu coração vê-los esquecer o trabalho e se divertirem por um dia — respondeu Jo, que agora falava de toda a humanidade com um tom maternal.

— Sim, eu me lembro, mas a vida que eu queria, naquela época, agora me parece egoísta, solitária e fria. Ainda não desisti da esperança de talvez um dia escrever um bom livro, mas posso esperar, e tenho certeza de que será ainda melhor, depois de experiências e ilustrações como estas.

E Jo apontou para os rapazes animados, a distância, depois para o pai, que se escorava no braço do professor, enquanto caminhavam de um lado para outro sob o sol, absortos em uma das conversas de que ambos tanto gostavam, e depois para a mãe, sentada como em um trono em meio às filhas, com os filhos delas no colo e a seus pés, como se todos encontrassem ajuda e felicidade naquele rosto que, aos olhos deles, jamais poderia envelhecer.

— Minha realidade é a que mais se aproxima do meu sonho, entre todas nós. Eu pedia por coisas esplêndidas, é claro, mas sabia, no fundo do coração, que ficaria satisfeita se tivesse uma casinha, John e alguns filhos queridos como esses. Graças a Deus, tenho tudo isso e sou a mulher mais feliz do mundo.

E Meg pôs a mão na cabeça de seu filho alto, com o rosto transbordando ternura e contentamento.

— Minha realidade é muito diferente do que planejei, mas eu não mudaria nada, embora, como Jo, não tenha abandonado todas as minhas esperanças artísticas nem me limitado a ajudar os outros a realizar seus sonhos de beleza. Comecei a modelar a figura de um bebê, e Laurie diz que é a melhor coisa que já fiz. Eu concordo e pretendo fazê-la em mármore para que, aconteça o que acontecer, eu possa ao menos guardar a imagem do meu anjinho.

Enquanto Amy falava, uma grande lágrima caiu nos cabelos dourados da criança adormecida em seus braços, pois sua única e tão amada filha era uma criaturinha frágil e o pavor de perdê-la era a sombra que encobria o sol de Amy. Essa angústia, contudo, ensinava muito tanto ao pai quanto à mãe, pois o amor e a dor estreitaram seus laços ainda mais. A natureza de Amy estava se tornando mais doce, mais profunda e mais terna. Laurie estava ficando mais sério, forte e firme. E ambos estavam aprendendo que a beleza, a juventude, a sorte e nem mesmo o amor podem evitar a preocupação e a dor, a perda e o sofrimento, mesmo entre os mais abençoados, pois:

> *Em toda vida deve cair alguma chuva,*
> *Alguns dias devem ser sombrios, tristes e monótonos.*

— Tenho certeza de que ela está melhorando, minha querida. Não desanime, tenha esperanças e continue feliz — aconselhou a sra. March, enquanto a carinhosa Daisy inclinava-se para encostar o rostinho rosado na bochecha pálida da priminha.

— Nunca hei de desanimar, enquanto tiver a senhora para me alegrar, mamãe, e Laurie para carregar mais da metade do fardo — respondeu Amy calorosamente. — Ele nunca demonstra sua angústia, é tão doce e paciente comigo, tão dedicado a Beth, e um apoio e um alento tamanhos para mim que nem todo o amor que eu possa dar a ele será o bastante. Então, apesar dessa minha única provação, posso dizer, como Meg: "Graças a Deus, sou uma mulher feliz."

— Não preciso nem dizer, pois todos podem ver que sou muito mais feliz do que mereço — acrescentou Jo, olhando para o marido e para os filhos gorduchos rolando na grama a seu lado. — Fritz está ficando grisalho e robusto. Eu estou ficando magra como uma sombra e tenho trinta anos. Jamais seremos ricos e é possível que Plumfield pegue fogo qualquer noite dessas, pois aquele incorrigível Tommy Bangs vive fumando charutos de folhas debaixo dos lençóis, mesmo já tendo tocado fogo em si mesmo três vezes. Mas, apesar desses fatos nem um pouco românticos, nada tenho do que me queixar e estou rindo à toa. Perdoem o linguajar, mas, vivendo entre meninos, não consigo evitar usar as mesmas expressões que eles, de vez em quando.

— Sim, Jo, acho que a sua colheita será boa — afirmou a sra. March, enquanto espantava um grande grilo preto que estava deixando Teddy desconcertado.

— Nem de longe tão boa quanto a sua, mamãe. Aqui está, e nunca poderemos agradecer-lhe o bastante pela sua paciência na semeadura e na colheita! — exclamou Jo, com a impetuosidade amorosa que ela jamais deixaria de expressar, independentemente da idade.

— Espero que haja mais trigo e menos joio a cada ano — disse Amy suavemente.

— O feixe é grande, mas sei que há espaço para ele em seu coração, mamãe querida — acrescentou a voz terna de Meg.

Profundamente emocionada, a sra. March só pôde estender os braços, como se quisesse juntar filhas e netos perto de si e dizer, cheia de amor, gratidão e humildade maternais no rosto e na voz:

— Ah, minhas meninas, enquanto vocês viverem, eu jamais poderia desejar a vocês uma felicidade maior do que esta!

A primeira edição deste livro foi impressa nas oficinas da
DISTRIBUIDORA RECORD DE SERVIÇOS DE IMPRENSA S.A.
Rua Argentina, 171, Rio de Janeiro, RJ
para a EDITORA JOSÉ OLYMPIO LTDA., em abril de 2022.

*

90º aniversário desta Casa de livros, fundada em 29.11.1931.